Ugo Riccarelli

Der vollkommene Schmerz

ROMAN

Aus dem Italienischen von
Karin Krieger

Paul Zsolnay Verlag

Die Originalausgabe erschien erstmals 2004 unter dem Titel
Il dolore perfetto bei Arnoldo Mondadori Editore S.p.A. in Mailand.

Die Arbeit der Übersetzerin am vorliegenden Text wurde vom
Deutschen Übersetzerfonds e. V. gefördert.

7 8 9 10 10 09 08 07 06

ISBN-10: 3-552-05387-5
ISBN-13: 978-3-552-05387-8

Satz: Filmsatz Schröter GmbH, München
Druck und Bindung: Ebner & Spiegel, Ulm
Printed in Germany

Zum Gedenken an meine Mutter
und an meine Großmutter
Maria Maddalena Rinaldini,
für uns einfach die Annina

Gadda ist nicht barock.
Barock ist die Welt.

CARLO E. GADDA

UNMITTELBAR bevor sie starb, tauchte Annina, an den Haselnußbaum im Garten gestützt, aus dem Schatten auf, in dem sich ihr Verstand seit vielen Jahren verborgen hatte, und sah in diesen wenigen Augenblicken, die der Tod ihr noch gewährte, wie im Flug das Haus mit der Pinie erneut vor sich und die Mena, die an eine Ecke des Backtrogs gelehnt betete, und gegenüber der Mena sah sie, wie ihre Mutter sie gebar und dabei in einem Schmerz schrie, der ihr vollkommen zu sein schien, und erst zuletzt erblickte sie, beinahe lauernd, ihren eigenen Kopf, der aus dem von der Anstrengung roten und prallen Leib heraustrat, und roch zum letztenmal den Veilchenduft ihres Zwillingsbruders, der sie aus dem Bauch hinaus in die Welt schob.

Es war wie ein Blitz, wie ein Niesen von solcher Heftigkeit, daß Annina sich mit beiden Händen am Haselnußbaum abstützen mußte, um nicht zu fallen, und ihr mit matter, nur noch flüsternder Stimme ein letztes Seufzen entfuhr.

»Nun sieh dir das an ...« sagte sie, erstaunt über das verblüffende Schauspiel.

Dann ließ sie es geschehen, daß sich ihr Mund in einem Lächeln entspannte, glitt langsam zum Fuß des Stammes hinab und hielt dort für immer inne.

Als der maestro in Colle eintraf, wurden in der Ebene die letzten Bauarbeiten für den Bahnhof ausgeführt, und ringsum entstanden bereits die ersten Häuser der neuen Siedlung. Sie schossen wie Pilze aus dem Boden, und die Leute schienen die Fertigstellung der Bahnstrecke aufgeregt zu begrüßen, würde sie doch die Eisenbahn und den Fortschritt bringen. Noch war das Hauptgebäude nicht fertig, so daß die Passagiere viel weiter hinten, zum Padule Lungo hin, aussteigen mußten und Colle Alto nur erreichten, wenn sie eine der seltenen Kutschen oder die Freundlichkeit eines Bauern abpaßten, der sie auf seinem Ochsenkarren mitnahm.

Von der Straße aus, die zu dem seit ewigen Zeiten auf dem Berg verschanzten Ort hinaufführte, waren deutlich die von der Bahntrasse durchschnittenen Felder zu erkennen: eine Wunde, die sich vom Padule quer durch die Geometrie der von Gräben und Zypressenreihen begrenzten Gutshöfe grub. Die Welt wirkte sauber getrennt: zur Linken, entlang dem noch weißen Band des Schotters, eine Fülle von Menschen, Karren und Gerätschaften, ein Gewimmel wie von Ameisen, die zwischen der Eisenbahnstrecke und den im Bau befindlichen Häusern hin und her wuselten. Zur Rechten, kurz hinter dem Bahnhof, auf der Seite, wo die Schienen bereits montiert waren, lag die Welt dagegen friedlich da, und auf den von der Trasse geteilten Feldern ließ sich höchstens ein schwacher, von einem Pflug verursachter Staubwirbel ausmachen.

Der Maestro hatte einen Bauern gebeten, ihn auf seinem Karren mitzunehmen, nachdem er ihm geholfen hatte, die letzten Bohnensäcke auf den Zug zu laden, der wenig später zurück in die Stadt fahren sollte. Der Geruch der Hülsenfrüchte und die Berührung mit dem kratzigen Jutestoff hatten ihm, dem Bauernsohn, für einen Augenblick das Gefühl gegeben, wieder zu Hause zu sein, und die Sorge gedämpft, gewissermaßen ein Verräter zu sein, war er doch der einzige in seiner Familie, der studiert hatte.

Er war aus dem Süden gekommen, aus einem Dörfchen bei Sapri, das sich kaum von Colle unterschied und sich wie dieses auf einen Berg duckte, allerdings ohne Eisenbahn und in größerer Armut. Er war mit zwei Koffern gekommen: im ersten einige Unterhosen, mehrere Paar Socken, zwei Hemden und ein schwarzer Anzug, genau wie der, den er trug. Der andere Koffer, zentnerschwer, war voller Bücher.

Als der Zug sich in Bewegung setzte, wurde dem Maestro für einen kurzen Moment flau zumute, während er zuschaute, wie die Waggonschlange langsam in die Richtung davonglitt, aus der er gekommen war, aber dann rief ihn der Bauer, der schon die Koffer auf den Karren geladen hatte, zur Abfahrt. Da kam er herbei, wischte sich die Hände an den Hosen ab und streckte eine Hand aus, um sich vorzustellen, wie es sich unter Männern gehört. Er nannte seinen Namen und Vornamen und bedankte sich für die Gefälligkeit.

Der Bauer war kein Freund großer Worte. Bei dem fremden Dialekt, den er in dieser Gegend noch nie gehört hatte, ging ihm durch den Kopf, daß die Eisenbahn wohl nicht nur Saatgut und Gemüse abladen würde, sondern auch wer weiß was für Volk. Die Welt war groß, und Colle hatte den Anschluß an etwas gefunden, was er nicht kannte. Dieser junge Mann schien allerdings ganz vernünftig zu sein. Sein Akzent war sonderbar, doch er sprach fehlerfrei. Er hatte geholfen, wie es sich gehört, und nun mußte er seine ausgestreckte Hand ergreifen, schon allein wegen der Gastfreundschaft, die man sich von Mensch zu Mensch schuldig ist.

Während der Fahrt schwiegen beide, der eine voller Verlegenheit einem Fremden gegenüber, der andere voller Melancholie und weil er diese unbekannte Welt betrachten wollte, in der sein neues Leben beginnen sollte.

Erst als mit den ersten Häusern von Colle auch das Tor der Stadtmauer vor ihnen auftauchte, erkundigte sich der Bauer, wo er ihn absetzen könne, und der Maestro antwortete:

»An einer Herberge oder bei jemandem, der ein Zimmer vermietet.«

Er verstummte kurz, und als schämte er sich für das, was er noch ergänzen wollte, erklärte er mit gesenktem Blick und beinahe flüsternd:

»Ich bin der neue Lehrer, ich komme, um hier zu unterrichten.«

Der Kutscher drehte sich abrupt zu ihm um.

»Der Maestro«, sagte er. »Respekt, Respekt!« Und er fuhr fort: »Die Witwe Bartoli kann Ihnen Unterkunft geben.« Danach sagte er kein Wort mehr, bis sie vor einem kleinen Steinhaus kurz vor der Stadtmauer angelangt waren.

Er stieg schnell ab, klopfte und berichtete der Frau, daß der neue Lehrer gekommen sei. Dann riß er dem jungen Mann das Gepäck aus den Händen, das dieser eilfertig abgeladen hatte.

»Nur keine Umstände, Maestro. Lassen Sie mich das machen.«

Er stellte die Koffer auf den Gehweg und zog seinen Hut. Mit einiger Ehrfurcht gab er ihm noch die Hand.

»Hier in Colle werden Sie sich wohl fühlen, Sie werden sehen. Wir sind einfache Leute, doch wir lieben das Leben. Das ruhige Leben, den Frieden. Sie werden sehen. Ich bin mir sicher, daß es Ihnen hier gefällt.«

Er wandte sich ab, tippte an die Krempe seines Hutes und überließ seinen Fahrgast der Obhut der Vermieterin, der Witwe Bartoli.

Vom oberen Ende der Treppe rief ihm jemand zu:

»Signor Maestro, kommen Sie herein, es wird kalt.«

Er warf noch einen Blick auf die Ebene und auf die untergehende Sonne, und für einen Moment schien es ihm, als sähe er hinter dem Sumpfgebiet des Padule Lungo sein Meer glitzern.

Die Witwe Bartoli war eine anmutige Frau um die Dreißig. Sie lebte allein, seit ihr Mann als Bauleiter bei den Arbeiten am Viadukt unten in Padule ums Leben gekommen war: Die Räder einer Lokomotive hatten seinen Mantel erfaßt und den Mann zermalmt, als er während eines Gewitters das Fassungsvermögen eines Abflusses kontrollierte. Sie hatte das Haus mit den sechs Zimmern behalten, wo sie mit ihrem achtjährigen Sohn Bartolo im Schmerz über diesen jähen, entsetzlichen Tod und in fortwährender Angst vor jedwedem Transportmittel lebte, das Räder hatte. Insbesondere vor der Eisenbahn.

Zu der Zeit, als der Bauer den Maestro an ihrer Tür absetzte, wohnten zwei Vorarbeiter von der Gesellschaft, die den Bahnhof baute, als Pensionsgäste in dem kleinen Steinhaus an der Stadtmauer. Das dritte Zimmer bezog der Neuankömmling – eine Unterkunft, die ihm sofort gefiel. Der Raum war nicht groß, doch schlicht und geschmackvoll eingerichtet. Ein schmales Bett, ein Nachttisch, ein Schrank aus Kirschholz, an der Wand ein Tisch. Nachdem er den Koffer mit den Kleidungsstücken im Nu geleert hatte, räumte er seine vielen Bücher sorgsam in die verbleibenden leeren Schrankfächer. Das Haus lag auf dem Berg, so daß er von seinem Fenster aus beinahe die ganze Ebene mit den voranrückenden Eisenbahngleisen, mit den im Bau befindlichen Häusern, mit Feldern und Straßen überblicken konnte.

Die Witwe war eine taktvolle, ordentliche und pünktliche Frau. Sie einigten sich auf einen annehmbaren Preis für das Zimmer, für das Frühstück und für das Abendessen, das sie alle gemeinsam – die drei Pensionsgäste, die Hausherrin und der kleine Bartolo – in der großen Küche einnahmen. Gleich nach dem Abendbrot schauten die Vorarbeiter auf einen Sprung in der Schenke vorbei, aus der sie nicht allzuspät zum Schlafen heimkehrten, während der Maestro für gewöhnlich nicht ausging, sondern im Zimmer bei seinen Büchern blieb und bei dem Packen von Blättern mit dichtgedrängter Schrift.

Die neue Arbeit und die dreißig Kinder in der Schule nahmen ihn sehr in Anspruch, und wenn er sich nicht für die Unterrichtsstunden vorbereitete oder Hausaufgaben korrigierte, verwandte er seine freie Zeit auf die Lektüre von Büchern und auf Texte, an denen er bis in die tiefe Nacht hinein schrieb. Sonntags unternahm er – statt wie alle anderen zur Messe zu gehen – einsame Spaziergänge an den Eisenbahnschienen entlang, in der einen Hand ein Buch, in der anderen eine Toscano-Zigarre.

Diese zurückhaltende Art beeindruckte die Witwe Bartoli und weckte wohl auch ihre Neugier. Auf jeden Fall fand sie sein Verhalten sonderbar. Hin und wieder versuchte sie zaghaft, ein wenig vorzufühlen, und erkundigte sich diskret, ob der Maestro etwas brauche und ob alles in Ordnung sei, zu Hause und in der Schule, doch sie erhielt immer nur höflich beschwichtigende Antworten.

Warum lag einem so ansehnlichen, gebildeten und freundlichen jungen Mann so sehr daran, abseits zu stehen? Nun ja, Colle Alto war nicht gerade der Nabel der Welt, aber es hatte doch einige gute Wirtshäuser und unten im Rathaus einen Saal, in dem jede Woche eine Kapelle zum Tanz aufspielte. Außerdem hatte diese verfluchte Eisenbahn die große Stadt viel näher herangerückt und damit auch die Vergnügungen und Amüsements, auf die ein gesunder junger Mann doch nicht verzichten würde.

So begann die Witwe, ohne es recht zu merken, tagtäglich über das Leben des Maestros nachzudenken, eine Gewohnheit, die, wie ein steter Tropfen in einen Felsen, eine kleine Höhlung in ihre Einsamkeit grub. Denn obwohl sie mehr als ausgelastet war von ihren Pflichten als Mutter und als Pensionswirtin dreier Gäste, war ihr Leben doch seit dem Tod ihres Mannes von Einsamkeit geprägt.

Fosco Bartoli hatte nie viele Worte verloren. Obwohl eher praktisch veranlagt und von etwas düsterer Wesensart, war der tüchtige Arbeiter doch immer ein treuer und geduldiger Ehemann gewesen. Vor allem war er ein guter Zuhörer gewesen, und stets hatte er in den Jahren, die er mit seiner Frau unter einem Dach gelebt hatte, einen Moment der Aufmerksamkeit für sie gefunden, einen verschwörerischen Blick, ein noch so kleines Zeichen der Verständigung, das ihr genügte, um sich als Teil von etwas Starkem zu fühlen, gerade genug, um den Mühen eines bescheidenen Daseins gewachsen zu sein. Zudem hatte sie lernen müssen, mit einem so großen Schmerz wie dem Verlust ihrer ersten Tochter zu leben, die an einem Darmverschluß im Säuglingsalter gestorben war.

Seit dem verfluchten Tag, an dem die Leute gekommen waren, um sie im Laufschritt hinunter zum Viadukt zu bringen, zu ihrem vom Eisen der Lokomotive zu Tode gequetschten Mann, hatte sie bei nichts und niemandem mehr etwas gefunden, was ihr auch nur ein wenig von dem Gefühl zurückgegeben hätte, im Vollbesitz ihrer Kräfte zu sein.

Die Monate waren ins Land gegangen, und sie mühte sich, ein bedauernswertes Kind großzuziehen, das von seinem Vater nur eine ferne Erinnerung bewahren würde; sie füllte die Stunden damit, zu putzen, das Haus in Ordnung zu halten und sich um die Pensionsgäste zu kümmern, und so verflog die Zeit, so verflogen die Tage in der Wiederholung der immer gleichen Pflichten und verloren sich am graublauen Horizont des Padule. Doch nachts, wenn die beiden Vorarbeiter sich zurückgezogen hatten und der kleine Bartolo längst in seine Träume eingetaucht war, senkte sich im Haus die Stille nieder, und die Last der Einsamkeit brach über die Witwe herein.

Dann lag sie lange mit offenen Augen in der Dunkelheit, horchte auf diese Stille und dachte weniger an ihr vergangenes Leben als vielmehr an das, welches sie gemeinsam mit ihrem Mann hätte führen können, und dieser Gedanke war zum Gefährten ihrer Nächte geworden, zum einzigen Zeugen eines feinen Schmerzes, der ihr die Ruhe verwehrte oder, zuweilen, zum einzigen Schlaftrunk wurde, der sie sanft in den Schlummer führte.

Um so größer war ihre Verwunderung, als sie sich eines

Nachts dabei ertappte, daß sie über das Leben des Maestros nachdachte, versunken in dem Verlangen, mehr über ihn, seine eigenbrötlerischen Gewohnheiten und seine langen, einsamen Spaziergänge in Erfahrung zu bringen. Sie erschrak geradezu vor der Erkenntnis, daß diese Gedanken sie bereits seit vielen Nächten durch die Zimmer des Hauses oder den Abhang hinunter zum Padule begleiteten, wo sie den Maestro nicht länger allein spazierengehen sah, sondern in ihrer Gesellschaft, und er las ihr aus einem Buch vor und erzählte von seiner Arbeit.

Das wurde ihr nun bewußt. Ihr Herz tat einen Sprung, und sie drehte sich abrupt zwischen den Bettüchern um, als wollte sie diesen Gedanken von sich weisen, ihn in dem bleiernen Schuldgefühl ersticken, das sie bereits in sich aufsteigen spürte, als hätte sie ihren Mann betrogen und er hätte sie überrascht, als sie etwas Unschickliches mit einem anderen trieb. In ihrem Haus. In ihren Gedanken.

Doch obgleich sie den Schlaf suchte und sich bei dieser Suche zwang, zu ihrer alten Gewohnheit zurückzukehren und sich Fosco Bartoli und ein Leben an seiner Seite vorzustellen, veränderte sich in diesen Träumen die stattliche Gestalt ihres Ehemanns allmählich, so daß sein Gesicht schließlich die jungen, liebenswürdigen Züge des Maestros annahm, und diese Züge lösten sich manchmal sogar auf, wurden noch weicher, und gemeinsam mit ihr glitt der Pensionsgast in die Wohltat eines warmen, erquickenden Schlafs, in dem er es nicht selten wagte, ihr einen komplizenhaften Blick zuzuwerfen, ähnlich dem, mit dem der Verstorbene sie stets hatte beruhigen können.

Leben und träumen, mit einem Bild verschmelzen, indem man sich langsam einem Gesicht nähert. Die Hand zu einem Gruß erheben, der eine ins Dunkel phantasierte

Hoffnung ist. Leben und träumen ist manchmal ein und dasselbe, und so überdeckte die Witwe, fast ohne es zu merken, die zärtliche Erinnerung an einen Ehemann, den sie nicht mehr hatte, mit dem nunmehr vertrauten Gesicht des Maestros, mit seinen großen Händen und mit seinen sympathischen Gesten. Sogar mit seinem Geruch, vermischt mit dem nach Zigarre, nach Tinte und nach dem Papier, das sich in dem kleinen Mietzimmer stapelte. Der stete Tropfen ihrer Gedanken hatte eine Höhlung gegraben, und sie füllte sie sogleich mit ihrer Liebe, mit einer neuen Freundlichkeit, einem Strahlen und einem Licht, die sie aufblühen ließen.

Den Mietern des Hauses blieb dieser Frühling nicht verborgen, dieses elektrische Knistern, das selbst den kleinen Bartolo ansteckte und ihn zu dem lebhaften, fröhlichen Kind werden ließ, das er von nun an sein würde. Sogar der Maestro stutzte angesichts dieser Liebesbekundung voller Lebenskraft und fand, obgleich die brenzlige Situation ihn in Verlegenheit brachte, eines Sonntagnachmittags den Mut, die Witwe einzuladen, sich ihm auf seinem Spaziergang entlang der Eisenbahntrasse anzuschließen. Er, ein erwachsener Mann mit Bart, Weste und einer schönen schwarzen Schleife auf dem blitzsauberen Hemd, trug ihr seine Einladung fast im Flüsterton vor, während er die Krempe seines Hutes malträtierte, den er respektvoll abgenommen hatte.

Die Witwe willigte lächelnd und mit einer so großen Natürlichkeit ein, daß dem Maestro seine Scheu übertrieben vorkam und er ihr, sobald sie das Haus verlassen hatten, mit der gleichen Natürlichkeit den Arm bot, während er Bartolo die andere Hand reichte, damit der Junge an seiner Seite blieb. Und wirklich erschien der stille Gang dieser drei

Menschen auf dem kurzen Weg von der Stadtmauer hinunter zu den Feldern und noch weiter hinab bis zur Eisenbahntrasse den trägen Blicken der wenigen Einwohner von Colle, die vor ihren Türen die milde Wärme eines zeitigen Frühlings genossen, wie die selbstverständlichste Sache der Welt.

Umgeben vom Zauberschein einer in vielen einsamen Nächten gezügelten Liebe, beschwichtigte das Glück, das die Witwe Bartoli nach allen Seiten ausstrahlte, unversehens jede mögliche Entrüstung oder Klatscherei über die Verbindung zwischen dem jungen Maestro und einer um einiges älteren Frau, die noch Trauer trug. Vielleicht war es Zauberei, vielleicht auch eine plötzliche Anwandlung von gesundem Menschenverstand, was da über Colle hereinbrach, doch von dem Moment an, da sich die neue Liebe mit diesem Spaziergang offenbarte, wurde sie ohne jedes Befremden und wie die Bekundung einer natürlichen und sogar althergebrachten Verbindung aufgenommen. Die einzige Angewohnheit, die sich das Städtchen gestattete und niemals aufgab, bestand darin, diese Frau auch weiterhin »Witwe Bartoli« zu nennen, obwohl sie nun offiziell mit dem Leben des Maestros verbunden war.

Zwar war für den Maestro auch die Reise von der kampanischen Küste nach Colle lang und beschwerlich gewesen, doch viel schlimmer war für ihn die Trennung von den Orten, an denen er geboren und aufgewachsen war und wo seine Familie lebte.

Obgleich er seinen Weggang aus der Heimat, weit fort zu einer neuen Arbeit und in eine neue Welt, als eine Mission betrachtete, legte sich jedesmal, wenn der Sonnenuntergang über dem Padule Lungo das Wasser hell aufscheinen ließ, eine Hand um seinen Hals und drückte ihm die Luft ab. Mit einem Würgegriff, aus dem er sich nur mit dem Ruck eines einzigen Gedankens befreien konnte: mit der Überzeugung nämlich, daß seine Reise notwendig gewesen war.

An dem roten Himmel, der vor dem Fenster die Ebene in Flammen legte, sah er in Sekundenschnelle noch einmal die mit Lernen und Diskussionen erfüllten Tage im Kreis seiner Schulkameraden vorüberziehen, seinen Cousin Salvatore, der sich Pisacane* angeschlossen hatte und von dem Bauern, den er hatte befreien sollen, mit einem Schuß in den Rükken getötet worden war, sah diesen neuen italienischen Staat, der im Norden entstanden war, doch in der ländlichen Gegend von Sapri nur durch seine gewalttätigen Soldaten in Erscheinung trat.

Sein Vater war Gutsgehilfe auf dem Anwesen der Baroni Portillo und hatte sich dafür eingesetzt, daß sein Sohn Lehrer wurde, damit er die Mühen der schlechtbezahlten Plakkerei derjenigen gar nicht erst kennenlernen mußte, die das Land bearbeiteten. Nach Sapri zum Studium, Tag für Tag ein Stück mit dem Pferd und dann weiter zu Fuß, um in den Büchern nach einem Weg zu suchen, der nicht zum Staub und zum Dreck des Bauernhofs führte, sondern zu Achtbarkeit aufgrund eines Titels, eines Stücks Papier, auf dem in schöner, eines Akademikers würdigen Schnörkelschrift in Schwarz und Gold sein Name stand.

Doch er schien anderes in den Büchern zu lesen. Oder besser gesagt, das, was er in den Büchern las, bestätigte seinen Eindruck, daß die Baroni Portillo mit ihren Atlaskleidern und ihren Kutschen nichts als hochfahrende Stroh-

* Anmerkungen auf S. 413/414.

köpfe waren. Desgleichen die Myriaden von Lakaien, die sie auf die Jagd mitschleppten, wenn sie durch die Felder zogen. Desgleichen ihre Vasallen und sogar die Honoratioren von Sapri, die an ihren Lippen hingen, um ein Lächeln oder einen Gruß zu erhaschen, und die wesentlich höher geschätzt wurden als all die armen Teufel, die ihnen für ein Stück Brot das Land bestellten.

Dann eines Tages hatte sein Freund Mannuzzu die Bücher eines deutschen Philosophen aus Neapel mitgebracht, der sich für das Schicksal der Armen interessierte, und gemeinsam hatten sie begonnen, sich mit anderen zu treffen und über Klassenkampf zu debattieren, über Ausbeutung der Bauern, über Leute, die Kapital anhäuften, indem sie von der Arbeit anderer profitierten.

Er war für alle der Cousin vom Salvatore gewesen und die Freunde hatten sich mit jenem respektvollen Ton an ihn gewandt, den man jemandem schuldet, der über bestimmte Dinge schon Bescheid weiß.

Diese Monate waren von grimmiger, beharrlicher und aufreibender Lektüre geprägt gewesen, so daß sein Vater, der ihn unentwegt über die Seiten gebeugt und in Gedanken versunken sah, schließlich an seiner Intelligenz zu zweifeln begann. Was um alles in der Welt, überlegte er, mochte das für eine Wissenschaft sein, die so knifflig und weitschweifig war, daß man sich damit die Augen verderben und um die Nachtruhe bringen mußte? Was gab es nur so Geheimnisvolles in der Bildung, daß man es in Büchern verstecken mußte, die groß wie Obstkisten und schwer wie Ziegelsteine waren? Manchmal stand er nachts auf und schlich zum Zimmer seines Sohnes, um zu sehen, wie er über den Tisch gebeugt im Licht einer Kerze Seite um Seite beschrieb und komplizierte Zeichnungen voller Zahlen aus

Büchern kopierte, die von Leuten mit ausländischen Namen verfaßt waren.

Daß sein Sohn und diese Studien etwas Sonderbares waren, wurde ihm am Tag der Diplomverleihung nach dem großen Fest bestätigt, zu dem er alle Bauern eingeladen hatte, um das Ereignis zu feiern; denn schließlich war es wirklich etwas Besonderes, daß einer von ihnen, der Sohn eines einfachen Gutsgehilfen, bewiesen hatte, daß auch Landarbeiter Köpfchen haben. Trotzdem brachte sein so gebildeter Sohn angesichts der fröhlichen Mienen dieser armen Teufel, ihrer Glückwünsche und ihrer Heiterkeit nur ein paar verlegene Worte heraus, um sogleich zu entwischen und sich in seinem Zimmer zu verkriechen, wo er ihn, natürlich mit der Nase in den Büchern, spätnachts aufstöberte.

»Weg mit den Büchern, du bist jetzt Lehrer und sollst feiern«, sagte er mit vom vielen Wein schwankender Stimme. In seiner frohgestimmten Phantasie sah er seinen Sohn in einem schicken Anzug, die Zeitung unterm Arm, in der Stadt die Hauptstraße entlangflanieren, während ihn die Passanten grüßten und ihm respektvoll zulächelten.

Statt dessen kauerte dieser Sohn mit vom Lesen müden Augen auf dem Bett, schaute ihn freudlos an und sagte:

»Ich bin noch lange kein Lehrer, Vater, und feiern werde ich erst, wenn die Landarbeiter, die unten wie die Dummköpfe herumschreien, auch gegen die Barone schreien und das Land einfordern, das sie bebauen und das nur dem gehört, der mit Spaten und Hacke sein Herz darin begräbt.

Unterrichten ist kein Honiglecken«, fuhr er fort. »Dort draußen, in diesem neuen Italien, das die Piemontesen eigennützig errichtet haben, gibt es viel zu tun. Wissen Sie, Vater, ich werde Schreiben und Lesen unterrichten, ich werde den Menschen von morgen das Rechnen beibringen, damit sie die Welt so betrachten, wie sie von denen eingerichtet wurde, die den Ton angeben. Wir haben eine Zukunft, und wir haben eine Hoffnung: daß diesen Menschen ein Licht aufgeht und daß sie an der himmelschreienden Ungerechtigkeit rühren, die stets einen Gott, einen König, einen Baron oder einen Staat voraussetzt, der uns sagt, wie wir sind, der uns unter allen Umständen sagt, was wir zu tun haben, wie wir zu leben, zu sterben und zu denken haben. Wir müssen endlich die Augen öffnen, begreifen, aktiv werden. Italien, Neapel, Rom, Florenz, Genua, Mailand stehen vor der Tür, voller Menschen, die lesen, schreiben und rechnen lernen müssen, um nicht länger betrogen zu werden.«

Der Vater verstand kein Wort, vielleicht lag es am Weinrausch, vielleicht auch an dem entschlossenen Ton, mit dem sein Sohn sich in dieser Nacht an ihn wandte, doch er spürte zum erstenmal, daß ihm etwas für immer entglitt und daß dieser auf dem Bett kauernde Junge schon nicht mehr zu ihm gehörte. Er war ein freigelassenes Kalb, ja, ein Fohlen, das nur darauf wartete, schnell wie der Wind über die Ebene davonzupreschen. Der König und der Baron, Herren in Frack und Zylinder, und dann eine riesige Ebene voller Korn, und in dem Korn eine Stadt, die sich Neues Italien nannte, voller unbekannter Menschen, die eine perfekte, doch sinnlose Sprache sprachen. All das sah er im Bruchteil einer Sekunde und bekam es mit der Angst zu tun. An die Zukunft hatte er stets nur wie an einen wohlhabenden, geachteten Sohn gedacht, der Lehrer ist, und zwar in Sapri, denn schon Salerno wäre zuviel gewesen. Doch nun redete dieser Junge, der eben noch sein Sohn war, von Genua und Florenz, redete von Mailand, von Städten, die er selbst kaum dem Namen nach kannte, von einem Italien, das ausgerechnet auf ihn wartete, ihn, der sein Sohn war und der nun losziehen mußte, um zu unterrichten.

Er schloß behutsam die Tür und ging, um nicht zu stören, mit langsamen Schritten zu seinem Schlafzimmer. Seine Frau erwartete ihn, an einen Rosenkranz geklammert, schon im Bett und brabbelte mit leuchtenden Augen und verzücktem Ausdruck demütige Gebete. In den Nebeln der Trunkenheit und in der Aufregung nach dem Gespräch mit seinem Sohn kam dem Mann dies alles wie ein lächerliches Abbild seines Lebens vor, angehalten zwischen dem Festlärm, der noch immer von unten durch das Haus dröhnte, und dem monotonen Gemurmel dieses Singsangs.

Er wäre am liebsten davongelaufen, um die Müdigkeit und das Schwindelgefühl, das ihn taumeln ließ, zu besiegen, fort aus diesem Zimmer, vielleicht nach Mailand, vielleicht auch nur ans Meer, um ein Boot aufzutreiben und für immer aus dieser Gegend zu verschwinden. Sobald er ans Meer dachte, fiel ihm sein Neffe Salvatore ein, Salvatores Körper mit dem vom Schrot für die Wolfsjagd aufgerissenen Rücken. Er lag am Strand, die Arme vorgereckt, als wollte er ins Wasser springen, um zu fliehen, um schwimmend der Wut der Landarbeiter zu entkommen, die er hatte befreien wollen. Er sah seinen Neffen und hörte seinen neben dem zerfetzten Körper knienden Bruder weinen, schreien und Pisacane und die Revolutionäre verfluchen.

Er hatte verstanden.

Salvatore verschwand, und an seiner Stelle sah er seinen Jungen, schön, jung, mit dem Lehrerdiplom in der Tasche und dem von einem Gewehrschuß zerrissenen Rücken. Denn so sieht das Ende eines Menschen aus, der die Welt verändern will, der die Gutsbesitzer durch die Landarbeiter ersetzen möchte und der bereitwillig seinen Verstand, seinen Schlaf und seine Freiheit für die Freiheit der anderen opfert, verflucht soll sie sein. Er sah seinen Jungen totenstarr ausgestreckt an einem Mailänder Strand, und Tränen traten ihm in die Augen.

Die Stimme seiner Frau holte ihn ins Zimmer zurück, sie, die ihn sanft berührte.

»Anto'«, fragte sie, »was machst du, weinst du? Freust du dich denn nicht?«

Der Mann sah seine Frau an, doch eigentlich sahen seine Augen etwas in viel weiterer Ferne.

»Wenn du wüßtest«, sagte er mit brüchiger Stimme, »wenn du wüßtest, wie traurig das Meer von Mailand ist…«

Wie mit seinen Gefährten verabredet, sorgte der Maestro, als es soweit war, dafür, daß er nicht in der Nähe von Sapri als Lehrer eingesetzt wurde. Seinem Wunsch zu entsprechen war nicht schwer, da es im damaligen Italien, wo es noch an allem fehlte, gewiß nicht an Stellen für einen jungen, reiselustigen Lehrer mangelte. Der Plan seiner revolutionären kleinen Gruppe sah übrigens so aus: Sie wollten sich über das ganze Land verteilen und ihre Ideen weit weg von diesem Schlangennest verbreiten, das die Revolution niedergemetzelt hatte. Drei Lehrer, zwei Eisenbahner und ein aussichtsreicher Industriemechaniker verabschiedeten sich mit dem Versprechen, über einen intensiven Briefwechsel in Verbindung zu bleiben, sobald sie ihre Einsatzorte erreicht hätten. Der Tag würde kommen, an dem sie stärker und besser organisiert nach Hause zurückkehren könnten, um auch dort über soziale Gerechtigkeit und Freiheit zu reden.

Das Leben in Colle erschien ihm von Anfang an anders als das harte Dasein, mit dem er es stets zu tun gehabt hatte.

An Arbeit fehlte es ihm nicht, schließlich ist es keine Kleinigkeit, sich um dreißig Kinder zu kümmern, doch man hörte auf ihn und respektierte ihn, und ihm blieb genug Zeit für die Fortsetzung seiner Studien, zum Schreiben und zum Notieren seiner Eindrücke über die Menschen im Ort. Er beobachtete alles mit großer Aufmerksamkeit. Häufig stellte er Fragen unter dem Vorwand, die Familien besser kennenlernen zu wollen, und erkundigte sich nach der Art der Arbeit und nach der Behandlung der Beschäftigten.

Von den Vorarbeitern ließ er sich zur Eisenbahn-Baustelle mitnehmen, um Bekanntschaft mit den Arbeitern zu schließen, und auch zu den Fischern unten am Padule Lungo und zur Ziegelbrennerei, wo die Steine für die neuen Häuser hergestellt wurden, die rings um den Bahnhof wie Pilze aus dem Boden schossen. Colle lebte in einer umfassenden Aufbruchstimmung, der neue Ort wimmelte nur so von Arbeitern, die die Häuser hochzogen, neue Straßen absteckten und die Bahnstrecke verlängerten, während oben in der Altstadt die Kaufleute und Handwerker alles taten, um die Menschen im Sog dieser rasant vorangaloppierenden Zukunft mit Kleidung und Nahrung zu versorgen.

An seinem Fenster mit Blick auf das Tal oder vor dem Haus an der Stadtmauer sitzend, verbrachte der Maestro viel Zeit damit, dieses Treiben zu beobachten, wobei er versuchte, die verborgenen Strömungen, Spannungen, Möglichkeiten und Perspektiven zu ergründen, und Theorien aufstellte, die er dann in seine Hefte schrieb und in den Büchern überprüfte. Der enorme Eifer schien ihm etwas Neues zu verkörpern, einen anderen Geist, den er, der in der ländlichen Gegend von Sapri aufgewachsen war, bestenfalls aus den Schilderungen von Marx oder Bakunin kannte. Von ihnen erfuhr er auch, daß dies nur ein Bruchteil menschlicher Arbeit war, gemessen an der unvorstellbaren Menge Arbeit, die die Menschen anderswo zu Hunderten in die Enge riesiger Fabriken zwang, um Fasern zu verweben oder Stahl zu gießen. Bisweilen überlief ihn dieser Gedanke wie ein kalter Schauer und nahm ihm den Atem. Er sah gigantische Konstruktionen voll wimmelnder Menschen vor sich, Sklaven einer Arbeit, deren Früchte nicht ihnen gehörten, verborgen in der Dunkelheit, begraben unter dem Qualm, betäubt vom Lärm, versunken in der Produktion eines gemeinsamen Schicksals harter Arbeit, das ihm wie ein gewaltiger und vollkommener Schmerz erschien.

Darüber dachte der Maestro nach, er dachte auch dann noch an die Fabriken, wenn er durch die Felder ging, diese Schauplätze anderer schrecklicher Mühen, wenngleich sie in Colle in Form und Farbe strahlend waren. Gewiß, die Bauern und die armen Leute waren hier genauso arme Leute wie zu Hause in Sapri, doch ihre Gesichter waren weniger schroff und eher zu einem Lächeln bereit, als hätten die Schönheit der Landschaft und die Sanftheit der Hügel, die zu einer watteweichen Ebene abfielen, auch die Bewohner besänftigt und ihnen das Tor zum Leben weiter geöffnet, als es für die Menschen auf dem Gut der Portillos je geschehen war. Dazu die Farben, die rotbraune Erde, die dort, wo die Arbeit gepflegte Wiesen hatte entstehen lassen, grün gefleckt war, und das Gelb des Korns, das die Hänge erklomm, und das blaue Wasser des Padule Lungo, das in der untergehenden Sonne golden glitzerte.

Sogar ihre Sprache hatte die Farbe der Wiesen, war sanfte Musik, der Klang einer Flöte oder einer Geige. Etwas breiter die Mundart oben in Colle Alto, voller elfsilbiger Rhythmen und fast schon in Versform; unregelmäßiger und unordentlicher zum Bahnhof hin, eine Mixtur von Menschen auf der Durchreise, die Tag für Tag kamen, um hier zu leben und zu arbeiten.

Doch vor allen Dingen beeindruckte den Maestro die Liebenswürdigkeit der Frauen in Colle. Nicht daß die Frauen bei ihm zu Hause nicht freundlich waren, doch sie wahrten in allen Lebenslagen eine Zurückhaltung, die fast schon an Widerspenstigkeit grenzte und sie in einer eigenen Welt isolierte, sogar dann noch, wenn sie Ehefrau oder Großmutter wurden. Die Frauen von Colle dagegen scheuten sich nicht, zu lächeln und mit bezauberndem Charme und Liebreiz das Wort an einen Fremden zu richten.

Dem Maestro war dieser Liebreiz nicht geheuer, und so kam es, daß er in den ersten Wochen die Freundlichkeit, mit der ihm die Witwe Bartoli begegnete, zwar einerseits genoß, sie jedoch andererseits mit dem Mißtrauen und der Wachsamkeit eines Menschen hinnahm, der daran gewöhnt ist, in zwanglosen Umgangsformen einem Fremden gegenüber wenn nicht heimliche Absichten, so doch zumindest etwas Unübliches zu sehen. Aber mit der Zeit gab er seinen Argwohn auf, da er auch die anderen Frauen des Ortes beobachtete und mit ihnen Worte wechselte, und er begann das Vergnügen eines Gesprächs, eines erwiderten Grußes oder einer Erzählung zu schätzen, die zwar belanglos sein mochten, doch gefärbt von jener ausholenden, sonnigen Redeweise, die ihnen epische Züge verlieh.

Irgendwann wurden ihm die Tage zwischen Arbeit und Studium, ergänzt nur durch die Spaziergänge, mit denen er die sonntäglichen Pausen füllte, zu einsam und lang, und er gestand sich ein, daß er sie gern mit dem Zubrot von Worten versüßt hätte, die für ihn und nur für ihn bestimmt waren. Anders als seine zwei Mitbewohner war, er weder ein großer Kneipengänger noch einer, der auf der Piazza das

Tanzbein schwang. Zudem verbot ihm seine Stellung als Lehrer, durch die Gegend zu ziehen und jemanden in ein Gespräch zu verwickeln, das mehr war als ein höflicher Wortwechsel im Vorübergehen.

Eine Möglichkeit bot sich allerdings. Da war die Witwe Bartoli, zum Greifen nahe, jederzeit freundlich und an ihm interessiert. Diskrete Fragen, kleine tägliche Aufmerksamkeiten, denen er zunächst mit Anstand ausgewichen war, die ihn jedoch behutsam umschmeichelt und mit der Zeit sogar aufgeheitert hatten. Wenn er morgens aufwachte, eilte er schnurstracks zum Frühstück hinunter, um in den Genuß der Herzlichkeit zu kommen, die die Witwe für ihn bereithielt, und um zumindest eine Viertelstunde lang die glückliche, frühlingshafte Stimmung auszukosten, die von ihren Bewegungen und ihren Worten ausging, während sie die Tischgäste bediente. Nicht der Rede wert zu sein schien ein eigens für ihn zubereitetes Biskuit, ein leichtes Klopfen auf seine Schulter, um irgendein Stäubchen zu entfernen, ein Rockrascheln gegen den Stuhl, und doch fühlte sich der Maestro, gestärkt von jeder noch so kleinen Geste, danach mutig genug, um zur Arbeit zu gehen und sich der Welt zu stellen.

Daher faßte er sich am Nachmittag eines ungewöhnlich milden Sonntags im Februar, kaum daß die Witwe mit dem Geschirrspülen fertig war, ein Herz und wagte einen Schritt nach vorn. Er hatte sich den ganzen Vormittag mit der Frage herumgeschlagen, was er wohl sagen könnte – zunächst eine kleine Einleitung, um seine Kühnheit zu rechtfertigen und das Gespräch in Gang zu bringen, als Vorwort sozusagen, und dann die Bitte um einen gemeinsamen Spaziergang, nur so, um sich im Gespräch Gesellschaft zu leisten, nicht ohne der Frau den Fluchtweg einer sehr wahrscheinlichen Ablehnung offenzuhalten. Er hätte natürlich Verständnis für ihre Stellung als Witwe, dafür, daß es ungebührlich sein könnte, sich zusammen mit ihm zu zeigen – und so weiter. Er hatte all diese Gedanken mehrfach hin und her gewälzt und glaubte sich nun für einen Versuch gerüstet.

Es war das erstemal, daß er einer erwachsenen Frau in einer so heiklen Situation gegenüberstand. Die Liebe, die er in seinem Landstrich kennengelernt hatte, bestand aus flüchtigen Blicken und raschen, den Vätern oder Ehemännern geraubten Gesten, die schnell vollzogen waren. In weniger als einem Atemzug. Hier ging es darum, mit offenen Karten zu spielen und keinesfalls beleidigend zu sein. Eine gestandene Frau, verwitwet und allein. Den Kopf mit solcherlei Überlegungen vollgestopft, steuerte der Maestro auf die Witwe Bartoli zu, die sich mit ihrer Stickarbeit an die offene Küchentür gesetzt hatte, durch die man den Himmel und die Ebene sah.

Mit einem Herzen, das ihm bis zum Hals schlug, während seine Hände die Krempe seines Hutes mißhandelten, baute er sich vor der Frau, vor dem Himmel und vor der Ebene auf und versuchte, ein Wort zu sagen und all seinen Mut gegen diese Mauer aus Schönheit zu stemmen, die sie und die Landschaft vor ihm errichteten. Er hatte, ohne zu zögern, sein Zuhause und seine Familie verlassen, war bereit, eine Revolution zu beginnen und die Welt zu verändern, aber diese wenigen wohlüberlegten Worte, diese schlichten Worte der Einladung, kamen ihm vor den Blikken der Witwe Bartoli, die ihn anlächelte, nicht über die Lippen.

Der Maestro blieb noch einige Sekunden sprachlos stehen. Er fand, daß das alles zu schön und zutiefst ungerecht war, so ungerecht, wie zuviel Schönheit im Vergleich mit den Worten eines Mannes nur sein kann. Das Lächeln einer verliebten Frau, der blaue Himmel und unter dem Himmel die Ebene, die sich im fernen Glitzern des Padule verlor. Es war alles da, und das war zuviel für ein paar höfliche Einladungsfloskeln, die seit Stunden durchdacht und Wort für Wort zu nunmehr unpassenden Sätzen zusammengefügt worden waren.

Der Maestro gab auf. Er schaute noch einen Moment zum Himmel, versank dann in den Augen der Witwe und brachte mit leiser Stimme nichts weiter heraus als:

»Gehen wir?«

Die Liebe umfing die Witwe Bartoli und den Maestro so unausweichlich, daß zwischen Colle und Piana und noch darüber hinaus kein Mensch diese Verbindung je befremdlich fand, obgleich sie doch Anlaß genug zu Klatsch und Tratsch hätte bieten können, und wäre es nur wegen des deutlichen Altersunterschieds der Liebenden gewesen, auf jeden Fall aber wegen der Tatsache, daß die beiden in all den Jahren ihrer Liebe nie auch nur die geringste Absicht erkennen ließen, ihre Beziehung durch eine Eheschließung zu legalisieren, auch dann nicht, als sich Nachwuchs einstellte und die Schwierigkeiten nicht auf sich warten ließen.

Der Maestro akzeptierte mit seinen anarchistischen Überzeugungen ohnehin weder die Autorität des Staates noch die der Kirche, und auch die Witwe Bartoli hatte seit dem Tag ihres ersten Spaziergangs mit dem jungen Mann nie auf die Möglichkeit einer Heirat angespielt. Nachdem sie und der Maestro gegen Abend nach Hause gekommen waren, den Pensionsgästen das Essen serviert worden und die Küche aufgeräumt war, begannen sie kurzerhand ihr Eheleben, schliefen im gemeinsamen Schlafzimmer und richteten das kleine Zimmer des Maestros mit all den Papieren und Büchern als Schreibstube her, die für ihn fortan ein stilles Refugium für die Lektürestunden war.

Im Laufe der Zeit, als der Bahnhof fertig war und die Eisenbahnlinie sich schon weit über den Padule Lungo hinaus erstreckte, hin zu neuen Ebenen und neuen Städten, zogen die Kinder, die aus ihrer Verbindung hervorgegangen waren, in die ehemals von den zwei Vorarbeitern bewohnten Zimmer, so daß das Haus an der Stadtmauer in dem Durcheinander dieser sonderbaren Familie und der Liebe, die die beiden stets unversehrt bewahren konnten, jünger zu werden schien.

In einem Zimmer schlief Ideale, ihr Erstgeborener, und später schlief dort auch der um einige Jahre jüngere Michail, während Libertà, die Jüngste, das Zimmer neben dem von Bartolo erhalten sollte, das viele Jahre später dann von Cafiero bezogen wurde.

Die Kinder wuchsen in der heiteren Gelassenheit auf, die die Witwe auch dann noch ausstrahlte, als das Leben für sie alle äußerst schwierige Momente bereithielt, und trotz der langen Zeiten, in denen der Vater abwesend war.

In dem seit Jahrhunderten auf dem Berg verschanzten Ort, vom Zauberschein der Liebe zwischen der Witwe Bartoli und dem Maestro umfangen, war das Haus an der Stadtmauer über lange Zeit eine Art Freihafen, in dem ihr Leben und das ihrer Kinder im Schutz vor den Gemeinheiten und vor den erbarmungslosen Vorschriften der Behörden seinen Lauf nehmen konnte. Solange die Zeit zwischen Colle und dem Padule langsam dahinfloß, ersparte die besondere Wesensart der Bewohner jener Gegend den beiden Liebenden alle Probleme, die aus ihrer Verbindung und aus den Geburten außerhalb jeder Ordnung hätten erwachsen können, vor allem für jemanden wie den Maestro, der sich in der angesehenen Position eines Lehrers behaupten mußte.

Selbst als Geschichte und Fortschritt wie ein Sturm über diese Familie hereinbrachen und der Anspruch erhoben wurde, das, was eigentlich nur das Produkt eines Traumes war, in eine strenge Form zu pressen, konnten die verheerenden Folgen, die die Wucht der Ordnung mit sich brachte, den Sinn für das Glück, den der Bund jener Menschen unbestreitbar geweckt hatte, nicht vollständig aus dem Gedächtnis von Colle Alto löschen.

Als dies alles lange vorbei war, konnten sich die Kindeskinder jener Menschen, die dieses Glück aus der Nähe miterlebt hatten, wenn sie dort vorüberkamen, wo statt der Großtankstelle einst das Haus an der Stadtmauer gestanden hatte, eines Lächelns oder eines freundlichen Wortes zu dem Ort hin nicht enthalten, an dem sich eine Geschichte zugetragen hatte, die die meisten wie ein schönes Märchen in Erinnerung behielten, wie einen Augenblick stillen Lichts im Wirbel ihrer hastigen Tage.

Der einzige, der zur Zeit der Ereignisse etwas einzuwenden hatte, war der Pfarrer von San Venanzio, Don Ubaldo. Etwa eine Woche nach der Geburt von Ideale stieg er – da niemand aus der Familie es für nötig befunden hatte, bei ihm vorbeizuschauen, um die kleine Seele ins Kirchenbuch eintragen zu lassen – eines Abends bei einem Hundewetter vom Pfarrhaus gegenüber von Rocca herab, um das neue Schäfchen zu segnen.

Der Priester war mit einiger Skepsis beim Haus an der Stadtmauer angelangt, wußte er doch um die illegitime Verbindung, die gleichwohl in Ordnung gebracht werden sollte. So oder so und ohne viel Aufhebens, denn der Maestro war ein freundlicher und in ganz Colle Alto beliebter Mann. Doch kaum hatte man Don Ubaldo die Tür geöffnet, wurde auch er von der glücklichen Atmosphäre des Hauses umfangen, von der Freundlichkeit der Mutter und von der Fröhlichkeit jedes einzelnen dort, einschließlich der zwei zur Miete wohnenden Vorarbeiter. Der alte Priester war sehr angetan von der allgemeinen Herzlichkeit, diesem erfreulichen Trost nach einem Weg durch Wind und Regen. Er sah den kleinen Ideale an der Brust der Witwe schlafen, die sanfter denn je wirkte, und hatte für einen Moment den Eindruck, vor einer heiligen Szene zu stehen, vielleicht vor einem Leonardo oder vor einer Madonna von Raffael, und mußte sehr an sich halten, um sich nicht zu bekreuzigen; dann sah er Bartolo quietschvergnügt auf den Knien des Maestros hüpfen, dazu die beiden anderen Männer, die ihm Wein einschenkten, um das freudige Ereignis zu begießen.

Er hätte nicht sagen können, wie es dazu kam, doch schon bald verschwamm alles. Die Worte verschwammen, die Gesten verschwammen, sogar die Zeit verschwamm, die mit beeindruckender Langsamkeit verstrich, damit er an jenem Fest teilnahm, an den Gesängen und an den Diskussionen, die auf die gefüllten Gläser folgten und auf das ofenfrische Gebäck. Ohne Frage verschwamm vieles, und es entspannen sich lange Gespräche über Gerechtigkeit, über die Armen und über Christus, über die Bischöfe und über die Pfarrer, über die, die befehlen, und die, die gehorchen, so daß Don Ubaldo zu guter Letzt den eigentlichen Grund seines Besuchs im Haus an der Stadtmauer vergaß.

Es fiel ihm schlagartig wieder ein, als Regen und Tramontana ihn auf seinem Weg zum Pfarrhaus erneut überraschten, weshalb er unverzüglich kehrtmachte, so schnell es seine vom Wein und vom Alter wackligen Beine zuließen. Doch inzwischen kannte er die Liebe in diesem Haus, und das wahre Sakrileg schien ihm nun darin zu bestehen, noch einmal Einlaß zu begehren und eine Vorschrift durchzusetzen, die die Dinge im Grunde nur komplizierter machte.

Also stellte er sich kerzengerade vor die Haustür, hob in der Finsternis der Schlechtwetternacht den Arm und zeichnete ein segnendes Kreuz in die eisige Luft. Dann drehte er sich um, brummelte noch etwas gegen die Kälte und machte sich langsam an den Aufstieg zurück zum Pfarrhaus.

Während rosa in den Wehen lag und vor Schmerzen schrie, träumte Odysseus noch selig an einem Tisch der Osteria Etrusca vor sich hin, liebkost von der warmen Hand des Weins, mit dem er den Verkauf von zwei Schweinen gefeiert hatte.

Obgleich bei diesen hemmungslosen Schreien sein erstes Kind zur Welt kommen sollte, ging er genauso auf Distanz wie die meisten Ehemänner in Colle, wenn sich Nachwuchs einstellte, denn das Kinderkriegen war ausschließlich Frauensache.

Auch hatten es die ersten drei Gläser trotz des guten Verkaufsabschlusses noch nicht geschafft, seinen Groll gegen diese Frau zu beschwichtigen, die keiner ihrer Pflichten pünktlich nachkam, weder der Zubereitung des Mittagessens noch jetzt, als es darum ging, innerhalb der neun Monate zu entbinden, die der Herrgott für das Menschengeschlecht vorgesehen hatte.

Wenn Rosa die Suppe fertig hatte, fehlten auf dem Tisch garantiert noch Wein oder Brot, und wenn ihr Mann ein sauberes Hemd für den Markt brauchte, hatte sie es zwar gewaschen und gebügelt zurechtgelegt, doch die Weste vergessen, auf der Odysseus die Silberkette seiner Uhr, von der er sich niemals trennte, zur Schau stellte.

So lief Rosa auch noch lange nach dem errechneten Termin mit einer riesigen Wassermelone anstelle des Bauches durchs Haus, klagte über Rückenschmerzen und aß für drei.

Aus dem Schlaf, in den er versunken war, einem Schlaf,

in dem zwei Schweine auf einer Veilchenwiese grasten, wurde Odysseus durch das Gerüttel seiner Schwägerin Mena gerissen, die ihn in eine Wirklichkeit zurückholte, in der Gestank und Lärm ohne jeden Zweifel weitaus stärker waren als der durchdringende Veilchengeruch, den der Traum ihm geschenkt hatte.

»Rosa kriegt Junge«, waren die ersten Worte, die er beim Auftauchen aus der Tiefe eines Flusses mit warmem Wasser hörte. Vielleicht aus dem Gefühl heraus, tatsächlich zu baden, stand Odysseus vom Tisch auf, ruderte wie beim Schwimmen mit den Armen und stolzierte quer durch den Raum des Wirtshauses, was allen wie ein regelrechter Tanz vorkam.

Mena, die gute Frau, folgte ihm, und so, wie sie sich, den Schal um die Schultern gezogen, beim Eintreten bekreuzigt hatte, schlug sie nun auch beim Hinausgehen ein Kreuz in Richtung der wenigen Gäste, die sich zu dieser späten Stunde noch bei Karten, Tabakrauch, Geplauder und Wein die Zeit vertrieben, und verabschiedete sich Hals über Kopf von einem Ort, der in ihren grauen Jungfernaugen eine Stätte der Verderbnis war.

Die frische Januarluft genügte Odysseus auf den wenigen hundert Metern bis zu seinem Haus, um zu einem würdevollen, gemessenen Schritt zurückzufinden, und als er dort ankam, bot er wieder den vornehmen Anblick, in den sich Rosa knapp zehn Monate zuvor verliebt hatte.

Genaugenommen sollte man, sofern überhaupt von Liebe die Rede sein kann, sie nur mit Rosa in Verbindung bringen, die schon beim erstenmal, als Odysseus' Blick sie von einem Stuhl des Caffè della Stazione aus beim Sonntagsspaziergang gemustert hatte, zumindest ein Kribbeln in der Magengegend und ein irrwitziges Herzklopfen gespürt hatte. In den Augen des Mannes dagegen war es eher um ein Geschäft gegangen, um eine Transaktion, die im großen und ganzen genauso abgeschlossen wurde, wie er es in seinem Beruf als Schweinehändler gewohnt war. So hatte Odysseus die Eckpunkte dieses Handels sorgfältig geprüft, bevor er sein Angebot unterbreitete.

Da war zunächst einmal sein Alter, denn einundvierzig Jahre konnte man gewiß nicht mehr als jung anpreisen, seine nunmehr verschärfte Zwangslage, seit Tante Sparta so alt und krank geworden war und die frisch verheiratete Eurydike ihm seine Sachen nicht mehr in Ordnung halten konnte. Und außerdem war da – zwecklos, es zu leugnen – auch das Bedürfnis nach Gesellschaft, danach, jemanden im Haus zu haben, der die Leere in seinem Magen füllte, die er jedesmal spürte, wenn er nach der Arbeit spät nach Hause kam.

So erwog Odysseus alle Aspekte seiner Lage und beschloß, auf dem Markt seine Fühler auszustrecken: Von seinem Stuhl im Caffè della Stazione aus sah er sich das sonntägliche Treiben an, betrachtete die Frauen, begutachtete ihre körperlichen Qualitäten und musterte ihren Gang. Sein prüfender Blick war auch von seiner Erfahrung als Schweinehändler geprägt, mithin von der Tatsache, daß es nach seinem Dafürhalten nicht unbedingt ein Unterschied war, ob man eine Frau heiratete oder ein gutes Stück Vieh erwarb. Die wichtigsten Eigenschaften, die seine Braut mitzubringen hatte, waren demzufolge eine kräftige Statur und die robuste Konstitution eines guten Zuchttiers, damit sie ihm eine gesunde Nachkommenschaft sicherte. Auf ein anziehendes Äußeres legte Odysseus wenig Wert. Eine gute Familie gründet man nicht mit Schönheit, dachte er. Sondern mit der Treue und Redlichkeit einer Frau, die die Kinder großziehen und ihren Ehemann umsorgen kann.

Rosa schien ihm auf Anhieb die Richtige zu sein. Sie war nicht schön, doch ihr pausbackiges rosiges Gesicht, ihre kräftigen Fesseln und ihre rundlichen Hüften boten ihm neben der Gewähr einer gewissen Gebärfreudigkeit auch ein Bild von Stabilität und Gelassenheit. Die Erkundigungen, die er diskret über sie einholte, bestätigten ihm, daß sie aus einer anständigen, fleißigen Familie kam, daß ihr Vater Cesco Weichensteller bei der Eisenbahn war und ihre Mutter Ida, bevor sie starb, zwei Mädchen zur Welt gebracht hatte, von denen der Mena, die zehn Jahre älter war als ihre Schwester, offenbar das Schicksal einer alten Jungfer beschieden war.

An einem Sonntag Anfang März, als schon der Frühling in der Luft lag, fand sich Odysseus also mit seinem Einspänner vor Rosas Haus ein, stieg ab, tippte an seine Hutkrempe und erkundigte sich bei Mena, die im Fenster lehnte, ob es wohl möglich sei, Signor Cesco einen Augenblick zu sprechen.

Rosa war gerade im oberen Stockwerk, um die Zimmer aufzuräumen, und als sie hörte, wie Odysseus ihren Vater mit warmer Stimme begrüßte, errötete sie, während ihr das Herz bis zum Hals schlug.

Sie wußte nichts, doch sie hoffte.

Denn was sollte diesen urplötzlichen Besuch wohl ausgelöst haben, wenn nicht die Blicke, die Odysseus ihr an den vergangenen Sonntagen während des Spaziergangs auf dem Bahnhofsvorplatz immer wieder zugeworfen hatte?

Als ihr Vater nach ihr rief, schwanden Rosa fast die Sinne. Sie griff sich mit beiden Händen an den Kopf, fuhr sich übers Gesicht, wie um es in einer verzweifelten Liebkosung zu glätten, und ging hinunter. Ihr Haar war zu einem Knoten im Nacken zusammengeschlungen, an den Füßen hatte sie ein Paar alte Pantoffeln, und sie trug eine Schürze, die schon ihrer Mutter gehört hatte. Als Schönheit hätte sie sich nicht bezeichnen können, doch die Liebe hat nur die Augen des Menschen, der sie erkennt, und in dieser Hinsicht war Odysseus im Grunde blind: Er sah nur das Stück Vieh vor sich, das er aus der Frauenherde von Colle für sich ausgesucht hatte. Und auch aus der Nähe erschien es ihm wie ein gutes Geschäft.

Die Vereinbarung wurde im Stehen geschlossen, kaum daß Rosa von Signor Cesco erfahren hatte, welches Anliegen Odysseus zu ihnen geführt hatte. Sie flüsterte mit vor Aufregung geröteten Wangen und mit gesenktem Blick ein Wort des Einverständnisses, während sie mit den Händen, wie um sie zu glätten, wieder und wieder über ihre Schürze strich. Odysseus hatte zwar seinen Hut abgenommen, doch trotz dieser respektvollen Gebärde nichts von seinem würdevollen, sicheren Auftreten eingebüßt, das Rosa so ungemein gefiel. Er sagte kein Wort, ergriff lediglich mit der gleichen Geste, mit der er auf dem Markt einen Viehverkauf besiegelte, die ausgestreckte Hand Signor Cescos.

So geschah es, ohne viel Federlesens. Odysseus kam am folgenden Tag, einem Sonntag, vorbei, um seine Braut zu einem Spaziergang abzuholen, ihr den Luxus einer Eiscreme zu bieten, dann mit dem Einspänner zum Mühlengrund zu fahren und auf ein Glas Likör bei der alten Tante Sparta vorbeizuschauen, die für ihn, den früh Verwaisten, stets Mutter, Schwester, Tante und wer weiß was noch alles gewesen war.

Während dieses Besuchs redete fast ausschließlich sie: An Rosa gewandt erklärte sie, man solle den Hochzeitstermin nicht allzusehr hinausschieben, denn es sei gar nicht gut, Zeit zu vergeuden, wo es doch so viel zu tun gebe. Sie kam auch auf die mit einem Haus verbundenen Pflichten zu sprechen, die sich, seit die Last der Jahre ihr den Rücken ruiniert hatte, wie riesige Misthaufen aufgetürmt hätten. Und auch auf Eurydike, die fortgegangen war, und darauf, daß ein Mann, ein Geschäftsmann, stets ordentlich aussehen müsse, gewaschen und gebügelt und mit Weste, weil beim Handel zwar das Wort zähle, gar keine Frage, doch welchen Wert habe schon das Wort eines zerlumpten Menschen?

Alles ging sehr schnell. Von dem Tag an, da Odysseus um ihre Hand angehalten hatte, bis zu dem Moment, da Rosa ganz in Weiß am Arm ihres Vaters vor den Altar von San Venanzio trat, verging nicht mehr als ein Monat. Das Haus stand schließlich bereit und wartete nur auf dieses rotwangige Mädchen, das die Umarmungen der Männer noch nicht kennengelernt hatte. Neunzehn Jahre alt war Rosa, und darüber, was ein Mann und eine Frau in trauter Zweisamkeit tun sollten, nachdem der Priester die Trauung vollzogen hatte, war ihr nur ein konfuses Gemisch aus Antworten und Gerüchten bekannt, nur die Ausbeute aus dem Geschwätz, Gekicher und Augenzwinkern während des Wäschewaschens am Wassergraben, wo die älteren Frauen, Ehefrauen und Witwen sich Halbsätze und Andeutungen zuwarfen, um vor allem Mena aufzuziehen, die von gewissen Dingen lieber erst gar nichts hören wollte.

Da Rosa jedoch eine arglose Seele war, kümmerten sie das Thema Ehe, die ehelichen Pflichten und alles Drum und Dran so gut wie gar nicht. Für sie zählte nur jene halbe Stunde in San Venanzio auf dem mit Feldblumen geschmückten Bänkchen, das man eigens für sie hergerichtet hatte, ebenso wie Don Ubaldo eigens für sie die Paramente angelegt hatte und die Verwandten eigens für sie im Sonntagsstaat erschienen waren.

Deshalb und nur deshalb war sie an jenem Tag glücklich, denn soweit sie zurückdenken konnte, war dies der einzige Tag, an dem wirklich sie die Welt bewegte, als Mittelpunkt eines kleinen Universums, das sich für einen kurzen Augenblick um sie drehte.

Nach dem Gottesdienst half ihr Odysseus in den Einspänner, kaum daß sie die Kirche verlassen hatten, während die kleine Gruppe der Verwandten einen Applaus erklingen ließ. Wie üblich fand das Mittagessen im Haus der Braut statt, mit etwa dreißig Verwandten und Freunden, die glücklich über diese Gelegenheit eines Gelages mit allen Schikanen waren. Denn die Zeiten waren durchaus nicht danach, daß man sich jeden Tag an einen reichgedeckten Tisch setzen konnte, wie ihn eine Hochzeit bot, zumal auf das Mittagsmahl bei der Braut traditionsgemäß noch das Abendessen beim Bräutigam folgte.

Da niemand die Absicht hatte, auf so viel Segen zu verzichten, brach die kleine Festgesellschaft kurz nach Sonnenuntergang auf zu Odysseus' Haus, mit nach dem großzügigen Mittagsmahl schweren Schritten, denen der lange Weg jedoch wieder etwas Leichtigkeit verlieh, so daß viele der Gäste, als es ans Abendessen ging, genug Übermut und Begeisterung offenbarten, um mit Messer und Gabel zu neuen Heldentaten zu schreiten.

Umarmungen, Trinksprüche und dann Lieder, die mit der Zeit und mit dem Wein an Unbeschwertheit und Angemessenheit verloren, bis schließlich die meisten Tischgenossen so erschöpft waren, daß sie zusammen mit dem Ereignis, das diesen langen Tag eingeleitet hatte, auch den Grund für die Festtagsfreude vergaßen. In diesem Wirrwarr begann nun die Abschiedszeremonie, die allen trotz der Glückwünsche, Küsse und lächelnden Gesichter wie ein

Rückzug nach einer schweren Niederlage, wie die unwiderrufliche Rückkehr in die eigene Sklaverei erschien.

Zumindest schien es Rosa so, die von einer grenzenlosen Traurigkeit gepackt wurde, während Mena sich, an den Vater geklammert, unter Tränen von ihr verabschiedete und dabei den Eindruck erweckte, statt an einer Hochzeit an einem Begräbnis teilgenommen zu haben. Signor Cesco jedoch, die Pupillen von der Rührung und vom Wein verschleiert, streckte Odysseus die Hand entgegen und improvisierte eine kleine Rede mit einer eher obskuren Logik, in der es um Eheleute, Pflichten, Züge und Bahnhofsvorsteher ging, bis er schließlich, noch immer die Hand des neuen Schwiegersohns umklammernd, einen letzten, endgültigen Satz sprach:

»Vergessen Sie nicht, daß ein Mann immer ein Mann ist.«

Im Widerhall dieser Worte schloß sich die Haustür und ließ Rosa mit ihrer Traurigkeit und mit einem plötzlich schweigsamen Ehemann zurück: Odysseus starrte sie an, unverwandt und mit einem alles andere als klaren Blick. Er war ein gestandener Mann, und über das, was zwischen einem Mann und einer Frau geschehen konnte, wußte er zur Genüge Bescheid, und zur Genüge hatte er es gegen Bezahlung auch praktiziert. Doch vielleicht witterte er, ebenfalls bestürzt über die Stille, in die das Haus nach dem Wirbelsturm des Festes gesunken war, so von Angesicht zu Angesicht mit seiner ihn beobachtenden Frau die Traurigkeit, die sie umfing, wie auch ein Hund aus wenigen Schritten Entfernung einen vertrauten Geruch wittern kann. Er bemerkte sie, und der Akt, mit dem er die neue Verbindung sozusagen einweihen sollte, erschien ihm wie ein Einbruch, wie ein unrechtmäßiges Herumwühlen in dem Besitz eines abwesenden Menschen.

Als eingefleischter Kaufmann hatte er stets Gefallen daran gefunden, zu verhandeln und auf verschlungenen Wegen zum Ziel zu gelangen. Zu reden und bis zum besiegelnden Handschlag in einem klugen Spiel zu nehmen und zu geben. Die in der Luft liegende Traurigkeit, die späte Stunde und die Zecherei ließen diese Wegstrecke zu einer extremen Hürde werden. Für Hektik hatte er nichts übrig, und die Zeit lastete plötzlich auf seinen Schultern wie ein Felsblock. Mit langsamen Gesten, erdrückt von einer unendlichen Müdigkeit, richtete er daher die folgenden Worte, die für immer ihre Intimität kennzeichnen sollten, an die Frau, die er ausgesucht hatte, um seine Familie zu gründen:

»Der Schlaf ist der wichtigste Teil des Lebens.«

Gleichwohl wurde die Ehe am darauffolgenden Morgen mit von den Festlichkeiten und vom Wein dumpfen Kopf vollzogen. Zunächst versuchte Odysseus, vorsichtig und aufmerksam zu sein, so wie es sich seines Erachtens bei einer Frau, seiner Frau, gehörte, die sich noch nie einem Mann genähert hatte.

Rosa war auch wirklich verängstigt und verschreckt durch das Wesen dieser Annäherung, über das bei den Frauen am Graben soviel geredet wurde, ohne daß die Dinge konkret beim Namen genannt wurden. Sie hatte nur eine undeutliche Vorstellung von dem Herumfuhrwerken, zu dem der Ehemann sich anschickte, und ihre Bedenken waren noch verstärkt worden durch die vagen, ausweichenden Worte ihrer Schwester, die ihr als Antwort auf ihre Fragen am Vorabend ihrer Hochzeit mit hochrotem Gesicht in Halbsätzen widersprüchliche und aberwitzige Sachen erzählt hatte. Dieser Rede hatte Rosa lediglich entnommen, daß es dem

Mann oblag, irgendwo im Bereich ihrer unteren Körperpartien mit dem Werkzeug herumzustöbern, mit dem der Herrgott ihn zwischen den Beinen ausgestattet hatte und von dem sie ein leicht beängstigendes Bild hatte, da es sich auf Maultiere und Pferde beim Decken bezog.

Außerdem beunruhigte sie Odysseus' seltsame Art, denn er war auf einmal zärtlich und freundlich, fast schon zuckersüß, und erging sich in so ungewohnten Beschwichtigungen und Liebkosungen, daß ihr die Gesten in den Sinn kamen, mit denen ihr Vater, Signor Cesco, als sie noch ein kleines Mädchen war, ihr Schwein bedacht hatte, bevor er es zum Schlachten führte. Genau der Tonfall, genau diese schönen Worte und das Tätscheln des Rückens, wohl weil er diesen Mord bedauerte, doch vielleicht auch, weil er sich bereits auf Fleisch und Würstchen und Schinken und sonstige Vorräte für den harten Winter freute.

Im Dämmerlicht des Raumes, nur erleuchtet von der kleinen Nachtlampe vor dem strengen Porträt des Schwiegervaters Laertes, das von der Kommode aus zum Bett herüberspähte und ihre Verlegenheit noch steigerte, suchte Rosa irgendwo in ihrem Innern nach dem Pflichtgefühl, das sie davon überzeugen konnte, sich mit ihrem Ehemann zu vereinigen, zuckte allerdings gleichzeitig zurück, da sie das Messer des Schlächters vor Augen hatte und förmlich die herzzerreißenden Schreie hörte, die auf das Streicheln folgten; so ging es, bis Odysseus' Liebenswürdigkeit nachließ und sich der Mann, getrieben von der nun unweigerlich aufsteigenden Natur, auf ihr Fleisch stürzte und dabei etwas Ketzerisches über fromme Frauen knurrte.

Rosa spürte ein heftiges Brennen im Innern, etwas wie ein Reißen, kniff die Augen noch fester zu und war den Tränen nahe, während ihr Mann sich in ihr und auf ihr bewegte. Sie fühlte Wind, ein Gewitter, ein Pferd, das von einer Klippe hinunter zum Meer galoppierte. Sie hatte Angst und klammerte sich fester an die Schultern des schnaufenden Odysseus, dachte noch einen Moment an das geschlachtete Schwein und spürte ein tiefes Leid, ein unermeßliches Leid, gleichsam einen Schmerz, der ihr in diesem nicht enden wollenden Augenblick vollkommen zu sein schien.

Dann stieß die Lokomotive eine Art Pfiff aus und japste etwas, was einer Ansage, einer Station, einem Bremsenquietschen glich. Danach nichts mehr. Das alles hatte nur wenige Minuten gedauert, doch als ihr Mann sich zurückzog und ihr noch einmal sagte, sie solle ganz ruhig sein, alles sei gutgegangen und es sei nur beim ersten Mal so, später werde sie Vergnügen daran finden, ein Vergnügen, für das alle Leute es wieder und wieder tun, für das sie Verrat begehen, krank werden und sich sogar gegenseitig umbringen, da kam es Rosa so vor, als hätte sie einen endlosen, unbequemen und schmerzhaften Ritt hinter sich, eine lange Reise in die Dunkelheit, aus der sie endlich wiederaufgetaucht war. Im Gegensatz zu den Leuten, die sich dafür umbrachten, war sie der Ansicht, daß die Welt wirklich eine abwegige Sache war und nicht der Mühe wert, sich zu quälen. Wenn Gott die Dinge so eingerichtet hatte, mochte er seine Gründe gehabt haben, doch die waren zu weit weg und undurchsichtig. Gründe, die, wie der Priester am Altar gesagt hatte, rätselhaft und sonderbar waren.

So wie auch viele, zu viele andere Dinge rätselhaft waren, dachte Rosa nach ihrem ersten Mal. Etwa die Tatsache, daß ein Kind in Colle Stazione anders sprechen lernte als in Colle Alto, wo die Rede jene langsame, fast poetische Gangart hatte, die sie in der Welt zu etwas Besonderem machte.

Auch die Kinder waren sonderbar. Und die Träume. Und die Pflanzen, wie sie wuchsen. Und die Gewitter. Der Nebel, der ihr angst machte. Der Tag und die Nacht, die Erde, die sich drehte, während doch alle stillstanden. Die Wörter, wie sie sich schreiben und wie sie sich lesen. Und was sie bedeuten, daß man, wenn man ein H, ein A und dann ein U und ein S aneinanderreiht, ein Haus bekommt und weiß, was ein Haus ist. Und der Schmerz, wie er zu einem kommt und wie er verschwindet. Das Leben. Der Tod.

Solche Gedanken bestürmten Rosa in jenem Zimmer zwischen dem Porträt von Signor Laertes und dem Keuchen seines neben ihr liegenden Sohnes, ihres Ehemanns, von dem allen Bädern zum Trotz ein leichter Schweinegeruch ausging, doch der Umstand, daß sie nun eine Frau war, eine richtige Ehefrau und endgültig verheiratet, schien ihr ganz im Gegensatz zu dem Schicksal der Dinge, die sie, ewig und rätselhaft, umkreisten, keine Bedeutung zu haben.

So drehte sie sich zu Odysseus und äußerte ihm gegenüber inständig und mit Tränen in den Augen nur einen Wunsch, bat ihn um einen einzigen Gefallen. Um einen Schwur.

»Versprich mir, daß wir nie wieder Schweine essen werden«, sagte sie. »Schwöre es mir. Jetzt sofort.«

Als Odysseus aus der Schenke heimkam und dabei einen Windstoß frostiger, schneebeladener Luft in die Wärme des Hauses brachte, hatte Rosa gerade einen nassen roten Klumpen aus sich herausgepreßt, der sofort zu strampeln und wie ein Zicklein zu meckern begonnen hatte. Maddalena, die Hebamme, die ihn als erste auf dieser Welt in den Händen hielt, hatte ihn kopfunter gehalten, ihm einen

Klaps auf den Hintern gegeben, worin nur ein erfahrenes Auge einen Sinn erkennen konnte, und mit einem Lächeln verkündet:

»Es ist ein Mädchen, Rosa, ein schönes Mädchen.«

Dann fügte sie wie in ein Gebet versunken hinzu:

»Junge Frau, kleine Braut, Mägdelein.

Möge das Leben stets leicht ihr sein.«

Aus dem Schreien, das sich sogleich erhoben hatte, schloß Rosa, daß ihre neugeborene Tochter diesen Glückwunsch wahrhaftig gut gebrauchen konnte, um die ersten Minuten eines Lebens zu meistern, das alles andere als leicht zu sein schien. Da waren die Hitze, die Kälte, der Schmerz in ihrem Bauch, die Erschöpfung. Und bei dem Gedanken, daß auch nur ein Bruchteil solcher Mühsal auf diesem kleinen Fleischbündel lasten könnte, wurde ihr so schwer ums Herz, daß sie zu weinen begann.

Maddalena dagegen strahlte, und nachdem das kleine Würstchen gewaschen und abgetrocknet war, wickelte sie es in ein Tuch und herzte und küßte es. Dann reichte sie dieses Flickenbündel der Mena und schaute zwischen Rosas Beinen wieder nach dem Rechten.

»Allmächtiger«, sagte sie, »machen Sie sich auf was gefaßt. Da drinnen ist noch was versteckt, und wie es aussieht, will es heraus.«

Die anderen Frauen bekreuzigten sich, eine sagte, man müsse einen Doktor holen, eine andere begann zu lamentieren, als wäre sie es, die in den Wehen lag. Rosa war wie vom Donner gerührt, und bei dem Gedanken, noch einmal von vorn beginnen zu müssen, begann sie zu schreien und verzweifelt zu klagen.

Für einen kurzen Augenblick herrschte Chaos, bis Maddalena, wahrscheinlich beleidigt von einer derart verhaltenen Vertrauensbekundung, ihre Stimme über Gezeter und Gebete, über Flehen und Weinen erhob und, die Fäuste in die Hüften gestemmt, doch gleichwohl in dem eleganten Sprechrhythmus der Leute aus Colle Alto, schrie:

»Schert euch fort und blökt woanders weiter, denn Küken auf die Welt holen, das kann ich durchaus. Am Arsch, am Hintern und sogar in Querlage habe ich die kleinen Racker schon herausgezogen, als wären sie Pilze. Laßt mich allein, schließlich ist meine Kunst eine ernste Angelegenheit, die Ruhe und Geduld braucht – und die Stil hat!«

Sie breitete die Arme aus und wedelte damit, wie man es für Hühner auf dem Hof tut, um sie nach der Körnermahlzeit zurück in den Stall zu scheuchen. Mit rotem Gesicht, Verwünschungen knurrend, jagte sie, die wuchtig wie ein Kleiderschrank aus Kirschholz war, die anderen Frauen im Handumdrehen aus dem Zimmer:

»Christenmenschen auf die Welt zu helfen ist kein Jux wie das Gequassel im Kreis der Gevatterinnen. Später könnt ihr noch genug schwatzen, später könnt ihr erzählen, daß Maddalena die Kinder aus den Frauen herausgeholt hat wie Kartoffeln.«

Sie verjagte sie alle in grober Manier, auch Mena, die das Neugeborene an die Brust preßte, als gehörte dieser Schatz ihr, und blieb mit der entsetzten und erschöpften Rosa allein zurück. Sie war eine erfahrene, energische und tüchtige Frau und hatte in den vielen Jahren, in denen sie von Colle Alto bis Colle Stazione, von Piana bis zum Padule Lungo und noch dahinter den Leuten auf die Welt geholfen hatte, gelernt, wie eng und wie weit die Wege waren, die Christus wählte, um die Seelen ins irdische Jammertal zu schicken. Von Anfang an. In diesem Schiffbruch klammerte sie sich weder an Verzweiflung noch an Jammergebete zu Madonnen oder Heiligen und griff erst recht nicht zu magischen Künsten oder zu Gewalt, wie sie zuweilen von gelehrten Ärzten angewandt wird, wenn sie eine Frau von oben öffnen oder das Kind mit merkwürdigen Geräten holen, als wäre es ein verklemmter Korken, der aus der Flasche gezogen werden muß.

Sie arbeitete mit Zärtlichkeit, mit Liebkosungen, mit honigsüßen Worten. Sie setzte sich zu der weinenden Rosa, trocknete ihr das Gesicht mit den Händen, streichelte sie, massierte ihr den Bauch und begann dabei in ihrem sanften Singsang zu erzählen. Sie wickelte Rosa in gereimte Worte, in lange, seltsame Verben, die sich mit Adjektiven paarten, warm wie die Arme einer Mutter. Sie umgab sie mit Gedichtstrophen, so daß es den Anschein hatte, als kämen sie von oben herab und fielen auf Rosas liegenden Körper wie das Meer, wenn es spielt; dazu Veilchenblätter, unzählige Veilchenworte, die Rosa mit ihrem Duft bedeckten, bis sie ihn in der Nase spürte.

Und während sie erzählte, bearbeitete sie Rosas Bauch wie eine Rolle Mürbeteig, weich und zart, und so, mit den Worten, mit dem Veilchenduft und mit den warmen Händen, die ihren Bauch streichelten, hörte Rosa auf zu wimmern und gab sich jener sonderbaren Erzählung hin, in der sie sich in ein Kind namens Sole verliebte, das ihr Geschichten erzählen konnte, ihr als alter Frau, hochbetagt und zahnlos, und dieser Kleine, blond wie der Weizen, erzählte Dinge, die die Ängste vertrieben.

So vergaß sie die Zeit und auch den Grund, weshalb sie eben noch eine abgekämpfte, verzweifelte Frau gewesen war, ausgestreckt auf diesem schweißnassen Bett, zerstört vom Schmerz, der ihr den Bauch zerfraß, von der Anstrengung, der Müdigkeit, den Strapazen.

Sie schwebte in diesem Zustand wie auf einer leichten Wolke, und erst als die Hebamme ein graues, nach Veilchen duftendes Wollbündel neben sie legte, kehrte sie ins Zimmer zurück und sah aus dem Wollhäuflein ein entrüstetes, ernstes Gesicht aufscheinen, das Gesicht des Sohnes, den sie soeben zur Welt gebracht hatte, verkehrt herum, ganz und gar verdreht und verknotet, doch vollkommen unversehrt.

Rosas Herz schlug zum Zerspringen, als hätte ein unvorhergesehener Steilhang sie in eine Schlucht, in einen Abgrund ohne Ende stürzen lassen. Es war der Abgrund der Liebe, der ihr da den Atem nahm, denn das Gesicht dieses Kindes war genau das, das Maddalenas Worte in der Entbindungsgeschichte heraufbeschworen hatten: ein unsagbar süßes, altertümliches Gesicht wie von jemandem, den sie schon seit unvordenklichen Zeiten kannte, umrahmt von einem Haarschopf, so golden wie der Weizen.

Sie betrachtete dieses Gesicht aus Worten einen Moment lang, und in der Verwirrung, die der Anblick bei ihr auslöste, überkam sie die Gewißheit, daß sie vollkommen hingerissen davon war, durchnäßt und durchtränkt wie ein Kringel in Milch. Von Liebe überwältigt.

Als Odysseus Mena mit einem Bündel im Arm aus dem Zimmer kommen sah, sprang er auf und dachte: »Da ist ja mein Sohn«, fest davon überzeugt, daß aus seinem starken Samen und aus der gebärfreudigen Frau, die er sich ausgesucht hatte, ein Junge hervorgegangen war. Er wollte ihn Achill nennen, nach seinem Großvater, einem begeisterten Anhänger Griechenlands und der Heldenepik Homers, der diese Passion auch seiner Familie auferlegt und sie weitergegeben hatte, indem er an langen Winterabenden am Kamin aus der *Odyssee* oder aus der *Ilias* vorgelesen oder diese Werke mit lauter Stimme auf dem Dreschplatz oder auf dem Hof deklamiert hatte, während sich die Kinder und Frauen in andächtigem Schweigen Krieger und Schlachten, Götter und Kyklopen vorgestellt hatten.

Daher sah Odysseus beim Anblick des winzigen Körpers seines ersten Kindes einen starken, hochgewachsenen Mann vor sich, einen Helden wie den, von dessen Taten er sich von klein auf genährt hatte, sah ihn im Gefunkel von Schild und Brustpanzer aufrecht vor Hektor stehen, bereit, die Lanze zu schleudern. Er ging auf Mena zu und sprach, nachdem er sich geräuspert hatte, mit der rechten Hand auf dem Bündel, das die zitternde Schwägerin noch immer an ihre Brust preßte, mit kräftiger Stimme:

Aber Achilleus,
Sowie er sah, auf sprang er und rief frohlockend die Worte:
Siehe, der Mann, der so schmerzlich mein innerstes Herz mir verwundet',
Der den Genossen mir schlug, den trautesten! Länger fürwahr nicht
Wollen wir scheu voreinander entfliehn durch die Pfade des Treffens!
Sprach's, und mit finsterem Blicke begann er zum göttlichen Hektor:
Näher heran, daß du eilig das Ziel des Todes erreichest!

In diesem für ihn so feierlichen Moment fügte er, an die noch immer weinenden Frauen gewandt, mit vor Rührung brüchiger Stimme hinzu:

»Frauen, weint nicht. Ein neuer Stammhalter ist geboren.

Er soll Achill heißen, und er wird wie sein Großvater ein starker, rechtschaffener Mann sein.«

Die Hand erhoben, die einen unsichtbaren Kelch umschloß, brüllte er:

»Lang lebe Achill Bertorelli, der Sohn des Odysseus!«

Der Wunsch verklang in der Stille, die nur vom kläglichen Echo eines weiblichen Schluchzens unterbrochen wurde. Es kam von Mena, die wie ein Kätzchen maunzte, schwach, doch nicht so schwach, daß es Odysseus daran gehindert hätte, die entsetzliche Wahrheit zu begreifen, die sie ihm nun enthüllte.

»Es ist ein Mädchen, es ist bloß ein Mädchen.«

Die Stille war nun vollkommen, und viele Augenpaare spähten gequält und besorgt zu Odysseus hinüber. Der Mann griff nach dem Bündelchen, beschwichtigte Mena, die aus Furcht vor irgendeiner blutigen Rache zurückwich, hob einen Zipfel des Tuchs und enthüllte ein runzliges Gesicht, das ihm wie das einer alten Frau erschien.

Holterdiepolter stürzten in seinem Kopf Brustpanzer und Schilde in sich zusammen, und die Lanzen zerbrachen mit einem Donnerkrachen am Boden. »Ein Weibsbild«, dachte er, »nach Eurydike und Sparta, nach Rosa und Mena schon wieder ein Weibsbild, das das Haus und die Familie verstopft.« Er hätte vor Enttäuschung weinen und schreien mögen, wären da nicht diese Frauen gewesen, immer diese Frauen, die ihn in Erwartung eines Wortes mit ihren Blikken umzingelten.

Da tauchte aus einem verborgenen Winkel seines Gedächtnisses wie ein Weltschöpfer wahrhaftig sein Großvater Achill vor ihm auf und schilderte ihm, den Blick in die Höhe gerichtet und wie im Traum, die Schönheit einer Frau, um die ein erbitterter Krieg geführt worden war. Helena, die

Gemahlin des Menelaos, geraubt von schändlichen Troern, Helena, deren Schönheit ihn schon betört hatte, als er ein kleiner Junge gewesen war, von den Übeln der Welt nichts ahnend und unschuldig wie sie, die der Anlaß für Unheil und Rache war und die sich in ihrer Redlichkeit für fremde Schuld verfluchte.

Hätte doch jenes Tags, da zuerst mich die Mutter geboren,
Ungestüm ein Orkan mich entführt auf ein ödes Gebirg hin
Oder hinab in die Wogen des weitaufrauschenden Meeres,
Daß mich die Woge verschläng, eh solche Taten geschahen!

Beim Anblick des Gesichtchens seiner Tochter erschreckte ihn jenes Bild des Unglücks, erschreckte ihn die Ungerechtigkeit der Strafe und die Stärke der von ihrer Schönheit verdammten Frau, und so hatte er das Gefühl, einen Akt der Gerechtigkeit zu vollführen, indem er der Frau huldigte, die als erste seine Leidenschaft geweckt hatte.

»Wenn es ein Mädchen ist, soll sie Helena heißen, wie die schönste Frau der Welt«, sagte er, ohne sich auch nur einen Hauch von Enttäuschung anmerken zu lassen. Und während sich die Frauen, auch Mena, ein breites Lächeln der Erleichterung gönnten, fügte er wie in Gedanken einen Satz hinzu, den in diesem frohen Moment niemand so richtig deuten konnte:

»Und daran wird sie nicht schuld sein, überhaupt nicht.«

Rosa indessen, noch ganz benommen von der Entbindung und von der Liebe, lag da und streichelte ihr zweites Kind, während Maddalena sie nach den Mühen der beiden Geburten mit den letzten Handgriffen versorgte.

»Bringen wir das zweite Engelchen zu seinem Vater und den anderen Frauen«, sagte die Hebamme, »damit es einen Namen bekommt, mit dem es durch diese Welt gehen kann, denn wenn schon die Geburt schwer ist, so ist auch der Weg schwer, und noch schwerer sind die Schritte darauf. Ein schöner Name kann die Mühen lindern, er ist ein Fenster zur Seele, ein göttliches Zeichen.«

Rosa fiel aus allen Wolken. Über den Namen für ein Kind hatte sie nie nachgedacht. Wie es sein könnte, wenn es groß ist, darüber ja, mit der Sorge, es müsse vielleicht den Beruf seines Vaters und seines Großvaters weiterführen, also mit Schweinen handeln und sie zum Markt, zur Mast und dann zum Schlachthaus bringen. Sie hatte sich seine Hände vorgestellt, seinen Geruch und seine Stimme, eine schöne, klangvolle Stimme, und sein Lachen. Doch über seinen Namen, nein, über seinen Namen hatte sie nicht nachgedacht.

Sie betrachtete die Frau, die ihr in den letzten Stunden beigestanden und ihr alle Angst genommen hatte, sah ihre kräftigen Schultern und hörte ihre Stimme, hell wie eine Geige oder wie eine Trompete. Sie erinnerte sich an die Worte, die Zärtlichkeit und die Geschichten, mit denen die Hebamme das Blut dieser Entbindung gestillt hatte, und war gerührt. Ihr Sohn sollte eine Huldigung für diesen lieblichen Redeschwall sein. Er sollte den Zauber des Erzählens kennenlernen, erfahren. Er sollte den Namen des Menschen tragen, der sie verzaubert hatte.

»Er soll heißen wie Sie«, sagte Rosa zu der Hebamme und löste damit Heiterkeit aus.

Maddalena sagte: »Es ist ein Junge, Rosa. Mit einem Frauennamen würde er sich lächerlich machen. Weste, Schnurrbart, Pfeife, Hut und dazu ein netter Frauenname. Das wäre wohl nicht das Richtige.«

»Dann soll eben das Mädchen Maddalena heißen. Ich schwöre es Ihnen.«

Sie schwor es, indem sie ihre über den Lippen gekreuzten Finger küßte, obgleich Maddalena versuchte, sie davon abzuhalten.

»Warten Sie ab, was der Vater dazu sagt, bevor Sie schwören«, sagte sie. »Odysseus wird die Kinder so nennen wollen, wie es in seiner Familie üblich ist, schließlich heißen die Bertorelli alle wie die Helden aus den griechischen Sagen.«

Doch Rosa war mit ihren Gedanken schon ganz woanders. Sie sah einen hochgewachsenen blonden Jungen mit Weste und Bart vor sich, der ihr am Kamin Geschichten erzählte, während sie, in Worte gehüllt, in der Wärme versank.

»Sole. Sonne. Er soll Sole heißen wie das Kind, von dem Sie mir erzählt haben«, sagte sie zu Maddalena, woraufhin diese sich bekreuzigte und erklärte, das sei doch Unfug, Märchen seien nicht die Wirklichkeit, und ein Name sei ein Name, ein Päckchen, das man im Leben zu tragen habe, vor den Menschen und vor Gott.

»Gerade deshalb, Maddalena«, sagte Rosa entschieden. »Ich möchte, daß sein Name warm, stark und voller Licht ist.« Sie sagte dies mit einer Bestimmtheit, die die Hebamme nicht an ihr kannte.

Maddalena sah sie im goldenen Schein der Lampe liegen, sie und dieses Kind, das ohne Zweifel ein besonderes Kind werden würde, wenn die magische Erfahrung der Hebammenkunst sie nicht täuschte. Sie dachte an die Mühen, unter denen es geboren war. Dachte an das Blut. An die Liebe, die Rosas Blick wirklich wie die Sonne nach allen Seiten ausstrahlte, und an den Veilchenduft, der das Zimmer überflutet hatte. Sie fühlte sich plötzlich müde. All der Schmerz, all die Anstrengung, um etwas auf die Welt zu holen, was ihr jedesmal wie ein Mysterium erschien, wie eine Verflechtung von Geschichten, wie ein verborgenes Schicksal. Fleisch, das lachen, leiden, schlafen, essen würde. Dieses Etwas steckte in jenen Kindern, und sie würden heranwachsen, singen und weinen, würden herumlaufen, wiederum Kinder in die Welt setzen und all die anderen Dinge des Lebens tun, während Rosa nur die Liebe bleiben würde.

Und ein Name. Maddalena, die nun an Menas Brust schlief, derweil die Augen der anderen Frauen und des Vaters auf ihr ruhten.

Sole, neben seiner Mutter, der von alldem nichts wußte. Die Hebamme überlegte, daß er vielleicht Soldat werden würde wie ihr erster Sohn, der im Krieg an einer Mauer erschossen worden war. Von diesem Sohn war ihr nur eine Medaille geblieben, die ihr ein stattlicher Offizier zu Pferd gebracht hatte und in die ein Name eingraviert war, der ihr nie gefallen hatte. Der Name ihres Schwiegervaters, wie es Sitte war, und so lebte sein schönes Gesicht, eingeprägt in ihrem Gedächtnis, nun zusammen mit einem Namen, den sie nicht geboren hatte.

Sie stand vom Stuhl auf, trocknete sich abermals die Hände ab und streichelte die Wöchnerin sacht.

»Sole ist ein wunderschöner Name, Rosa, und Sie machen es schon richtig so. Er wird ihm auf seinem Weg leuchten. Er wird ihn wärmen, wird ihn nicht wie ein Stein in die Welt führen, sondern wie das Licht, das das Unheil fernhält.«

Rosa nickte. »Und Sie können sicher sein«, sagte sie zu Maddalena, »daß mein Junge niemals mit Schweinen handeln wird.«

An Rosas Launen war Odysseus gewöhnt, doch die mit den Namen war nun wirklich nicht zu dulden. Als Maddalena mit dem zweiten Bündel aus dem Zimmer kam, reichte sein Glück bis zu den Sternen. Wahrhaftig ein Junge. Also hatte seine Erfahrung ihn nicht getrogen: Rosa war wirklich ein gutes Muttertier, und Kinder hatte sie ihm gleich zwei geschenkt, um nichts falsch zu machen. Das Mädchen Helena mit dem Gesicht einer kleinen Greisin und diesen nach Veilchen duftenden blonden Weizenkopf Achill, mit dem der Familienstamm weitergeführt wurde.

Das Wehklagen der Frauen war in Gelächter umgeschlagen, er hatte Verse von Homer deklamiert und stimmte zur Feier dieses erhabenen Augenblicks bereits die Melodie einer schönen Romanze an, als diese Geschichte mit den Namen herauskam. Maddalena erzählte von dem Schwur und von Helena und Achill, die etwas anderes sein sollten.

Seine Stimmung sank in den Keller, Gebrüll trat an die Stelle der Lieder. Wann hatte man je so etwas gehört? Eine Frau, die die Namen der Kinder aussuchte! Wozu war dann, bitte schön, der Mann da? Etwa um das Gemetzel in diesem Zimmer voller benutzter Lumpen und Blut zu beseitigen? Und überhaupt hatte er diese Schwüre nun wirklich satt, und das war noch nicht alles, schließlich mußte er es auch ertragen, in seinem eigenen Haus weder Würstchen noch Schinken, noch Rippchen vom Schwein essen zu dürfen, nur weil er das angesichts der tränenfeuchten Augen seiner Frau nach ihrem ersten Mal versprochen hatte. Doch bei den Namen, nein, da hörte sich doch alles auf.

So baute er sich vor dem Bett der Wöchnerin auf, richtete wie ein Messer einen Finger auf sie und erklärte:

»Frau, jetzt ist Schluß mit den Scherzen, das hier sind todernste Angelegenheiten. Unsere Kinder werden Achill wie mein Großvater und Helena wie die Frau von Menelaos heißen, die Homer besungen hat. Deine Schwüre sind nichts wert, sie sind wie Windböen, wie das Geschrei einer erschreckten jungen Eselin, die Angst hat, bei der Niederkunft zu sterben. Für die Kinder danke ich dir, danke, daß du sie mir geboren hast. Doch damit eines klar ist: Bei Tagesanbruch gehe ich hinauf ins Städtchen und lasse sie mit den anständigen Namen eintragen, die ich genannt habe. Helena und Achill, die Kinder von Odysseus Bertorelli und Rosa Baglini.«

Er machte auf dem Absatz kehrt, verließ den Raum, ohne sich von den Anwesenden zu verabschieden, und verschwand im schneegefüllten Dunkel in Richtung Wirtshaus, das bereits seit einer Weile geschlossen hatte.

Wo Odysseus die Nacht verbrachte, kam nie heraus, es blieb ein Geheimnis, doch zur ersten Messe im Morgengrauen, als noch Dunkelheit und Frost das Pfarrhaus umgaben, hatte er sich bereits dort eingefunden und zog an Don Ubaldos Priestergewand, um ihn zu nötigen, in wilder Hast die Namen seiner Kinder ins Kirchenbuch einzutragen, und um inständig um einen Termin für die Taufe zu bitten, als warteten in Colle Hunderte von Kindern ungeduldig auf das Taufwasser.

Auf die gleiche Weise sah sich nur wenig später auch der Amtsdiener vom Rathaus mit Odysseus' Ungestüm konfrontiert, als er zum Tagesbeginn die Tür aufschloß. Er wurde die Stufen zum Standesamt regelrecht hinaufgestoßen, damit er die Geburtsanzeige der beiden Sprößlinge aufnahm, die nun also, wie versprochen, unter den Namen Achill und Helena bei der Familie Bertorelli eingetragen wurden.

Als der Standesbeamte mit der Urkunde fertig war, unterschrieb Odysseus und machte einen Kringel hinter dem i des Zunamens – »wie ein Schweineschwanz«, dachte er –, und nun erst entspannte sich sein erschöpftes Gesicht unter dem langen Bart zu einem Lächeln. Er schüttelte dem Angestellten, der ihm gratulierte, die Hand und spürte nun sowohl die Erschöpfung als auch die Freude der letzten Stunden, der ereignisreichen Nacht und des Schreckens.

Er spürte, wie ihm ein Loch im Magen seine Kraft wegfraß, und mußte sich einen Augenblick auf die Bank am Ausgang setzen. »Ein fröhliches Frühstück«, dachte er, »und ein schönes Glas Wein, um das Ereignis zu feiern.« So stand er wieder auf und ging mit festem Schritt zu der noch halbleeren Osteria Etrusca hinunter. Er begrüßte den Wirt, umarmte den Weinhändler Morelli, der schon Bescheid wußte, und setzte sich zu ihm an den Tisch in der Ecke, auf seinen Lieblingsplatz. Dann bestellte er großzügig Rotwein, »von dem rubinroten, den du immer zurückhältst, alter Gauner«, sagte er an den Wirt gewandt, während er bei dessen Frau, die am Tisch stand und auf die Bestellung wartete, eine große Portion frischen Schinken und etwas Speck in Auftrag gab. Noch immer nicht zufrieden, brüllte er der Frau, die bereits die Küchentür erreicht hatte, hinterher:

»Dazu noch ein großes Kotelett. Und zwar vom Schwein, wenn ich bitten darf.«

ALS DER ZUG in den Bahnhof von Colle einfuhr, versteckte sich Ideale hinter den Beinen seines Vaters, und während sich die Leute auf dem Bahnsteig verabschiedeten, aus den Wagen ausstiegen oder in sie einstiegen, spähte er reglos und skeptisch zu den Rädern der Lokomotive, die ihm, so eingehüllt in heiße Dampfwolken, riesig und schrecklich vorkamen.

Auch der Maestro sah sie an, und ihm ging durch den Kopf, wie sehr Räder sein Leben verändert hatten; Räder, vielleicht dieselben, die er nun vor sich sah, hatten Fosco Bartoli und dessen mögliche Zukunft mit seiner Frau zermalmt. Sie hatten etwas Düsteres und Entsetzliches an sich, doch auch einen magischen Reiz, der in dem schimmernden Stahl verborgen war, in der geheimnisvollen Kraft, die sie zu todbringenden Klingen oder zu Flügeln werden ließ, mit denen man in Windeseile reisen konnte. Das Leben, der Tod: alles in diesen flammenden Rädern, die erbarmungslos einen Mann ausgelöscht hatten und einem anderen die Chance gegeben hatten, mit dessen Witwe zu leben.

Der Maestro fühlte ein gewisses Unbehagen, und so verscheuchte er diese düstere, unklare Empfindung, die wohl ein Gewissensbiß war, aus seinen Gedanken; als er dann von den Rädern aufsah und bemerkte, daß schon fast alle Leute eingestiegen waren und der Lokomotivführer sich aus dem Fenster lehnte und mit dem Stationsvorsteher sprach, zuckte er zusammen, weil ihm bewußt wurde, daß er sich beeilen mußte, um den Zug nicht zu versäumen.

In der Hoffnung, irgendwo das Lächeln seiner Frau zu entdecken, drehte er sich noch kurz um, doch er hatte längst eingesehen, daß nichts auf der Welt ihr je die Angst vor den Zügen, den Waggons und vor jedem beliebigen Fahrzeug auf Rädern nehmen konnte. Er versuchte, Ideale mit der Hand, in der er kein Gepäck hielt, zu der noch offenen Wagentür zu schieben, doch eingedenk der Ratschläge seiner Mutter blieb das Kind wie angewurzelt und in gehörigem Abstand zu dem Waggon stehen.

Er mußte den Jungen auf den Arm nehmen, ihn mit zwei Küssen auf die Wange besänftigen und ihn beim Einsteigen fest an sich drücken, bevor der Stationsvorsteher die Luft mit einem schrillen Pfiff zerriß, den die Lokomotive mit einem langgezogenen Ton erwiderte, der für alle wie ein Schrei klang.

Fast augenblicklich setzte sich der Zug in Bewegung, nahm mit seinen Passagieren Kurs auf eine andere Stadt. Die Stimmung war gut, ja geradezu ausgelassen, vornehmlich wegen der neuen Erfahrung, auf Eisenschienen dahinzugleiten, einem Erlebnis, das für viele Reisende an Zauberei grenzte. Schon vor der Abfahrt waren die Eisenbahnneulinge leicht auszumachen. Steif und neugierig, schwatzhaft oder stumm vor Anspannung, stellten sie sich zum erstenmal diesem Stück Zukunft und hatten den Eindruck, wenn nicht gar etwas Verwegenes, so doch zweifellos etwas Sonderbares zu tun. Vor allem als der Lokführer die Lokomotive kurz hinter dem Viadukt in die offene Landschaft jagte, ließ die Reisenden das Gefühl, eine Geschwindigkeit zu erreichen, die kein Mensch sich je erträumt hatte, vielleicht nicht einmal beim wildesten Galopp auf einem Pferd, angestrengt und wachsam auf jede Erschütterung und jeden Stoß achten, den der Untergrund auf die Räder übertrug.

Die in Zugreisen bereits Erfahrenen blieben dagegen gelassen, belächelten die Angst der anderen oder beruhigten sie mit Auskünften darüber, wie und wann der Zug beschleunigen würde, welche Geschwindigkeit er erreichte, mit welchem Lokomotivtyp sie es zu tun hatten und wie lange die Reise dauern würde. Auch der Maestro, der in Bahnfahrten kein Anfänger mehr war, beeilte sich, mit Ideale zu reden, ihm alles zu zeigen und ihm von der nun angetretenen Reise zu erzählen, die zunächst in die große Stadt Mailand ging und dann weiter in ein fernes Land, in die Schweiz, zu einem See, noch viel größer als der Padule … Und zu Bergen – Bergen, so unsagbar hoch, wie man es sich in der Gegend von Colle nicht einmal im Traum vorstellen konnte. Zu einem Ort für freie Menschen, wo es edle Kämpfer für Freiheit und Gerechtigkeit gab. Sie würden zu ihnen fahren, und vielleicht würden sie sich sogar mit dem wichtigsten dieser Kämpfer treffen.

Der Maestro sprach zwar mit seinem kleinen Sohn, im Grunde jedoch sprach er vor allem mit sich selbst, erzählte sich von Mailand und von der Schweiz, um die Angst davor zu überwinden, Orte aufzusuchen, die er nicht kannte. Mit dem Blick vom Viadukt auf den stillen Spiegel des Padule stellte er sich einen von Bergen umrahmten See vor, tiefes, furchteinflößend dunkelblaues Wasser und Felswände, die vom See bis hoch in den Schnee hinaufreichten und noch weiter, bis sie den Himmel berührten.

Im Spiel der Reflexe verschwammen die Umrisse von Colle Alto hinter dem Zugfenster und rückten mit dem Bild vom See und von den Bergen in die Ferne, so daß der Maestro einen Stich im Herzen spürte. Er drückte Ideale noch fester an sich und begriff, daß sich sein Leben niemals zwischen jenen alten Häusern abspielen würde.

Ideale staunte die riesigen Räder an und sah seine Mutter weinen, während sie mit ihm sprach und ihn bat, sich nie in die Nähe dieser Mörderscheiben zu begeben. »Räder töten«, wiederholte sie für ihn und Bartolo, wenn sie in Colle Alto spazierengingen, und bei diesen Worten stand ihr die Angst, die sie übermannte, ins Gesicht geschrieben. Fuhr ein Einspänner oder auch nur ein langsamer, von zwei friedlichen Ochsen gezogener Karren vorbei, zog die Mutter die Kinder an sich, als wollte sie sie vor einem feindlichen Überfall schützen, und spielten sie allein auf der Straße vor ihrem Haus, rief sie mit einem Gezeter nach ihnen, das erst verstummte, wenn sie sie wieder im Blick hatte und in Sicherheit wußte.

Bedingt durch dieses ständige Entsetzen, entwickelten die Kinder einiges Mißtrauen gegen Räder, doch wie es angesichts verbotener Dinge häufig geschieht, steckte in diesem Mißtrauen zugleich eine gehörige Portion Neugier, die von ihrem Vater weiter geschürt wurde, nachdem er sich mit der Witwe darauf geeinigt hatte, daß die Kinder Karren, Einspänner und andere Fuhrwerke benutzen durften, sofern sie in Begleitung waren.

Während es also recht normal war, diese beiden Jungen, solange sie noch klein waren, eng an ihren Vater gedrückt durch Colle fahren zu sehen, wurde jeder ihrer Ortswechsel kompliziert und sogar lächerlich, als zwingende Umstände ihren Vater von der Familie entfernten. Die Jungen mußten sich stets von jemandem begleiten lassen, damit die Ruhe der Mutter gewährleistet war, bis sie aus Liebe zu ihrem Mann schließlich ihren Seelenfrieden opferte und sich, in ihr Schicksal ergeben, jenen kreisförmigen Gebilden näherte, die für sie trotz allem Mordinstrumente blieben.

Ideale stieg also auf seiner ersten Reise mit einigem Mißtrauen in den Zug, doch dank der ruhigen Stimme seines Vaters, der ihm von Mailand und von Seen, von der Schweiz und von ihren edlen Kämpfern erzählte, nahm ihr Reiseziel in der Phantasie des Jungen allmählich zauberhafte und faszinierende Seiten an, was sicherlich dazu beitrug, diese Reise für ihn unvergeßlich werden zu lassen.

Selbst als er später, nach vielen Jahren, Gelegenheit hatte zu erkennen, daß auch die edlen Kämpfer aus seiner Kindheit Menschen waren, zwar furchtlose und rechtschaffene, doch eben Menschen, blieb er für immer der Idee verhaftet, eine Hoffnung, ein Gefühl, ein Ort, manchmal auch nur ein Name wie die Schweiz könne die Menschen dazu bringen, zu träumen, Wünsche zu haben und für ihre Verwirklichung zu kämpfen. Und zu reisen, so wie er und sein Vater nun mitten unter all diesen Leuten reisten, eng aneinandergeschmiegt, Stunde um Stunde in einem Waggon schaukelnd.

Sie reisten dicht am Wasser des Padule entlang, quer durch die Landschaft in die Ebene hinein bis nach Mailand und von dort mit der Kutsche weiter bis zu einem großen See. Ideale sah die hohen Berge dieses geheimnisvollen Landes, sah den Schnee und durchquerte dies alles wie im Traum, bis sie zum Haus der edlen Kämpfer kamen, wo er ins Bett fiel und sich einem Schlaf ergab, der ihm ewig zu währen schien. An dieser Reise gefiel ihm alles, sogar der enge, überfüllte Waggon, in dem die Zeit scheinbar überhaupt nicht verging. Ihm gefielen die tiefen Stimmen, die Umgangsformen und der Geruch der Kämpfer, dann die abenteuerliche Kutschfahrt hinauf auf einen Berg in der Schweiz, den er sein Leben lang als den Ort in Erinnerung behalten sollte, an dem er dem Himmel am nächsten gewesen war.

Als sie den Paß erreichten, ließ der Kutscher die Pferde an der Poststation anhalten und ging mit dem Maestro und den anderen Passagieren zum Aussichtspunkt, von wo aus sie in der Tiefe zu ihren Füßen wie aus der Vogelperspektive das weite Tal überblicken konnten. Ideale drängte sich dicht an seinen Vater und wickelte sich in seinen Mantel, um sich vor Kälte und Ergriffenheit zu schützen.

»Sieh nur die harte Erde aus Fels und Eis dort unten, mein Sohn«, sagte der Maestro, »wo der Mensch sich im Schweiße seines Angesichts abmüht, wo er lebt und arbeitet. Und dort oben den Himmel, den Ort der Hoffnungen und Träume, die leicht wie Luft sind, und die Wolken, aus denen er besteht, diesen Sitz aller falschen Götter. So ist es um uns bestellt, wir sitzen zwischen Himmel und Erde, klein und verloren, entzückt von der Höhe und dem Licht – und doch dazu verurteilt, unser Brot tief unten auf der Erde zu verdienen.«

Ideale verstand nicht alles von dieser Ansprache. Er folgte nur dem ausgestreckten Arm seines Vaters und sah, wie aus der Tiefe eines engen, vom Wasser eines Flusses durchfurchten Tals, in dem die hohen Bergwände den wenigen Häusern das Licht der untergehenden Sonne nahmen, die Finsternis aufstieg und sich in dem Maße langsam ausbreitete, in dem die Schlucht sich zum Himmel hin öffnete, sah dann, wie dieser Himmel vom Dunkel ins Licht eines Buntstiftblaus hinein explodierte, und sah in diesem Blau zwei weiße Baumwollwolken, deren oberer Rand orange geflammt war.

Er sah all diese Farben und wußte eines mit Gewißheit: Zwischen dieser dunklen Grube und dem dichten Himmelsblau, diesem Sitz aller falschen Götter, entschied er sich ein für allemal für den Himmel und seine Wattewolken.

In Lugano und Locarno traf sich der Maestro mit alten Freunden und mit vielen Anarchisten, die zusammen mit Bakunin einen Aufstand planten. Er hatte im Gepäck und im Mantel des Jungen Geld und Material versteckt, das er in Mailand übergeben sollte. Bei den Kontrollen auf der langen Reise würden ein Vater und ein kleines Kind nicht weiter auffallen.

Alles verlief nach Plan, und schon wenige Tage später waren sie auf dem Rückweg nach Colle, um Bartolo und die Witwe in die Arme zu schließen und die Liebe und die Familie zu mehren. Eine Zeitlang floß ihr Leben ruhig dahin und wurde einige Jahre später durch die Geburt eines weiteren Sohnes erhellt, der den Namen Michail erhielt. Die Witwe war glücklich, zugleich aber auch besorgt aufgrund des sonderbaren Gespürs, das Mütter und Ehefrauen die Gefahren wittern läßt, die das Familienglück bedrohen. Im Laufe der Jahre war ihr klargeworden, welche Bewandtnis es mit den Ideen ihres Mannes, mit seinen Studien, mit seiner regen Korrespondenz und mit seiner häufigen Abwesenheit von Colle hatte.

Die Liebe, mit der sie ihn umfangen hatte, erlaubte ihr jedoch nicht den geringsten Einwand gegen dieses Engagement, das Unannehmlichkeiten und Probleme mit sich bringen konnte. In ihre grenzenlose Zuneigung schloß sie die Liebe zu jeder Aktion mit ein, die dieser Mann im Namen der Menschenwürde und der sozialen Gerechtigkeit unternahm.

Als der Maestro dann einige Jahre später den begründeten Verdacht hegte, in eine Verhaftungswelle geraten zu können, die mit polizeilichen Ermittlungen zu den Aktivitäten der Anarchisten im Zusammenhang stand, sprach er freimütig mit seiner Frau darüber und offenbarte ihr eine

Sorge, die ihm inzwischen keine Ruhe mehr ließ. Er weckte die Witwe mitten in der Nacht und vertraute ihr seine Vorahnungen an.

»Die Polizei wird nicht mehr lange auf sich warten lassen«, sagte er. »Viele meiner Kameraden wurden schon abgeholt, und bald werden sie auch zu mir kommen, daran besteht kein Zweifel. Vielleicht sollte ich lieber fliehen und versuchen, in Frankreich unterzutauchen, statt hier eingesperrt zu werden, doch ich bringe es einfach nicht übers Herz, dich allein zu lassen, dich und die Kinder. Wie sollt ihr denn zurechtkommen, wie könnt ihr das Leben ohne meine Hilfe meistern?«

Die Antwort seiner Frau verschlug ihm die Sprache:

»Mein Lieber, der Gedanke, daß du fortgehst, belastet mich natürlich genauso, wie er dich beunruhigt und um den Schlaf bringt. Doch noch viel schlimmer wäre es für mich, dich eingekerkert und gepeinigt zu wissen, deiner Freiheit beraubt und zum Sklaven degradiert. Also zögere nicht und fliehe, bevor sie kommen, um dich zu holen. Ich habe mich bereits früher allein mit einem kleinen Kind durchgeschlagen, indem ich die Zimmer des Hauses vermietet habe, und so werden wir es auch in Zukunft halten, mach dir deswegen keine Sorgen.«

Dann zog sie ihn zärtlich an sich, mit einem Kuß, der fast so lang war wie die ganze Nacht, während er sie leise streichelte und ihr eine glückliche gemeinsame Zukunft versprach, die schon bald anbrechen würde. Noch bevor der Morgen die Luft erhellte, standen sie auf und packten eilig das Nötigste zusammen, dann wandte sich der Maestro zur Tür. Als der Mann sich anschickte fortzugehen, umarmte ihn die Witwe Bartoli in wilder Verzweiflung, und mit brüchiger Stimme, die die Standhaftigkeit, mit der er dieser schweren Trennung bis dahin entgegengesehen hatte, ins Wanken brachte, sagte sie ihm ins Ohr:

»Nur um eines möchte ich dich inständig bitten. Nimm dich vor den Rädern in acht.«

Seit dem Tag nach der Geburt der Zwillinge ließ Rosa einen Wandel erkennen, der selbst dem zerstreutesten Passanten aus Piana ins Auge stach. Von dem Moment an, da Maddalena das Mädchen mit dem Gesicht einer kleinen Greisin und den nach Veilchen duftenden leuchtenden Weizenkopf aus ihrem Bauch gezogen hatte, verlor Rosas Gesicht die Derbheit des Bauernmädchens, das sie bis dahin gewesen war, und nahm so sanfte, zarte Züge an, daß man an die Konturen der hinter dem Padule Lungo hingestreckten Berge denken mußte. Als hätte sie mit ihrer Mutterschaft eine gewisse Reife erlangt, erblühte ihr Körper von den stämmigen Fesseln hinauf bis zu den breiten Hüften und weiter noch bis zur prallen Brust und zu den Schultern in einer Üppigkeit und Ausgewogenheit der Formen, daß jedermann deutlich vor Augen geführt wurde, was gemeint ist, wenn man von strahlender Schönheit spricht.

So geschah es nicht selten, daß ein Spaziergänger unter dem Vorwand, die laue Frühlingsluft zu genießen, vor dem Haus mit der Pinie stehenblieb, um Rosa zu bewundern, die sich nach dem anstrengenden Stillen zweier gieriger Babys in der milden Sonne auf der Bank neben der Tür ausruhte, oder daß er ganz einfach auf einen höflichen Gruß vorbeikam oder gar versuchte, durch die angelehnten Fensterläden zu spähen, um verstohlen einen Blick von ihr zu erhaschen.

Doch abgesehen von dieser aufblühenden Schönheit veränderte sich Rosa auch in ihrem Wesen und in ihren Umgangsformen, bewahrte jedoch stets eine gewisse Höflichkeit und eine unterschwellige Scheu. Für ihren wenngleich durch seine Geschäfte abgelenkten Ehemann und besonders für die Frauen des Hauses, allen voran ihre Schwester Mena, war unschwer zu erkennen, daß aus dem drallen, recht plumpen und unsicheren Mädchen ein anderer Mensch geworden war, eine Frau, die die sanfte, verständnisvolle Art einer jungen Mutter zusammen mit der Flüchtigkeit und dem Reiz einer neuen, überraschenden Anmut auf sich vereinte und so von jenem Tag an ganz ohne Zweifel eine Schönheit war.

Odysseus war viel zu sehr von seinen Geschäften und von der Begeisterung über die Geburt seiner Sprößlinge in Anspruch genommen, um Eigenschaften Beachtung zu schenken, die er nie im Leben zu schätzen gewußt hätte. Entschieden mehr stieß ihm dagegen die noch verschärfte organisatorische Untüchtigkeit auf, die seine Frau in ihrer Ehe schon von Anfang an unter Beweis gestellt hatte. Seit die Familie Zuwachs bekommen hatte, war es praktisch unmöglich, sich zur regulären Mittagszeit zum Essen an den Tisch zu setzen, und dem Durcheinander und der Unordnung im Haus wurde nur dann Einhalt geboten, wenn endlich Mena aufräumte und die Hausarbeit erledigte.

Hatte Odysseus diese Unzulänglichkeiten zunächst noch auf die neue Mutterrolle und auf die Schwierigkeit zurückgeführt, sich an den Rhythmus zu gewöhnen, den zwei hungrige Wesen vorgaben, begann er doch schon bald zu befürchten, daß die Mühen der Entbindung Rosa gravierend aus der Bahn geworfen hatten, war es doch keineswegs ungewöhnlich, sie dabei zu ertappen, wie sie minutenlang ein randvolles Glas Wasser anstarrte oder in pechschwarzer Finsternis der Katze die Funktionsweise der Laterne erläutern wollte, ganz zu schweigen von der Hartnäckigkeit, mit der sie trotz aller Verbote und Bitten darauf bestand, die Kinder nicht bei ihrem Taufnamen zu nennen, sondern bei den Namen, die sie sich aus einer fixen Idee heraus ausgedacht hatte.

Odysseus erinnerte sich, von Wöchnerinnen gehört zu haben, die bei der Geburt verrückt geworden waren, energische Frauen, die sich urplötzlich in eine Art Meduse verwandelt hatten, labberig und lasch; oder von zärtlichen, liebevollen Müttern, die auf Kinder oder Ehemänner losgegangen waren und die entsetzlichsten Untaten verübt hatten. In diesem Bewußtsein zwang er sich zu Geduld, überging die häuslichen Unzulänglichkeiten und griff auf die Hilfe zurück, die Mena und Tante Sparta in diesem Schlamassel anboten.

In einer milden, von einem silbernen Mond erhellten Frühlingsnacht eskalierte die Situation. Odysseus erwachte allein in dem großen Bett, als ein merkwürdiges Geräusch, ähnlich einem Singsang mit kleinen Grunzern, durch das Haus klang.

»Rosa ...« rief er beinahe flüsternd, um die Kleinen nicht aufzuwecken. Mit noch vom Schlaf verklebten Sinnen versuchte er zu ergründen, woher die Geräusche kamen. Wie so oft, wenn er guter Dinge war, hatte er von einem vorteilhaften Schweinehandel geträumt, doch die Zufriedenheit, mit der ihn dieser Traum erfüllt hatte, war durch die rätselhafte und ungewöhnliche Situation zerbröselt.

Odysseus stand auf, streckte wie ein Schlafwandler die Arme vor und steuerte auf das Geräusch zu. Als er mit den Fingerspitzen an die Tür stieß, öffnete er sie vorsichtig und hielt den Atem an.

Die große Küche war leer, der Mondschein drang durch

das Fenster herein wie das Licht eines Leuchtturms, schnitt sauber in die Dunkelheit und umgab die Gegenstände des Hauses mit einem mysteriösen Schimmer, der sie unvermittelt fremd erscheinen ließ. Draußen auf der Bank saß Rosa, als würde sie die Nachmittagssonne genießen. Sie schien zu singen oder zu brummen oder kehlige Laute auszustoßen und dann Wörter und einen Pfiff und was, zum Teufel, sonst noch alles – der noch immer schlaftrunkene Odysseus hätte es nicht sagen können.

Der Mann tappte langsam und regelrecht wie im Traum zum Fenster, um zu begreifen, was los war, und bei dem, was er sah, schwanden ihm beinahe die Sinne. Er sah seine Frau, in silbriges Licht getaucht, ein Ferkel wiegen, als wäre es ihr Kind, und in der kleinen Wiege daneben lagen ihre richtigen, menschlichen Kinder, die beim Klang des fröhlichen Liedchens ihrer Mutter vergnügt strampelten.

Während diese Szene an sich schon genügte, um ihn in Angst und Schrecken zu versetzen, waren dann Rosas Worte ein glatter Dolchstoß in seine Brust, ein Stich in sein Herz, so daß seine Gefühle angesichts der Kränkung, die diese Frau ihm und seiner Familie zufügte, augenblicklich in dumpfe Wut und Rachegelüste umschlugen. Denn die Litanei, der Singsang, das niederträchtige Liedchen, das dieser idiotischen Szene die Krone aufsetzte, legte seinem Sohn nahe, Schweine weder zu verkaufen noch zu töten, die Tiere zu lieben und Mitleid mit dem unschuldigen Borstenvieh zu haben, das barbarische Mörder mit einem Stich in die Kehle umbrachten, ausbluten ließen und aufaßen.

Das Maß war voll. In Odysseus zersprang etwas mit eisernem Klirren. Er spürte, wie seine Adern Feuer fingen und sein Kopf sich wie im Rausch erhitzte, allerdings wie nach einem schlechten Wein. Unmittelbar bevor seine Wut sich wie ein Gewitter entlud, sah Odysseus in dem ungünstigen Licht und bei all dem Gegrunze nicht Rosa, sondern die schöne, heimtückische Kirke und ringsumher die in Schweine verwandelten Gefährten aus Ithaka, weshalb er, den scharfen Rand des Mondlichts durchschneidend, zum Angriff überging, um seine Familie und die Ehre zu verteidigen.

»Du niederträchtige Kreatur, du finsteres Wesen! Versuchst mit üblen Tricks, im Mondschein unschuldige Geschöpfe zu verhexen. Ich werde dir zeigen, wie Blut schmeckt, damit du ein für allemal begreifst, was zum Menschen gehört und was zum Tier!« Damit sprang er in einem Satz über das Fensterbrett und stürzte sich auf seine Frau.

Als er, in sein schneeweißes Nachthemd gehüllt, so plötzlich auftauchte, erschien er Rosa wie ein Gespenst, weshalb sie vor Entsetzen aufschrie und das Schweinchen fallen ließ, das in der Dunkelheit verschwand, während die Neugeborenen augenblicklich losschrien. Doch Odysseus war bereits über ihr, schüttelte sie heftig und versetzte ihr mit seinen Händen, die groß wie Schaufelbagger waren, kräftige Ohrfeigen.

»Von wegen Irrsinn und Wochenbett. Ich werde dir nach Strich und Faden Vernunft beibringen, du undankbares krankes Weibsbild«, brüllte der Mann und schlug wie besessen auf sie ein.

Aus der Hütte hinter dem Stall, wo er für gewöhnlich schlief, eilte der Hausknecht Mero herbei, dem es nur mit Mühe gelang, Rosa diesem Zorn zu entreißen, woraufhin Odysseus ins Haus zurückging, um sich anzuziehen.

Sie riefen Signor Cesco herbei und auch Mena, die die Kleinen beruhigte und ihre Schwester versorgte. Was sich die beiden Männer zu sagen hatten, blieb ein Geheimnis.

Sie zogen sich zu einem hitzigen Gespräch zurück, das die ganze restliche Nacht währte und noch ein wenig in den Morgen hinein, bis Signor Cesco mit vor Müdigkeit und Schmach dunkel umrandeten Augen Odysseus zum Abschied die Hand gab und in das Zimmer ging, in das sich seine beiden Töchter mit den Enkeln geflüchtet hatten.

Als der redliche Mann, der er war, hatte er sich vorgenommen, Rosa eine gehörige Strafpredigt zu halten, um sie ein für allemal an ihre Pflichten und an das wahre Leben zu erinnern. Odysseus war ein ehrlicher, begüterter und arbeitsamer Mensch. Sie hatten ein Dach über dem Kopf und alles Nötige, um die Kinder großzuziehen, also Schluß mit den Kapriolen, um des Himmels und ihrer seligen Mutter willen, die Gott weiß wie viele Opfer gebracht hatte, um die Mädchen anständig aufwachsen zu lassen. Dies und noch mehr hatte er sagen wollen, doch als er Rosa gegenüberstand und die Vollkommenheit ihrer neuen, von den Folgen der Ohrfeigen geschmähten Schönheit sah und dazu ihren Blick, der trotz der blauen Flecken und der Demütigung gefaßt und erhaben war, ging er auf sie zu und küßte sie mit unerwarteter Zärtlichkeit, so als fürchtete er, ein kostbares, empfindliches und angeschlagenes Gefäß vollends zu zerbrechen. Dann machte er einen Bogen um Mena, blieb vor dem Bettchen mit seinen schlafenden Enkeln stehen, schnellte nach ein paar langen Minuten, in denen er eingeschlummert zu sein schien, abrupt zur Tür und stürzte in das Zimmer, in dem sich Odysseus aufhielt.

Durch die Türen und zwei dicke Wände hindurch, die sie von dem Geschehen trennten, hörten die Frauen Signor Cescos Stimme schmettern wie eine Posaune des Jüngsten Gerichts, hörten, wie sie Odysseus' Stimme aushöhlte, sie umschlang, sie umklammerte und mit einer Leidenschaft und Kraft erstickte, die Rosa ihr Lebtag nicht mehr vergessen würde.

Ein Zug – ein Dampfkessel, ein Fauchen von Stahl, das zuweilen eine Explosion fürchten ließ –, der glatt und schnell dahinraste, beschleunigte und bremste, Gefühl und Verstand einsetzte, Gerechtigkeit und Drohungen einsetzte, Waggons der Würde einsetzte, den Druck erhöhte und das Gleis wechselte, um am Ende langsam und ruhig in den Bahnhof einzufahren.

Zu vorgerückter Morgenstunde kam Signor Cesco mit Odysseus, der ihm schweigend und mit puterrotem Gesicht folgte, aus dem Zimmer. Als der Ältere die Tür erreichte, drehte er sich um, zielte mit dem Zeigefinger auf seinen vor ihm stehenden Schwiegersohn und schlug einen entschiedenen, barschen Ton an:

»Und vergessen Sie nicht«, sagte er mit unmißverständlicher Miene, »wenn ein Mann immer ein Mann ist, ist eine Frau doch auch immer eine Frau.«

War das Verhältnis zwischen Odysseus und Rosa bislang ohnehin nicht von Leidenschaft geprägt, so trugen die Ereignisse jener Nacht dazu bei, ihre Leben noch weiter voneinander zu entfernen. Es hätte auch gar nicht anders sein können, denn während er ein ausgesprochen praktisch veranlagter Charakter war und Geselligkeit, Wein, gutes Essen und Handelsgeschäfte liebte, war sie ein scheuer und nachdenklicher Mensch, der zu Zweifeln und Empfindsamkeit neigte.

Auch hatte Rosa nach der Hochzeitsnacht ein für allemal ihre Meinung in Sachen Liebe geändert. Da konnte Odysseus mit seinen honigsüßen Worten und arglistigen Zärtlichkeiten getrost schmachten, indem er in der Dunkelheit mit flötender Stimme Kränzlein von der Art »Röslein, schönes Röslein mein, willst du meine Königin sein« flocht, mit denen er seine Frau zu lustvollen Umarmungen einladen wollte. Dieser Wechsel ins Falsett, diese Bearbeitung mit Küßchen und Koseworten konnten Rosa nie davon überzeugen, daß der darauffolgende Angriff auf ihr Fleisch, das Grunzen und Prusten ihres Mannes bis zum befreienden letzten Schnaufer durch die Nasenlöcher, mit dem er den Endspurt ins Ziel ankündigte, einem guten Zweck diente.

Während Odysseus künftig den lieben langen Tag in den Ställen und auf den Märkten verbrachte, um einem Geschäft nachzugehen, das seine Frau nach wie vor als Massaker ansah, widmete Rosa sich der Betreuung ihrer Kinder. Sie war eine aufmerksame, liebenswürdige und für die damaligen Verhältnisse eigenartige Mutter. Schließlich waren dies nicht die Zeiten, in denen man Kindern eine besondere Aufmerksamkeit und Fürsorge angedeihen ließ, zumindest nicht in der Art, wie Rosa es mit ihren Kindern tat. Die vorherrschende Sinnesart, das rauhe Leben, der damalige Wissensstand und der Zeitgeist stießen die Kinder in ein Dasein hinein, das von Anfang an beschwerlich und mühsam war. Sie würden sich im Laufe der Jahre Respekt und Gehör verschaffen müssen, um reife Männer und Frauen zu werden, doch zunächst waren sie wie Blätter im Wind, etwas Zartes, was der Willkür der Welt ausgeliefert war.

Doch nicht bei Rosa. Ihre Kinder waren Persönlichkeiten, waren der Spiegel, in dem man von sich selbst erzählen und gemeinsam mit ihnen wachsen konnte, durch Gesten und Worte, durch Gegenstände, Erinnerungen und Empfindungen, und so zog sie sie mit jener besonderen Aufmerksamkeit groß, die man Liebe nennt, mit dem Horchen auf jede Stimme, auf den Wind, die Dunkelheit, das Warten, die unendliche Verkettung kostbarer Augenblicke, mit denen sie ihre Kinder ins Leben führte.

Obwohl Rosa als exzentrische Frau galt, mußten die Leute aus Piana und später, als das große Haus der Bertorellis fertig war, dann aus Colle Stazione ihr doch hervorragende mütterliche Fähigkeiten zugestehen, denn Maddalena und auch der blonde Sole, solange er an jenem Ort lebte, verhielten sich stets selbstlos und respektvoll zu allen Leuten und in jeder noch so schwierigen, noch so heiklen Lebenslage, die die Geschichte für sie bereithielt.

Odysseus hatte für das enge, zärtliche und aufmerksame Verhältnis der Mutter zu ihren Kindern jedoch nie viel übrig, und dies nicht so sehr aus Eifersucht, wie sie unter Erwachsenen zuweilen vorkommt, sondern wegen Rosas grundsätzlicher Ablehnung der körperlichen Vereinigung. Mit einem Wort, er empfand alle Aufmerksamkeit und Zärtlichkeit, die Rosa für ihre Kinder aufbrachte, als Zeitverschwendung. Was Signor Cesco ihm während ihres hitzigen Gesprächs in jener unglückseligen Nacht gesagt hatte, hielt ihn jedoch davon ab, das Benehmen seiner Frau mit rohen Manieren zu unterbinden, und so beschränkte er sich darauf, es bis zu seinem Lebensende als einen pädagogischen Spleen und als eines der zahllosen Anzeichen für ihre Überspanntheit zu betrachten. Jeder weiteren Diskussion abhold, verzichtete er einfach darauf, sich noch länger für die Erziehung seiner Kinder zu interessieren, wobei ihn einzig der glühende, unerträgliche Kummer plagte, sein Geschäft nicht an seinen Sohn weitergeben zu können, den er zeit seines Lebens unverdrossen bei dem Namen rief, den er ausgesucht hatte, als die Hebamme ihm zum erstenmal den in ein Wollbündel gewickelten Kleinen gezeigt hatte. Er nannte ihn stets Achill, auch wenn der Junge, der an den Namen gewöhnt war, mit dem ihn seine Mutter rief, dies beharrlich überhörte oder erst verspätet darauf reagierte.

Nur bei dem Mädchen schienen sich die Eheleute sowohl auf einen Namen als auch in Teilen der Erziehung einigen zu können. Der Vater begann die kleine Helena in der Verkleinerungsform »Elenina« zu rufen, während die Mutter, für die das Mädchen immer »Maddalena« gewesen war, sie auch deswegen, weil sie nur langsam wuchs und so klein und zart war, schon bald nur noch »Maddalenina« nannte, was so ähnlich wie der vom Vater verwendete Name klang, so daß die Eltern mit der Zeit stillschweigend zu einem gemeinsamen »Annina« fanden und dieses Problem so ein für allemal aus der Welt schafften.

Und als die Kleine etwa vier Jahre alt war, trug ihr selbstloses Wesen entscheidend zu der salomonischen Lösung einer qualvollen Situation bei. Es geschah an einem windkalten Winterabend, als Odysseus später als sonst nach Hause kam, die Tür aufriß und in die große Küche torkelte, wo Mena, wie nun schon seit langem üblich, aufräumte und die Kinder für die Nacht versorgte.

»Ein unfähiger, gescheiterter Mann, genau das bin ich«, stieß er blubbernd und in Tränen aufgelöst hervor.

»Ich habe keine Zukunft, habe rein gar nichts. Ich bin eine ewige Niete«, winselte er und sank verzweifelt schluchzend auf einem Stuhl zusammen. Währenddessen war Rosa an der Tür erschienen, um nachzusehen, was, zum Teufel, da vor sich ging und wer da so zum Steinerweichen weinte. Rosa staunte nicht schlecht, als sie den Mann, den sie einst seiner strengen Art wegen geliebt hatte, nun zu einem in Tränen zerflossenen Häufchen Unglück verkümmert sah.

Ihr Mann klagte über das Schicksal, klagte über sein Los,

keinen Sohn zu haben, den er zum Markt mitnehmen konnte, und mutterseelenallein zu sein.

»Verschmäht, unglücklich, zurückgewiesen«, so bezeichnete sich Odysseus niedergeschlagen, den Kopf in einem Arm vergraben, als wollte er sich vor der Welt, vor den Menschen und auch vor sich selbst verstecken.

Wenngleich im Strudel der Verzweiflung gefangen, spähte er verstohlen zum Licht und sah seine verblüffte Frau wie angewurzelt an der Tür stehen und den Zusammenbruch eines Mannes, eines Vaters, eines geachteten Viehhändlers mit ansehen, der, überwältigt vom Filter des Weins, seine Zukunft des Scheiterns las. Da überkam ihn eine Anwandlung von Stolz, oder vielleicht wollte er auch einfach nur weg. Er erhob sich vom Stuhl, richtete sich mühsam auf, sah seiner Frau fest in die Augen und tauschte abwartende Blicke mit ihr.

Mena bekam es gehörig mit der Angst zu tun. Sie zitterte bis ins Mark, weil sie ein Gemetzel befürchtete und mit einer Wiederholung der berüchtigten Nacht rechnete, in der Odysseus Kirke vor sich gesehen und Gerechtigkeit gesucht hatte, indem er Hiebe austeilte. Sie drängte sich dicht an Sole heran und versuchte, mit der anderen Hand Annina an sich zu ziehen.

Alles stand still, für einen langen Augenblick in der Zeit erstarrt, als hätte ein Zauber das Leben aller Anwesenden eingefroren. Statuen allesamt, Rosa und Odysseus, die sich in die Augen starrten, Mena, mit ausgestreckter Hand, an Sole geklammert, Annina etwas abseits. Ein Monument.

Diese Grabesstille, diese Erwartung des kriegerischen Sturms wurde von Odysseus unterbrochen, der sich geräuschvoll regte, allerdings nicht, um angriffslustig auf Rosa loszugehen. Er glitt ganz einfach zu Boden, kniete nieder, und ein Piepsen, das im gewöhnlichen Leben kein Mensch je mit diesem stattlichen, strengen Mann in Verbindung gebracht hätte, drang aus dem tiefsten Inneren des zusammengekauerten Körpers.

»Ein Sohn, Rosa, wenigstens eine Hand, die mir nach dem Markt auf dem Weg Gesellschaft leistet«, stammelte er flehend.

Die Frau sah ihn an und dachte wieder an die Mysterien, über die sie täglich mit Sole und Annina sprach. Sie dachte an die Einsamkeit. An das verlorene Blau des Himmels. »Das Blau verbirgt endlose Linien«, sagte sie bei sich, »und die Menschen stopfen sich mit Einsamkeiten und mit Nichts voll.« Sie nahm sich in diesem Moment vor, mit den Kindern darüber zu reden, und bekam Lust, die Türen des Hauses blau anzustreichen, um den Wänden eine Hoffnung auf Flucht zu geben, diesem Weiß der Wände, das der Rauch nach und nach ins Graue zog.

Sie musterte ihren Mann und empfand keine Liebe, aber auch keine Wut und keinen Groll. Sie empfand Schmerz, einen stechenden und vollkommenen Schmerz, der langsam in Kummer überging. Gern hätte sie etwas gesagt, doch sie spürte klar und deutlich, daß kein Wort gut genug gewesen wäre. Und auch keine Geste. Ein Hammer vielleicht, ja, ein Hammer hätte vielleicht genügt, um die Lebensmauer aufzuschrammen, die sie beide trennte.

Annina war die einzige, die Rat wußte. Sie machte nur drei Schritte vorwärts, manchmal kostet es nur drei Schritte, um das Leben zu verändern, und stand vor Odysseus, zu dem sie mit ihrer Stimme einer kleinen Greisin sagte:

»Nicht weinen, Vater. Der Weg nach Portale morgen ist weit, und man muß früh aufbrechen. Ich komme mit, haben Sie keine Angst, ich gebe Ihnen meine Hand und leiste

Ihnen Gesellschaft, und ich sage Ihnen ein Gedichtchen auf. Jetzt müssen wir schlafen, weil die Nacht dunkel und tief ist und unheimlich.«

Mit diesen Worten beugte sie sich vor, um dem Vater aufzuhelfen, dann drehte sie sich zu ihrem Bruder um, und beide liefen schnell der Wärme ihres Bettes entgegen.

Obgleich Rosa keineswegs froh war über die Konsequenzen von Anninas Großzügigkeit, gab sie doch ihre Einwilligung, und da die Borstentiere die Haupteinnahmequelle der Familie waren, respektierte sie die Entscheidung ihrer Tochter, hinter einer Schweineherde her zu den verschiedenen Märkten zu ziehen.

Annina ihrerseits bereute ihr Angebot nie, trotz aller Schwierigkeiten und Probleme, denen sie nicht zuletzt wegen ihres zarten Alters ausgesetzt war.

An den Markttagen stand Odysseus für gewöhnlich wirklich in aller Herrgottsfrühe auf, um die Tiere für den Transport vorzubereiten, und so mußte sich auch die Kleine, besonders im Winter, an höchst ungemütliche Weckzeiten gewöhnen. Zudem war das Ziel meistens weit entfernt, so daß sie bei der Langsamkeit der Schweine in jedem Fall mehrere Stunden brauchten, um es zu erreichen.

Trotz alledem schien Annina diese Unternehmungen zu mögen, lehnte die Einladungen ihres Vaters kein einziges Mal ab und ertrug die Anstrengungen jener Tage, ohne zu klagen, ja, sie ließ sogar eine bewundernswerte Begeisterung und Ernsthaftigkeit erkennen. Mit der ihr eigenen Art und mit der von ihrer Mutter geerbten Sensibilität nahm das Mädchen jeden dieser Tage als eine Gelegenheit für neue Erkenntnisse und Freuden.

So lernte sie den Frost der Februarmorgen kennen und die verrückten, makellosen Zeichnungen des Rauhreifs. Sie sah, wie sich Sonnenaufgänge und Sonnenuntergänge auf die nur schwach von den staubigen Straßen gemusterten Berge legten, roch herrliche Düfte und widerlichen Gestank, beobachtete die Mühen der Arbeit und das Elend der in den Tod getriebenen Tiere. Sie verfolgte das Schauspiel des Handels, hörte Streitereien und Ratschläge, geistloses Geschwätz und tiefgehende Gespräche, erhaschte jede Nuance und registrierte jede Einzelheit dessen, was die Leute auf dem Markt so trieben.

Selbst als diese Touren wegen Odysseus' Zustand komplizierter wurden, und auch als die Dinge des Lebens noch ganz andere Prüfungen für sie bereithielten, gehörte die Zeit, als sie ihren Vater zum Markt begleitete, für Annina zu den schönsten, die sie erlebt hatte.

So wuchs Annina heran, das einzige Bindeglied zwischen der Welt des Vaters mit Schweinen, Märkten, Wirtshäusern, mit Schroffheit und mit starken Gerüchen und der durch und durch häuslichen Welt Soles und ihrer Mutter, die von Träumen und Worten erfüllt war. Dieses zarte Mädchen war ebenso in der Lage, auf einem Pferd ohne Sattel eine Schweineherde durch die Triften der Landschaft zu treiben, wie stille Stunden am Ufer des Padule zu verbringen und sich damit zu vergnügen, die geheimnisvollen Wege von Ameisen und Kaulquappen zu verfolgen; sie konnte stundenlange Fußmärsche bei jedem Wetter ertragen, konnte Raufereien und wilden Auseinandersetzungen zuschauen und ebenso mit ihrem Bruder zusammen angenehme Nachmittage damit verbringen, den Geschichten von Rosa und Mena über die unbedeutenden und wunderbaren Leben der Menschen zu lauschen, die seit undenklichen Zeiten in

Colle wohnten, viel länger jedenfalls als seit den Tagen, da dieser Ort die Ankunft der Eisenbahn und der Teufeleien erlebte, die sie mit sich brachte.

Annina schien sich mühelos zwischen diesen beiden Welten zu bewegen, ohne sie gegeneinander zu stellen, ohne den Bruch zu erfassen, der sich in einer Ruhe auftat, die nur sie erlebte. Sie erfaßte ihn erst viel später, als sie an einem Frühlingstag als junges Mädchen still auf der Wiese lag und in den Himmel schaute. In einem weiten himmelblauen Kleid war Rosa neben ihr eingenickt, und Sole hatte soeben die Geschichte von einem Doktor zu Ende erzählt, der in einem hellblauen Frack durch die Welt zog und Spielzeugpuppen kurierte. Alles ringsumher schien verstummt zu sein, und Annina genoß den kostbaren Schwebezustand, in dem Worte und Bilder die Luft erfüllen. Farben, Formen, Musik der Stille.

Da wehte eine Bö vom Fuß des Berges, wo das große Haus der Bertorellis stand, einen groben, mit stechendem Schweinegestank gewürzten Lärm herüber. Ein Schrei, ein Fluch, schließlich ein derbes Schimpfwort. Annina schaute hinunter und sah Odysseus und den alten Mero in einen hitzigen Streit vertieft: Geldangelegenheiten, so schien es, ein falscher Verkauf, eine Grobheit einem Kunden gegenüber. Sie begriff, worum es ging, nämlich um Bondi und die Sau, die Odysseus ihm versprochen hatte. Am folgenden Tag in Portale würde ihr Vater in großen Schwierigkeiten stecken. Sie kannte den Markt inzwischen recht gut und stellte sich das Geschrei, die Beschimpfungen und Odysseus' Zorn vor, das Ungestüm, mit dem er wegen eines Versprechens, das er nicht halten konnte, die Geschäftsehre würde verteidigen müssen.

Annina drehte sich um und sah Mutter und Bruder

schlummern. Oben die Stille, unten die Schweine. Gedanken, Phantasien und Träume, doch auch Wirklichkeit, Blut und der Geruch des Menschen. Beides schien unvereinbar zu sein, doch an jenem Tag war es für sie verbunden. Zwei Gesichter der Welt, Materie und Abstraktion. Scheiße und Verstand, aus denen wir bestehen. Doch dann sah sie aus den Augen der scheinbar schlafenden Rosa, die inmitten des unflätigen Gebrülls auf der Wiese lag, eine Träne fließen. Wieder wandte Annina den Blick und sah unten ihren Vater, der nun innehielt und still zu ihr aufschaute. Und genau da, in diesem Moment, erkannte sie den Abgrund nicht zwischen zwei Welten, sondern zwischen den Menschen. Die Dinge sind, wie sie sind, sie haben ihr eigenes Leben, haben Formen, Gedanken, haben ein Alter und sogar eine Farbe. Wir sind es, die trennen, die Barrieren errichten, die erhöhen, herabsetzen, die sagen, wer gut ist und was hingegen schlechter. So begriff Annina die Kluft zwischen ihrer Mutter und Odysseus. Sie spürte sie heftig, spürte sie gegen ihre Brust schlagen. Wie einen plötzlichen Hieb, wie einen Riß durch ihr Herz. Wie die brennende Wunde eines vollkommenen Schmerzes.

Nach der Geburt der Zwillinge und nach allem, was in der verworrenen Nacht jenes Zwischenfalls geschehen war, verlor Rosa sich ganz in ihrer besonderen Fürsorge für ihre Kinder und maß den Erfordernissen des Haushalts immer weniger Bedeutung bei. Odysseus entschloß sich fürs erste, die Hilfe Menas anzunehmen, die im Lauf der Zeit zu einem ständigen Gast wurde. Hinzu kam, daß die mittlerweile gebrechliche Tante Sparta nicht länger allein in dem Haus an der Mühle bleiben konnte und ihren Neffen nötigte, sich nun unmittelbar um sie zu kümmern. Überdies beschloß Rosa zu jener Zeit unter dem Vorwand, das starke Schnarchen ihres Mannes lasse sie kein Auge zutun, zum Schlafen in ein anderes Zimmer zu ziehen.

Aus diesen Gründen kam Odysseus das alte Haus mit der Pinie zunehmend trostlos, ungastlich und wenig geeignet für eine Familie vor, die sich über das vorgesehene Maß hinaus vergrößert hatte. Dieser Eindruck verstärkte sich für ihn in einer kalten Winternacht, als er wie üblich spät und vom Wein beschwipst nach Hause kam und seine Schwägerin Mena auf einer Pritsche, die den Eingang versperrte, schlafen sah, weil das Zimmer, in dem sie bislang gewohnt hatte, nun von der alten Tante Sparta belegt war. Odysseus fluchte mit zusammengebissenen Zähnen, drückte sich am Lager der Schwägerin vorbei und ging in sein Schlafzimmer. Kaum hatte er die Tür geschlossen, war ihm, als erleuchtete das an sich trübe Licht vor dem Porträt des alten Laertes die trostlose Wüste, die dieses Zimmer darstellte, taghell.

Da wünschte er sich Wärme, wünschte sich, daß Rosa, Mena, Annina und wer weiß wer noch alles zu ihm kamen, um die Leere auszufüllen und die so schmerzhafte stählerne Kälte zu lindern.

»Zum Teufel mit dieser nichtswürdigen Welt«, sagte er bei sich, während er sich, ohne sich auszuziehen und noch mit den Schuhen an den Füßen, auf das Bett warf. Er erwog, mit Rosa zu sprechen und ihr zu sagen, daß sie gehen solle, fort aus diesem Haus, dorthin, wo es ihr besser gefiel; sie könnte dann auch getrost diesen seltsamen Sohn mitnehmen, sollte Annina jedoch bei ihm lassen. Vom Alkohol beflügelt, nahm er sich sogar vor, mit Signor Cesco zu reden, der schließlich, wenn ein Mann immer ein Mann war,

Verständnis für seine Rechte als Ehemann, als Vater und auch als Kaufmann zeigen müßte.

Mit diesen kriegerischen Gedanken im Kopf schlief er ein, doch er träumte nicht von Kampfgetümmel. Vielmehr sah er sich im Traum unten auf dem Landgut Prataio in einem großen Haus wohnen, dort, wo die Straße am Fuß des schönen Berges zu ebener Erde ausläuft. Es war ein riesiges Haus in Form eines Halbmonds, voller Schränke, Betten, Stühle und Tische, mit unzähligen Zimmern, damit man mit anderen Menschen zusammensein konnte. Mit Menschen, die kamen und gingen, blieben und weiterzogen. Rosa und Sole, Mena, Mero, die immer älter werdende Tante Sparta, dazu Annina auf dem Pferd, schön und prächtig, wie nicht einmal die Königin es war. Und Schweine, Schweine, Schweine allüberall, so daß dieses gigantische Haus wie ein gewinnendes Lächeln aussah, mitten in eine rosa gepolsterte Fläche gesetzt.

Als er am Morgen in seinem Zimmer die Augen aufschlug, sah er die in Grau getauchten Wände, diesen traurigen Horizont aus nichts, und das Haus kam ihm plötzlich viel älter vor. Er setzte sich im Bett auf, betrachtete seine zerdrückte Kleidung, betrachtete diese Ödnis. Er sagte sich, daß er in einer armseligen Hütte lebte.

Odysseus wälzte seinen Traum eine Zeitlang im Kopf herum, kaute ihn zum Frühstück und nahm ihn mit zu seinen Spaziergängen und auch ins Wirtshaus, wo er Rauch und Wein im Überfluß erhielt. Er sah ihn in der Form der Häuser, in einem Stuhl, in einem Tisch, in der Farbe jedes Schweins, und als er am folgenden Tag seinen Bruder Telemach auf dem Markt von Portale traf, fiel er ihm mit einer herzlichen, überschwenglichen Umarmung um den Hals:

»Hör mal, meine Geschäfte entwickeln sich gut, meine

Gesundheit und mein Bauch ebenso«, sagte er zu ihm und klopfte sich dabei mit der Hand auf den Leib. »Unterdessen wächst die Familie, mit Mena, die im Haus hilft, und all den anderen rings um Tante Sparta, die Gott behüten möge.

Und dich auch«, fuhr er fort, »und unseren Bruder Hektor. Die Zeiten sind günstig für uns, und das Glück hat uns nichts versagt. Ich denke, wir sollten dieses Glück zusammenhalten, sollten die Kinder und die Frauen zusammenhalten, und auch wir sollten zusammenhalten. Odysseus, Telemach und Hektor. Die Brüder Bertorelli.«

Telemach hatte noch nie sonderlich viel für Gefühlsduselei und übertriebene Herzlichkeit übrig gehabt. Als Odysseus ihn umarmte und ihn mit Worten und Begeisterung überschwemmte, überlegte er sogleich, welches Schurkenstück hinter diesem Angebot stecken mochte. Zugegeben, sein Bruder halste sich gerade die Bürde der alten Sparta auf, doch hatte nicht auch sie sich zuvor jahrelang um ihn gekümmert? Und hatte Odysseus' merkwürdige Frau, die verträumt und viel zu schön war, um eine gute Familienmutter zu sein, nicht vielleicht irgendeine dunkle Geschichte zu verbergen?

Odysseus ließ sich von diesem deutlich spürbaren ersten Mißtrauen seines Bruders nicht entmutigen. Er kannte Telemachs argwöhnisches und ausgesprochen praktisches Wesen, ließ daher alles Gefühl beiseite und kam unumwunden auf die konkreten Vorteile seines Vorschlags zu sprechen.

»Einigkeit macht stark, Bruder, laß dir das mal durch den Kopf gehen«, sagte er entschieden und zählte auf, was sich durch ein Zusammenleben in größerem Rahmen für jede Familie verbessern und sparsamer gestalten ließ, wobei er jedem einzelnen Punkt mit diesem Motto Nachdruck verlieh, das er mit unanfechtbarer Bestimmtheit deklamierte.

»Holz und Kohle«, sagte Odysseus und rechnete vor, wie viele Personen von einem einzigen Kamin profitieren würden. »Einigkeit macht stark«, folgerte er.

»Essen und Trinken«, sagte er und erläuterte, wie sich unnützer Aufwand und Zubereitungszeiten einschränken ließen. »Einigkeit macht stark«, folgerte er. Das galt auch für die übrigen Haushaltsausgaben bis hin zu den geschäftlichen Einsparungen, denn das künftige Haus sollte in der Nähe der Ställe und am Weg zum großen Markt von Portale entstehen, so daß man Transportzeiten verkürzen und mehr Bequemlichkeit gewinnen konnte.

Am Ende dieser Ansprache taxierte Telemach Odysseus mit der Miene eines Menschen, der versucht, die Gedanken seines Gegenübers zu erraten. Er musterte ihn lange, schaute dann zu Boden und schließlich zum Horizont, wo er, die Daumen in den Westentaschen verhakt, einen unbestimmten Punkt anvisierte.

Odysseus lächelte. Er wußte, daß sein Bruder in diesen Minuten gründlich über das Gesagte nachdachte. Er überlegte. Schätzte. Rechnete. Odysseus ließ ihm Zeit, verharrte reglos und wartete auf den günstigsten Moment, um seinen entscheidenden Trumpf auszuspielen.

Wie durch Zauberei war das Marktgeschrei rings um sie her fast völlig verstummt, da war kaum mehr als ein leichtes Blätterrauschen im Wind und das ferne Wiehern eines Pferdes. Alles schwieg. Nur Telemach regte sich, löste eine Hand von der Weste und nahm seinen Hut ab, während er sich mit der anderen einen nicht vorhandenen Schweißfilm von der Stirn wischte.

Das war es, worauf Odysseus gewartet hatte, das war der

Vorbote für das nachlassende Mißtrauen seines Bruders, das verschlüsselte Signal, das ein gewiefter Händler wie er nie im Leben übersehen würde. Er rückte bis auf einen Schritt heran und brachte seinen Mund dicht an Telemachs Ohr, jedoch nicht, ohne zuvor einen verstohlenen Blick auf die Ödnis geworfen zu haben, die noch kurz zuvor der belebte Markt von Portale gewesen war.

»Wenn du mir hilfst, Hektor zu überreden«, raunte er, »bezahle ich den Grund und Boden unten in Prataio ganz allein.«

Telemach zuckte nicht mit der Wimper, doch Odysseus' Gespür verriet ihm, daß er eine Bresche geschlagen hatte, weshalb er von ihm abrückte, dem Bruder fest in die Augen sah und nun mit einem breiten Lächeln den entscheidenden Treffer landete:

»Und ich lege noch ein paar schöne Schweine drauf …«

Hektor zu überzeugen war kein Problem. Als die Brüder mit ihrem Vorschlag zu ihm kamen, hatte ihm Rina gerade eröffnet, daß sie wieder in anderen Umständen sei. Sie wartete, bis ihr Mann von seinen Geschäftemachereien am Padule zurückkehrte, baute sich mit dem Futtereimer in der Hand breitbeinig vor ihm auf und sagte in der anmutigen Sprache von Colle Alto:

»Also schön, lieber Mann, für Sie sind das einfache, nette Geschichten, Dinge, die mit Kühnheit und großer Anmaßung erledigt werden. Ich bin wieder guter Hoffnung, lieber Mann, und wenn Sie mal nachrechnen, sind das jetzt dreizehn Jahre, und das ist unser neuntes Kind.« Sprach's und verschwand mit schlurfenden Füßen, die Beine inzwischen wie zwei Baumstümpfe, in Richtung Hühnerstall.

Hektor sah ihr nach und blieb für einen Augenblick stehen, um nachzudenken. Paris, Ganymed und Orest. Dann Thebe, Anchises und Hekuba. Die letzte war Penelope. Er rechnete nach. Das waren sieben. Ein Kind fehlte. Er wiederholte die Namen wie eine Litanei und zählte sie einzeln an den Fingern ab. Die letzte war Penelope, daran gab es keinen Zweifel.

»Also«, sagte er laut und konzentrierte sich, »es waren vier Mädchen und vier Jungen.« Ein Mädchen fehlte.

Kassandra! Na bitte, da hatte er das achte ja gefunden, das wichtigste, seine Lieblingstochter. Blond wie ein Maiskolben.

Er lächelte. Wie hatte er sie nur vergessen können? War er etwa schon so alt, daß er sich nicht mehr an seine Kinder erinnerte (obgleich acht natürlich nicht wenig waren, und nun noch das neunte unterwegs)?

Er dachte an Rina. Fünfzehn Jahre waren sie mittlerweile verheiratet.

Hektor konnte sich nicht erinnern.

Er schloß kurz die Augen, wie um sich zu sammeln, doch selbst in der geröteten Dunkelheit, die die geschlossenen Lider ihm in der Sonne bescherten, gelang es ihm nicht, sich daran zu erinnern, wie Rina vor fünfzehn Jahren ausgesehen hatte. Er gab sich alle Mühe, sah jedoch immer nur eine schwangere, dicke Frau mit geschwollenen Beinen vor sich, die ihre Hände in die Seiten gestemmt hatte, um den Rükken zu stützen, und die das Haar stets zu einem festen Knoten im Nacken zusammengebunden trug.

Er ging zum Hühnerstall und betrachtete Rina verstohlen. Sie drehte sich kurz um, bemerkte ihren Mann, der sie anschaute, und wandte sich wieder den Hühnern zu. Ihre Hand bewegte sich noch emsiger zum Futtereimer. Neben ihr hielten Orest und Anchises den Kaninchen Grasbüschel hin.

Hühner, Kaninchen und Kinder.

Hektor winkte den Kleinen zu und ging ins Haus zurück. Drinnen war es kühl. In der großen Küche spielten seine bereits halbwüchsigen Jungen Paris und Ganymed Karten, während Thebe in der Spüle Kochtöpfe abwusch.

Deckel, Kasserollen und Kinder.

Er stieg die Treppe zum oberen Stockwerk hinauf. In einem mit Pritschen vollgestopften Zimmer schliefen die Jüngsten, Hekuba, Penelope und Kassandra, zusammen in nur einem Bett.

Laken, Kissen und Kinder.

Hektor betrat das eheliche Schlafzimmer, ging zum Schrank, schob einen Kleiderstapel beiseite und öffnete eine Schublade, aus der er eine alte Blechschachtel hervorholte.

Er nahm den Deckel ab und begann zu kramen. Als Rina ihn von unten rief, um ihm zu sagen, daß seine Brüder ihn sprechen wollten, hielt Hektor eine fünfzehn Jahre alte Photographie in der Hand. Von dem Bild lächelte ihm eine Frau mit offenem Haar entgegen. Sie verharrte in einer Dreivierteldrehung und war trotz der etwas steifen Pose schön wie das Glück. Auf dem weißen Rand stand in kindlicher Schrift geschrieben: »Für immer. Rina«.

Hektor erinnerte sich.

Sole spielte in einer Ecke des Zimmers auf dem Boden. Rosa war, wie so oft, in der Wärme des besonders milden Frühlings auf der Bank neben der Haustür eingenickt. Ein Kind, in die ernste Beschäftigung des Spiels vertieft, und seine Mutter in die des Traums. Doch beide waren, jeder auf seine Art, fern von jenem Ort. Rosa reiste durch ein unbekanntes, wahrscheinlich orientalisches Land, weit weg von den Schweinen und von dem Haus. Sole schob mit einer Hand sein Holzwägelchen auf einer Phantasiestraße kratzend über den Steinboden. Rosa befand sich in unermeßlich weiten Getreidefeldern, sah eine Stadt, einen hohen Turm und stattliche Mauern mit einem Tor, an dem zu beiden Seiten zwei Löwen prangten, gegenüber lag ein Fluß, riesig wie das Meer. Ihr Herz schlug höher, als ein Fährmann sie bei der Hand nahm und in eine seltsame Barke einsteigen ließ, die aus Silber zu sein schien. Von der Mitte des Flusses aus wirkte die mit Türmen und steilen Dächern gespickte Stadt unendlich groß. Alles war enorm und ungewöhnlich, ganz anders als auf dem ruhigen Berg, den sie kannte. Sie drehte sich in dem Glauben um, Colle Alto sehen zu können, doch auch hinter ihr erstreckten sich nur der Fluß und die Stadt. Der Fährmann lenkte das Boot, wie die Fischer auf dem Padule, mit einem langen Ruder. Allein diese Geste genügte Rosa, um Ruhe zu finden.

Der Mann beugte sich vor und sagte:

»In Rajahnipur erwartet man Sie schon.«

Rosa warf einen letzten Blick auf die zauberhafte Stadt. Sie trug ein langes Seidengewand und schützte ihren Kopf mit einem Schirm vor den Sonnenstrahlen. In der freundlichen, doch bestimmten Art, mit der sie einen Kutscher anreden würde, sagte sie zu dem Fährmann:

»Nun denn, schnell, auf geht's, auch ich kann nicht länger warten.«

Während Rosa, geborgen in ihrem Traum, in dem Boot dahinfuhr, folgte Sole mit seinem Wägelchen einer Straße, die nur in seiner Phantasie zu sehen war und die ihn aus der Haustür hinausführte und von der Tür weiter bis hinter die

Hofhecke und dann noch weiter bis zu den ersten Häusern am Bahnhof. Als das Kind des Spiels nach einer Weile müde war, hob es plötzlich den Kopf und befand sich an einem ihm unbekannten Ort, erschrak jedoch nicht. Da war eine lange, staubige Straße, und neben der Straße versperrte etwas wie ein kleiner Berg hinter einem Stückchen Wiese den Blick auf den Horizont. Sole faßte sich ein Herz und kletterte hinauf. Oben stieß er auf die Schienen der Eisenbahn, und in der Ferne erahnte er auf der bahnhofszugewandten Seite Menschen auf einer Wiese, die sich an einem großen bunten Zelt zu schaffen machten.

Als er näher kam, bemerkte er ein großes Durcheinander. Dutzende von Leuten schauten in kleinen Gruppen vier Männern zu, die einen hohen Pfahl aufrichteten, während drei oder vier weitere einige Seile gespannt hielten. Stimmengewirr, anfeuernde Rufe, Gebrüll und Kommentare der Schaulustigen. Niemand schien Notiz von Sole zu nehmen, denn alle hatten zu arbeiten oder zu gaffen. Er warf einen Blick in die Runde und hielt den Atem an: Nie zuvor hatte er so viele Wagen auf einmal gesehen, kreisförmig ausgerichtet und mit sonderbaren Dingen beladen.

In dem Menschengewühl entdeckte er plötzlich einen Mann mit tiefdunklem Gesicht, vielleicht war es der schwarze Mann aus den Geschichten, die Mena ihm immer erzählte, wenn sie ihn dazu bewegen wollte, ohne Widerspruch ins Bett zu gehen. Er war ein stattlicher, baumlanger Kerl mit Schultern so breit wie die eines Pferdes, und aus Soles Perspektive eines Kindes wirkte er hoch wie ein Turm. Wenn das der schwarze Mann war, dachte Sole, würde er ihn gewiß rauben, ihn in einem Sack fortschaffen und vielleicht sogar aufessen. Doch so auf den ersten Blick machte der Mann weder einen bösartigen noch einen gefährlichen

Eindruck auf Sole. Er sammelte Seile auf und schlang sie um seinen Arm, so daß er im Nu kreisrunde Bündel erhielt, die er anschließend zusammenbog und verknotete, als wären es Bindfäden. Der Junge blieb stehen und schaute ihm zu, fasziniert von diesem Gaukelspiel. Der Mann drehte sich um, bemerkte ihn und lächelte ihm mit einer Reihe schneeweißer Zähne zu, ohne dabei mit dem Seilaufrollen aufzuhören.

Hinter ihm fraßen zwei seltsame Pferde Heu. Sie hatten einen langen Hals und zwei kleine Berge auf dem Rücken. Komisch und wunderlich sahen sie aus. Hinter ihnen tauchte ein Kind auf, das allerdings einen Bart trug und bei genauerem Hinsehen so alt wie Mero war. Jemand rief aus dem Innern eines Wagens nach dem winzigen Kerl, woraufhin er mir nichts, dir nichts die Stufen hinaufsprang und verschwand. Ein plötzlicher Laut, hart wie ein Schuß, erregte Soles Aufmerksamkeit. In einer Ecke der Wiese ließ ein Mann in einem silbernen Anzug eine lange Peitsche knallen, schwang sie über seinem Kopf, bog sie zusammen, warf sie hoch und fing sie wieder auf. Er trug einen weißen Turban und einen langen Mantel, der ihm, so vom Wind aufgebläht, Ähnlichkeit mit einem Engel verlieh.

Sole näherte sich und verfolgte gespannt alles, was der silberne Engel tat, bis dieser innehielt, die Peitsche aufrollte und sich mit gekreuzten Beinen auf den Boden setzte, nun reglos wie eine Statue. Sein Gesicht war von einem hauchdünnen Bart umrahmt und wirkte durch einen sich im Licht spiegelnden Schweißfilm ebenfalls silbern. Er hatte die Augen geschlossen und schien zu schlafen.

Der Junge ging auf ihn zu und berührte ihn sacht am Arm.

»Woher kommst du?« fragte er.

»Rajahnipur.«

Colle Alto, Colle Stazione, Piana, Portale, Prataio. Das waren die Ortsnamen, die Sole kannte. Also hüllte er sich unschlüssig in Schweigen.

»Indien«, sagte der Engel.

Sole sprach diesen Namen vor sich hin, wie um ihn sich einzuprägen. Das mußte ein höchst merkwürdiger Ort sein.

»Und wo liegt Indien?« fragte er schließlich.

»Orient«, war die Antwort. »Osten.«

Wie zum Dank dafür, daß er ihn an diesen Ort und an diesen Namen erinnert hatte, lächelte der Engel ihm zu, wandte sich nach rechts und wies ihm mit ausgestrecktem Arm die Richtung:

»Dort.«

Sole starrte auf den Finger. Der trug einen dicken Ring in Form einer zusammengerollten Schlange und wies zur Eisenbahn. So machte sich das Kind dorthin auf den Weg, überquerte die ganze Wiese und kletterte auf das Gleisbett. Jenseits der Schienen lagen die Maisfelder, und danach kam der Berg mit der Altstadt. Osten mußte dahinter sein. Sole schaute auf sein Wägelchen und schaute zum Horizont, der ihm den Blick auf Indien und auf den Osten verwehrte, auf den Ort mit den silbernen Engeln, mit den turmhohen schwarzen Männern und mit diesen Kerlen, die klein wie Kinder waren, auf den Ort, wo die Pferde zwei Höcker hatten und die Menschen offenbar in bunten Zelten wohnten.

Colle Alto lag reglos auf seinem Berg, alte Steinhäuser und noch ältere Straßen. Sole hatte das Gefühl, es schon gut genug zu kennen. Nach Osten mußte man gehen. Nach Osten.

Als Rosa erwachte, war Sole gerade durch die Hecke zurückgeschlüpft, die Odysseus' Hof umzäunte. Er sah seine

Mutter auf der Bank sitzen und ging zu ihr. Rosa hing den Farben der prächtigen Stadt nach, die sie soeben im Traum gesehen hatte, und war vom Wasser und seinem Duft betört, den sie noch immer in der Nase hatte. Sie schlug die Augen auf. Vor ihr am Horizont schimmerten die Häuser von Colle in der Sonne, und vom Dreschplatz wehte der Wind den Gestank der Schweine herauf.

Rajahnipur war bereits weit fort.

Da überkam sie auf einmal das Gefühl, kein Zuhause mehr zu haben, nicht zu wissen, wohin sie gehörte, und vielleicht nicht einmal mehr eine Zukunft zu haben. Überhaupt nichts mehr zu haben. Sie zog ihren Sohn an sich und nahm ihn in den Arm.

»Mama«, sagte er, »ich will nach Osten.«

Der Bau des großen Hauses in Prataio ging zügig und reibungslos voran, und schon bald versammelte sich die Familie Bertorelli in ihrem neuen Heim, das zwar nicht so majestätisch und unermeßlich geworden war, wie Odysseus es sich erträumt hatte, doch immerhin geräumig, solide und gediegen. Es umschloß mit drei Flügeln einen zentralen Platz, der im Laufe der Jahre zunächst als Dreschplatz, dann als Garten und schließlich als Parkplatz für Automobile dienen sollte. Hinter dem Haus erhob sich ein schöner Berg mit einem Zypressenwäldchen obenauf, von wo aus man die darunterliegende Ebene überblicken konnte, so daß auf der einen Seite das Glitzern des Padule Lungo und auf der anderen die vertrauten Umrisse der Häuser von Colle Alto zu sehen waren.

Jede Familie bewohnte einen der drei Teile des Hauses. Die beiden größeren Familien von Hektor und Odysseus richteten sich in den Seitenflügeln ein, während Telemachs Familie, zu der nur noch seine Frau Isolina gehörte, ins Haupthaus zog, das ihnen durch die geräumige Gemeinschaftsküche, die den größten Teil des Erdgeschosses einnahm, etwas weniger Platz bot.

Odysseus war wegen des Umzugs in das Haus in Prataio außer sich vor Glück. Er hatte nicht nur das Gefühl, sich einen Traum zu erfüllen, sondern er hegte auch die Zuversicht, daß dieses neue Zuhause, dieses Zusammenleben mit seinen Brüdern, den Schwägerinnen, den Nichten und Neffen dem einsamen Gemüt von Rosa und Sole guttun würde.

An jenem Frühlingstag, an dem sie mit Sack und Pack vor dem großen Haus ankamen und unter tausend Vorsichtsmaßnahmen den Sessel vom Wagen luden, auf dem, reglos und verhutzelt, Tante Sparta thronte, stellte sich Odysseus vor die kleine Familienschar, die aus Rosa, Mena, dem alten Mero und den Kindern Sole und Annina bestand, und führte sie mit strahlender Miene zu ihren Zimmern, eine Handlung, die für ihn noch das köstliche Flair eines Traumes besaß.

Er öffnete Türen, klappte Fensterläden auf, stieg Treppen hinauf und bat alle auf die beiden geräumigen Balkons der Seitenflügel hinaus, um schließlich in der großen Gemeinschaftsküche innezuhalten und die Leistung des Herdes und des gigantischen Heizkessels zu preisen, der, um mit seinen Worten zu sprechen, dank eines revolutionären Systems von Rohrleitungen und Heizkörpern, einer sogenannten »Warmwasserheizanlage«, sämtliche Räume erwärmen würde und sogar die Möglichkeit bot, sich mit heißem Wasser zu waschen.

Am Ende dieser begeisterten Vorführung, auf die man eine freundliche Zustimmung seitens der Familienmitglieder erwarten konnte, verstummte Odysseus, baute sich vor seiner Frau auf und strahlte sie mit einem Lächeln an, das klar und deutlich alle Zeichen der Hoffnung trug.

Aus dem peinlichen Schweigen, das sich nun über die große Küche legte, tauchte als einzige seine Stimme auf wie ein letztes verzweifeltes Friedensgesuch:

»Röslein, schönes Röslein mein, kannst du nicht froh über unser Häuslein sein?«

Rosa antwortete nicht, weder damals noch jemals später. Solange sie noch in dem großen Haus der Bertorellis blieb, beschränkte sie sich darauf, in dem Zimmer im zweiten Stock zu wohnen, dem mit dem Balkon zum Berg hinaus, ohne sonderlich oft in der Küche zu erscheinen, die ganz und gar zu Menas Reich wurde.

Auf dem Balkon nähte und stickte Rosa, spielte mit den Kindern und starrte stundenlang zu dem Zypressenwäldchen hinüber. Sie verharrte dort reglos, nachts ebenso wie in der glühendsten Sonne, bei Tagesanbruch oder im leichten Dunst mancher kühler Vormittage im März.

Nie verlor sie ein Wort über das Haus. Sie verbrachte ihre Zeit auf dem Balkon oder auf der Wiese oben auf dem Berg. Oftmals schweigend und beinahe immer mit einem Blick ins Leere. Auch als Odysseus, verbittert über ihre Teilnahmslosigkeit, den Balkon abreißen ließ, auf dem sie sich so gern aufgehalten hatte, hörte Rosa nicht auf, vom Fenster aus zum Wäldchen hinüberzuschauen, als ahnte sie, daß gerade von dorther Leben für ihr Leben kommen würde.

Manche hielten ihr Verhalten für eine Form von Wahnsinn, andere für Überspanntheit und für Hochmut. Vielleicht war es ganz einfach die Stetigkeit und Hartnäckigkeit eines Wunsches, der so stark war, daß die Dinge gezwungen wurden zu geschehen, und nicht umgekehrt.

Der einzige, der für Odysseus' begeisterte erste Vorführung Interesse bekundet hatte, war Mero, und zwar hauptsächlich wegen dieses neuen Wunderapparats zur Erwärmung von Wasser und Wohnräumen. An dem Tag, als er in das Haus einzog, verliebte sich der alte Hausangestellte so sehr in diesen Heizkessel, daß er sich ihm mit Leib und Seele verschrieb, ihn mit Holz und Kohle bestückte, ihn auf Hochglanz polierte, ölte und mit fast schon manischer Akribie pflegte. Niemand aus der Familie wagte es, etwas gegen diese Leidenschaft zu sagen, mit Ausnahme von Odysseus, bevor der Sturm des Wahnsinns ihn weit mit sich fort nahm, denn er fand diese Altersliebe Meros störend und hätte es lieber gesehen, wenn er statt dieses herzlosen Stücks Gußeisen weiterhin die Schweine versorgt hätte. Alle duldeten Meros krankhafte Hingabe als ein Zeichen der Wunderlichkeit, die das Alter den Menschen nun einmal auferlegt, eine unvermeidliche natürliche Erscheinung, für die es keine konkrete Erklärung gibt, außer der Gewißheit über das traurige Schicksal, das das Leben für jeden von uns bereithält. So erkannte niemand, auch nicht für den Bruchteil einer Sekunde, das wahre Feuer, das einen einfachen, braven Mann dazu gebracht hatte, sich in seinen letzten Lebensjahren mit freudiger Begeisterung ausschließlich der Pflege eines Heizkessels zu widmen.

An dem Tag, als Mero mit fast einhundert Jahren in den Armen der mittlerweile erwachsenen Annina starb, raunte er ihr noch etwas ins Ohr, während seine schwarzen Hände ihr Gesicht streichelten.

»Danke dafür, daß ich meinen Traum verwirklichen konnte«, sagte er zu ihr. »Ich habe mir immer gewünscht, Lokomotivführer zu werden.«

Die polizei kam jedoch nicht so schnell. Am Tag nach seiner Flucht begab sich die Witwe Bartoli zum Bürgermeister, um ihm mitzuteilen, daß der Maestro ans Bett seines sterbenden Vaters in sein fernes Heimatdorf habe eilen müssen, hinunter ans andere Ende Italiens. Der Bürgermeister hörte sie an, tröstete sie und versicherte ihr, daß er sich darum kümmern werde, dies den zuständigen Leuten zu melden, und daß er hoffe, es werde nicht lange dauern und alles werde sich auf die denkbar günstigste Weise regeln.

Die Neuigkeit sprach sich in dem kleinen Ort wie ein Lauffeuer herum, und neben Worten der Anteilnahme und des Beistands spürte die Witwe auch die konkrete Solidarität ihrer Landsleute, denen die Herzlichkeit des Maestros und die überraschende Liebe, die ihn mit ihrer Nachbarin verbunden hatte, stets sympathisch gewesen waren. In den Tagen seiner Abwesenheit, aus denen Wochen und Monate wurden, gab es immer jemanden, der dem Haus an der Stadtmauer einen Besuch abstattete, um einen Gruß und etwas zu essen zu bringen, eine Süßigkeit für die Kleinen oder eine Flasche Öl von der letzten Pressung, eine Nähe und eine Wärme, die um so wichtiger waren, als für alle schon bald offensichtlich wurde, daß die Frau erneut ein Kind erwartete, das einige Monate später zur Welt kam, ohne daß sein Vater wiederaufgetaucht wäre.

Die Witwe empfing alle mit ihrer gewohnten Liebenswürdigkeit und hielt die Besucher mit Nachrichten auf dem laufenden, die sie nach eigener Aussage ihrem regen Briefwechsel mit Sapri entnahm. Es war eine Komödie, eine nette, freundliche Aufführung, die Colle geflissentlich inszenierte, um die Flucht seines Maestros zu kaschieren und an die Unumgänglichkeit einer Abwesenheit zu glauben, die mit jedem weiteren Tag endgültiger wurde.

Niemand fand etwas dabei, obwohl man nur zu gut wußte, daß von Colle nie ein Brief nach Sapri abging, so wie auch der Briefträger weder von dort noch aus irgendeinem anderen Ort Italiens je Post für die Witwe brachte. Doch alle glaubten weiter an die langwierige, schwere Krankheit des Gutsgehilfen Signor Antonio und tauschten sich untereinander und mit der Witwe eifrig und erstaunlich sachkundig über die Hartnäckigkeit gewisser Malariafieber aus, über Tertianafieber und dermaßen schlimme Bronchialexsudate, daß nicht einmal Aderlässe, Umschläge und Chiningaben viel gegen ihre nahezu biblische, seit Urzeiten vererbte Natur ausrichten konnten, weshalb eine so lange und schwierige Pflege nur gerechtfertigt war.

Es war ein Geschenk, das Colle seinem eigenen selbstvergessenen und verträumten Wesen machte, ein letzter Geniestreich, bevor der aus der Eisenbahn strömende Unrat Recht und Ordnung in diese jahrhundertealten Häuser brachte. Es war die letzte Ehre, die diese Menschen dem Maestro und damit im Grunde auch sich selbst erwiesen, und sie nährten sie mit der kindlichen Lust am Spiel, an Dingen, die ihnen bekannt waren, von denen sie jedoch niemals sprachen, mit der Freude an einer feinen Verkehrung von Wunsch und Wirklichkeit.

Dann, schließlich, kam die Polizei.

Der Maestro schaute aus dem Fenster seines Zimmers. Die von der Glut einer mitleidlosen Sonne verbrannte Landschaft der Camargue flimmerte. Als sein Blick zu den Salinen wanderte, sah er unter dem feinen Strich des Horizonts das Meer funkeln, und es sah für ihn aus wie der Padule Lungo.

Er dachte an Colle, an die Witwe, an Bartolo und Michail, deren Gesichter nach den vielen Jahren der Trennung zu verschwommenen Erinnerungen geworden waren, zu Luftspiegelungen, so durchscheinend wie die Bäume in der Ebene, die sich in der Hitze auflösten.

Er ging zum Tisch und nahm eine metallene Photoplatte zur Hand. Er bewegte sie langsam, und auf der Daguerreotypie zeichnete das einfallende Licht die Züge eines jungen Mädchens nach, das er nie kennengelernt hatte. Als eine Art Rache am Schicksal hatte er beschlossen, sie Libertà, Freiheit, zu nennen.

Seine Flucht, das Exil und die Einsamkeit waren für ihn Opfer, die notwendig waren, um sich die Freiheit zu erhalten.

Der Maestro setzte sich also an den Tisch und schrieb:

Meine Angebetete, vom Fenster dieses fremden Hauses aus sehe ich einen Streifen des Meeres glitzern, wie der Padule an dem Abend glitzerte, als ich die wahre Liebe fand. Es ist wie Salz, das auf der Wunde meiner Trennung von Euch brennt, diesem für meine und Eure Freiheit gleichwohl notwendigen Opfer.

Maniero erzählte mir von den jüngsten Verhaftungen in Florenz, Bologna und Mailand. Demnach war meine Flucht, auch nach so langer Zeit, nicht sinnlos und das Opfer nicht umsonst. Noch dauert meine Trennung von Euch an, und ich hoffe nun, daß sie bald ein Ende haben wird. Ein großer Plan erfüllt den Winkel meines Herzens, den meine Liebe zu Dir noch frei läßt.

Mannuzzu kam letzten Freitag so aufgeregt und glücklich zu mir, wie ich unseren Freund noch nie gesehen habe. Dabei haben wir wirklich schon allerhand erlebt und oft in Situationen voller Begeisterung, Leidenschaft und Angst gesteckt! Ich beruhigte ihn, setzte ihn vor ein Glas mit gutem, kühlem Wein, und da erzählte er mir endlich von seiner Begegnung mit dem Anarchisten Rossi aus Pisa, der einen Gesandten des brasilianischen Kaisers Pedro II. treffen wollte.

Eine sonderbare Geschichte ist das, meine Liebe, denn sonderbar und kurios ist das Schicksal der Menschen, sind ihre Wesenszüge und ihre Gedanken, die sich häufig auf Zufall und Mysterium gründen, was jedenfalls ganz ohne Zweifel auf den Umstand zutrifft, daß Rossi über den Grafen Mota-Maya Kontakt zum Kaiser aufgenommen hatte, der sich mit einem unangenehmen, bösartigen Fieber in Mailand zur Kur aufhielt, denn Rossi wollte dem aufgeschlossen und liberal auftretenden Herrscher das Projekt der anarchistischen Kommune erläutern, die den Namen La Cecilia erhalten sollte und von der ich Dir schon erzählt habe. Der Kaiser soll das Buch »Eine sozialistische Kommune« unseres Rossi wohlwollend aufgenommen haben, dieses Buch, das ich Dir durch Maniero habe zukommen lassen, damit es zur Lektüre für unsere Kinder wird.

Wenn der Kaiser auf den Vorschlag einginge, könnte er die für den Aufbau dieser neuen Gesellschaft nötigen Ländereien in den üppigen jungfräulichen Weiten Brasiliens leicht zur Verfügung stellen, an jenem idealen Ort, der dem neuen Leben, nach dem wir streben, zusätzlich Nahrung geben könnte.

Meine Liebe, der Tag, da wir unseren Traum verwirklichen und uns in Freiheit zusammentun können, ohne daß unserem

Geist und dem unserer Lieben Zwang angetan wird, scheint also nicht mehr fern zu sein.

Ich schicke Dir diesen Brief durch Maniero, den Du als vertrauenswürdigen, zuverlässigen Menschen kennst. Er wird Dir auch die Bedingungen nennen, unter denen wir uns in sechs Wochen wie geplant endlich für zwei Tage wiedersehen können, Du weißt schon, wo.

Meine Liebe, nur dieser ersehnte Augenblick und das Vertrauen in die Welt, die wir gemeinsam aufbauen werden, veranlassen mich zu dieser schwierigen, undankbaren Arbeit bei den Franzosen, die ihren italienischen Bruder wie einen Aussätzigen, einen Lumpen und Ganoven behandeln. Hier kämpfen Arme gegen Arme, aufgehetzt von Leuten, die ein Interesse daran haben, die Schicksale der Menschen zu trennen und so den Kampf für ein wahrhaft zivilisiertes Leben zu behindern.

Ich schließe nun mit dem Gedanken an unser Wiedersehen: Es wird nach einer Ewigkeit zwei ganze Tage dauern. Es wird wie ein Traum sein. Meine früheren Umarmungen sollen Dir inzwischen von meinem ganzen Verlangen und von meiner Liebe erzählen.

Ich betrachte Libertàs Gesicht auf der Daguerreotypie und erkenne in ihrem Namen und in ihren Zügen die Frau, die mir die Liebe stahl.

Nun küsse ich Dich und bitte Dich, Bartolo herzlichst von mir zu grüßen. Hast du Ideale meinen letzten Brief gezeigt? Ich rate ihm zur Lektüre von Andrea Costa. Und gib Michail und der kleinen Libertà den zärtlichsten Kuß von ihrem Vater aus der Ferne.

Am Tag als die Polizei in das Haus an der Stadtmauer kam, war die Witwe Bartoli gerade beim Kochen. Sie bot den

Leuten, die ihren Mann suchten, mit der gleichen Liebenswürdigkeit einen Platz an, mit der sie all die Jahre ihre Mitmenschen empfangen hatte, die ihr in ihrer schwierigen Einsamkeit geholfen hatten.

Der Polizeioffizier verhörte sie mit einer gewissen Kälte.

»Wo ist er?« fragte er knapp.

»Er pflegt seinen sterbenden Vater«, antwortete die Witwe.

Der Offizier warf einen Blick in die Papiere, die er auf dem Tisch ausgebreitet hatte:

»Liegt er seit sechs Jahren im Sterben?« erkundigte er sich sarkastisch.

Die Frau verzog keine Miene:

»Er ist ein schwerkranker Mann und braucht viel Pflege.«

Ein Soldat trat ein und warf ein Bündel Briefe auf den Tisch. Der Offizier schaute sie an und lächelte.

Durch die Haustür kamen weitere Uniformierte mit dem kleinen Michail, mit Bartolo und Ideale herein.

Der Offizier studierte die Unterlagen.

»Wir sind hier im Namen des Königs von Italien, um Recht und Ordnung wiederherzustellen«, sagte er. Dann wandte er sich an die Kinder und fragte in barschem Ton:

»Wer von euch ist ein Kind von Fosco Bartoli?«

Alles schwieg.

Der Offizier vollführte eine ärgerliche Bewegung. Die Witwe sah ihn lächelnd an und wirkte weder nervös noch eingeschüchtert, während ihre drei Söhne sich nicht rührten und ihm fest in die Augen blickten. Der älteste hatte sogar die Hände in den Taschen. »Ungezogene Gören«, dachte der Offizier und bedeutete dem Soldaten, den Kindern Haltung beizubringen.

»Wer von euch ist ein Kind des Maestros?« fragte er beinahe brüllend.

Alle drei antworteten im Chor:

»Ich.«

Der Maestro lehnte an einer Mauer neben dem Krankenhaus. Er schien in die Lektüre der Zeitung vertieft zu sein. Doch eigentlich bemühte er sich, nicht nur sich selbst zu verbergen, sondern auch die Bangigkeit, die ihm die Kehle zuschnürte. Seit einer ewigen Zeit schon lebte er im Untergrund, auf der Flucht und häufig im Ausland. Er hätte sich als Draufgänger bezeichnet, mittlerweile an jede Aufregung gewöhnt. Doch an diesem sonnigen Nachmittag gelang es ihm einfach nicht, gelassen zu sein. Immer wieder spähte er verstohlen die Straße hinunter, zog die Uhr aus der Westentasche und sah nach der Zeit.

»Die Liebe«, dachte er, »ist eine schlimme Sache.«

Seit über sechs Jahren hatte er seine Frau nicht gesehen, konnte aus ihren Augen, in die er in der Erinnerung unzählige Male versunken war, keinen Trost mehr schöpfen. Gemeinsam mit Mannuzzu hatten sie gewartet und gewartet, um bei der ersten Gelegenheit dieses Treffen zu organisieren, ohne irgend jemanden in Gefahr zu bringen, vor allem nicht sie, die die Last einer langen, schweren Einsamkeit auf sich genommen hatte.

Zum x-tenmal beschlich den Maestro ein unbehagliches Gefühl. Was, wenn etwas schiefgegangen war? Wieder und wieder ging er alle Einzelheiten des Plans durch, den Mannuzzu und Maniero ausgearbeitet hatten, dachte an die Sorgfalt, mit der sie wiederholt die Wege überprüft und Ort und Tag festgelegt hatten. Sie sollte unter dem Vorwand eines Arztbesuchs mit der kleinen Libertà losfahren, die, so sollte es heißen, eine Spezialbehandlung brauchte.

Er dachte an das Opfer, das seine Frau gebracht hatte, daran, daß sie eingewilligt hatte, für dieses Treffen gegen ihre panische Angst vor Rädern anzukämpfen. Er dachte an die Freundschaft Manieros, der versprochen hatte, sie nie allein zu lassen, sie abzulenken und ihr auf dieser höchst mühsamen Reise beizustehen.

Die Verspätung betrug schon beinahe eine halbe Stunde. Sollte dieses Limit überschritten werden, galt das Treffen laut Plan als gescheitert. Wieder sah er auf die Uhr. Jetzt war es nur noch eine Frage von Minuten. Er drehte sich zur Straße um. Die Leute kamen und gingen ruhig ihres Weges, jeder ohne etwas vom Leben der anderen zu wissen. Jeder ohne zu wissen, welches Gefühl sich nun des Maestros bemächtigte, eine Mischung aus Sorge, Enttäuschung, Angst und Gewissensbissen. Ein absoluter, vollkommener Schmerz.

Er faltete die Zeitung zusammen und wappnete sich für einen trostlosen Rückweg, als er sie plötzlich aus der entgegengesetzten Richtung kommen sah und ihm fast das Herz stehenblieb. Sie trug ein langes, dunkles Kleid und einen kleinen schwarzen Hut mit Schleier, und auf das Hütchen hatte sie die korallenrote Rose gesteckt, die er ihr an dem Tag geschenkt hatte, als Ideale geboren wurde.

»Dieser verfluchte Schleier«, dachte er, »verflucht, er verbirgt das Meer vor mir«, und er ging der Frau entgegen.

Sechs Schritte waren es, sechs kurze Schritte, an die sich der Maestro für alle Zeit erinnern sollte, die ihm von diesem Leben noch blieb. Sechs Schritte, die Glück bedeuteten, Hoffnung, Leidenschaft, grenzenloses Verlangen. Liebe, ausgemalte Liebe, erträumte Liebe, erwartet, ersehnt, freigelassen, hinuntergeschlungen. Eine Liebe, kondensiert in diesen sechs endlosen letzten Schritten, bevor der Maestro begriff.

Die Witwe kam langsam näher, mit dem gleichen sorglosen Schritt, mit dem sie ganz Colle ihre Liebe zu dem Mann an ihrer Seite gezeigt hatte, auf den Frühlingsspaziergängen, beim Tanz im Ballsaal und auf dem Froschfest unten am Padule. Ein ruhiger Gang auf der Straße, leichtfüßig, die Arme in einer zarten Bewegung abgestimmt. Die Arme, die ihn so oft empfangen hatten, die ihn getröstet, ermutigt, gehalten hatten.

Dieselben Arme, die nun Libertà nicht hielten.

Das Recht und die Ordnung des Königs von Italien wurden wiederhergestellt. Zunächst kam der Offizier in das Haus an der Stadtmauer, dann kamen die Richter des Königlichen Gerichtshofs und verfügten, daß die Witwe nicht in der Lage sei, für den Unterhalt ihrer vier Kinder zu sorgen, zumal drei von ihnen die Frucht einer anstößigen Beziehung waren. Michail und Ideale wurden in eine kirchliche Anstalt gegeben, damit ihnen Respekt, Anstand und Gottesfurcht beigebracht würden. Bartolo dagegen, der damals im richtigen Alter für den Militärdienst war, wurde mit einer Verfügung desselben Gerichts als Soldat eingezogen und zunächst in eine große Kaserne im Norden geschickt, wo er lernte, mit dem Gewehr zu schießen und mit einem großen Federhut auf dem Kopf vorwärts zu stürmen. Dann, als es den Mächtigen an der Zeit zu sein schien, wurde er nach Afrika geschickt, um eine Kolonie für das Neue Italien zu erobern. So blieb die Witwe Bartolo allein mit Libertà in Colle zurück und zog sie mit unverminderter Hingabe und mit demselben Gleichmut groß, den sie auch in den Jahren bewiesen hatte, als im Haus an der Stadtmauer die Stimmen und das Lachen all ihrer Kinder erklungen waren.

Libertà war ein lebhaftes Mädchen und wuchs von den Worten gewiegt auf, mit denen ihr die Mutter abends vor dem Einschlafen von den edlen Kämpfern für Gerechtigkeit erzählte, die in der Schweiz waren. Sie erzählte auch von dem fernen Land La Cecilia, das voller Wunder war, versunken in undurchdringlichen Wäldern, wo es Früchte und Tiere in Hülle und Fülle gab, und von Libertàs unerschrokkenen Brüdern, die in den höchsten Bergen und in den Festungen eines fernen, dunklen Herrschers zerstreut waren, den man den »Papst« nannte. Und von ihrem Vater, der in Frankreich war, in der Schweiz, in England und an vielen anderen fernen Orten, wo er etwas suchte, was jeder suchte, von dem jedoch niemand wußte, wo es war.

Das Recht und die Ordnung des Königs hinderten die kleine Libertà also nicht daran, froh und glücklich aufzuwachsen, wenn auch mit den Schwierigkeiten einer zerrissenen Familie. Die Worte und die Zärtlichkeit ihrer Mutter, die Zuneigung, die ihre Brüder ihr trotz allem zuteil werden ließen, und auch die Achtung, die die Menschen in Colle dem Maestro nach wie vor zollten, sorgten dafür, daß Libertà nicht allzusehr unter dieser schmerzlichen und mißlichen Situation zu leiden hatte. Im Gegenteil, alles, was sie bewältigen mußte, verhalf ihr zu einem starken, resoluten und stets der Leichtigkeit und dem Leben zugewandten Charakter.

Die Worte ihrer Mutter waren die Nahrung, mit der die Kleine das Bild eines Vaters speiste und zusammensetzte, der sie, obgleich weit fort und im Gefängnis, durch ihre ganze Kindheit und Jugend begleitete, durch ihre Mädchennächte ebenso wie auf ihren Streifzügen am Padule, durch ihre Schultage und auch auf ihren Spaziergängen durch die Altstadt von Colle, wo sich neben dem respektvollen Gedenken an den Maestro der schwere Geist auszubreiten begann, der der Eisenbahn entströmte und sich aus den neuen Gedanken von Menschen zusammensetzte, denen diese Vergangenheit fremd war – ein klebriges Rinnsal, das gewiß nichts mit der heiteren Seele jenes Ortes gemein hatte.

Es waren erzählte, gehätschelte, erdachte Worte, sie standen in den seltenen Briefen, die Vater und Tochter während der unfreiwilligen Trennung wechselten. So wie der Maestro seine Tochter nur von dem silbrigen Bild einer Daguerreotypie kannte, so kannte Libertà ihren Vater wie durch die Ironie eines symmetrischen Schicksals jahrelang nur von der Metallplatte aus dem Besitz der Witwe, auf der der Maestro vor dem fernen Horizont des Padule stand, der wie das Meer aussah. So wandte sich das kleine Mädchen – und später das junge Mädchen – in Gedanken und Briefen an das Bild eines immerfort jungen, hochgewachsenen Vaters mit gepflegtem Schnauzbart und einer hübschen schwarzen Schleife, die ein schönes, ehrliches Gesicht rahmten.

Libertà war schon zu einer jungen Frau herangewachsen, als vor der Tür des Hauses an der Stadtmauer ein großer, hagerer Mann mit langem, ungepflegtem Bart, einem zerknitterten Anzug und der traurigen Miene eines alten Landstreichers erschien. Der Mann musterte sie lange und schweigend, nachdem ihn ein Beben durchzuckt hatte, das das Warten bleiern werden ließ. Libertà hatte aufrichtig Mitleid und spürte mit aller Macht das Unglück und den Schmerz dieses Mannes. Sie zögerte nicht, ihn auf ein Glas Wein und auf eine erholsame Pause hereinzubitten.

Doch der Mann rührte das Glas, das sie ihm hinstellte, nicht an. Er setzte sich lediglich an den Tisch, legte die Hände auf die Platte und ließ seinen Blick langsam umherwandern, um sämtliche Gegenstände des Zimmers aufmerksam zu mustern. Dann verweilte sein Blick auf Libertàs Augen, und wahrscheinlich fand er darin das Blau, in das er an jenem Tag versunken war, als er ihrer Mutter seine Liebe gestanden hatte, fand darin das Exil und die Angst vor Rädern, die Gespräche mit den Pensionsgästen, Don Ubaldo am Abend des Unwetters und Mannuzzus Freundschaft, entdeckte Ideale und Michail darin und sogar Bartolos fröhliches Geschrei, das niemand je hatte dämpfen können, die milde Luft Sapris, die Finsternis des Zuchthauses und die weißgefärbten Berge der Schweiz. In jenem Moment kam es ihm wirklich so vor, als läge das ganze Leben in einem einzigen Augenblick, als wäre das Glück nichts als albernes Zeug. Das Aufblitzen eines Flämmchens. Ein brennendes Wachszündholz im Wind.

Libertà sah – wie schon durch die Magie der Daguerreotypien – in den Augen ihres Vaters dieselben Dinge wie er, und sie verstand. Sie verstand das Gewicht der Zeit, der erfundenen Worte, der vielen geschriebenen und nie abgeschickten Briefe. Verstand bis auf den Grund das entsetzliche Schicksal eines Menschen, der gezwungen ist, Tag für Tag ein Leben zu führen, das Spuren in die Haut gräbt, die Knochen zerbricht, den Atem zerhackt und das Dasein zerkratzt. Tag für Tag, für immer und ewig. Daher entschied sie sich zwischen dem strahlenden Silberporträt, das sie bis dahin gekannt hatte, und dem glanzlosen, abgewetzten Bild, das sie nun vor sich hatte, für den Mann am Tisch und erkannte ihn endlich als ihren Vater.

Als der Rektor ihn rufen ließ, hatte Ideale den Grund dafür bereits erraten. Die Anstalt hatte hohe, dunkle Wände, die die Höfe umgaben. Schmale Fenster, dicke Mauern, immerfort kalte Zimmer. Für Michail war die strenge Disziplin vor allem ein Gefängnis, und anders konnte sie, im Verein mit der spartanischen Kost, den langen Schul- und Gebetsstunden, von jemandem auch nicht verstanden werden, der eine große Freiheit, das Vergnügen der Geselligkeit und ausgedehnte Spaziergänge an frischer Luft kennengelernt hatte.

Mit wachsender Sorge hatte Ideale beobachtet, wie sich das offene, heitere Wesen seines Bruders veränderte und sich unter den fortwährenden Strafen der Padri wie ein vom Schmied auf dem Amboß bearbeitetes Stück Eisen verbog, ohne jedoch die vom Erzieher gewünschte Form anzunehmen, sondern sich, störrisch und düster, zu einem widerspenstigen Haken krümmte.

Ideales Zuneigung zu dem jüngeren Bruder, ihre Gespräche über die Probleme und der Trost, den er ihm jeden Tag zu geben suchte, hatten nichts geholfen. Michail zog sich mehr und mehr von einem Leben zurück, das er nicht verstand, das er nicht akzeptierte und an dem er nicht teilhaben wollte.

Auch Ideale mochte es nicht. Er litt unter der Trennung von seiner Mutter und unter den ständigen Gedanken an die Leiden seines Vaters im Gefängnis. Ihm fehlten Bartolos Fröhlichkeit und die Straßen von Colle. Es war, als hätten sich an dem Tag, als sich die Tore der Anstalt geöffnet hatten, die eines anderen Lebens geschlossen. Dies war ein starkes, dauerhaftes Gefühl, das abends zunahm und seinen Höhepunkt erreichte, nachdem alles Stimmengewirr verstummt und das Echo der letzten gewisperten Gebete verklungen war, wenn sich Dunkelheit und Schweigen in dem großen Schlafsaal herabzusenken begannen. Dann überkam ihn, durch dieses Schweigen geschürt, eine feine Verzweiflung, das Gefühl des unersetzlichen Verlusts eines früher besessenen Schatzes, von etwas, was dem Glück sehr nahe kam, dem Goldenen Zeitalter vielleicht, das sich nun für immer aufgelöst hatte. Sand im Wind, prasselnder Regen. Und es gab kein Mittel dagegen, keinen Gedanken, keinen Trost, keine Litanei, die jenes entsetzliche Gefühl, seinen Reichtum verloren zu haben und vor allem eine Schuld an diesem Zerfall zu tragen, hätte lindern können.

In solchen Unwetternächten träumte er oft von der Schweiz. Er träumte, auf dem Sankt Gotthard neben seinem Vater zu stehen, der ihm von dort oben das sonnenbeschienene Tal zeigte. Unten lag Colle, und Ideale konnte aus der Vogelperspektive deutlich den Padule und Bartolo erkennen, der in Prataio den Wildkaninchen nachjagte, und die Steinstraßen, die alten Häuser und durch die Wände im Haus an der Stadtmauer sogar seine Mutter und Libertà. Er sah dieses wunderbare Panorama und hörte die Stimme seines Vaters, die ihm erklärte, wie er es anstellen müßte, um Recht und Ordnung dieses zauberhaften Ortes zu erhalten. Die Stimme des Maestros redete, redete, redete und hüllte ihn ein wie ein warmer Mantel. Sie sprach von den Menschen, von Gleichheit, von den wichtigsten Tugenden, die das Mark der Welt sind, sprach von Zauberkünsten und von Wissenschaft, und während diese Stimme redete, merkte Ideale, wie er in die Wörter eindrang, wie er sie aus so großer Nähe hörte, sie mit einer solchen Deutlichkeit sah und fühlte, daß ihm ihr Sinn abhanden kam.

So verwandelten sich die Wörter jedesmal in Wolken, in herrliche, von der Sonne geküßte Schlagsahnewolken, und er schwebte in den Himmel hinein, in eine grenzenlose Wonne, die er nicht mehr missen wollte. Dann sah er inmitten der edlen Kämpfer für Gerechtigkeit plötzlich seinen Vater mit Bart und Weste vor sich. Hochgewachsen, schön, mit der im Wind flatternden schwarzen Schleife. Er war im Begriff fortzugehen, ging für immer in die Schweiz, nach Frankreich oder wer weiß an welchen anderen Ort auf der Welt, und er ließ ihn mit dem Auftrag zurück, das lichtvolle Tal zu schützen, aber auch mit dem unerträglichen Gefühl, absolut nicht zu wissen, wie er das anstellen sollte.

Lange Zeit trug Ideale diese unermeßliche Last in seiner jungen Seele mit sich herum, dieses Maß, mit dem er die eigene Unfähigkeit erfaßte, die eigene Unzulänglichkeit. Alles um ihn her war ihm fremd: die Disziplin, die strengen Vorschriften, die Kälte, die Dunkelheit, die Härte in den nie von Zuneigung geprägten menschlichen Beziehungen. Dazu Michails Widerspenstigkeit und das eigene – schon wieder – Unvermögen, ihm eine Stütze zu sein.

Inmitten dieser seelischen Zerrüttung entdeckte Ideale die Erbsünde. Er erfuhr aus einer Lehre, der er sich bis dahin nie hatte nähern können, von der Auffassung, daß nicht nur er, sondern jeder Mensch, vom reichsten bis zum ärmsten, vom klügsten bis zum dümmsten, mit einer angeborenen Schuld auf die Welt komme. Begierig las er in der Bibel von Adams Ungehorsam und vom Fluch Gottes:

»Verflucht sei der Acker um deinetwillen! Mit Mühsal sollst du dich von ihm nähren dein Leben lang.«

Und schließlich von Adams immerwährender Verdammnis:

»Da wies ihn Gott der Herr aus dem Garten Eden, daß er die Erde bebaute, von der er genommen war. Und er trieb den Menschen hinaus und ließ lagern vor dem Garten Eden die

Cherubim mit dem flammenden, blitzenden Schwert, zu bewachen den Weg zu dem Baum des Lebens.«

Er konsultierte die Lehrer, stellte Fragen und stürzte sich mit der Bangigkeit eines Wanderers, der mitten im Sturm die Aussicht auf eine warme, trockene Zuflucht erspäht, eifrig in Diskussionen und Lektüren. Denn andere hatten dem Vater den Gehorsam verweigert, und es gab einen Weg der Buße für diese gewaltige Schuld.

Als der Rektor ihn zum Gespräch empfing, stand Ideales Entschluß bereits fest. Daher hörte er sich den scharfen Verweis des alten Prälaten aufmerksam an. Er äußerte sich besorgt über das Verhalten seines Bruders und gab sich selbst die Schuld dafür. Er bat um Vergebung und versicherte, Michail sei ein guter Mensch und habe sich nur nach den schweren Prüfungen des Lebens eingeigelt, um sich vor einer Situation zu schützen, die er nicht verstehe, doch täglich am eigenen Leib zu spüren bekomme.

Der Rektor war angenehm überrascht von diesen Worten voller Verantwortungsbewußtsein, die von einem so jungen und, nach dem zu urteilen, was er sagte, doch schon reifen und nachdenklichen Menschen kamen. Er war über die familiären Verhältnisse des Jungen im Bilde, über die Vaterschaft eines unseligen, ungläubigen Atheisten und dessen wilde Ehe mit einer Witwe, der Mutter, die zweifellos mit irgendwelchen Versprechungen und Hexereien verführt worden war. In seinem langen Leben als Erzieher hatte er die verschiedensten Menschen kennengelernt, und so verwunderte ihn die große Ungleichheit der beiden Brüder nicht weiter. Mehr als einmal hatte er erlebt, daß ein und dieselbe Pflanze Früchte von ganz unterschiedlichem Geschmack hervorbrachte. Im übrigen waren die Wege des Herrn groß und unerforschlich.

Er schaute zu Ideale auf und sah, daß der Junge erneut ums Wort bat:

»Padre, ich möchte Ihnen einen Wunsch anvertrauen und hoffe auf Ihren Beistand und Ihren Segen.«

Der Rektor winkte ihm kurz zum Zeichen der Ermutigung:

»Ich möchte das Gelübde ablegen«, sagte Ideale. »Ich möchte Priester werden.«

Der alte Rektor lächelte. Die Wege des Herrn waren wirklich groß und unerforschlich.

Die Rückkehr des Maestros weckte in jedem, der ihn kannte, die Hoffnung, etwas von der alten Harmonie in Colle Alto könnte unverändert wiederkehren, und ließ nicht nur den Eindruck entstehen, die Zeit wäre kaum vergangen, sondern auch den, daß alles, was auf den Gleisen der Eisenbahn zu ihnen hinaufgelangt war, irgendwann wieder abfließen und trocknen könnte wie Regen nach einem heftigen Gewitter. Doch das waren nun wirklich nur Illusionen, denn schon bald zeigte sich, daß die Zeit schneller dahinrast als die Züge und dabei Spuren von Menschen, Dingen und Gedanken zurückläßt, also von allem, was uns ausmacht, und daß es ein nutzloses und vergebliches Unterfangen ist, Empfindungen und Traumbilder außerhalb der Erinnerung ins Leben zurückrufen zu wollen.

Seit der Maestro bei Nacht und Nebel fortgegangen war, hatte sich wahrlich vieles geändert. Die wenigen Häuser rings um den Bahnhof waren zu einer richtigen Vorstadt voller Leben geworden, doch nun ohne das fieberhafte Treiben der Jahre, als man auf der Baustelle Gleise verlegt und den Viadukt über dem Padule errichtet hatte. Der Padule selbst sah nun trostloser aus, und das nicht nur, weil das ihn durchschneidende Gleisbett eine Zumutung war, sondern auch, weil er von Myriaden von Badekabinen und Schuppen bedrängt wurde, die neben den Fischerhütten aus dem Boden geschossen waren, als eine Fülle von Gewerken zu florieren begann, die die Neustadt, Colle Alto und die ganze Region bis hin nach Piana und noch darüber hinaus versorgte. Bei diesem raschen Wachstum hatte man rein gar nichts von den mondänen Kinkerlitzchen eines Badeortes ausgelassen, auch nicht die wacklige Holzmole am Kanal, die in einer koketten, als Ruheplätzchen und gelegentlich als exotischer Tanzsaal genutzten Pagode auf Pfählen endete.

Die Eisenbahntrasse erstreckte sich inzwischen wie eine lange Wunde bis hinter den Horizont, verband Colle mit den großen Städten und brachte neuen Handel und neue Menschen, die ihre Sprache mit der einheimischen vermischten wie zwei unterschiedliche Sorten Wein in einer Karaffe, so daß der breite, melodische Dialekt jener Gegend nur noch, und auch das nur noch für kurze Zeit, auf den gepflasterten Straßen in der Altstadt von Colle Alto erhalten blieb.

Mit den neuen Menschen kamen neue Sitten, neue Geschichten, neue Kleidermoden, und als die Bewohner des alten Städtchens, besonders die betagteren unter ihnen, sahen, wie der Gutsverwalter von Malgardo und der Herr Graf durch den Torbogen von Rocca kamen, nebeneinander auf einer paffenden Blechkiste sitzend, die sich noch dazu ohne Maulesel, Pferde oder Ochsen fortbewegte, wurde ihnen klar, daß sich nun wohl ein für allemal etwas änderte und daß die jahrhundertealte Ruhe der Häuser durch Ereignisse bedroht war, die sie weder verhindern noch ignorieren konnten, die sie auch nicht in Abrede stellen oder mit ihren eigenen Geschichten ausschmücken konnten, wie sie es noch getan hatten, als der Maestro ins Exil gegangen war.

Auch in dem Haus an der Stadtmauer hatte sich vieles verändert, und das Leben schien die Liebe und die Heiterkeit dieses Ortes weiter auf die Probe zu stellen, lag er doch ohne die lärmende Kinderschar schweigend da, wie abwartend und kaum aufgehellt von Libertàs zwitschernder Jugend. Die Atmosphäre des Wartens wurde eines Morgens noch belastender durch eine Nachricht, die mit einem berittenen Boten der Armee kam, welcher, obgleich wortkarg und stur, einen Anflug von Betroffenheit nicht unterdrükken konnte, als er der Witwe Bartoli die Depesche aushändigte, in der Bartolo offiziell als nach der Schlacht von Adua im sonnenverbrannten Sand vermißt gemeldet wurde.

Von jenem Tag an geschah es häufig an Nachmittagen, wenn der Sommer die flimmernden Trugbilder der Hitze über dem Wasserspiegel des Padule aufsteigen ließ, daß die Witwe in der Hoffnung zum Horizont spähte, ihren Sohn im Laufschritt und mit dem Federhut auf dem Kopf hervorstürmen zu sehen.

In diesen Monaten des Wartens, die sich im Licht der nachfolgenden Ereignisse für alle wie eine lange Atempause ausnahmen, hatte der Maestro an seinen gewohnten Lektüren und Studien festgehalten und das Vergnügen seiner ausgedehnten Spaziergänge durch die Landschaft wiederaufgenommen. Doch so oft er auch die gleichen Wege ging und so sehr er sich bemühte, sich bestimmte Orte und Situationen ins Gedächtnis zurückzurufen, mußte er sich doch mit einer mittlerweile unumkehrbaren Veränderung abfinden. Da waren andere Geräusche, andere Farben, da war sogar eine andere Luftbewegung, weshalb er schließlich die Lust an diesen Streifzügen verlor und fortan darauf verzichtete, den Schatten einer Vergangenheit nachzulaufen, die sich in einer für ihn schal schmeckenden Gegenwart aufgelöst hatte.

Nur die Liebe der Witwe hatte Bestand. Unerschütterlich, warm und vollkommen. Nur in ihren Armen – in den Nächten, die er, ihren Atemzügen lauschend, still neben ihr verbrachte – hatte der Maestro das Gefühl, daß die Zeit reglos war, erstarrt, als scheute sie sich davor, jene Augenblicke zu verderben, und als hielte sie aus Schwäche und Taktgefühl den nötigen Abstand.

In jenen Momenten war ihm, als erreichte er eine Oase und könnte sich einbilden, daß nichts sich geändert habe und daß es vielleicht doch irgendwie möglich sei, den Traum zu verwirklichen, zusammen glücklich und frei zu sein, Sinnlichkeit und Himmel, ein in einer Umarmung vereinter Gedanke.

Ein Brief, ein kurzer Brief, in dem Ideale seiner Familie mitteilte, daß er das Gelübde abzulegen gedenke, zeigte dem Maestro ein für allemal die unüberbrückbare Kluft zwischen Hoffnung und Wirklichkeit, zwischen den schnell entschwindenden Sehnsuchtsbildern und den Tatsachen, an denen sie zerschellen müssen.

Er nahm den Entschluß seines Sohnes auf, ohne ein Wort zu sagen. Er wollte sich auch später nicht dazu äußern, weder der Witwe noch sonst jemandem gegenüber. Doch von dem Tag an sprach er nie wieder mit Ideale und hatte auch nie wieder eine Umarmung, ein Lächeln oder eine Zärtlichkeit für ihn. Selbst bei einem von Ideales seltenen Besuchen in Colle antwortete der Maestro jedem, der ihn beschwichtigend bat, Ideale wenigstens zuzuwinken und ihn willkommen zu heißen, immer nur:

»Pfaffen grüße ich nicht.«

Wer den Maestro erst in den Jahren nach seiner Rückkehr nach Colle kennenlernte, zweifelte an der Wahrheit dessen, was man sich über ihn erzählte: Anekdoten, Geschichten und Abenteuer, die ihn geradezu zur Legende gemacht hatten. In den Augen der Leute wirkte es eher sonderbar, daß dieser düstere, gebeugte und vorzeitig gealterte Mann der Held all jener Erzählungen sein sollte, die landauf, landab in Umlauf waren, mit der rhythmischen Musikalität des einheimischen Dialekts vorgetragen, um von den Taten einer vertrauten und allbekannten Gestalt zu berichten und damit so etwas wie eine häusliche Epik zu begründen.

Die Jahre im Exil, die lange Abwesenheit, die Entbehrungen, die Härte der Gefangenschaft und nicht zuletzt die Schmach von Ideales Entschluß, den er stets als einen unerträglichen Verrat empfand, lasteten schwer auf dem Maestro und veränderten nicht nur sein Äußeres, sondern in gewisser Weise auch sein Wesen und seine Begeisterungsfähigkeit, und wenn er auch schon immer nachdenklich und in sich gekehrt gewesen war, so ließen ihn die gegenwärtigen Ereignisse noch verschlossener und eigensinniger werden. Im Gegensatz zu früher traf man den Maestro in Colle Alto nur noch selten auf einem seiner sprichwörtlichen langen Spaziergänge an, auf denen er inzwischen jede Gelegenheit zu einem Gespräch zu meiden schien und sich auf höfliche, doch knappe Zeichen des Grußes beschränkte. Offenbar trug er eine Last, eine Sorge mit sich herum, die er nur vor dem Lächeln der Witwe und vor der jugendlichen Fröhlichkeit Libertàs vergaß. Die beiden ertrugen die Dunkelheit, in die er abgeglitten war, mit Geduld und Liebe und bedachten ihn mit einer Aufmerksamkeit, die aus Zurückhaltung und einer kaum mehr als angedeuteten Anwesenheit bestand.

Aus diesem Abgrund tauchte der Maestro nur langsam wieder auf, Schritt für Schritt, Nacht für Nacht, mit aller Stetigkeit, deren es bedurfte, um die Veränderungen auch der Atmosphäre aufzunehmen, die nicht mehr so verheißungsvoll war wie am Tag seiner Ankunft in Colle. Unmerklich übertrug er die Verletzungen auf sich, die der Boden, die Häuser und der Padule erlitten hatten, erforschte nacheinander jedes Gesicht, das er noch nicht kannte, fand in den vorhandenen Straßen die alten Straßen wieder; und so wie eine Frucht reift oder wie der Frühling sich mit den ersten Blüten ankündigt, die den Schnee durchbrechen, beschloß er fürs erste, zum Familienhaushalt beizutragen – der fast vollständig von den Stickereikünsten der Witwe bestritten wurde –, indem er zu den Fischern am Padule hinunterging und ihnen bei der harten Arbeit eines Bootsmanns zur Hand ging.

Als er dann jedoch die Unwissenheit und Bedürftigkeit sah, in der die Kinder dieser armen Schlucker lebten, organisierte er eine besondere Art der Volksschule, so etwas wie eine kleine Akademie, in der er die Kinder versammelte, um sie in den Pausen zu unterrichten, wenn die Köder vorbereitet wurden, wenn man die Wanten und Taue prüfte und wenn der tägliche Fang abgeladen wurde. So kam es, daß der Maestro an Tagen mit einem steifen, kalten Wind, der an den Angelschnüren riß, von einer Schar Kinder jeden Alters umringt war, während die Alten sich um die Pflege der Boote kümmerten, und ihnen mit neuem Eifer von den beiden Amerika erzählte, von den sonderbaren Tieren, die in den Ländern des ewigen Eises lebten, von den etruskischen Vorfahren, die als erste in ihrer Heimat gesiedelt hatten, und davon, wie diese in den Bergen hinter Piana gelernt hatten, Eisen zu schmelzen, um die stärksten und schönsten Werkzeuge zu schmieden, die damals zu finden waren. In diesen unregelmäßigen, doch leidenschaftlichen Unterrichtsstunden geschah es nicht selten, daß auch der eine oder andere Erwachsene Genaueres über ein Thema oder ein Datum erfahren wollte oder daß man, ausgehend von den exotischsten Vorträgen über geographisch und historisch weit entfernte Völker, schließlich auf die Regierung des aktuellen Italien zu sprechen kam, auf die Steuern des Herrn Quintino Sella und darauf, wie es denn möglich war, daß ein armer Fischer, selbst wenn er gut rechnen konnte, am Ende des Monats nur mit einem kärglichen Hungerlohn in der Tasche dastand.

Gestärkt durch diese Gespräche, ähnelte der Maestro allmählich wieder dem Bild des Mannes, den die Erzählungen des Städtchens unsterblich gemacht hatten, und auch das Haus an der Stadtmauer schien nun wieder in einem von Liebe erfüllten Glanz zu erstrahlen, einem Glanz, der die Witwe Bartoli umfing und der sich in der Geburt eines weiteren Kindes manifestierte, das den Namen Cafiero erhielt.

Doch der entscheidende Impuls, der dazu beitrug, das Schicksal des Maestros zu vollenden und ihn auf der Suche nach seinem Ideal von Gerechtigkeit weit aus jener Gegend fortzuführen, kam mit der Ankunft Manieros in Colle. Er war zu einem kurzen Besuch bei seinem Freund eingetroffen, dem er in der letzten Zeit des Exils und später in den schweren Gefängnisjahren beigestanden hatte, und ließ sich nun vom Reiz jenes Hauses gefangennehmen, in das übermächtig das Leben zurückgekehrt war, so daß die an Harmonie und Liebe gewöhnte Umgebung den Gast ebenso verzauberte wie das Lächeln der jungen Libertà.

Als hätte die Zeit beschlossen, alle an der Nase herumzuführen, indem sie ihren geheimnisvollen Faden rückwärts aufrollte, sahen die Witwe und der Maestro mit an, wie sich die ersten Schritte ihrer eigenen Liebe unter den gleichen Umständen und auf die gleiche Weise in den verliebten Schritten dieser beiden wiederholten. So beobachteten sie, wie sich Maniero mit ausgedehnten, einsamen Ausflügen zunehmend absonderte, während Libertà seufzend und schlaflos lange Nächte aneinanderreihte, bis der Mann eines schönen Tages, an dem das Licht so klar war, daß es den Padule wie das Meer glitzern ließ, vor dem mit einer Stickarbeit beschäftigten Mädchen erschien und sie mit nur einem Satz um einen gemeinsamen Spaziergang bat, wobei er unbeholfen die Krempe seines Hutes malträtierte.

Solange die beiden Liebenden noch in dem Städtchen blieben, erlebten die Leute von Colle die Liebe erneut als eine selbstverständliche, natürliche Erscheinung und akzeptierten diese Bekundung der aus dem Haus an der Stadtmauer strömenden Harmonie als unvermeidlich. Es war eine kurze, glückliche Zeit, die einen Frühling lang währte, bis der Maestro unter dem Einfluß von Manieros Berichten über die in Bologna und Mailand aufbrodelnde Unzufriedenheit des Volkes mit den Taten einer niederträchtigen Regierung beschloß, zusammen mit seinem Freund und seiner Tochter nach Norden zu reisen und die Witwe erneut mit einem zu versorgenden Kind und mit dem Versprechen zurückzulassen, bald wieder bei ihr zu sein, damit sie alle gemeinsam in See stechen konnten, um zu Mannuzzu ins freie Brasilien zu gelangen.

Als der Maestro eintraf, war die Spannung auf den Straßen bereits deutlich zu spüren. Gruppen von Menschen liefen schnell in dieselbe Richtung, einige laut redend, andere schweigend, mit düsteren Gesichtern.

Der Maestro wartete etwa zehn Minuten auf Maniero und die anderen, und während er wartete, lehnte er sich an eine Hauswand und zündete sich eine Zigarre an. Im Nu war er von Rauch umnebelt, und da erschien plötzlich das Haus in Colle vor seinen Augen, und mit dem Haus das Lächeln der Witwe Bartoli an dem Tag, da er sie, seinen Hut mißhandelnd, um die Erlaubnis gebeten hatte, sie zu lieben.

Seine Kehle war wie zugeschnürt, und etwas nagte in seiner Brust wie ein hungriges Tier. Er schaute sich um und sah die aufgebrachte Menschenmenge, die entschlossen war, ihre Würde zu behaupten und nicht um ein Stück Brot zu betteln, um die Staatsbilanzen zu erfreuen. Durch den Nebel seiner Zigarre und durch die Traumbilder von Colle sah er die Menschen auf der Barrikade; er holte tief Luft, um diese Last abzuschütteln, doch als er ans Ende seines Atems kam, erkannte er in dem winzigen Augenblick, wenn alles anhält, daß er allein war, und ein vollkommener Schmerz umfing ihn wie eine Umarmung.

Mit verschleierten Augen sehnte er sich verzehrend nach einem Blick der Witwe, nach einer kurzen Umarmung von Michail und nach seinem blonden Haar, nach Bartolos nie versiegendem Ungestüm und danach, daß Libertà und Cafiero, bereit zum eigenen Aufstand, sich eng mit ihm und den anderen verbündeten, um den Piemontesen zu zeigen, daß man trotz allem frei und stolz sein konnte.

Sogar nach dem abtrünnigen Ideale mit seinen Pfaffenallüren und seinem weibischen Gewand sehnte er sich. Sogar dessen Lächeln vermißte der Maestro an jenem Tag, da er an der Hauswand in Mailand lehnte.

»Teufel auch«, dachte er, »ich werde wohl tatsächlich alt. Was sollen diese Sentimentalitäten, zumal jetzt, da endlich abgerechnet wird?« Bei diesem Gedanken sah er seine Gefährten um die Ecke biegen, und so schluckte er seinen Schmerz wie einen harten Brocken hinunter, den er später verdauen würde.

Sie stürzten sich in die Menge wie in ein Meer; von irgendwo ertönten bereits rhythmische Rufe gegen die Regierung und gegen die Gemeinheit, die Leute in Hungersnot zu stürzen. Natürlich war Wut im Spiel, doch auch die Lust und der Wunsch, der eigenen Stimme – den Verdammten – in der Welt Gehör zu verschaffen.

Sie ließen die Barrikade hinter sich und bogen in die Allee ein, und nun erst sahen sie durch die ersten Reihen hindurch die aufmarschierten Soldaten und die Kanonen: eine Mauer, ein fester Damm, der dem ankommenden Strom Einhalt gebieten sollte.

Für einen kurzen Augenblick blieben alle schweigend stehen. Hinter dieser Mauer ertönte in dem gebieterischen Ton eines Befehls eine Stimme.

»Schluß jetzt, weicht zurück und geht auseinander, im Namen des Königs!« glaubte der Maestro zu verstehen.

Er wandte sich zu Maniero um und forderte ihn auf, mit ihm in die ersten Reihen vorzustoßen. Vor sich sah er fast nur Frauen und neben ihnen Kinder und noch mehr Kinder auf dem Arm, und aus dieser wehrlosen Gruppe erhoben sich Schreie und Flüche gegen den König und seine Schergen.

Hand in Hand drängten sie durch die Menge, Maniero und der Maestro, und erreichten genau in dem Augenblick die Spitze, als die Zeit erstarrte und sich die Träume der Leute in der Allee zu einem Gewebe von Wünschen verflochten. Nichts Großartiges, sondern nur die schlichten Bedürfnisse von Menschen, denen nichts weiter bleibt, als in ständiger Begleitung des Hungers von einem Tag zum anderen zu leben. Von der Stille überwältigt, mochten sie sich an die unabsichtliche Kränkung eines Freundes erinnern, an ein auf den Tisch gestelltes Glas, an einen Fettfleck auf der Hose. Einer Frau in der dritten Reihe fiel ein Sonntag vor vielen Jahren wieder ein und die süßen Frittelle di San Giuseppe. Ein kleines Kind direkt vor dem Maestro ließ sich eine Lakritze schmecken, die der Pfarrer ihm nach der Kommunion geschenkt hatte.

Inmitten dieser umherschweifenden Gedanken fühlte der Maestro tief und fest in seiner Brust noch immer den Schmerz, der sich wenige Minuten zuvor eingenistet hatte, und er wandte sich den Soldaten zu.

Er sah die Flamme explodieren wie hinter dickem Glas und sah zu seiner Linken zugleich einige brennende Frauen durch die Luft wirbeln. Wie ein Blumenstrauß sahen sie aus, wie Schnittblumen, die zerfetzt auf die gedankenerfüllte Allee niederfielen. Unmittelbar darauf riß ein weiterer Feuerstoß noch mehr Menschen von der Erde und jagte sie in die Luft.

In absoluter Stille starrte der Maestro, taub von den Explosionen, reglos auf dieses Massaker, das er gar nicht zu begreifen schien. Er sah blutende Menschen, die hinter Hauswänden Deckung suchten, Frauen und Kinder auf dem Boden verstreut, als schliefen sie, und andere wie zum Gebet unbeweglich auf den Knien.

Ein an einen Karren gelehnter Greis kam schnell auf ihn zu, starrte ihn an, schüttelte ihn und zeigte auf etwas zu seiner Rechten. Die Augen weit aufgerissen, schrie er ihm offenbar etwas zu. Er bedeutete ihm, wegzugehen, schüttelte ihn erneut und zeigte auf seine Hand. Nun erst schaute der Maestro hin und begriff, daß er die Fetzen eines Männerarms umklammert hielt. Er sah den Alten an, nickte zum Dank und bewegte sich langsam in die Richtung, in die die Menschen flohen.

Mit Manieros blutigem Arm in der Hand machte sich der Maestro auf den Weg ins Zentrum von Mailand.

Er hätte nicht sagen können, wie lange und wo er gelaufen war, wem er begegnet war und was man zu ihm gesagt hatte. Das erste, woran der Maestro sich erinnerte, war das Gesicht einer weinenden alten Frau, die in einer sonderbaren, fremden Sprache beschwörend auf ihn einredete, ihn umarmte und streichelte.

Die Hände der Frau waren blutverschmiert, und er dachte, es könnte sein Blut sein oder vielleicht das von Maniero.

Er lächelte.

Die Frau schob ihn zu einem Torweg. Soldaten. Sie sagte ihm, daß gleich die Soldaten kämen. Sie sagte ihm, er solle weglaufen.

Der Maestro sah am Ende der Straße Pferde und einen Trupp Soldaten. Sie bewegten sich von ihm fort und würden ihn nicht entdecken. Er bedankte sich bei der alten Frau, streichelte sie und verabschiedete sich im Dialekt von Sapri von ihr. Dann wandte er sich um und ging mit schnellen Schritten auf die Soldaten zu.

Er wußte nicht genau, was er tun würde. Er dachte an Maniero und die anderen, die zerfetzt durch die Luft geflogen waren, sah die bunten Uniformen, die Pferde und vielleicht auch die Kanonen. Auf diesen dreihundert Metern gingen dem Maestro viele Dinge durch den Kopf. Das Haus in Colle und das Gesicht des Bauern, der ihn dorthin gebracht hatte. Marx, Ricardo, Bakunin, die Mehrwerttheorie und das Elend der Völker. Eine Buchseite von Feuerbach, klar und deutlich, und das Gesicht eines Mädchens, das er in einem Heuschober geliebt hatte, an dessen Namen er sich jedoch nicht mehr erinnerte. Räder und Züge und das erstemal, als er die Hand seines neugeborenen Sohnes Ideale berührt hatte. Er sah Wörter vor sich und dachte an eine Rede, kraftvoll und unumwunden. Die Kraft des Lebens, die Verzweiflung der Unterdrückten, die Farbe des Blutes, Schreie, Gehorsam, Auflehnung. In jenem Moment stand alles so klar und banal vor ihm, daß es weh tat. Wie hätten sie nicht verstehen sollen?

Er war sich seiner Sache sicher und beschleunigte seinen Schritt, so daß man sagen kann, daß er fast schon rannte, als er die Soldaten erreichte.

Wenige Meter von dem Trupp entfernt sah er Maniero und Libertà, die ihn bei der Hand hielt. Offenbar wollten sie in einen an der Uferstraße liegenden Frachtkahn steigen.

»Sie fahren nach La Cecilia«, dachte der Maestro, und ein Lächeln der Erleichterung entspannte sein Gesicht. Südamerika, die neue freie Gesellschaft für freie Menschen, ohne Ausbeutung.

Der Maestro hob die Arme zum Himmel und versuchte mit aller Kraft, die er aufbieten konnte, die Aufmerksamkeit seiner Tochter und seines Freundes auf sich zu ziehen. Er steckte eine Hand in die Hosentasche, um das schwarzrote Tuch hervorzuholen, das sie ihm geschenkt hatte.

»Libertà«, schrie er.

Die Straße endete an einer Anlegestelle des Naviglio, und ein Trupp Soldaten näherte sich einem Boot, um es mit Waffen und Pferden zu beladen.

Einer von ihnen entdeckte einen Mann, der mit verstörter Miene und blutigem Hemd im Laufschritt auf sie zu kam. Dem Offizier wurde später berichtet, er habe wie ein Irrer ausgesehen, so abgehetzt, zerzaust und blutverschmiert, und er habe aus vollem Halse »Freiheit« gebrüllt.

Ein übereifriger Soldat sah, daß der Mann etwas aus seiner Tasche ziehen wollte. Er drehte sich um, griff zum Gewehr und drückte ab. Der Verrückte lief noch einige Meter weiter und fiel dann kopfüber nach vorn in den Sand, die Hände vorgestreckt, als wollte er mit einem Sprung in den Kanal entkommen.

Die Ermittlungen ergaben, daß er in den Gerichtsarchiven als Aufrührer geführt wurde. Als Anarchist, bekannt unter dem Spitznamen »Maestro«.

ODYSSEUS wurde allmählich verrückt. Wie ein achtlos der Sonne und dem Regen ausgesetzter Wandputz verlor er seine Farbe, wurde rissig und zerfiel schließlich Stück für Stück zu Staub. Zunächst verwahrloste sein Äußeres, seit er seine Absicht kundgetan hatte, stets und ständig denselben Anzug zu tragen, und sich weigerte, ihn gegen den auszuwechseln, den Mena ihm für den Wochenmarkt herrichtete. Sosehr die gute Frau sich auch mühte, dem Verschleiß Einhalt zu gebieten, indem sie versuchte, den Anzug zu flicken oder ihn zu säubern, während Odysseus schlief, nutzte sich der Stoff mit der Zeit doch ab, wurde fadenscheinig und blank und zerriß am Ende ganz. Die Dinge spitzten sich zu, als Odysseus dazu überging, sich bekleidet ins Bett zu legen, manchmal zog er sich nicht einmal die Schuhe aus, und häufig schlief er bis in den späten Nachmittag hinein, was Mena, da sie ihre freundlichen Pflegeversuche außer Kraft gesetzt sah, in den größten Kummer stürzte.

Zum Verfall der Kleidung kam der Verlust jener Strenge, die Rosa seinerzeit so fasziniert hatte, und Odysseus schien nun zu schrumpfen, da sein Gang immer schlurfender und gebückter wurde, als hätte er fortwährend seine Fußspitzen im Visier.

Diese zunehmende Veränderung blieb nicht unbemerkt und war für die Bertorelli-Brüder durchaus schmerzlich, denn sowohl Telemach als auch Hektor legten großen Wert auf Ruf und Ehre, besonders seit in den Jahren nach dem Bau des großen Hauses in Prataio durch die glückliche

Fügung des Krieges der Wert der Schweine gestiegen war und die Gewinne aus ihrem Geschäft die wirtschaftlichen Grundlagen der Familie gesichert hatten, um mit ihrem Vermögen einen entscheidenden Sprung nach vorn zu tun. Ermutigt durch gewisse Reden, die den Markt von Portale belebten, hatte Telemach sogar mit der Idee geliebäugelt, sich um das Amt des Bürgermeisters zu bewerben, während Hektor, beständig auf der Suche nach Lösungen für den Unterhalt seiner großen Familie, den Gedanken erwog, sich geschäftlich mit dem Grafen von Malgardo zusammenzutun und in Piana eine Fabrik für Maschinenbau zu gründen.

Daher war es nur zu verständlich, daß Odysseus' Aufzug, der zunehmend dem eines Landstreichers statt dem eines geachteten Geschäftsmanns glich, von seinen Brüdern nicht gern gesehen war und sie ihn, zunächst im guten und dann immer hitziger und wütender, zur Rede stellten, allerdings ohne einen anderen Erfolg, als daß er ihnen artig und aufmerksam zuhörte, um ihrem Disput jedesmal mit den gleichen Worten ein Ende zu setzen:

»Ich verstehe, doch Kleider sind nicht das Entscheidende: Der Schlaf ist der wichtigste Teil des Lebens.«

Abgesehen von diesem Verhalten, das von seinen Brüdern stets mit Gereiztheit quittiert und kurzerhand als »Macke« abgetan wurde, trug zweifellos die Sache mit Rosa zu Odysseus' Isolation bei, bevor die Ereignisse sich überschlugen und der Wahnsinn ihn endgültig zerstörte.

Rosa hatte von dem Zimmer aus, in das sie sich nach dem Umzug in das große Haus der Bertorellis zurückgezogen hatte, keinerlei Beziehung mehr zu ihrem Mann unterhalten und war auch keiner häuslichen Pflicht mehr nachgekommen, die nicht mit der Versorgung der Kinder zu tun hatte. So war die Haushaltsführung gewissermaßen automatisch auf Mena übergegangen, die sich mittlerweile fest einquartiert hatte; Signor Cesco, den sie allein zurückgelassen hatte, war bereit, für den Seelenfrieden seiner Tochter Opfer zu bringen.

In der ersten Zeit, als Odysseus noch der starke, temperamentvolle Mann war, als den man ihn kannte, hätte man glauben können, das Leben in dem großen Haus habe einen ruhigen Rhythmus gefunden, denn da waren die Frauen der Bertorelli-Brüder, die, mit Ausnahme von Rosa, fast unentwegt die große Hauptküche in Beschlag nahmen und dafür sorgten, daß die vielen Zimmer der neuen Wohnstatt frisch und wohnlich blieben; dazu die Männer, mit Transaktionen beschäftigt, die offensichtlich auf vollen Touren liefen, getrieben von einem unaufhaltsamen geschäftlichen Aufwind; außerdem die Ställe, in denen Dutzende Säue die Ferkel für die Mast, den Markt und die Schlachtung warfen; und schließlich Mero, der Kohle in den wunderbaren Kessel der Heizanlage schaufelte, dieser für die Gegend dermaßen revolutionären Neuheit, daß die Leute von Prataio und Piana viele Jahre lang, so lange nämlich, bis sich der Schleier des Geheimnisses über dieser sonderbaren Apparatur lüftete, tatsächlich glaubten, sie sei wieder eine von Odysseus' fixen Ideen.

Doch schon bald begann dieser mit wachsendem Unmut die Isolation zu betrachten, in die Rosa versunken war, ihre ständigen angeregten Gespräche mit den Kindern und ihr stundenlanges Verharren auf dem Balkon in Bewunderung des Wäldchens auf dem Gipfel des schönen Berges, der Prataio überragte.

An einem Sonntagmorgen wachte Odysseus vom Lärm der Kinder auf, die zusammen mit ihrer Mutter und Mena zur Messe ins Städtchen aufbrachen. Ohne sich blicken zu lassen, trat er ans Fenster und schaute verstohlen auf die kleine Straße nach Colle. Er sah die glattgeschorene Wiese, durch die sich ein graues Schotterband zog, und spürte in dem fröhlichen Geplapper, das die Luft erfüllte, eine Komplizenschaft, an der er nie würde teilhaben können. Er hörte die hinter dem Gittertor verklingenden Schritte, und unversehens fiel wie ein Hammerschlag die Stille auf ihn nieder. Die Sonne umzüngelte bereits das Haus, und die Mauer erglühte in einem Rosa, das ihn schon allein des Namens wegen verstörte. Er schaute auf, und sein Blick fiel auf das Zypressenwäldchen.

Die Wiese, die Sonne, das Wäldchen, die Stille.

Alles lag harmonisch da, so schön und vollkommen, daß es ihn wohl ein für allemal verletzte. So stürzte er los, um Mero zu rufen, und obgleich dieser über die krankhafte Idee murrte und grollte, nötigte er ihn, ihm zu helfen, und bevor Rosa und die Kinder von der Messe heimkehrten, waren alle zehn Zypressen abgeholzt. Dies war, aller Wahrscheinlichkeit nach, Odysseus' erste richtige Wahnsinnstat, noch bekräftigt durch die Antwort, die er seinen Angehörigen gab, als sie ihn nach dem Grund für diese Zerstörung fragten:

»Ich habe es wegen der Aussicht getan, meine Herrschaften, zu viel Schönheit kann nämlich tödlich treffen. Gott müßte verflucht werden für so viel Bosheit, für diese geschwungene Linie, für die Eleganz der Zypresse, für die Vollkommenheit der Berge. Ist der Horizont von Prataio denn jetzt nicht viel klarer?«

Der Vorfall brachte ihm eine lange Auseinandersetzung mit seinen Brüdern ein, die für diese Verunstaltung eine Entschädigung verlangten. Odysseus zahlte bereitwillig und schien der schmollenden Miene, die Sole und Annina ihm etliche Tage lang als Antwort auf seine unüberlegte Aktion zeigten, keine sonderlich große Bedeutung beizumessen. Doch von jenem Tag an wurde er düsterer und verschlossener, schränkte die Kontakte zu anderen zunehmend ein und verlor sich in langen Momenten des Schweigens, in denen er reglos unter dem Balkon von Rosas Zimmer über etwas nur schwer Faßbarem zu brüten schien. Natürlich litten die Geschäfte darunter, und nachdem die Bertorelli-Brüder zunächst noch versucht hatten, eine Nachlässigkeit in Grenzen zu halten, die ohne Zweifel zu schweren wirtschaftlichen Schäden geführt hätte, beschlossen sie angesichts seiner beharrlichen Weigerung, mit ihnen zusammenzuarbeiten, dem Spiel ein Ende zu bereiten, gingen zum Notar und schrieben die endgültige Teilung ihres Besitzes fest.

Odysseus schien auch dieser Teilung nicht viel Bedeutung beizumessen, und als suchte er nach der Lösung eines Problems, vermehrte er statt dessen seine ostentativen Aufenthalte unter dem Balkon seiner Frau, bis er eines Tages erneut zu Mero stürzte und ihn zwang, auf eine Leiter zu klettern und mit der Spitzhacke jenen Balkon abzureißen, der für ihn inzwischen zur fixen Idee geworden war.

So verschandelt, trug die Fassade des Hauses, die zum Berg hin zeigte, von nun an wie ein Mund, aus dem man einen Zahn gerissen hat, das Zeichen des Schmerzes, der Odysseus innerlich zerfressen und ihn schließlich völlig zermürbt hatte, der sein Äußeres zerstört und ihn von der Welt und vor allem von dem Geschäft abgeschnitten hatte, das bis dahin sein Leben bedeutet hatte.

Als wären die Dinge nicht schon kompliziert genug, kam auch noch der Tod der alten Tante Sparta hinzu, die das Zeitliche segnete, nicht ohne eine letzte Probe jenes speziellen Bertorelli-Humors zu geben, der auch die hitzige Stärke ihres Neffen gewesen war, solange dieser noch lichte Momente gehabt hatte. Die alte Sparta, die in dem Bett, in dem sie die letzten Jahre zugebracht hatte, mittlerweile fast verfault war, verabschiedete sich ohne Bedauern von dieser Welt, nachdem sie Rosa, Odysseus, Hektor, Telemach, Colle Alto und Stazione, den Padule, die Eisenbahn, Prataio, Mero, die Schweine und sämtliche Kinder der Familie verflucht hatte, denen sie einen plötzlichen und frühen Tod wünschte. Und ebenso die Frauen des Hauses, nichts weiter als Huren allesamt, Mena ausdrücklich eingeschlossen, die sich mehrfach bekreuzigte, als sie die mit brüchiger Stimme in ihr Ohr gehauchten letzten Verwünschungen erntete.

Rosa sah den zunehmenden Verfall ihres Mannes mit an, ohne sichtlich darauf zu reagieren, und lebte nach wie vor fast völlig isoliert in ihrem Teil des großen Hauses, wo sie sich ihren Kindern widmete und gelegentlich ein Gespräch mit ihrer Schwester anknüpfte. Sole und Annina, mehr als alle anderen, luden sich die Aufgabe auf, die unliebsamen Überraschungen, die die Absonderlichkeiten ihres Vaters über Prataio hereinbrechen ließen, soweit wie möglich zu dämpfen. Immerhin hatte dieser Wahnsinn den positiven Effekt, daß der Vater für Sole wieder vertrauter wurde, denn als sich die Geistesstörung bemerkbar machte, erregte sie zunächst die Neugier des Jungen und weckte, nachdem Sole das Leid und die Verzweiflung erkannt hatte, die offensichtlich dahinterstanden, sogleich Traurigkeit und aufrichtiges Mitleid in ihm. Fortan, bis zum tragischen Epilog, unterstützte und beschützte Sole seinen Vater mit Zurückhaltung und Feingefühl, aus einiger Entfernung und durch Mittelspersonen, wobei er versuchte, jede Schwierigkeit und jedes Hindernis unauffällig von ihm fernzuhalten.

Er bemühte sich eine ganze Weile darum, eine Verbindung zu ihm herzustellen, indem er sich in die Reden einschaltete, die Odysseus nun zuweilen mit lauter Stimme vortrug: über die Gefährlichkeit sentimentaler Liebe, über die Überlegenheit einer wilden, tierischen Liebe, über die felsenfeste Gewißheit, daß der Mensch zunehmend in Dunkelheit lebe und der Schlaf daher notwendig und von größter Bedeutung sei. Doch da sich der Vater zurückzog oder zu verstehen gab, daß er nicht daran gewöhnt sei, mit jemandem zu sprechen, der doch, wenngleich sein Sohn, so lange Zeit fern von ihm gewesen war, beschränkte sich Sole darauf, diese wohlkonstruierten geistigen Ergüsse zur Kenntnis zu nehmen, indem er sie fleißig in ein Heft notierte und dann viele Stunden damit zubrachte, sie in dem Glauben abzuschreiben und zu studieren, daß sie irgendeinen verborgenen Schlüssel enthielten, einen rätselhaften Hintersinn, der dieses verzweifelte spitzfindige Umherirren erklären könnte.

Währenddessen ging Rosa fort.

Es geschah mir nichts, dir nichts, also durchaus plötzlich. Doch sogar das Geschwätz, das zwischen Colle Alto und Stazione bis hinunter zum Padule und weiter bis nach Piana wütete, und die stillen Grübeleien, die Annina und Sole über Monate hinweg beschäftigten, ebenso wie Menas Gebete, Signor Cescos Tränen und selbst das erleichterte Lächeln der Schwager und Schwägerinnen mußten gelten lassen, daß diese Flucht nur scheinbar plötzlich vonstatten gegangen war, hatte sich Rosa doch schon lange zuvor mit einer Abwesenheit aus Prataio entfernt, die Odysseus' Wahnsinn bereits in ihrem Blick gelesen hatte, welcher vom Balkon aus immerfort auf das Zypressenwäldchen gerichtet gewesen war und später, als es das Wäldchen nicht mehr gab, auf den Berg und vielleicht noch darüber hinaus. Vom

Balkon aus und, als der Balkon abgerissen war, von ihrem Fenster aus.

Demselben Fenster, von dem aus Rosa am Tag des Begräbnisses der alten Sparta einen Mann in hellblauem Frack den Hang hinter dem Haus herunterkommen sah. Sie zuckte zusammen und war für einen Moment von dem beunruhigenden Gefühl überwältigt, diese Szene schon einmal erlebt zu haben. Sie öffnete die Fensterläden und lehnte sich hinaus. Durch das Klappern aufmerksam geworden, schaute der Mann auf und entdeckte sie. Prataio war still und menschenleer, weil die ganze Bertorelli-Familie samt Mero und Mena den Sarg zum Friedhof geleitete. Nur Rosa war zurückgeblieben, um die Verabredung mit dem Schicksal einzuhalten, die Soles Worte einst für sie getroffen hatten.

»Entschuldigen Sie«, sagte der Fremde. »Ich muß mich verirrt haben. Ist das hier das Gut Malgardo?«

Rosa antwortete liebenswürdig, nein, dies sei das Gut Prataio. Um nach Malgardo zu gelangen, müsse er den Berg wieder hinauf und dann nach links. Es sei nicht sehr weit.

»Danke, meine schöne Signora«, erwiderte er galant. »Obgleich ich es lieber gesehen hätte, wenn es hier gewesen wäre und wenn Sie die Gräfin gewesen wären, vor der wir heute abend auftreten.«

»Sind Sie Musiker?« fragte Rosa, und ihre Stimme bebte bereits vor Erregung.

»Nein«, antwortete der Mann mit dem Anflug eines Lächelns. »Ich bin Arzt.«

Da verstand Rosa, und so sagte sie nur: »Warten Sie.« Nach einer Minute trat sie aus der Tür und wandte sich dem Mann im Frack zu. Sie trug ein himmelblaues Kleid, und mit der Eleganz, mit der sie nun ihrem Schicksal entgegenging, erstrahlte ihre Schönheit wie damals, als die Passanten auf dem Weg nach Colle um die Wette versucht hatten, einen Blick von ihr zu erhaschen.

Der Mann sah sie wie in ein Leuchten getaucht näher kommen, wie einen himmelblauen Lichtstrahl, der über die Wiese zu ihm glitt. In der einen Hand trug sie eine Tasche, in der anderen einen geschlossenen Sonnenschirm.

Dann stand sie vor ihm. Sie war ganz außer Atem vor Eile. Vielleicht auch vor Aufregung.

»Sie sind der Puppendoktor, nicht wahr?« fragte sie.

Der Mann zögerte einen Augenblick. Dann nickte er.

»Nach Malgardo geht es dort entlang«, sagte sie, während sie seinen Arm nahm, und fuhr dann freundlich, sanft und bereits leidenschaftlich verliebt fort:

»Dottore, ich habe hier in meiner Tasche eine Flickenpuppe aus meiner Kindheit. Sie sieht mir traurig und verschlissen aus. Sie kann nachts nicht schlafen. Ich glaube, sie ist schwerkrank.«

Mit der Erfahrung, die sie in vielen Jahren des Zuschauens erworben hatte, begleitete Annina Odysseus weiterhin zum Markt, wobei sie versuchte, bei den Pflichten, die er nicht bewältigte, für ihn einzuspringen oder nach Möglichkeit die Schäden auszuwetzen, die er mit seinem unvernünftigen Verhalten anrichtete. Auf den ersten Blick sah es so aus, als hätte sich seit der Zeit, da ihr Vater der geschäftstüchtigste Händler von ganz Portale gewesen war, überhaupt nichts geändert.

Früh am Morgen ging Annina mit ihm zu den Ställen, um das Vieh auszusuchen, das verkauft werden sollte, stieg auf ihr ungesatteltes Pferd und hielt sich am Ende der

Schweineherde, von wo aus sie die Tiere mit Rufen und kehligen Lauten zusammenhielt, während Odysseus sich vorn an der Spitze auf den Weg zum Markt machte und den Zug anführte, wie er es in all den Jahren getan hatte. Doch hätte man die Szene aus der Nähe betrachtet, hätte man bemerkt, daß Odysseus in die Ställe ging und sich, anstatt die Tiere auszuwählen, damit aufhielt, mit ihnen zu reden wie mit alten Bekannten, wobei er sie beim Namen nannte, sie nach ihrer Meinung fragte, auf ihre Antwort wartete und so dem jungen Mädchen die Aufgabe überließ, alle nötigen Vorkehrungen allein zu treffen.

Auch danach, wenn er sich an der Spitze der Herde hielt, war sich Odysseus keineswegs sicher, was er da tat, und erst recht nicht, wo er es tun sollte, und Anninas Rufe galten weniger den Schweinen, als vielmehr dem Verstand ihres Vaters, der sich auf zahllosen unbekannten Pfaden verlor. Nach Portale oder Piana Grande oder auch nur ins nahe gelegene Malgardo zu gelangen erwies sich als harte Strapaze, zumal Odysseus' Stimmungen schwankten, und da Annina zwangsläufig anhalten und auf den Vater warten mußte, wenn er unvermittelt beschlossen hatte, in ein Wirtshaus einzukehren oder die Kapelle der Madonna delle Rane zu besuchen, kam sie entmutigt mehr als einmal zu einem Zeitpunkt auf dem Markt an, da die Gelegenheit für die besten Geschäfte schon geraume Zeit vorüber war.

Zutiefst betrübt sah das Mädchen mit an, wie sich die Arbeit von Jahren, die Glaubwürdigkeit und der Reichtum eines Handels, der ihrer Familie Wohlstand und Ansehen beschert hatte, in den Nebeln von Odysseus' Absonderlichkeiten auflöste. Alles ringsumher war in einem rasanten Wandel begriffen. Die Stürme eines immer näher rückenden Krieges versprachen jedem kolossale Geschäfte, der genug Voraussicht besessen hatte, den richtigen Zeitpunkt für einen Verkauf oder ein Zurückhalten der Lieferung abzupassen, und auch das Aufkommen der neuen Kraftfahrzeuge erhöhte die Gewinne, ermöglichten sie doch nicht nur einen schnelleren Viehtransport, sondern auch die Eroberung entfernterer Märkte. In dieser Situation war Annina gezwungen, den Aktionen eines Vaters machtlos zuzusehen, der, anstatt die günstige Gelegenheit für neue Investitionen zu nutzen, jeder Aussicht auf ein gutes Geschäft unbeteiligt und desinteressiert gegenüberstand und sich sogar zu Handlungen verstieg, die seinen Ruf endgültig ruinierten und ihn in den Augen der Viehzüchter, Bauern und Händler der Umgebung fortan zum Gespött des Marktes machten.

Odysseus unterbrach nämlich mehr als einmal eine laufende Verhandlung, um einer Eingebung zu folgen, die sich seiner bemächtigt hatte, oder er lehnte es nach bereits abgeschlossenen Geschäften ab, seinen Pflichten nachzukommen, da er es für moralisch notwendig hielt, den Kaufvertrag auch von den betreffenden Schweinen unterzeichnen zu lassen. Manchmal ließ er Annina nach der Ankunft in Portale auch einfach allein, um den ganzen Tag im Wirtshaus zu sitzen, sich mit Betrunkenen und Gaunern in leerem Geschwafel zu ergehen und alles Geld, das er bei sich hatte, auf die oftmals dümmste Art auszugeben. Seine tiefbekümmerte Tochter versuchte, den Verfall aufzuhalten, obgleich es für eine Frau, noch dazu für eine so junge, kein leichtes Unterfangen war, sich die nötige Glaubwürdigkeit und Achtung zu verschaffen und in einem Milieu Geschäfte zu machen, das einzig und allein von Männern beherrscht wurde, von ungehobelten, bauernschlauen und vielfach skrupellosen Männern.

Hinzu kam, daß Annina spätabends, zuweilen sogar nachts, immer öfter allein mit den übriggebliebenen Tieren dastand, ohne daß sich in Odysseus' Kopf die Nebel aus Wein und Wahnsinn lichteten und er sich zumindest vage auf sie oder auf Prataio oder wenigstens auf die Schweine besann. Dann, eines Abends im Winter, als Portale schon menschenleer dalag und Annina mutterseelenallein und starr vor Kälte im Winkel eines Torwegs darauf wartete, daß ihr Vater endlich zurückkehrte, kam eine Frau auf sie zu und erkundigte sich, ob sie die Tochter von Odysseus Bertorelli sei.

»Kommen Sie«, sagte sie nur und winkte ihr, sie zum Wirtshaus zu begleiten. Der warme Gestank, der in dem Lokal herrschte, nahm Annina den Atem, ein Geruch, der dem der Ställe in nichts nachstand. Stimmengewirr, Geschirrklappern, unbestimmte Gerüche, vermischt mit denen von Essen, Schweiß, Wein, Kohle, Stroh, Feuchtigkeit und Sägespänen. Männer klebten an den Tischen wie Tiere am Futtertrog. Die zwei Frauen gingen durch eine Tür und über eine Treppe ins obere Stockwerk hinauf.

Die Unbekannte blieb vor einer Tür stehen, legte die Hand auf die Klinke und drehte sich zu Annina um, bevor sie öffnete: »Hör mal, Kleine, für mich war Odysseus immer ein netter Kerl, aber seine Geschichte jetzt, daß man schlafen muß, da komm ich nicht mehr mit.« Die Frau warf einen Blick zum Ende des Ganges, wo ein Mann, eine Zigarre rauchend, an der Wand lehnte.

Dann schlug sie abwehrend die Augen nieder. »Und schließlich muß ich arbeiten, tut mir leid.«

Annina betrachtete sie genauer. Sie hatte rotlackierte Nägel und langes Haar, das hinten am Kopf mit einem roten Band zusammengehalten war, so rot wie ihre Lippen und ihre Wangen. Sie war schon längst nicht mehr jung, und die grellen Farben verliehen ihr nichts Fröhliches, sondern ließen sie eher traurig wirken, wie eine alte Puppe, die man hastig hatte herausputzen wollen.

Sie traten ein. Odysseus schlief tief und fest im Bett, so daß es nicht leicht war, ihn dazu zu bewegen, aufzustehen und nach Hause zu gehen. Während sie der Frau behilflich war, staunte Annina über die Vertrautheit, mit der sie ihren Vater behandelte, darüber, daß sie ihn in seinen drekkigen, abgewetzten Kleidern geradezu mit Respekt anfaßte, und über die geduldige Entschiedenheit, mit der sie ihm zuredete, wie man schläfrigen Kindern zuredet, die nicht hören wollen.

Die Rückkehr nach Prataio gestaltete sich abenteuerlich, mit Odysseus inmitten des Schneegestöbers, der vor den vier übriggebliebenen Schweinen ging, und hinten, am Schluß des Zuges, Annina, eng an das Pferd geschmiegt, um sich vor dem Wind und vor dem Kummer über ihren vom Leben derart zugerichteten Vater zu schützen.

Auf dem ganzen Weg sprach oder vielmehr schrie Odysseus mit der Stimme eines Propheten seine Tiraden über die Gefährlichkeit der Liebe in den Wind und in den Schnee, über die unbesonnene, tierische Leidenschaft, über das Blut, das die Welt bewegt, und über den einzigen Sinn überhaupt, nämlich den, zu schlafen.

»Im Schlaf liegen der Traum und die wahre Bestimmung des Menschen«, brüllte er. »Gott hat uns nicht lieb, und er erlegt uns die Strafe auf, in Erwartung des Schlafes zu leben, der da kommen wird, vollkommen und ewig.«

In dieser Nacht kehrte Odysseus in einem nie gesehenen Zustand der Erregung nach Prataio zurück. Während Annina mit Meros Hilfe die Schweine in den Stall brachte, polterte er wild ins Haus, wobei er unausgesetzt zusammenhanglose Sätze stammelte. Mena, die aus Sorge über die Verspätung aufgeblieben war, fand ihn in der großen Küche, wo er den gußeisernen Heizkessel umarmte.

»Die heiße Umarmung der Liebe vereint Mann und Frau im Schicksal«, murmelte er, die Augen fest auf das verchromte Manometer geheftet. Dann wandte er sich um und entdeckte seine Schwägerin, die mit fragendem Blick dastand. Odysseus starrte sie an und grinste breit. Wen oder was er da wirklich sah, wurde nie ganz klar, jedenfalls löste er sich von dem Kessel und bewegte sich geschmeidig und langsam auf Mena zu, die er schließlich in die Arme nahm:

»Siehst du, das ist die heiße Umarmung der Liebe, die Mann und Frau im Schicksal vereint«, sagte er.

Als Mero und Annina, durch die Schreie alarmiert, angelaufen kamen und gleich darauf auch Sole, der im Zimmer über der Küche schlief, hatte Odysseus am Körper seiner Schwägerin bereits vorgeführt, was es mit der unbesonnenen, tierischen Leidenschaft auf sich hatte und mit dem Blut, das die Welt bewegt, und mit der Gefährlichkeit einer Liebe, die Mena in dieser direkten Form zum ersten- und letztenmal in ihrem Leben erfuhr.

Nach der Vergewaltigung seiner Schwägerin ging Odysseus zum Schweinestall hinüber, während die Verwandten sich um sie kümmerten, und stach mit äußerster Genauigkeit nacheinander alle übriggebliebenen Schweine ab. Dann nahm er den Darm der größten Sau, legte ihn sich um den Hals und erhängte sich damit am Hauptbalken, nicht ohne vorher mit dem Blut seiner Tiere an die Stallwände geschrieben zu haben:

»Es ist nicht vorbei. Der Schlaf ist der wichtigste Teil unseres Lebens.«

Nach dem Tod des Maestros schloß sich das Haus an der Stadtmauer in ein Schweigen ein, das für diesen stets mit Stimmen und Leben erfüllten Ort ungewöhnlich war. Obwohl die alten Bewohner Colles es lange Zeit nicht an Grüßen fehlen ließen und die Fischer und die Kinder der Fischer nicht an Fischen und Fröschen, die sie ihrer Armut abtrotzten, und sogar der eine oder andere Anarchist, den es aus der Stadt in jenen Ort verschlug, nicht an Hilfe oder auch nur an einem tröstenden Gespräch, lebten Libertà und die Witwe nun in einer Einsamkeit, die vom tragischen Tod des Maestros und Manieros geprägt war und auch vom vergeblichen Warten auf Bartolo.

Zu diesem stummen, unablässigen Schmerz kam schon bald die Sorge um das Schicksal Michails, der nach dem Tod des Vaters und nach einem heftigen Streit mit Ideale aus der Anstalt geflohen war, ohne ein Lebenszeichen von sich zu geben. Diese Abfolge unglücklicher Ereignisse schien besonders die Witwe mitgenommen zu haben, und dies so sehr, daß sie ihre Sanftheit einbüßte, die jahrzehntelang ein wesentlicher Bestandteil der Legende gewesen war, die ganz Colle Alto um das Haus an der Stadtmauer gewebt hatte. An die Stelle dieser Sanftheit war mit jedem neuen Tag eine Unruhe getreten, die zunächst ihren Seelenfrieden und mit der Zeit auch ihre körperliche Verfassung zerstörte, so daß sich die Witwe Bartoli in ihren nicht mehr jungen Jahren umgeben von Schlaflosigkeit und nächtlichen Spukgesichten wiederfand, ebenso wie damals, vor vielen Jahren, als sich die Gedanken an den Maestro und das verlorene Gesicht ihres vom Zug zerfetzten Ehemanns zwischen ihre Kopfkissen gedrängt hatten.

Doch während in jenen Nächten das Leben und die Liebe gezügelt werden sollten, wurde die Witwe nun von dem Wissen um etwas geplagt, was endgültig vorbei war, und von der Vorahnung weiterer bevorstehender Schmerzen, was ihr ungeliebte Farben und Bilder vor die Augen führte. Es half auch nichts, die Sorgen damit dämpfen zu wollen, daß sie an jene Tage zurückdachte, als nur Bartolos Fröhlichkeit das Haus erfüllt hatte, oder daß sie mit starr ins Dunkel gerichtetem Blick den Maestro wiedersah, der die Krempe seines Hutes malträtierte, während er ihr jene eine, denkwürdige Frage stellte.

Es half nichts, nach so langer Zeit noch einmal die Hand in der Finsternis des Zimmers ausstrecken zu können, bis sie jenes Bild berührte, als wäre es lebendig und pulsierend, und die feste Struktur der Liebe zu spüren, die noch da war, noch haltbar wie ein Tuch aus guter Wolle, ein weiches, warmes Tuch, das sie jedoch nicht wärmen konnte.

Und es half nichts, sich mit dem Gedanken an Ideales Klugheit, an seine Beständigkeit und an seine Vernunft zu trösten, mit denen er offenbar die grenzenlose Leidenschaft ausglich, die sein Vater besessen hatte. Auch Libertàs Jugend beruhigte sie nicht, und das Lächeln des kleinen Cafiero, der sich dem Leben zuwandte, gewährte ihr lediglich ein kurzes Aufatmen, denn sogleich sah sie wieder den von einem Schuß in den Rücken zerfetzten Maestro vor sich, Bartolos Lachen verwandelte sich in Weinen, und Michails Ungestüm wurde zu einem eisigen Windstoß, der ihr den Atem nahm.

So stand die Witwe Bartoli oft tief in der Nacht auf, ging

zu Cafieros Wiege, nahm ihn auf den Arm und tauchte in die Stille der Straßen von Colle ein, um mit sich selbst, mit diesem letzten Sohn und mit den Gespenstern ihres Lebens spazierenzugehen, und sie zog mit ihnen bis nach Rocca hinauf, umrundete den Marktplatz und stieg hinter dem Arco Etrusco fast bis zu den ersten Wohnhäusern von Stazione hinunter. War die Nacht noch jung, ging sie noch einmal die Wege entlang, die der Maestro auf seinen langen Spaziergängen eingeschlagen hatte, und kam erst wieder zur Stadtmauer hinauf, wenn sich über den höchsten Häusern des Ortes der erste Schein der Morgenröte erahnen ließ, und während dieser Wanderung erzählte die Witwe Schritt für Schritt von jedem Winkel ihres Lebens, von jeder Sekunde, die sie in sich bewahrte, die von ihrer Seelenruhe gewiegt wurde und von der Liebe versüßt war, mit der sie stets alles gemeistert hatte, was das Schicksal für sie bereitgehalten hatte.

So kam es, daß der kleine Cafiero, obgleich er die Vergangenheit nicht erlebt hatte, unvermutet durch das Tor der Träume in sie hineingeriet und erstaunt vor so viel Leben stand, während er in den Armen seiner Mutter schlief. So kam es auch, daß dieser letzte Sohn der Witwe und des Maestros in den Straßen von Colle den vom Pfeifen der Lokomotive begleiteten ränkevollen Wind der modernen Zeit spürte und verwundert der melodischen Sprache lauschte, die die Menschen dort einst gesprochen hatten und die von ihrer genialen Fähigkeit zeugte, sich das Leben so zu erzählen, wie es ihnen gefiel – und nicht dem Leben.

Er sah, wie sein Vater, hochgewachsen, gutaussehend und jung, auf einem Karren, der den Berg hinauffuhr, die Ebene und den Padule Lungo betrachtete und hinter dem Padule das Meer erblickte und hinter dem Meer Sapri, das genau wie Colle war. Er sah, wie sein Vater in den Bergen der Schweiz den zum Himmel schauenden Ideale an der Hand hielt. Sah, wie sein Vater reglos, mit Bart, Hut und der gebundenen schwarzen Schleife auf dem blütenreinen Hemd, in genau der Pose dastand, deren Abbild seine Schwester Libertà jahrelang auf einer silbernen Daguerreotypie betrachtet hatte.

Er sah ihn durch die Worte der Witwe, berührte ihn mit der gleichen Zärtlichkeit, mit der sie ihn gestreichelt hatte, küßte ihn, zog ihn ebenso bebend an sich und spürte schließlich sogar den Geruch nach Zigarren und Papier und den entschlossenen, sanften Druck seiner großen Hände. Still wartete er Jahr um Jahr darauf, daß der Vater von seinen Reisen, aus dem Exil und aus dem Gefängnis zurückkehrte. Mit Entsetzen sah er ihn Kutschen, Einspänner und Züge besteigen. Er sah ihn glücklich über die Geburt eines Kindes lachen, und in Tränen aufgelöst sah er ihn abgemagert, verängstigt, von der Gefangenschaft entkräftet und versunken in den blauen Augen Libertàs.

Er sah ihn im Widerschein der Liebe seiner Mutter, und schlafend schloß er ihn in sein Herz.

Nachdem der Pater Rektor die Nachricht vom Tod des Maestros erhalten hatte, ließ er Michail rufen, um sie ihm zu überbringen.

»Ich muß dir eine traurige Mitteilung machen: Dein Vater ist vor nunmehr drei Tagen gestorben«, sagte er nur.

Der Junge spürte eine Welle aus Eis in sich, eine würgende Hand an seiner Kehle, und ein absoluter, totaler, vollkommener Schmerz packte ihn und nahm ihm den Atem. Es war nur ein kurzer Augenblick, doch als er wieder zu sich kam, schien ihm eine Stunde, ein Tag, ein Jahr vergangen zu sein. Er wußte nicht, wieviel Zeit. Das Eis war geschmolzen, und an dessen Stelle überfiel ihn nun Hitze und stieg vom Magen über die Speiseröhre und die Kehle in ihm auf, bis sie unvermeidbar und tränenschwer seine Augen erreichte. Er spürte die Tränen kommen wie einen befreienden Sturzbach, hielt sie jedoch zurück. Er biß sich auf die Lippen und knetete seine Hände, bis es weh tat, um nicht vor dem Marmorgesicht des Rektors seinen Tränen freien Lauf zu lassen. Er versuchte, tief, doch langsam durchzuatmen, um nicht zu viele Emotionen zu zeigen, und fragte mit einer möglichst festen Stimme:

»Darf ich erfahren, wie es passiert ist?«

Der Rektor zögerte einen Moment, als müßte er die passenden Worte suchen, dann sagte er:

»Es gab vor einigen Tagen Unruhen und Krawalle in Mailand. In diesem Tumult ist dein Vater umgekommen.«

Augenblicklich war Michail wieder zum Weinen zumute, und er fragte mit bereits zitternder Stimme:

»Was meinen Sie damit?«

Der alte Rektor verzog die Lippen zu einem dünnen Lächeln. »Dieses verflixte Bürschchen«, dachte er. Doch er antwortete:

»Dein Vater wurde von einer Gewehrkugel getroffen, weil er versucht hatte, einen Trupp Soldaten zu überfallen.«

Der Junge senkte den Blick. Die Tränen jetzt noch zurückzuhalten war eine übermenschliche Anstrengung. Er wandte den Kopf zum Fenster, und das plötzlich aufscheinende, von den Scheiben reflektierte Licht der Lampe war wie der Blitz eines Gewehrschusses. Er schloß die Augen und sah seinen Vater hoch oben auf einer Barrikade, von wo aus er mit einer blutigen Schußwunde auf der Brust zum

Angriff auf die Soldaten überging. Michail schlug die Augen wieder auf. Sein Vater war immer noch da, mit seinem schneeweißen Hemd, sein Gesicht entstellt von einer riesigen Wunde.

Michail wandte sich an den Rektor und fragte atemlos:

»Wurde er ins Gesicht getroffen?«

Dem Mann verschlug es für eine Weile die Sprache.

»Nein. In den Rücken.«

Da schrie Michail mit aller Kraft, die er im Leib hatte:

»Also wurde er ermordet! Hinterrücks erschossen!«

Der Rektor hätte das Geschrei gern unterbunden, doch die Worte des Jungen waren bereits in voller Fahrt.

»Das ist also die Gerechtigkeit, das ist also das Gesetz, das Sie uns lehren wollen, Blei im Rücken eines Menschen, der es wagt, sich aufzulehnen?« schrie Michail unbeirrt weiter, und zugleich mit den Schreien aus seinem Mund quollen nun ungehindert die Tränen aus seinen Augen.

»Mein Vater war ein rechtschaffener Mann«, rief er. »Und auf diese Rechtschaffenheit antwortet man mit Verrat«, und während er diesen und andere Sätze auf den Rektor niederprasseln ließ, stürzte Michail zum Bücherschrank, der im Zimmer aufragte, und begann Bücher und Schriften durch die Luft zu werfen.

»Ist das das Gesetz des Königs? Ist das das Gesetz, das wir respektieren sollen?«

Es war nicht leicht, den Jungen wieder zur Räson zu bringen. Die Assistenten des Rektors und mehrere Erzieher mußten einschreiten. Michail wurde ruhiggestellt und gewaltsam in die Krankenstube gebracht, wo man ihn isolierte, damit er wieder zur Besinnung kam.

Der Rektor schickte eilig nach Ideale, der am folgenden Tag aus dem Priesterseminar kam.

Das Gespräch war herzlich, doch angespannt.

»Ich will den großen Schmerz, den dein Bruder erlitten hat, durchaus berücksichtigen, einen Schmerz, der seinen widerspenstigen, instabilen Charakter zweifellos noch verschlimmert hat. Barmherzigkeit ist ein Akt der Nächstenliebe, und wir schulden sie ihm. Doch ich glaube nicht, daß wir noch weitere Disziplinlosigkeiten hinnehmen können.«

Ideale beschwichtigte den alten Priester und bat um die Erlaubnis, mit seinem Bruder zu sprechen. Die Krankenstube war kahl. Ein Feldbett, ein Nachttisch, ein Stuhl und ein Tischchen in Weiß. Alles war blitzsauber und stand im Kontrast zu dem Karbolsäuregestank, der die Luft verpestete. Michail war ein schwarzes, auf dem Bettrand kauerndes Häufchen. Er starrte vor sich hin, und als sein Bruder hereinkam, würdigte er ihn keines Blickes.

Die wenigen Worte, die sie an diesem verlogen makellosen Ort wechselten, prägten sich ihm wie eine unauslöschliche Wunde ein, wie etwas bis in alle Ewigkeit weit Entferntes und Unverständliches. Etwas, was aus einem gemeinsamen Schmerz hervorging, doch sich gleichwohl endgültig von der Liebe und von der Zuneigung entfernte, die er für seinen Bruder empfand, jener Zuneigung, auf die die hellen Wände nun den Schatten von Haß und von finsterer, verhängnisvoller Wut warfen.

Auf die Worte der Liebe, die Ideale anbot, antwortete Michail mit Worten der Rache, den Mahnungen zu Besonnenheit und Andacht setzte er die Notwendigkeit einer Strafe entgegen, und die Aufforderungen seines Bruders, zu vergeben, wischte er mit der harten Behauptung beiseite, das sei Verrat.

Die Mauer, die sie trennte, war so hoch, daß keiner der beiden die Kraft fand, sie mit einer Umarmung oder einer

Zärtlichkeit zu überwinden, mit einer Berührung, die zumindest versucht hätte, die abgrundtiefe Kluft zwischen ihnen zu überbrücken. So vollzog sich eine grausame Trennung, eine endgültige Entfremdung, die Ideale sein Leben lang als ein regelrechtes Verbrechen empfand.

In der folgenden Nacht verschwand Michail spurlos aus der Anstalt. Ideale hörte erst sechs Monate später von ihm, als die Polizei ihm mitteilte, sein Bruder sei während eines Attentats, das er auf einen hohen Armeeoffizier Seiner Majestät verübt habe, in Mailand getötet worden. Ideale achtete nicht mehr auf die Einzelheiten einer Nachricht, über die er eigentlich schon alles wußte. Er zog sich in sein Zimmer zurück mit der Bürde einer neuen Schuld, die er dem großen Schmerz hinzufügen mußte, der ohnehin schon auf seinem Leben lastete.

Der warme Hauch des Lebens, der das Haus an der Stadtmauer viele Jahre lang umgeben hatte, schien schließlich von einem eiskalten Wind verdrängt worden zu sein, der nach Bartolo und dem Maestro nun auch Michail fortgerissen hatte. In den Reden der Leute von Colle, die noch die Glanzzeiten des Städtchens erlebt hatten, tauchten neben den legendären Heldentaten des Maestros zunehmend auch andere Geschichten auf, etwa darüber, wie das Schicksal Bartolos Fröhlichkeit fortgenommen hatte und wie die Wut über die Ermordung des Vaters Michail so blind gemacht hatte, daß er mit seiner Vernunft auch sein Leben verlor.

Viele von diesen Menschen, denen in ihrer Geisteshaltung nichts heilig war, gingen sogar so weit zu behaupten, daß es dem unerfahrenen Jungen weniger an Vernunft als vielmehr an Treffsicherheit gemangelt habe, denn schließlich sei der Schurke, der die Erschießung seines Vaters und vieler anderer armer Menschen befohlen hatte, mit heiler Haut davongekommen, ohne für die begangenen Schandtaten büßen zu müssen. Wie es die Art jener emsigen Geschichtenerzähler war, verlagerte sich die Aufmerksamkeit schon bald von dem jungen Attentäter auf den Offizier, der sein Ziel gewesen war und über den man nun mit Liebe zum Detail und mit viel Phantasie berichtete. So kam es, daß der Name des fraglichen Offiziers, obgleich es Michail nicht gelungen war, ihn zu töten, für die Leute aus Colle zum unseligen Synonym für jegliches Unheil, für Gemeinheit und für himmelschreiende Ungerechtigkeit wurde; schließlich brachten sie es sogar fertig, ihn in der Erinnerung allein durch ihr Mundwerk zu ermorden.

Während sie so Michails Andenken in Ehren hielten, versäumten sie es auch nicht, zu erzählen, wie und warum Bartolo in den sandigen Weiten eines Landes verlorenging, das, von den grünen Anhöhen rings um den Padule aus betrachtet, wie etwas geradezu Höllenartiges erschien. Diesen Geschichten war es zu verdanken, daß Bartolo nach dem Willen der Erzähler und nach den Wünschen ihrer Zuhörer ein heldenhafter, von den Sandstürmen der Sahara getöteter Soldat war, der Liebhaber exotischer Odalisken, die von seiner Fröhlichkeit und von Colles melodischem Dialekt verzaubert waren, ein mutiger und vom Glück begünstigter Kundschafter, ein Forscher nach Gold, Öl, Diamanten und noch anderen Schätzen. Er wurde von den Beduinen entführt und dann aufgrund seiner Geschicklichkeit an ihren Geschäften beteiligt, er war als ausgezeichneter Kaufmann, Kameltreiber und Karawanenführer schließlich Berater eines Wesirs, Pascha und sogar Medizinmann und Schlangenbeschwörer.

Colle ehrte seine Söhne mit den Worten reiner Liebe und bewahrte ihnen noch über mehrere Generationen ein lebendiges Andenken, bis der letzte Sproß derer, die sie gekannt hatten, sie im Nebel des Alters verlor, sie zunächst in verschwommene Schatten auflöste und schließlich ihre Namen und sogar die tatsächlichen Ereignisse vergaß, die diesen Geschichten zugrunde gelegen hatten.

Neben diesen beiden Söhnen tauchte in den Legenden des Ortes dann bedauerlicherweise auch die Witwe Bartoli auf, die wegen ihres plötzlichen und erschreckenden Endes über Jahre hinweg die Phantasie ihrer Mitmenschen beflügelte. Es geschah auf einem ihrer ausgedehnten nächtlichen Spaziergänge, auf denen sie Cafiero gemeinsam mit den Spukgesichten der Vergangenheit und mit ihrer Liebe zum Maestro spazierentrug, und unter Umständen, in denen jeder die höhnische, blinde Hand des Schicksals erkannte. Der zerfetzte Körper der Witwe wurde doch tatsächlich in der Nähe des Bahndamms gefunden, an der Straße, die von der Stadtmauer hinunter zum Bahnhof führte. Die sofort eingeleiteten Untersuchungen förderten die Reste des Kleides der Frau zutage, das sich in den Rädern der Lokomotive verfangen hatte, als diese in den frühen Morgenstunden durch Colle gefahren war, und ließen eine Dynamik vermuten, die eine unglaubliche Ähnlichkeit mit dem Unglück hatte, bei dem einst ihr Mann umgekommen war.

Anfangs wurden Stimmen laut, die an einen Selbstmord der Witwe glaubten und ihn mit der Trauer um den tragischen Verlust ihres Mannes und kurz darauf ihrer beiden Söhne begründeten, doch dieser Verdacht zerstreute sich, als man einige Stunden später den kleinen Cafiero fand. Mit der Bestürzung über den Tod der Witwe hatte nämlich sogleich auch die Angst um das Schicksal des Kleinen die

Runde durch das Städtchen gemacht, nachdem Libertà versichert hatte, daß ihre Mutter wie gewöhnlich mit dem Kind auf dem Arm aus dem Haus gegangen sei. Die Besorgnis, die alle für die nächsten Stunden erfaßte, löste sich in Luft auf, als das Weinen von niemand anderem als Cafiero erklang, der seinen Helfern den Weg zum Ort seiner Rettung wies. Wie ein kleiner Vogel im Nest hing das Kind, in seine Windeln gewickelt, hoch oben in den Zweigen eines Haselnußbaums unweit der Eisenbahnschienen. Da die Witwe es unmöglich auf diese Weise in Sicherheit gebracht haben konnte, war nun für alle klar, daß der Tod nur sie hatte holen wollen, um mit einer grausamen Parallelität zu vollenden, was er viele Jahre zuvor bei ihrem Mann in Angriff genommen hatte.

Im Haus an der Stadtmauer blieb Libertà zurück, die, noch jung, wie sie war, Cafiero aufzog und ihm half, mit den vielen Erinnerungen aufzuwachsen, die ihrer beider Leben nun bevölkerten. So wie damals, als ihre Mutter nach der Flucht des Maestros mit der Einsamkeit hatte zurechtkommen müssen, verstanden es die letzten Alten von Colle auch diesmal, sie und ihren Bruder ins Leben zu geleiten, ließen es nie an Hilfe und einem guten Wort fehlen, bis die Allgegenwart der Zeit so schwer auf ihnen lastete, daß sie einen nach dem anderen fortnahm und den Ort für immer dem Durcheinander der neuen Einwohner und der neuen Moden überließ.

Die letzte Ehre und der letzte Liebesbeweis für den Teil ihrer Geschichte, den sie der Zukunft überließen, war der Spitzname, den sie Cafiero in Erinnerung an seinen wundersamen Flug auf den Haselnußbaum gaben. Für alle in Colle war er, der wie ein Spätzchen in den Zweigen gehangen hatte, fortan nur noch »Nocciolino«.

Erst als Korporal Monaldi ihn rief, wurde Bartolo bewußt, daß er geschlafen hatte. Sie waren in mehreren Kolonnen die ganze Nacht auf Adua marschiert. In der Dunkelheit dieser abscheulichen Gegend war nichts als ebendiese Dunkelheit zu sehen, doch man roch deutlich den bestialischen Gestank der Soldaten, den ranzigen Schweiß, den säuerlichen Atem, den Geruch von Männern also, die schon allein mit diesen Körpersäften verwesendes Fleisch waren. In der Dunkelheit konnte man sich Colle vorstellen, und das hatte Bartolo getan, indem er wie ein Vogel über die Eisenbahnstrecke bis hin zum Bahnhof geflogen war, dann die Straße entlang bis hinauf zum Haus an der Stadtmauer, um das stets junge Lächeln seiner Mutter zu sehen, seine Brüder und den Maestro.

In der Dunkelheit konnte man sich das Wasser des Padule vorstellen, das mitten in diesem höllischen Sand wahrlich wie eine unverhoffte Oase war. Das Wasser, und unter dem Wasser die Frösche, und neben den Fröschen die winzigen Fische, die Ideale so gern fing und dann gebraten oder kurz gekocht mit dem Saft einer Zitrone aß. Und unter dem Padule, so klebrig wie schwere Träume, den frischen Schlamm, der das klare Wasser verdunkelte, kaum daß man es streifte.

Und unter dem Schlamm, dachte Bartolo, ist gleich der Boden der Welt, und wenn es dir gelingt, das Sandgebirge wegzuräumen, auf dem wir sitzen und das der Padule von Abessinien ist, wird der Horizont eines Colle Alto auftauchen, eines hohen Berges, den es gewiß auch hier gibt, bewohnt von Askaris und Beduinen. Ohne melodischen Dialekt. Ohne schwingenden Reim. Nur mit unverständlichen gurgelnden Lauten wie aus Kehlen, von einem Säbel durchschnitten.

Auf dem Hochland von Amba Alagi hatte er sie gesehen, die durchschnittenen Kehlen, und er hatte vor allem gesehen, wie seine bedrängten Kameraden in unserer Sprache um Mitleid flehten, und dann hatte er gehört, wie sich ihr Flehen abrupt in einen grauenhaften Laut verwandelte, bevor sie, den Mund voller Blut, zu Boden stürzten. Er selbst war nur durch Zufall diesem Gemetzel entkommen. Die Flanke, in der er sich befand, war vom Ansturm des Feindes auseinandergesprengt worden, die Kolonne zerteilt. Er hatte im Sand gelegen und geschossen, nachgeladen und geschossen, nachgeladen und auf alles geschossen, was er auf sich zukommen sah, bis er seine Hände nicht mehr spürte und überhaupt gar nichts mehr spürte, weil die Welt um ihn her zu Watte geworden war und der aufsteigende Staub sich wie durch Zauberei in den Nebeldunst des Padule verwandelt hatte.

Bartolo hatte reglos in diesen Nebel gestarrt, um zu sehen, ob nicht zufällig ein Fischer mit seinem Kahn auftauchte oder ob nicht vielleicht ein Bleßhuhn auf dem Wasser mit den Flügeln schlug, bis sich der Nebel schließlich verzogen hatte und statt des Bleßhuhns Korporal Monaldi mit noch vier anderen gekommen war, alle fünf wie durch ein Wunder gerettet.

Der Morgen brach an. Kein Colle mehr, kein Padule mehr, kein Wasser mehr und auch keine Fische. Nur noch ein Meer aus Steinen und ein Gebirge aus Sand und Meneliks Soldaten vor ihnen. Monaldi erteilte Befehle. Sich wachsam und ruhig verhalten bis zum Angriffssignal.

»Diesmal erwischen wir sie«, sagte er. »Und wir rächen uns für das, was sie uns bei Amba Alagi angetan haben. Der Sieg ist unser. Für Baratieri. Für den König. Vorwärts, Savoyen!«

Vielleicht waren die Worte des Korporals voller Überzeugung und wie ein klarer, unerschütterlicher Ansporn, doch niemand in diesem trostlosen Morgengrauen konnte etwas anderes heraushören als den Klang der Unvermeidlichkeit. In dem Schweigen, das folgte, ahnte Bartolo, in den Sand jenes Stücks Welt gekauert, daß es keine Rache geben würde, daß es keinen Sieg geben würde, keinen König und kein Es-lebe-hoch. Und während er zusammen mit vielen Hunderten gleich ihm aufstand, um zum Angriff überzugehen, traf ihn der absolute und vollkommene Schmerz all dieser zum Abschlachten geschickten Leben mitten in die Brust, tiefer als eine Klinge und heftiger als Blei.

Das Feuer aus den äthiopischen Reihen kam in Wellen, und bei jedem Kugelhagel schrie in Bartolos Nähe jemand auf und fiel zu Boden, versuchte wieder aufzustehen und rief nach seiner Mutter oder einem Heiligen. Bartolo wurde fast sofort getroffen, doch der Schmerz war nicht größer als der, den er ohnehin schon empfand. Flüche, Schreie, blutgetränkter Sand. Er spürte, wie seine Beine schwächer wurden, und so beugte er die Knie und verharrte einen Augenblick, um Atem zu schöpfen. Auf seiner Brust, genau unter dem Herzen, war sein Hemd rot und verklebt. Kein Brennen, keine Angst.

Wenige Schritte entfernt sah er ein Pferd mit einer spannenlangen Wunde am Hals auf dem Boden liegen. Es keuchte. Ihre Blicke trafen sich, und eine Zeitlang sahen sie sich an. Bartolo stand mit Mühe auf und setzte sich neben das Tier. Jemand rief ihm etwas zu, was er nicht verstand. Schüsse, Schreie, Weinen, Klagen von Menschen, die im Sand starben.

»Vorwärts, Savoyen …« murmelte er, und ein Lächeln entspannte seine Lippen.

Der Atem des Pferdes ging kurz und schnell. Bartolo streckte einen Arm aus und legte die Hand in dem Versuch auf den blutigen Hals, diesen verzweifelten Wettlauf zu bremsen. Auch seine Hand war blutverschmiert, und sein Atem ging nicht weniger schwer. Unversehens, so plötzlich wie der Einschlag einer Granate, explodierte der Wunsch in seiner Brust, wieder zu Hause zu sein, die Morgenluft am Padule Lungo zu atmen und wie früher mit Ideale und Michail auf den Wiesen zu spielen und herumzutollen.

Doch während er mit diesem Wunsch rang, traf er erneut auf den Blick des Pferdes, das im Sterben lag, und er begriff, daß dies der Blick seines eigenen Schicksals war. Also schloß er die Augen, um sich ungehindert vorstellen zu können, wie er durch die Wiesen von Colle bis hinunter nach Piana lief, wie er am Saum des klaren Wassers und an den Wäldern entlangstreifte und durch alle Orte, die er geliebt hatte. Es war ein sehr langer, atemloser Lauf von der Sonne bis unter die Sterne.

Als er die Augen wieder öffnete, war das Licht fast völlig verschwunden, offenbar war es Abend geworden, und die Brust des Pferdes war reglos. Er fühlte sich schwach, daher lehnte er sich stärker an den Rumpf des Tieres und versuchte, das neblige Bild vor sich scharfzustellen. Aus dem Dämmerlicht sah er langsam und staubbedeckt seine Mutter auf sich zukommen. Bartolo streckte einen Arm aus, um ihr zuzuwinken, doch nun erkannte er, daß es der Maestro war, und er lächelte ihm zu, nahm seine letzte Kraft zusammen und sagte:

»Siehst du, Vater, das ist nun die Ordnung des Königs.«

Mitten in der Nacht verließ die Witwe Bartoli das Haus an der Stadtmauer, und Cafiero lag wie ein Bündel in ihrem Arm. Zunächst ging sie nach Rocca hinauf und am Pfarrhaus vorbei, wo sie stehenblieb, um dem Kind von Don Ubaldo und dem Abend zu erzählen, als er, von der Liebe ganz verwirrt, Gott und die Sakramente vergessen hatte. Dann hielt sie vor dem Ballsaal und zeigte Cafiero, wie Ideale ihren Arm gehalten hatte, als er sie zum Tanz führte. Und so erzählte die Frau ihre Geschichten an jeder Ecke von Colle weiter, und ihre Worte wiegten den schlafenden Cafiero sanft. Auf dem Weg, den sie unter den bewundernden Blicken des ganzen Städtchens mit ihrem Mann gegangen war, gelangten sie zur Eisenbahn hinunter. Im Mondlicht, das durch die Wolken sickerte, leuchteten die Steinhäuser plötzlich silbern und präsentierten sich der Witwe wie die Offenbarung einer Geschichte, die aus zuviel Liebe bestand, aus zu vielen Abschieden, aus zu vielen Geburten und aus zu vielen Trennungen, die Offenbarung eines Lebens, das ihr in jenem Augenblick wie eine Last vorkam, zu schwer, um sie allein zu tragen. Denn so hell gegen die Finsternis der Nacht abgesetzt, so vollkommen in ihrer eleganten Anordnung auf der geschwungenen Linie der Berge, schienen ihr die Häuser von einer Schönheit zu sein, die nicht zu ertragen war.

In ihren Armen hielt die Witwe ein neues Leben, das wieder Augenmerk und Zärtlichkeit verlangte, Aufmerksamkeit, Umsicht und Geduld, das erneut unermeßliche Freude und unermeßliches Leid zugleich bedeutete, Schlaf und Schlaflosigkeit, Zeit, die im Warten langsam war und entsetzlich schnell in glücklichen Momenten. All das hielt sie in ihren Armen und hatte in sich eine allzu große Leere und ein ganzes Städtchen.

Instinktiv schlug sie den Weg entlang der Eisenbahntrasse ein, den Weg, der zu der Stelle führte, wo vor vielen Jahren der Zug gehalten hatte, der den Maestro nach Colle gebracht hatte. Vom Städtchen abwärts beschrieben die Schienen eine weite Kurve, bevor sie in den Viadukt mündeten, der nun den Padule verunstaltete. Im Mondschein funkelten die Gleise wie eine Halskette, die das Wasser zu einem besonderen Anlaß angelegt hatte.

Und da erblickte sie ihn. Er kam mit seinem langsamen Gang auf sie zu und rauchte eine Zigarre. Er war wenigstens fünfzig Meter von ihr entfernt, und doch konnte sie den Zigarrengeruch deutlich spüren. Wie so oft, wenn er spazierenging, trug der Maestro seine Jacke über der Schulter, und seine weißen Hemdsärmel leuchteten im Schimmer des Mondes. Die Witwe preßte Cafiero fester an sich. Der unverwechselbare Gang dieser aus dem Licht geschnittenen Gestalt genügte bereits, um die Liebe mit einer solchen Macht über der Witwe hereinbrechen zu lassen, daß sie sie wie ein Schlag traf, weshalb sie erstaunt an den Schienen stehenblieb, um den Mann zu bewundern, der ihr entgegenkam. Wenige Meter vor ihr drehte er sich um und winkte jemanden herbei.

Da kletterten Bartolo und Michail den Bahndamm hinauf und gingen auf die Witwe zu. Beide hatten in Höhe des Herzens eine Wunde auf der Brust, und ein Blutfleck durchtränkte ihr Hemd. Das Hemd von Bartolo war zudem staubig von einem feinen gelben Sand. Die Rührung, die die Frau ergriffen hatte, war wieder vergangen, und ein maßloser Kummer hatte sich ihrer bemächtigt, glitt von ihrem Kopf hinunter zum Magen, lähmte sie und dehnte sich zu einem so tiefgreifenden und vollkommenen Schmerz, daß er sie blendete.

In dem Licht, das ihr nun in die Augen stach, konnte sie nur mit Mühe erkennen, daß der Maestro ihr zuwinkte, und als er sich zum Gehen wandte, sah sie auf seinem Rücken die blutende Wunde von den Gewehrkugeln des Königs klaffen.

Sie liebte ihn auch in diesem Moment, liebte ihn von ganzem Herzen, während das Licht sie vollkommen blind machte, und sie liebte diesen Mann, der gekommen war, um ihr zum letztenmal ihre Söhne zu bringen, noch immer, als die Räder der Lokomotive sie erfaßten und töteten.

Als der Zug seine Mutter überfuhr, wurde Cafiero aus ihren Armen in die Luft geschleudert und flog durch die Dunkelheit des Himmels wie ein kleiner Vogel. Er kreiste über den weiterfahrenden Waggons und sah vor dem Hintergrund der mondbeschienenen Berge die Häuser von Colle tanzen, das funkelnde Band des Padule, die nach Rocca hinaufführende Straße und all die anderen Dinge, die er durch die Worte seiner Mutter kennengelernt hatte, bevor er sie wirklich erblickte. Er flog durch den dunklen Himmel, während der Zug die Witwe und die Gespenster ihrer Vergangenheit mit sich fortnahm. Er vollführte diesen Tanz eines kleinen Vogels und ließ sich dann auf den Zweigen des Haselnußbaums nieder, um darauf zu warten, daß für die Leute von Colle eine neue Zeit anbräche, und auch für ihn, der inzwischen wieder eingeschlafen war.

Odysseus' tod ging dem Ende des Krieges, der mittlerweile halb Europa erfaßt hatte, wenige Wochen voraus. Dieser blutige, effektvolle Selbstmord verstärkte noch den Windstoß des Todes, der von den Alpen herabgekommen war, um auch in der Gegend zwischen den Steinstraßen und dem Padule zu wüten, denn er nahm einige Dutzend ihrer jüngsten Söhne mit sich fort. Und vielen von denen, die er vier Jahre nach seinem Beginn wieder zurückbrachte, hatte er ein gut Teil der Lebensfreude geraubt, die stets ein wesentliches Kennzeichen jenes Ortes gewesen war. Von nun an wurden die Legenden von Persönlichkeiten, die dort Geschichte gemacht hatten, in den Erzählungen des Städtchens durch Berichte über entsetzliche Gemetzel an armen Soldaten ersetzt, die man ins Verderben geschickt hatte, über Massaker mit aufgepflanztem Bajonett und über Männer, die in schlammigen oder vereisten Schützengräben zugrunde gegangen waren, Geschichten, die so eindrucksvoll und schmerzlich waren, daß sie deutlich zeigten, wie schwer und blutrot der hochgepriesene Sieg gewesen war.

Und so furchtbar waren die Worte derjenigen, die als junge Burschen losgezogen und als reife und versehrte Männer heimgekehrt waren, daß die erzählerische Phantasie des ganzen Ortes vor einem so unermeßlichen Grauen kapitulierte und zum erstenmal niemand zwischen Colle und Piana diese Ereignisse anders wiedererzählen konnte, als sie tatsächlich geschildert worden waren, denn diese Leute verzichteten nun auf ihr angestammtes Talent, die Dinge des

Lebens so zu erzählen, wie es ihnen gefiel – und nicht dem Leben.

Aus den Bergen, in denen der Krieg getobt hatte, waren auch Paris und Ganymed nach Colle zurückgekehrt: Durch eine Kombination von Geschicklichkeit und Glück hatten sie der Schlächterei entkommen können. An dem Tag, als sie, übel zugerichtet und dünn wie die Heringe, am Bahnhof ausstiegen, erkannten nur wenige ihrer Landsleute, die ihnen begegneten, in diesen wie erbärmliche Landstreicher aussehenden Männern sogleich die Söhne von Hektor Bertorelli, der gerade zu einem der reichsten Unternehmer von Piana avancierte.

Hektor selbst zögerte erheblich, als seine Söhne plötzlich vor ihm standen, obwohl er durch das Gerede, das ihnen nach Prataio vorausgeeilt war, schon Bescheid wußte, und seine Zweifel schwanden erst, als der größere der beiden zu reden begann und den unverwechselbaren Bariton und die elegante Sprechweise seines Sohnes Paris erkennen ließ.

»Vater«, sagte er, »ich hatte Ihnen versprochen, mit heiler Haut nach Hause zu kommen, und, nun ja, meine Haut habe ich auch wirklich wieder mitgebracht.«

In den folgenden Tagen standen die beiden Heimkehrer im Mittelpunkt der Aufmerksamkeit der ganzen Familie, umsorgt, gehegt und gepflegt von der Liebe und der Aufopferung Rinas, die sie viele Nächte lang als tot beweint hatte. Obwohl all die Fürsorge den zwei schwer gepeinigten Körpern unverzüglich neue Kraft gab, vermochte Rina es doch nicht, das aus dem Kopf der beiden jungen Männer zu verbannen, was sie in den Schützengräben der Alpen erlebt hatten. Die einzige Therapie, die ihnen etwas Erleichterung verschaffte, war dank der Leidenschaft jenes Menschenschlags für Wörter die Möglichkeit, die Ängste und Beklemmungen zu schildern, auszumalen und über der ganzen Gemeinschaft auszuschütten, die der Krieg seinerseits erbarmungslos über ihnen ausgeschüttet hatte.

An vielen Nachmittagen, in vielen Nächten und manchmal sogar während des Morgenspaziergangs nach dem Kaffee berichteten Paris und Ganymed den schweigenden Leuten von Colle von faulenden Wunden, die das Fleisch zerfraßen, von verzweifelten, bis zur Erschöpfung gebellten Schreien, von italienischen und österreichischen Burschen, die, in einer Stacheldrahtrolle verfangen, auf den Tod warteten. Sie sprachen von Schnee und Kälte, von Granateinschlägen, die in den Eingeweiden dröhnten. Sie bebten noch einmal vor Angst und weinten zuweilen sogar, wenn sie sich an die Angriffe erinnerten, die sie im Dunkeln unternommen hatten, ohne das Ziel zu kennen, ohne den Feind zu sehen und ohne zu wissen, was sie tun sollten.

Durch ihre Erzählungen und die der anderen Heimkehrer erlebte das ganze Städtchen den Krieg, als hätte es selbst daran teilgenommen, und ein dumpfer Schmerz kroch nun während vieler Wochen und Monate durch die Straßen und Häuser, die Bahnstrecke entlang und durch die Felder und hinterließ bei den meisten Einwohnern einen deutlichen Eindruck davon, wie frevelhaft es gewesen wäre, ein Blutbad von diesem Ausmaß mit großem Pomp wie einen Sieg zu feiern, mit Musikkapellen, Girlanden und schönen Worten.

Colle fand den Mut, nur eine schlichte Stele zu errichten und darauf in Gold die Namen der Gefallenen und einen Satz einzugravieren, der aus dem letzten Brief von Viktoria Bartolinis Ehemann stammte, den die Österreicher nach Caporetto erschossen hatten:

»Meuchlings ermordet, sterbe ich mit Colle im Herzen, und nie mehr wirst du mein sein, Viktoria.«

Acht Monate nach der Nacht, in der Odysseus sich erhängt hatte, nachdem er seiner Schwägerin die Kraft der tierischen Liebe gezeigt hatte, ging aus seinem Wahnsinn ein Kind hervor. Im Bauch der bereits nicht mehr jungen Mena war nach der einzigen Gelegenheit, da er mit dem Samen eines Mannes in Berührung gekommen war, ein Geschöpf entstanden, das mit der gleichen Erschütterung zur Welt kam, mit der es auch später leben sollte. Als Rina auf Anninas Rufen hin herbeigelaufen kam, war Mena so gut wie bewußtlos. Ein schneller Blick auf den Unterleib der Gebärenden genügte der erfahrenen Frau, um zu erkennen, daß die Nabelschnur das ungeborene Kind strangulierte und die Geburt einen tragischen Ausgang zu nehmen drohte.

»Das ist Odysseus, der sich noch einmal erhängt«, sagte Rina zu Telemachs Frau, die ebenfalls angelaufen kam. Isolina bekreuzigte sich dreimal, um das Gespenst zu vertreiben, das sie an den Gedärmen der Sau noch immer am Stallgebälk hängen sah.

Eine rasche Unterredung der drei Frauen ergab, daß man nach Doktor Botticelli schicken mußte, da Maddalena, die einzige Hebamme, die fähig war, diese schwierige Situation zu meistern, zu alt war; doch gleichzeitig wurde klar, daß es, egal wie schnell man auch war, zuviel Zeit kosten würde, bis man ins Städtchen und wieder zurück gelaufen wäre.

Mena schien dem Tod nahe zu sein. Leichenblaß stieß sie schwache Klagelaute hervor und reagierte nicht mehr. Die Frauen sahen erst sie an, sahen dann sich an und bekreuzigten sich schließlich wie in einem von Trostlosigkeit und Ohnmacht diktierten Reigen.

»Sie ist eine Baglini«, sagte Isolina zwischen einem Schluchzer und einem Ave, »diese Unfähigkeit, eine anständige Entbindung zustande zu bringen, liegt in der Familie«, und sie erinnerte Rina und ihre Nichte daran, daß zweifelsohne auch Rosa Menas Los geteilt hätte, wäre da nicht Maddalena mit ihren Künsten gewesen.

Diese Worte brachten Annina auf eine Idee, Annina, die sich eingedenk der vielen Geschichten, mit denen sie aufgewachsen war, nun an die eine erinnerte, mit der ihre Mutter ihr erklärt hatte, warum sie ihren Bruder Sole genannt hatte, und sie lief zu ihm.

Es war nicht einfach, doch mit Schmeicheleien, Tränen und inständigen Bitten gelang es Annina, ihn davon zu überzeugen, daß nur das Erbe ihrer Mutter die Mena retten könne. Sole schickte also alle aus dem Zimmer und setzte sich zu seiner Tante, um sich zu erinnern. Er begann mit kreisrunden Worten, um eine Welle zu formen, brachte Mena dann mit schmeichelnden Wendungen ganz langsam an einen Strand ins Warme und entspannte sie. Anschließend hüllte er sie ganz in weite, frotteeweiche Sätze und massierte sie dabei, wie Rosa es ihm an den vielen Tagen beschrieben hatte, die sie mit Geschichtenerzählen verbracht hatten.

Zwei Stunden dauerte die Anspannung, und während dieser zwei Stunden dachten die Frauen im Zimmer nebenan schweigend darüber nach, wie sonderbar doch das Leben ist, wie die Zeit vergeht und nicht vergeht, wie das Schicksal nimmt, zurückgibt und wieder fortnimmt, wie und wo man es sich nicht vorstellen kann. Odysseus, Rosa, die beiden Kinder, alles verschwamm und vermischte sich dermaßen ineinander, daß es die Sinne von jedem verwirrte, der nach einem Vorher und einem Nachher suchte, von jedem, der zu wissen glaubte.

Nach zwei Stunden sprang die Tür auf, und eine Woge von Veilchenduft hüllte die Frauen ein. Auf der Schwelle erschien Sole, erschöpft und schweißgebadet und plötzlich um Jahre gealtert.

Sein Gesicht war ernst, und im Arm hielt er ein Bündel mit etwas, was Ähnlichkeit mit einem Kaninchen hatte, jedoch der Sohn von Odysseus und Mena war: sein Neffe und Halbbruder.

»Ich bitte euch«, sagte er mit der ihm eigenen Höflichkeit, »verlangt nie wieder von mir, mit so viel Verzweiflung umzugehen.«

Nachdem er das Neugeborene in Isolinas Obhut gegeben hatte, ging er zur Tür und erklärte, an die Anwesenden gewandt:

»Meine Tante möchte, daß er der Tradition gemäß Äneas heißt.«

Als Annina Cafiero zum erstenmal sah, spazierte er an den Eisenbahnschienen entlang und hielt einen Feldblumenstrauß in der Hand. Annina kam ihm auf ihrem ungesattelten Pferd Pallino entgegen. Wie alle in Colle kannte sie Cafieros wundersame Geschichte vom Flug durch die Nacht auf den Haselnußbaum, trug er doch zum Gedenken noch immer den Namen, den das Städtchen ihm verliehen hatte, und sie kannte auch die Geschichte vom Maestro und von der Witwe, von einer Familie, deren Legende ihr durch die Erzählungen ihrer Mutter, Meros und Menas Gesellschaft geleistet hatte.

Als sie diesen Jungen an den Gleisen auf sich zukommen sah, dachte sie nicht gleich, daß es Cafiero war. Vielmehr war sie zunächst der Meinung, ihren Cousin Paris zu sehen, doch nach einigen Metern erkannte sie die schwarze Schleife an seinem Hemdkragen und begriff, daß sie den Protagonisten so vieler Geschichten leibhaftig vor sich hatte. Eine Mischung aus Erregung, Neugier und Angst ergriff sie, und während Pallino in seinem langsamen Trott an ihm vorüberzog, warf sie ihm einen eher verstohlenen als interessierten Blick zu, hielt die Augen gesenkt und wollte nicht auf sich aufmerksam machen, wobei ihr ihre Position auf dem Pferderücken und auch die Sonne, die Cafiero voll ins Gesicht schien, von Nutzen waren.

Während sie langsam vorbeiritt, sah sie einen Jungen, der in sich gekehrt und fast traurig an den Gleisen entlangging, und als sie ihn so sah, klein und einsam neben dem Schienenstrang, der sich im Unendlichen verlor, gewann Annina den Eindruck, daß er gar nichts Heldenhaftes an sich hatte, gar nichts von dem, was ihre Mädchenphantasie ihr eingeflüstert hatte, als sie sich beim Anhören der Geschichten vorgestellt hatte, wie der legendäre Nocciolino in den Himmel wirbelte und sich auf den Zweigen eines Baumes niederließ: Er hatte keine Flügel, war weder groß noch blond und nicht einmal auf eine besondere Art gekleidet. Er war nur ein Junge, der an den Gleisen entlanglief, allein, mit einer großen schwarzen Schleife um den Hals und einem Blumensträußchen in der Hand.

Annina war enttäuscht und trug dieses Gefühl noch eine Weile mit sich herum, während sie in Gedanken das von den Geschichten erschaffene Bild, in das sie sich verliebt hatte, mit dem verglich, das die Wirklichkeit ihr soeben gezeigt hatte. Und als sie sich, wie um sich zu vergewissern, umdrehte und ihn noch einmal betrachtete, sah sie ihn nur mehr wie einen kleinen Punkt, wie eine Ameise neben den Schienen, unmittelbar an einem Haselnußbaum an der Bahnstrecke, die ihm die Mutter genommen hatte, vor dem Blumenstrauß knien. Da verflog Anninas Enttäuschung, und ein großer Kummer überwältigte sie und begleitete sie den ganzen Tag bis zum Abend, und er verschwand auch dann nicht, als das Mädchen in der Hoffnung, ihn auf diese Weise loszuwerden, zunächst Mena und dann ihre Mutter bat, ihr noch einmal die Geschichte von Nocciolino und seinem wundersamen Flug zu erzählen.

Während ihrer Kindheit und auch später, als sie ein junges Mädchen war und Odysseus endgültig wahnsinnig wurde, und dann als erwachsene Frau, nachdem der in den gußeisernen Heizkessel vernarrte Mero gestorben war, begegnete Annina Cafiero viele Male, und jedesmal, selbst wenn sie ihn nur von weitem sah, überkam sie unversehens jener grenzenlose Kummer, als könnte sie sich des starken, stechenden Gedankens an den Schmerz nicht erwehren, mit dem dieser kleine Junge, dieser junge Bursche und dieser Mann den wundersamen Flug hatte bezahlen müssen, der sein Leben auf einem Haselnußbaum in Sicherheit gebracht hatte.

Ob und wie Kummer sich in Liebe verwandeln kann, läßt sich nicht so leicht sagen, doch es geschah, daß Annina das Bild dieses Jungen neben den Eisenbahnschienen im Lauf der Jahre liebgewann, und so wurde die Unruhe, das es in ihr auslöste, zu einem Teil von ihr, zu einem willkommenen Gefühl, das sie auskostete, nährte und auffrischte, sooft sie Gelegenheit hatte, Cafiero zu begegnen, über ihn zu sprechen und über ihn sprechen zu hören.

Und als sich mit der Zeit auch die Geschichten von Colle

veränderten und, wie es häufig geschieht, neue Personen und neue Abenteuer zum bevorzugten Thema seiner Einwohner wurden, blieb die Geschichte von Nocciolino für Annina doch stets jung wie ihr Protagonist, den sie in dem Städtchen hatte heranwachsen sehen, bis er zum Mann gereift und ihr vertraut geworden war.

Als Annina also eines Tages die Haustür ihres Großvaters Signor Cesco öffnete und Cafiero vor ihr stand, spürte sie keinerlei Kummer, keine Sorge und keine andere Aufregung als das große Vergnügen der Überraschung. Er arbeitete bei der Eisenbahn, wo er in demselben Trupp die Weichen stellte, der einst von Cesco Baglini geführt worden war, dem beinahe hundertjährigen ehrwürdigen Senior von Colles Eisenbahn. Cafiero war zusammen mit Orazio Bonfanti und Pietrino Rosati gekommen, um dem Alten guten Tag zu sagen und ihm Obst und Likörwein zu bringen. Annina empfing die Gäste, bewirtete sie und achtete darauf, daß ihr Großvater sich in den Diskussionen nicht überanstrengte: Der Krieg hatte zusammen mit dem Hunger und dem Geruch des Todes eine Spur des Hasses zurückgelassen, die den Schmerz ewiger sozialer Ungerechtigkeit und den Zorn Signor Cescos, der seit jeher Sozialist war, wiederaufflammen ließ.

Annina hatte an jenem Abend alle Hände voll zu tun, bis sie die Gäste mit einem letzten Gruß zur Tür geleitete, und ebenso während der folgenden Besuche, die sich, vielleicht nicht zufällig, wie eine allwöchentliche Verabredung wiederholten, bis schließlich der Tod entschied, daß der alte Cesco dem Leben, Colle Alto und den Königlichen Eisenbahnen genug gegeben habe.

Cafiero nahm nicht an der Totenwache teil. Er ließ sein Beileid durch Bonfanti ausrichten und entschuldigte sich mit einer Ausrede. Während des Gottesdienstes, im Trauerzug und auf dem Friedhof suchte Annina, die die arme, in Tränen aufgelöste Mena stützte, unter den Anwesenden nach seinem Gesicht, doch vergebens. Umarmungen, Händedrücke, der Zuspruch zahlreicher Menschen, die Cesco gekannt hatten, Geschichten, Stimmen, Gesichter, Orte, unendlich viele Worte, die mehrere Stunden lang Anninas Leben füllten, bis alle heimgingen, das Haus sich nach und nach leerte und sie unversehens die Last der verlassenen Zimmer und der mit Erinnerungen getränkten Wände spürte. Da ging sie zu dem gußeisernen Heizkessel und umarmte ihn, wie der alte Mero ihn umarmt hätte, stieg ins obere Stockwerk hinauf und trat in das Zimmer, wo Rosa nicht mehr auf dem Balkon auf ihre Zukunft wartete. Sie stellte sich an das Fenster, von dem aus ihre Mutter jahrelang den Berg hinter dem Haus betrachtet hatte, und wandte sich dem Vordach des Schweinestalls zu, an dem Odysseus sich erhängt hatte und von wo aus nun weder Gestank noch Lärm aufstieg, sondern nur noch Schweigen.

Schließlich ging sie ins Zimmer ihres Bruders, legte sich aufs Bett, schloß die Augen und begann an Sole zu denken und sich vorzustellen, an welchem Ende der Welt er wohl bald seinem Schicksal folgen würde, das ihr deutlich vor Augen stand, welche fremde Sprache er sprechen und an welchen exotischen Ort er reisen würde. Doch sosehr Annina sich auch bemühte, ihrer Phantasie freien Lauf zu lassen wie einem Pferd, das ohne Zügel unbekannten Orten entgegengaloppiert, erschien ihr Sole doch stets nur vor dem Hintergrund des Padule, wie er in einem Boot stand oder auf dem Steg lag, von dem er eine Angelschnur hinabbaumeln ließ, und aus seinem Mund kam der melodische Dialekt von Colle Alto, während er weiterhin durch die gepflasterten Straßen der Altstadt spazierte. Und als sie die Augen aufschlug, war da wieder Prataio, war da wieder alles Altbekannte, nur Odysseus nicht mehr und Rosa nicht und auch Mero nicht, und nun würde auch der alte Cesco nicht mehr wiederkommen. Zurück blieb nur Mena in der Küche, zusammen mit ihrer Verzweiflung und mit dem kleinen Äneas, der aus dem Wahnsinn seines Vaters hervorgegangen war. Zurück blieb nur etwas Schweres, Eisiges, eine bleierne Last in ihrer Brust, zu kalt, um hinuntergeschluckt zu werden. Daher stand Annina auf und ging zum Stall hinüber, um das Pferd zu holen und mit ihm weit fortzureiten von diesem immer größer und immer leerer werdenden Haus.

In dem Augenblick sah sie Cafiero. Er lehnte, die Jacke über die Schulter geworfen, am Gittertor von Prataio, rauchte eine Toscano und schien auf sie zu warten. Annina blieb stehen und betrachtete ihn lange: Er trug einen Bart, eine Weste und eine schwarze Schleife über seinem makellosen Hemd, so wie man es sich in den Geschichten, die im Städtchen die Runde machten, vom Maestro erzählte. Nach und nach schmolz das Blei in ihr, wurde wärmer und erhitzte sich fast bis zum Siedepunkt. Als sie sich weiter auf ihn zubewegte, suchte Annina erneut nach dem vertrauten Gefühl, das sie stets mit Cafiero in Verbindung gebracht hatte, eine Mischung aus Kummer, Sorge und Schmerz. Erst als sie ihm aus der Nähe in die Augen sah, in einer so festen Umarmung, daß sie seinen Geruch wahrnahm, begriff Annina, daß sich dieser Kummer inzwischen vollständig in Liebe verwandelt hatte.

In einer Vorhölle aus Fieber und Angst lag Mena auf dem blutverschmierten Bett, und ihr Leben hing an einem seidenen Faden. Der in ihr gewachsene Samen von Odysseus hatte zusammen mit einem neuen Menschenkind auch die Gespenster ihres Daseins geweckt, das sie stets im Schatten von irgend etwas und irgendwem verbracht hatte. Ihr Leben war die Witwerschaft ihres Vaters gewesen und all die Fürsorge, die sie ihm und ihrer kleinen Schwester Rosa hatte angedeihen lassen müssen; im übrigen erschien ihr die Welt düster und fern, so daß sie nur in der Litanei der Rosenkränze und im Dämmerlicht der Kirchen Schutz vor den schelmischen Blicken der Männer fand, vor dem boshaften Geschwätz ihrer Gefährtinnen, vor dem ganzen Gesindel, das die Eisenbahn unentwegt im Städtchen ablud.

Nie gab es einen Moment der Ruhe und des Friedens für sie, auch nicht, als Rosa geheiratet hatte, im Gegenteil. Zunächst mit der komplizierten Geburt, dann mit den Zwistigkeiten zwischen den Eheleuten, dann immer so fort mit den heranwachsenden Kindern, dem Geschäft, dem neuen Haus, Rosas Flucht und Odysseus' Krankheit – es konnte einfach niemals Frieden einkehren.

Und dann war da Odysseus, für Mena stets Gegenstand der Zuneigung und vieler Ängste. Er, der so gewichtig, mürrisch und entschlossen, doch auch elegant, tüchtig und heißblütig gewesen war. Am Anfang hatte sie für ihn keine andere Sympathie als die für einen herrischen und unzugänglichen Schwager gehegt. Doch mit der Zeit, besonders seit Rosa entbunden hatte und Menas Anwesenheit im Haus endgültig geworden war, mit der Zeit hatte sie seine Qualitäten schätzen gelernt. Gewiß, sie hatte die blauen Flecken gesehen, die seine Hände auf dem schönen Gesicht ihrer Schwester hinterlassen hatten, doch sie hatte ihn auch in Tränen aufgelöst erlebt, ihn, diesen stattlichen Mann, auf Knien um Vergebung und, du lieber Gott, um die Aufmerksamkeit seiner Kinder bittend. Sie hatte nachts auf ihn gewartet, wenn er vom Markt oder betrunken aus dem Wirtshaus kam. Sie hatte ihm das Abendessen bereitet, hatte sein Haus in Ordnung gehalten und die alte Tante Sparta gepflegt, sie ganz allein, und sie hatte Tag für Tag mit angesehen, wie er eifrig versucht hatte, Rosa zurückzugewinnen, indem er ihr das große Haus in Prataio baute.

Und dann, als der Wahnsinn sein Hirn zu zernagen begann, hatte sie ihm nachts die Kleider ausgezogen, um sie zu flicken, bevor er erwachte, war auf seine fixen Ideen eingegangen und hatte gelitten, wenn sie sah, wie er litt, sich zusammenrollte und Tag für Tag mehr verfiel. Und am Ende, als Rosa für immer fortgegangen war, hatte sie sich erstmals ein wenig wie die einzige Frau des Hauses gefühlt und vielleicht sogar, ohne sich dies je einzugestehen, ein bißchen wie seine Ehefrau.

Deswegen hatte sie an dem Abend, als sie in Sorge wegen seiner extremen Verspätung in die Küche hinuntergekommen war und ihn bei der Umarmung des Heizkessels überrascht hatte, geglaubt, in seinem brennenden Blick einen Schimmer zu entdecken, den sie nicht kannte und der für den kurzen Moment, da Odysseus mit ausgestreckten Armen auf sie zukam, nachdem er sich zu ihr umgedreht hatte, in ihr die Illusion weckte, dies könnte, wenn schon nicht so etwas wie Liebe, so doch wenigstens so etwas wie Ruhe und Frieden sein. Und noch als Odysseus, mittlerweile vom Wahnsinn zerrüttet und an sie geklammert, vom tierischen Instinkt und vom Schicksal faselte, hoffte Mena weiter, diese Umarmung möge die Last von ihr nehmen, die sie mit sich herumtrug, und in dieser Hoffnung verloren, glaubte sie für einen Augenblick, daß sie glücklich war.

Doch schon kurz darauf war alles von der Raserei hinweggefegt, und so kehrte sie, scheinbar unverändert, in die Vorhölle zurück, aus der sie gekommen war, um etwas zu hegen und wachsen zu lassen, was sie nicht kannte.

Als ihr Neffe sich anschickte, sie in Wörter zu hüllen, begann Mena aus dem blutigen Schlaf, in den sie versunken war, all die Einsamkeit und all den Schmerz auszuschwitzen, die sie jahrelang in sich verborgen hatte, ohne sie jemandem zu offenbaren. Wie in einem Wirbelsturm mußte Sole gegen die Härte ankämpfen, die sich seinen Geschichten widersetzte, mußte die treffendsten Adjektive finden, um eine Seele Ruhe zu lehren, die nur Verzweiflung kannte.

Der Junge umfing die Tante mit seiner Liebe, glättete all ihre Unebenheiten, setzte Adverbien, Präpositionen und Substantive dagegen, schliff damit jede Rauheit ab und errichtete schließlich ein weiches Lager, auf dem Mena sich entspannt ausstreckte und das bißchen Leben zur Welt brachte, das sie in acht Monaten der Schwangerschaft nicht in ihrem Schmerz erstickt hatte.

Kaum war das Kleine aus ihr heraus, fühlte sie sich wie von einer enormen Last befreit, und für einen kurzen Moment glaubte sie wirklich, frei zu sein. Dann legte Sole ein Wollbündel neben sie, und Mena schaute hinein, sah den fest auf sie gehefteten Blick von Odysseus und wußte, daß sie immer und ewig gefangen sein würde. Da wandte sie sich an ihren Neffen und sagte:

»Ich werde ihn, der Tradition gemäß, Äneas nennen.«

Nachdem er Isolina das Neugeborene übergeben hatte, ging Sole hinaus auf die Wiese, stieg den Berghang hinauf, auf dem er immer mit Rosa geplaudert hatte, und setzte sich, um sich auszuruhen. Er schloß die Augen und spürte den Schmerz in sich dröhnen, den er stundenlang bearbeitet hatte, solange dieser unterdrückt und zusammengepreßt in Menas Bauch eingeschlossen war, und der vor ihm explodiert war wie ein Kanonenschuß. Bei dem Gedanken an die Kanone kamen ihm der vor kurzem zu Ende gegangene Krieg in den Sinn und die Berichte seiner entronnenen Cousins und all der anderen Heimkehrer, die Gesichter derer, die nicht mehr wiedergekommen waren, die er doch aber gekannt hatte, die er gesehen hatte, wie sie in den Kanälen Frösche gefangen hatten, wie sie beim Tanz im Ballsaal über das Parkett geglitten oder am Bahnhof in einen Zug gestiegen waren.

Wie in einem Puppentheater, dessen Kulisse aus den Häusern von Colle bestand, konnte er von dort oben sehen, wie sich Prataios Grün in den Wäldern verlor und wie die silberne Linie der Eisenbahn zum Wasser hin entfloh, und dieser Anblick trieb ihm die Tränen in die Augen. Von dort oben betrachtet, erschien ihm plötzlich alles starr und begrenzt. Da stand er auf und sagte geistesabwesend nur ein Wort:

»Rajahnipur.«

Die Häuser leuchteten im Licht der Sonne, die nun auf den Spiegel des Padule herabsank. Sie lagen dem Sonnenuntergang gegenüber, hundert kleine Glühwürmchen, die ihm den Weg nach Osten wiesen.

Die Liebe zu Cafiero umfing Annina wie die Umarmung, mit der der Sohn des Maestros in der Nacht nach Signor Cescos Begräbnis ihren Kummer besänftigt hatte. In dieser Umarmung ließ Annina die Einsamkeit schmelzen, die inzwischen über ihr Leben hereingebrochen zu sein schien, als hätte sich Menas Verzweiflung, die nach so vielen Jahren in einem Kind gereift war, das nun nach Gesellschaft verlangte, über die leeren Räume in ihrem Flügel des Hauses in Prataio ausgebreitet, hätte sie mit Traurigkeit erfüllt, hätte die Last der Erinnerungen und den im Städtchen wehenden Tod vervielfacht und somit Sole endgültig davon überzeugt, seine Reise in den Orient anzutreten.

Die Auswirkungen der gesellschaftlichen Spannungen, die im ganzen Land zunahmen, wurden nun auch in der Gegend von Colle spürbar, wo der Krieg, wie in ganz Italien, zusammen mit der dröhnenden Rhetorik der Siegesmeldungen auch mehr Armut für die Armen und neuen Reichtum für die Wohlhabenden und für all die gebracht hatte, die, jeden Skrupel beiseite lassend, imstande gewesen waren, die Gunst der Stunde zu wittern und für dreiste Geschäftsspekulationen zu nutzen.

Von dieser Gesetzmäßigkeit also war auch Colle nicht verschont geblieben, wo die Gebrüder Bertorelli ihr Kapital, das sie vor Odysseus' Verrücktheiten in Sicherheit gebracht hatten, einträglich anzulegen wußten, indem sie die Segel ihrer Geschäfte direkt vor den vom Krieg herangeführten Wind setzten, ohne auf seinen Todesgeruch zu achten. Telemach, der mittlerweile als der größte Schweinezüchter von ganz Piana galt, machte gutes Geld, indem er unter Mithilfe eines keineswegs uneigennützigen hohen Beamten des Kriegsministeriums Fleisch an die Armee verkaufte. Hektor wiederum steckte sein Geld in eine Fabrik, die zunächst Teile für die neuen Lastkraftwagen fertigte, stellte die Produktion jedoch zu Kriegszeiten flugs auf den Bau von Militärfahrzeugen und Geschützlafetten um.

Diese Aktivitäten ließen die Kluft zwischen den Familien

der beiden Brüder einerseits und der Familie von Odysseus andererseits vielleicht deutlicher zutage treten, als es die lästigen und unheilvollen Konsequenzen seines Wahnsinns taten. Beide Onkel hatten Sole mehr als einmal angeboten, in ihre Geschäfte einzusteigen. Doch während Telemach sein Drängen schon bald aufgab, da er das Wesen seines Neffen als wenig geeignet für ein Unternehmen einschätzte, das praktische Fähigkeiten und Dreistigkeit erforderte, worüber Sole zweifellos nicht verfügte, versuchte Hektor hartnäckig, Sole zu überreden, einen Platz im Familienunternehmen einzunehmen:

»Die Zukunft liegt in der Bewegung«, sagte er zu ihm. »Sieh nach vorn, schau in den Himmel, wie du es tust, wenn du nach Wörtern für deine Geschichten suchst. Siehst du nicht, daß der Himmel voller Autos ist? Voll mit großen, frei beweglichen Lastautos für den Gütertransport, mit kleineren Automobilen für die Familien, mit städtischen Omnibussen, die nicht mehr von Pferden gezogen, sondern von Motoren angetrieben werden und die Straßen nicht mit Mist besudeln. Tempo, Leistungsfähigkeit und Sauberkeit. Das Automobil kann das Leben des Menschen verbessern«, schloß er kategorisch. »Und indem es sein Leben verbessert, verbessert es zwangsläufig auch ihn.«

Doch wenn Sole in den Himmel schaute, sah er ihn beim besten Willen nicht mit Autos übersät, im Gegenteil, wenn er seine Phantasie bemühte und versuchte, sich dort einige von diesen Blechkisten vorzustellen, die staubaufwirbelnd durch die Straßen von Colle fuhren, sah er nur ein Gewimmel von Rädern und Fahrgestellen, von Kesseln, die Qualm und Lärm fabrizierten, von anmaßenden Männern am Steuer, die weder die Stille der Felder noch die Würde der gepflasterten Straßen respektierten, und so schüttelte er den

Kopf, breitete die Arme aus und lief lieber zum Padule hinunter, um Aale zu fangen.

Seinem Cousin Paris gelang es jedoch, ihn zu einem Besuch in der Fabrik zu überreden und ihn die Möglichkeit einer Mitarbeit, wenn auch nur vage, in Betracht ziehen zu lassen. Die beiden Cousins unterhielten sich über die Zukunft, die, von jenem Ende der Welt aus betrachtet, nicht gerade verheißungsvoll zu sein schien. Paris war vom Krieg noch schwer angeschlagen. Er hatte eine Seite des Menschen gesehen, die er sich nicht hatte vorstellen können, zumindest nicht in so grausamer, nicht in so niederträchtiger Form. Er erzählte seinem Cousin von diesem Schmerz, so wie er es seit etlichen Wochen tat, und fand in ihm jemanden, der zuhören und dieses Leid aufnehmen und teilen konnte. Paris schmiedete Zukunftspläne und sprach ebenfalls über die Gelegenheit, in der Fabrik seines Vaters zu arbeiten, deren Dimensionen inzwischen viel Engagement erforderten. Er sprach über die Möglichkeit, richtig reich zu werden, etwas anderes zu tun und neue Lösungen für Prataio, für Colle und für das ganze Land zu entwickeln.

Doch während Paris redete, erkannte Sole den wahren Grund dafür, daß sein Onkel so hartnäckig auf seiner Mitarbeit bestand. Denn die Worte seines Cousins klangen kalt, mutlos und ohne die Leidenschaft, die er sonst spürte, wenn die Rede auf das kam, was Paris wenige Monate zuvor in den Schützengräben erlebt hatte, auf das, was er noch wie eine offene Wunde tief in sich trug. Da verstand Sole, daß sein Onkel diesen Riß bemerkt hatte, und auch, daß dieser schnell breiter werden würde, so daß der Sohn niemals im Unternehmen mitarbeiten würde und daß er, selbst wenn er dort arbeitete, stets abseits und fern bliebe.

Fern.

Er schaute zum Himmel hinauf und sah dort zum erstenmal ein schönes Auto, rot und schwarz, mit golden funkelnden Beschlägen. Am Steuer saß er selbst, und das Automobil sauste schnaubend und graue Rauchwölkchen ausstoßend in östlicher Richtung aus Colle davon.

Da stand er auf, streckte seinem Cousin die Hand hin und sagte:

»Vielleicht hat dein Vater recht. Laß uns die Fabrik besuchen. Der Himmel ist voller Automobile, während hier gar nichts mehr ist.«

Tod und Elend, die der Krieg als Gegenleistung für den Sieg gesät hatte, wurden schon bald durch eine neue Unglückswelle vermehrt, die leise und mit der gleichen Diskretion kam, mit der sich zuweilen Schurken in Familien oder Gemeinschaften einschleichen.

Denn was sich anfangs mit den Symptomen eines harmlosen Schnupfens präsentiert hatte, erwies sich schon bald als eine Epidemie gigantischen Ausmaßes, die Hunderttausende von Toten und die Erinnerung an die Hinfälligkeit ihrer Schicksale zurückließ, vernichtet durch ein Fieber mit einem sonnigen und für jene Gegend ausgesprochen exotischen Namen.

Die Seuche der Spanischen Grippe, die zusammen mit den Zugreisenden gekommen war, breitete sich zunächst rings um Stazione aus, um dann zu den Häusern der Altstadt hinaufzusteigen und wieder zum Padule hinunter, wo sie die Fischerkaten heimsuchte, nicht ohne auch einen Abstecher nach Malgardo zu machen, durch Prataio zu wandern und wie ein Peitschenknall durch ganz Piana zu ziehen.

Während man die ersten Fälle von Fieber anfangs noch sorglos aufnahm und sogar als willkommene Gelegenheit, um einige Gläschen Glühwein mit Gewürznelken, eine Tasse mit dampfender Honigmilch oder, bei den Wohlhabendsten, mit einem Schuß französischem Cognac zu schlürfen, wuchsen mit der steigenden Temperatur der Kranken nach wenigen Tagen auch Bestürzung und Kummer angesichts dieser zitternden Körper, die von Fieberschauern und Hustenanfällen geschüttelt wurden, sowie Verzweiflung und Schmerz, wenn Herz oder Lunge versagten.

Doktor Botticelli ließ den Gesundheitsvorschriften entsprechend, die die Regierung zur Bekämpfung der Infektion erlassen hatte, auf dem neuen Friedhof von Stazione, also dort, wo der erste Ansteckungsherd seine Opfer gefordert hatte, eine Reihe von Gräbern ausheben und sorgte dafür, daß die Leichen mit Kalk bestreut und ohne großes Zeremoniell beigesetzt wurden. Er opferte sich unermüdlich auf, der arme Doktor, bis das Fieber auch ihn befiel und sein Leichnam ebenfalls in Windeseile unter einer Handvoll weißen Pulvers beerdigt wurde.

Bevor er starb, hatte der beliebte Arzt immerhin noch eine Reihe von Hygienemaßnahmen aufstellen können, die die Gemeindeverwaltung an jede Hauswand des Ortes anschlagen und von Ausrufern auf den Feldern verlesen ließ. Die drastischen Maßnahmen erforderten einige Vorkehrungen, die von den meisten als lächerlich empfunden wurden, etwa das Verbot, im Freien zu urinieren, in den Wirtshäusern Getränke auszuschenken und sich an öffentlichen Orten aufzuhalten, es sei denn, man trug gespenstische Gazemasken vor dem Mund und Schutzhandschuhe.

Trotz dieser Maßnahmen breitete sich die Seuche munter in ganz Colle aus, scherte sich den Teufel um Verbote und Absperrungen und befiel vornehmlich junge und kräftige Menschen, die, eben weil sie für widerstandsfähiger gehalten wurden, häufig mit gemeinnützigen Aufgaben betraut worden waren.

Die Angst vor der Ansteckung hielt die Menschen auf dem Lande nicht davon ab, ihrer traditionellen Höflichkeit und Gastfreundschaft nachzukommen und den unerschrockenen jungen Burschen, die man für den Leichentransport eingeteilt hatte, ein erfrischendes Glas Wein oder Aquavit anzubieten, was natürlich dazu beitrug, die Infektion wirklich in jeden Winkel der Gemeinde zu tragen.

In Prataio befiel das Fieber zunächst Hektors Familie, verschonte ihn und Rina ebenso wie Telemach und Isolina, und schlug wahllos zu, angefangen bei Pollux, dem Jüngsten. Es sparte Penelope aus und infizierte dafür die blonde Kassandra, übersprang Hekuba und befiel Anchises, Orest, Thebe, Ganymed und Paris.

Wochenlang erklangen an den Tagen, da der Tod beschlossen hatte, in Prataio zu bleiben und sorgfältig auszuwählen, wen er mit sich fortnahm, in den Zimmern des Gutshauses das Keuchen der Kranken und das Wehklagen der Erwachsenen, die all diesem Leid machtlos gegenüberstanden.

So kam es, daß sich die Streitereien zwischen den Familien, die durch Odysseus' Wahnsinn ausgelöst worden waren, im Nu verflüchtigten und daß Annina, Sole und Mena, obgleich selbst in Sorge um den kleinen Äneas, kurz entschlossen ihren Verwandten bei der Pflege der Kranken zur Hand gingen.

Hektor lief, sich die Haare raufend, wie ein Verrückter durchs Haus und pendelte auf der Suche nach Medikamenten, Ärzten, Priestern und Wunderheilern, nach allem und jedem, was den Anblick seiner sterbenden Kinder auslöschen konnte, zwischen dem Städtchen und Prataio hin und her.

Ganymed war der erste, der starb, und kurz darauf hauchte Anchises sein Leben aus. Auch sie wurden schleunigst in den neu ausgehobenen Gräbern von Stazione beigesetzt. Die Erwachsenen waren noch ganz erschlagen von so viel Unglück, als auch Pollux, Thebe und Kassandra aus dem Leben gerissen wurden.

Als letzter starb Paris, von Sole umsorgt, während die restliche Familie im Vertrauen auf seine vermeintliche Genesung die sterblichen Hüllen der anderen drei Kinder zum Friedhof geleitete.

»Es ist besser so«, waren seine letzten Worte an den Cousin. »Und«, fügte er hinzu, »an die Automobile habe ich sowieso nie geglaubt.«

Hektor hatte seinen Neffen zur Besichtigung der Werkstätten an einem Vormittag mitgenommen, der so mild und strahlend war, daß er für jedes Vorhaben einen guten Ausgang verhieß. In Begleitung von Paris waren sie von Prataio nach Piana hinuntergefahren, und zwar mit dem Auto, in dem Hektor seit wenigen Wochen durch die Straßen der Gegend kurvte, wobei er Staub und die geballten Verwünschungen der in Mitleidenschaft gezogenen Passanten aufwirbelte.

Zudem raste der neue Unternehmer mit der höchsten Geschwindigkeit, die die Autos damals erreichten, über die Fahrbahn, so wie er inzwischen auch auf der Straße des wirtschaftlichen Erfolgs dahinraste. Die Firma, die er mit dem Grafen von Malgardo gegründet hatte, ließ sich gut an, und obwohl die günstigen Zeiten des Krieges vorüber waren, schien die nahe Zukunft doch ganz im Zeichen von Tempo, Maschinenbau und Beschleunigung zu stehen.

Hektor und die beiden Cousins stiegen staubbedeckt und von Wind und Motorengedröhn nahezu taub aus dem Automobil. Sie legten ihre bis zu den Knöcheln reichenden Staubmäntel, ihre Kappen und ihre Schutzbrillen ab und gelangten über einen kurzen Kiesweg ans Tor der Fabrik.

»Nun, mein Neffe, wenn ich dieses Tor öffne, öffne ich dir den Blick in die Zukunft, die du hier in Gestalt von Arbeit, Erfindungsreichtum und neuen Projekten sehen wirst. Kurz: in Form von Industrie«, verkündete Hektor feierlich und riß das Tor auf.

Wenn das, was Sole nun vor sich sah, die Zukunft war, mußte das nahe Schicksal des Menschen nach seinem Dafürhalten düster und unglücklich werden. Er machte nur wenige Schritte in die Fabrik hinein und blieb stehen. Verstört zunächst von einem zischenden, betäubenden Dauerlärm. Und dann von dem, was er sah. Etwa zwanzig Männer, die sich über ölverschmierte schwarze Maschinen beugten; jede Maschine war durch enorme Lederriemen mit an der Decke befestigten Flaschenzügen verbunden, die offenbar die Bewegung übertrugen. Das Kreischen von Eisen, dumpfe, plötzliche Schläge, Bleche, die bei der Berührung mit Bohrerspitzen und Fräsen ächzten. Außerdem war ihm die Luft unerträglich, obwohl der Raum groß und hoch war, und vermutlich lag es an dem Kontrast zu dem strahlend hellen Tag, daß ihm dort drinnen alles stickig und düster vorkam. Am stärksten jedoch beeindruckten ihn die Gesichter der Arbeiter, die mißtrauischen, vielleicht auch besorgten Blicke, mit denen sich die Männer nach Hektor umdrehten, als seine Gestalt im Licht des offenen Fabriktors auftauchte.

Sole wich unwillkürlich zurück.

»Nein, Onkel, entschuldigen Sie, doch ich glaube nicht, daß die Fabrik etwas für mich ist, ich glaube, das ist nicht das Richtige«, brachte er gerade noch heraus, während er Hektor, der starr vor Staunen dastand, bereits den Rücken kehrte.

Er lief noch ein paar Meter, während ihm etwas die Kehle zuschnürte, wandte sich dann zu Onkel und Cousin um, die noch immer wie angewurzelt am Fabriktor standen, und schrie:

»Und ich glaube, ehrlich gesagt, auch nicht an die Autos, nein, ich glaube wirklich nicht, daß Autos jemals den Menschen verbessern können.«

Bevor er im Laufschritt den Weg nach Prataio einschlug, sah er gerade noch, wie Hektor mit erhobener Faust gegen ihn wetterte, doch er war schon zu weit fort, um etwas zu hören. Und es kümmerte ihn ohnehin nicht mehr. In den Orient kam man auch ohne Auto, dachte er. Man brauchte nur einen Fuß vor den anderen zu setzen und den Blick schweifen zu lassen, im Hellen, im Freien und ohne Lärm. Mit beiden Beinen fest auf der Erde.

Ohne Autos. Man brauchte nur zu gehen.

Der Kloß in seinem Hals war verschwunden, und er fühlte sich leicht, so leicht, daß er beim Laufen geradezu das Gefühl hatte, zu fliegen.

Hin und her gerissen zwischen der Trauer um die Toten rings um sie her und ihrer erwachenden Liebe, verbrachte Annina die Wochen, in denen die Spanische Grippe durch Colle zog, zwischen der dichtgefüllten Zeit der Gegenwart und der soeben in Reichweite gelangten Hoffnung auf eine baldige Erholung in Cafieros Armen.

Denn seit dem ersten Abend, an dem er sie fest umschlungen hatte, mußte sie Rina wegen der grassierenden Seuche nahezu ständig bei der Pflege ihrer vielen kranken Kinder helfen. Die Sorge, die Angst und all die Arbeiten, bei denen sie den Frauen des Hauses zur Hand ging, hinderten sie daran, Cafiero zu treffen, und konzentrierten all ihre Gedanken auf die armen, vom Fieber erschöpften Körper.

Annina hatte ein sonniges Gemüt, das nicht zu Niedergeschlagenheit und Trübsinn neigte, doch die Heftigkeit, mit der die Seuche ihre Familie heimgesucht hatte, bedrückte sie über alle Maßen, als wäre Prataio von einem unsichtbaren, erbarmungslosen Feind attackiert worden, der das Gut belagerte und sich Tag für Tag damit beschäftigte, die Menschen zu töten, die ihr die liebsten waren.

Es war keine Angst. Es war vielmehr ein tiefempfundenes Gefühl der Ohnmacht, der Unfähigkeit, etwas zu bekämpfen, dessen Sinn sie nicht verstand, etwas, was immerfort Menschenleben um sie her zermalmte, etwas, was einem endgültigen und totalen Verfall sehr nahe kam.

Dieses intensive, schmerzliche Gefühl verstärkte sich, als in den Tagen, da die Familie ohnehin sechs Tote zu beklagen hatte, auch Mena anfing, sich unwohl zu fühlen, und innerhalb weniger Stunden den Kampf gegen die Tücke dieser verfluchten Grippe aufnehmen mußte.

Vom Kummer zerstört, versuchten Hektor und Rina in jenen Stunden, all ihre Kräfte zusammenzunehmen, um sich, unterstützt von Isolina und Telemach, um den noch immer kranken Orest und um ihre beiden Töchter zu kümmern, die der Infektion entgangen waren.

Zu allem Überfluß kehrte Sole unmittelbar nach Paris' Begräbnis nach Prataio zurück und ging in Odysseus' Zimmer hinauf, um den Quersack zu holen, den der Vater immer benutzt hatte, wenn er mehr als einen Tag auf dem Markt geblieben war. Kurz darauf erschien er mit diesem Gepäck auf den Schultern vor Annina.

»Ich gehe fort«, sagte er. Und sie fragte nicht einmal, wohin, wußte sie doch längst, wohin ihr Bruder gehen wollte, um sein Leben zu suchen.

Er war noch keine neunzehn Jahre alt, Sole, und als sie ihn ein letztes Mal umarmte, drang ihr wieder der Veilchenduft in die Nase, der ihrer beider Geburt begleitet hatte, und für einen kurzen Augenblick schien es ihr, als wären sie wieder in Rosas Bauch, engumschlungen für weitere neun Monate und für alle Ewigkeit.

Doch während sie ihn so heftig an sich drückte, daß es ihr weh tat, wußte sie, daß sie ihn nicht aufhalten konnte, daß nicht einmal ihr inständiger Wunsch, die Wärme seiner Worte nicht zu verlieren, ihn bremsen und die Liebe festhalten konnte, die er ihr schenkte, wenn er sie abends mit den Geschichten von Colle umgab und ihr phantastische Orte, die Sterne, die Planeten und den Orient beschrieb, den er bereits so gut wie Prataio kannte, ohne jemals dort gewesen zu sein.

So löste sie sich aus der Umarmung und sagte nur mit einem letzten Streicheln zu ihm:

»Geh, es ist schon spät«, als wollte er an einem ganz gewöhnlichen Tag zum Fischen zum Padule hinunter.

Und erst als sie ihn auf dem Kiesweg fortgehen sah, kurz bevor sie ihn für immer aus den Augen verlor, wurde ihr bewußt, daß es noch tausend Dinge gab, die sie ihm sagen wollte, Geheimnisse, die zu gestehen sie sich nie getraut hatte, und Ratschläge, die sie ihm geben und von ihm erbitten wollte, Wörter, mit denen sich wenigstens noch eine Geschichte erschleichen ließe, und irgendwelche andere Wörter, mit denen sie ihm von ihrer jungen, gerade erst aufkeimenden Liebe erzählen könnte.

Reglos blieb sie mit diesen Wünschen und mit dem Gefühl zurück, daß das Leben eine Gesamtheit von Augenblicken sei, über die wir niemals, nicht ein einziges Mal, die Kontrolle haben, die ohne Vorwarnung entfliehen, zu früh kommen oder zu spät, und die ihr Spiel mit jedem treiben, der versucht, den Schmerz zu betrügen, indem er sein Herz mit Wolken und Himmel füllt.

In jener Nacht weinte Annina einsam an Menas Krankenbett, weinte vor Liebe und Kummer, weinte, weil sie diesen vom Fieber geschüttelten Körper, wie ihr Bruder es gekonnt hätte, gern in Wörter gehüllt und in einen ruhigen Schlaf gewiegt hätte, der keine Todeslethargie war. Doch sosehr sie sich auch bemühte, so sehr sie in ihrem Gedächtnis auch nach der endlosen Zahl von Geschichten forschte, mit denen Sole sie durch ihre gemeinsame Kindheit begleitet hatte, kamen aus ihrem Mund doch nur abgerissene Schluchzer und aus ihren Augen nichts als Tränen.

Der anbrechende Morgen brachte Licht, und die vergehende Nacht nahm nach Stunden der Not Menas Seele mit sich fort. Annina bat Telemach und Hektor, ihr dabei zu helfen, ihre Tante auf den Friedhof zu bringen, wo die Gräber bereits so voll waren, daß man ihnen riet, tags darauf wiederzukommen, um sich um die Beerdigung zu kümmern. Vorläufig wurde der Leichnam mit den vielen anderen, die bereits auf ihre Beisetzung warteten, auf einen Haufen geschichtet.

Was weiter geschah, blieb völlig unklar: Vielleicht lag es an einem Versehen oder höchstwahrscheinlich an der Konfusion, die die Seuche gerade in jenen Tagen auslöste, da sie zwei der drei für die Bestattungen verantwortlichen Totengräber dahinraffte. Am folgenden Tag war Menas Leichnam jedenfalls verschwunden, und niemand konnte je erklären, wie es dazu gekommen war.

Annina kehrte mit einem dumpfen Schmerz beladen nach Prataio zurück. Die Erschöpfung, die Trauer nach dem Tod ihrer Tante und Soles Fortgang, all das lastete schwer wie ein ganzes Gebirge auf ihr, und einen Moment lang wünschte sie sich, für immer einzuschlafen. Dann kam sie zu Isolina, bei der sie den kleinen Äneas zurückgelassen hatte, sah den schlummernden Cousin in seinen Windeln liegen und begriff, daß dieses arme Wesen nie ein Grab haben würde, an dem es seine tote Mutter beweinen konnte.

Bei diesem Gedanken geriet der Schmerz, der sie bedrückte, in Wallung und verwandelte sich in kürzester Zeit in blanke Wut. Das Schicksal, das mit jedem sein Spiel trieb, der Tod, die Dummheit der anderen. Wie eine Furie stürzte sie zum Schweinestall, holte eine Spitzhacke, lief zum Fuß des Berges, vor das Fenster, das Rosas gewesen war, und begann dort auf den Boden einzuhacken, bis sie ein Loch ausgehoben hatte.

Dann ging sie ins Haus, in Menas Zimmer, und riß die Laken vom Bett. Sie öffnete den Schrank und warf die alten Schürzen der Tante, die ihr stets verhaßt gewesen waren, in die Bettücher, dazu die beiden Paar Schuhe, die Mena besessen hatte, das schwarze, verschlissene Kleid und die Pantoffeln, die sie schon als kleines Mädchen ständig an ihr gesehen hatte. Nachdem sie noch das große Holzkreuz von der Wand genommen hatte, unter dem Mena immer gebetet hatte, schnürte sie ein großes Bündel aus den Laken und ging damit hinaus auf die Wiese, warf es in die frisch ausgehobene Grube und bedeckte es in Windeseile mit Erde.

Als Isolina mit Äneas auf dem Arm herbeikam, gefolgt von den Blicken Telemachs aus der Ferne, der eine fixe Idee dieser Tochter von Odysseus argwöhnte, hatte Annina längst das Kreuz in die festgeklopfte Erde gesteckt und mit Kies geschrieben: »HIER IST MENA«.

Sie hörte Isolina kommen, beugte sich zu ihr, nahm ihr das Kind ab, hielt es vor den Erdhaufen und sagte:

»Sieh, das ist das Grab deiner Mutter.«

Dann wandte sie sich an Isolina und an Telemach, der mißtrauisch dazugekommen war, um notfalls eingreifen zu können.

»Und falls hier etwa jemand die Absicht hat, ihm die Wahrheit zu sagen, sollte er sich vor dem hier in acht nehmen«, sagte Annina noch zu Onkel und Tante, wobei sie auf die Hacke wies.

Die Epidemie verging, wie ein heftiger Sturm vergeht, und Colles Einwohner standen nun vor der Aufgabe, sich zu zählen, nachdem sie aus ihren vom Tod durchweichten

Häusern gekommen waren wie Tiere, die nach einer verheerenden Überschwemmung scheu die frische Luft wittern. Wohin man sich auch wandte – alles schien die Vorstellung von einer glücklichen Zeit, die viele sich nach einem siegreichen Krieg erhofft hatten, in weite Ferne zu verbannen. Man hatte noch nicht alle Toten und Vermißten des Krieges gezählt, als die Grippe bereits noch einmal so viele Menschen hinwegraffte und neue Schrecken und Verzweiflung brachte.

Als wollte sie die Liebenden im Unglück vereinen, entriß die Spanische Grippe mit tragischer Symmetrie in den Tagen, als sie Mena von Annina fortnahm, Cafiero auch seine Schwester Libertà, so daß der Junge in den Augen der Tochter des Maestros, die ihrer beider Vater hatte wiederauferstehen lassen, den gleichen Todeskampf sah wie Annina in den Augen ihrer Tante. In den Nebeln der Krankheit verirrt, verbrachte Libertà die letzten Stunden ihres Lebens in dem Glauben, statt mit Cafiero mit dem Maestro zu sprechen. Fürsorglich von ihrem Bruder betreut, war sie erschöpft eingeschlafen und hatte beim Erwachen das Bild vor sich gesehen, das sie bereits als kleines Mädchen auf der Silberschicht einer Daguerreotypie monatelang wieder und wieder betrachtet hatte.

Da lächelte Libertà und nannte dieses Bild »Vater«, mit der gleichen erstickten Stimme, mit der sie dieses Wort an jenem Tag gesprochen hatte, als ein Mann, der weitaus elender aussah, sich an den Küchentisch gesetzt hatte und, nachdem er sich im Raum umgeschaut hatte, im Himmelblau ihrer Augen versunken war.

So erfüllte die Seuche, die Tod und Schmerz über Colle gebracht hatte, das Haus an der Stadtmauer für einige Stunden noch einmal mit Leben, das gleiche Leben, das Cafiero durch die Worte seiner Mutter im Traum kennengelernt hatte und das sich nun in den Worten seiner Schwester, ihren letzten, wiederholte. Libertà erzählte ihm von ihrem Warten, von dem gehätschelten Silberbild, von der Großzügigkeit der Landbewohner, davon, wie die Witwe im Warten auf eine Nachricht die Zeit überlistet hatte, von Mannuzzu, der nach Brasilien gegangen war, und von Maniero, der zu ihnen gekommen war, um ihnen vom Maestro im Exil zu berichten.

Maniero beherrschte ihre letzten Erinnerungen, die so fieberschwer waren, daß sie jedes Wort wie einen Felsblock herbeischleppen mußte. Doch es waren Worte der Liebe und der Leidenschaft, noch immer von einer so starken Zuneigung geprägt, daß Cafiero überrascht war, wie unversehrt sie sich über die vielen Jahre gehalten hatte. Und aus dem, was die Schwester ihm erzählte, aus der Art, wie sie ihm jedes noch so kleine Detail ihres erträumten Lebens mit Maniero schilderte, entnahm er, daß dies für sie wirklich gelebtes Leben war.

Libertà beschrieb ihm ihr Haus in La Cecilia, ihre Kinder und die Arbeit ihres Mannes, und da sie mit dem Maestro sprach, dankte sie ihm für die Freundlichkeit, die er stets für Maniero gehabt hatte, und für alles, was er ihn gelehrt hatte. In diese Worte gehüllt, ging Cafiero ganz in der Identität auf, die seine Schwester ihm gegeben hatte, ließ sich von dem, was Libertà erzählte, treiben und verlor sich für jene wenigen Stunden im Blau ihrer Augen wie einst ihr Vater. In der Rolle des Maestros hörte er ihr zu, lachte und weinte mit ihr, erzählte ihr von Frankreich und Lugano, von den Jahren im Gefängnis und sogar vom Cousin Salvatore von Pisacane, von Sapri und von jenen fernen Vorfahren, die sie nie kennengelernt hatte. Er schilderte ihr, wie Colle gewesen war, als die Eisenbahn noch am Padule gehalten hatte, schilderte ihr das Haus an der Stadtmauer und das Kleid, das die Witwe an dem Tag getragen hatte, als er ihr seinen Arm zu einem Spaziergang geboten hatte.

Und als Ideale aus Piana herbeieilte, um seiner Schwester ein letztes Lebewohl zu sagen, empfand Cafiero die gleiche Wut darüber, daß er Priester geworden war, wie damals sein Vater, und er konnte den Impuls nicht unterdrücken, aufzuspringen, sich abzuwenden und ihm ein Lächeln zu verwehren, wie es auch der Vater bis zu seinem Tod getan hatte. Doch dann sah er, wie Libertà mit letzter Kraft den Bruder umarmte und ihm, Cafiero, eine Hand hinstreckte, als wollte sie eine Brücke über diesen Abgrund der Kälte schlagen.

Cafiero schaute Libertà an und sah am Ende einen erschöpften Körper, in dem tapfer etwas widerstand, was sie miteinander verband. Es war die Finsternis eines Gefängnisses, das Silbernitrat, der Samt eines Kleides, der vom Padule aufsteigende Duft des Wassers und der Stein der Häuser. Es waren Warten und Hoffen, es waren die Worte, mit denen jeder von ihnen seine Träume festgehalten hatte. Es war das ganze Leben, das Libertà nun in der Schwebe hielt, darauf wartend, es hinter sich zu lassen und sich für immer von jener grenzenlosen Müdigkeit zu erholen.

Seine Wut verflog, und er nahm ihre Hand. Dann drehte er sich um und schloß den Kreis, indem er die andere Hand seinem Bruder bot. Dem Priestergewand, einem in Schwarz gekleideten Pfaffen. So lächelten sich der Maestro und Ideale nach so vielen Jahren durch Cafiero erstmals wieder zu.

Die Grippe verschwand, wie sich der Winter zurückzieht, der noch einzelne Schneeflecken liegenläßt, wobei sie hier und da einige Kranke zurückließ, vor allem jedoch unzählige Tote und Erinnerungen.

Annina war nun allein in ihrem Teil des großen Hauses in Prataio und hörte in der Stille der von Odysseus gebauten Räume die eigenen Schluchzer widerhallen. Im Flügel nebenan hatte Isolina inzwischen den kleinen Äneas aufgenommen und so ihren Wunsch nach Mutterfreuden kompensiert, den zu erfüllen die Natur sich nie herabgelassen hatte, während Rina und Hektor schicksalsergeben versuchten, mit den Überresten von dem, was die Spanische Grippe gnädigerweise verschont hatte, ihre Familie neu zu ordnen.

Annina sperrte sich nicht dagegen. Sie ließ zu, daß Telemach und Isolina ihren Traum von einem Erben hegten und Äneas großzogen, als wäre er ihr eigener Sohn. Solange sie noch in Prataio war, beschränkte sie sich darauf, ihn ab und an auf einen kurzen Spaziergang zum Fuß des Berges mitzunehmen, wo sie an Menas Grab beteten, oder hinunter zur Eisenbahn, weil sie hoffte, dort Cafieros Trupp bei der Arbeit anzutreffen.

Ansonsten zog sie sich zunehmend in ihren Teil des Hauses zurück und schränkte ihre Besuche in der großen Gemeinschaftsküche mit der Zeit immer mehr ein, brachte Entschuldigungen und die Bitte um Ruhe vor, die man ihr sogleich gewährte. Hektor hatte sich nach einigen Tagen der Bestürzung wieder seinen Geschäften zugewandt.

»Diese Epidemie hat mir vier Söhne genommen«, wiederholte er immer wieder, »und wenn ich mich nicht anstrenge, nimmt sie mir auch noch mein Lieblingskind«, womit er die Fabrik meinte.

Rina hatte sich, obwohl vom Verlust ihrer Kinder sehr

mitgenommen, in die Pflege der Überlebenden gestürzt, als hinge deren Leben, insbesondere das ihres nunmehr einzigen Sohnes Orest, ausschließlich von ihr ab.

Telemach für sein Teil hatte die Einmischung seiner Nichte, einer Frau, in die Geschäftsangelegenheiten stets mit scheelen Blicken betrachtet, weshalb er sich auch hütete, ihr irgendeine Gelegenheit zu bieten, mit ihm zusammenzuarbeiten. Sie war also auf sich allein gestellt, und ihr blieb lediglich die Hoffnung auf eine Liebe, die sich bisher nur in einer einzigen, langen, für sie unendlichen Umarmung manifestiert hatte, und damit füllte sie ihre einsamen Tage in Prataio aus.

Sie vertraute dieser Umarmung ihre Ängste an und erzählte ihr ihre Träume. Gegen den rauhen Baumwollstoff von Cafieros Hemd gelehnt, sah sie von Rosas Fenster aus, wie der hellblaue Frack des Puppendoktors den Berg hinunterkam, auf dem früher die Zypressen den Blick ihrer Mutter gefesselt hatten. In Cafieros Armen verborgen, ihr Gesicht an die schwarze Samtweste gepreßt, hörte sie, wie die Hiebe von Odysseus' Spitzhacke den Balkon abrissen und wie seine vom Wahnsinn entstellte Stimme etwas von tierischer Liebe und von der Wichtigkeit des Schlafs grölte. In der warmen Umarmung schlummernd, sah sie noch einmal Sole in den Orient aufbrechen, und sie zwang sich erneut, ihn nicht aufzuhalten, um dann ihren Mund gegen Cafieros Brust zu pressen und die unendlich vielen Wörter zu ersticken, die sie ihrem Bruder schon immer hatte sagen wollen.

Von diesen Armen umschlungen, erwachte sie, und in ihrer Geborgenheit wandelte sie wie in einem Tanz durch die einsame Zeit des Wartens in diesen Räumen, die, obgleich leer, für sie noch immer ihr ganzes Leben waren.

Als sie eines Nachts an dem großen Heizkessel vorbeikam, der Meros Altersliebe gewesen war, umarmte sie ihn, wie es dieser geliebte Mann so oft getan hatte und auch ihr vom Wahnsinn geblendeter Vater, doch der Kessel war leichenkalt. Vielleicht weckte diese Eiseskälte sie aus dem Schlaf und durchstach die laue Wärme ihres aus erträumten Umarmungen gebauten Schlupfwinkels. Sie löste sich von dieser gußeisernen Tonne und warf einen Blick in die Runde. Die große Küche lag schweigend da, aus den Zimmern des Hauses drang kein einziger Laut. Vor den Fenstern regte sich nichts, und die ganze Welt schien stillzustehen. Langsam ging sie zum Fenster. Ein Mondstrahl erleuchtete schwach das verlassene Gittertor. Annina schloß die Augen und suchte in ihrem Gedächtnis nach einem Kinderreim.

»Gleich mache ich sie wieder auf, und dann ist er da«, dachte sie, wartete jedoch noch einen Moment, damit ihr Wunsch mehr Kraft bekäme. In diesen Sekunden hörte sie, in die Dunkelheit ihrer Seele gesunken, die ruhige, klangvolle Stimme ihrer Mutter, sah Menas ausgetretene Pantoffeln vor sich und roch den Veilchenduft, der Soles Geschichten stets begleitet hatte.

»Heile, heile Gänschen, es wird ja wieder gut. Heile, heile Mausespeck, in hundert Jahren ist alles wieder weg«, sagte sie vor sich hin und wünschte Cafiero so sehnlich herbei, daß sie ein starker, vollkommener Schmerz durchfuhr, wie sie ihn noch nie gespürt hatte.

Sie biß sich auf die Lippen, ballte die Hände zur Faust und hielt die Luft an. Dann öffnete sie die Augen.

Das scharfkantige Licht warf den langen Schatten des Torgitters auf den Kies und nichts sonst.

Annina verharrte noch einen Augenblick in der Betrachtung dieser Ödnis. Dann drehte sie sich um, und ihr Blick fiel auf den Heizkessel in der leeren Küche, der Meros letzte Leidenschaft gewesen war. Er glänzte nicht mehr, war abgenutzt, kalt und starr. Zum erstenmal wurde ihr bewußt, daß er immer in der Ecke gestanden hatte und daß ihn niemand mehr hegte und pflegte.

Da ging sie zum Holzschuppen, holte einige trockene Äste und schichtete ein paar Holzscheite darauf. Sie machte Feuer und wartete. Als die Wärme sich allmählich ausbreitete, rückte Annina näher und umarmte dieses Stück Gußeisen minutenlang mit geschlossenen Augen.

Zu guter Letzt, als ihr schon die Wange brannte, streichelte sie das Eisen und sagte:

»Danke, Mero.«

Dann löste sie sich davon, lief zum Stall, sprang auf das Pferd und preschte durch das ausgestorbene Prataio, um Cafiero zu suchen.

Als Ideale im Haus an der Stadtmauer eintraf, sprach Libertà noch immer mit Cafiero, den sie für den Maestro hielt. Daran gewöhnt, Beichten in immer gleichen Litaneien schweigend anzuhören, verharrte er fast unsichtbar in einem Winkel des Raumes und lauschte seiner Schwester, die die unermeßliche Mühe auf sich nahm, mit ihrer bereits vom Tod gezeichneten Stimme das Leben ihrer Familie zu erzählen.

Im Dämmerlicht, in der vom Pesthauch der Spanischen Grippe durchzogenen Luft erinnerten Libertàs Worte an die Stationen ihrer Kindheit, beschworen noch einmal die trostlosen Tage herauf, die sie während des unaufhörlichen Wartens auf einen Vater, auf einen Bruder oder auf eine

Liebe gemeinsam mit ihrer Mutter hatte zählen müssen, und schilderten die Hoffnungen, die Freuden und die immerwährende Unschlüssigkeit eines Daseins, das sich nun in den Nebeln des Fiebers verlor.

Ideale hörte zu, lächelte bei der Erinnerung an Bartolos Dummheiten und bekam Angst, als er sich vorstellte, wie sein Bruder von Sonne und Krieg verbrannt wurde. Es rührte ihn, daß sein Bruder redete, als wäre er sein Vater, und ließ sich noch einmal von dem Reiz der Stimme des Maestros betören, von seinem Gesicht und von seinen großen Händen. Gemeinsam mit ihm besiegte er erneut das Grauen vor den Rädern, stieg in den Zug und spürte den gleichen Stich im Herzen wie damals, als er aus dem Zugfenster zum erstenmal Colles Häuser hinter dem Padule hatte verschwinden sehen. Er fuhr durch das Neue Italien und weilte noch einmal in Mailand und in der Schweiz, wo seine Blicke sich in jenem Himmel verloren, der ihn für alle Zeit entzücken sollte.

Er begleitete seinen Vater noch einmal auf unzähligen Spaziergängen und hörte aufmerksam seinen Ausführungen über die Würde des Menschen und über die Ungerechtigkeit der Welt zu, weinte, als er sah, wie der Maestro die Witwe küßte, bevor er ins Exil ging, und wartete wieder monatelang auf seine Rückkehr. Er empfand die gleiche Wut über seine Verhaftung wie damals, und noch einmal tauchte er in das Dunkel der Anstalt ein, wo er sich für viele Jahre die Last der Buße auferlegte.

Es war schon widersinnig, daß ausgerechnet die Krankheit, die in jener Nacht Libertàs Leben auslöschte, Personen und Begebenheiten, die das Haus an der Stadtmauer beseelt hatten, zu neuem Leben erweckte und den Gefühlen, den Gedanken und der Liebe Kraft und Zeit zurückgab.

So war es nur natürlich, daß die Umarmung der beiden Brüder in dem Augenblick, als Libertà aus dem Leben schied, jene Eintracht besiegelte, die nach Ideales Entschluß, Priester zu werden, durch ebenjenes Leben zerstört worden war. Sie war ein Siegel, ein Erbe, das die Schwester ihnen hinterließ und das sie nie verraten würden.

Und wirklich besuchte Cafiero seinen Bruder von nun an mit größerer Regelmäßigkeit in Pieve del Pianoro, wohin Ideale einige Monate zuvor versetzt worden war und wo er am Fuß des Glockenturms seine Schwester beisetzen ließ. Cafiero nutzte die Gelegenheit, wenn ihn seine Arbeit an der Eisenbahnstrecke bis hinter den Padule und fast bis nach Piana führte, um seinen Rückweg zu verlängern und bei seinem Bruder vorbeizuschauen.

Anfangs waren ihre Begegnungen noch von einem feinen gegenseitigen Mißtrauen geprägt. Abgesehen von ihrem beträchtlichen Altersunterschied, hatten sie auch fast immer fern voneinander und mit der Last der väterlichen Verurteilung von Ideales Entscheidung gelebt, die sie entzweite, eine Verurteilung, die Cafiero durch die Erzählungen seiner Mutter im Schlaf übernommen hatte und die für ihn daher stets eine unabänderliche Tatsache gewesen war.

Für ihn war der Name seines Bruders unweigerlich mit einem verschwommenen Bild verbunden, das irgendwo zwischen Unbehagen und Mißtrauen lag. So ist es nur zu verständlich, daß trotz der Umarmung Libertàs, die sie wieder zusammengeführt hatte, noch einige Zeit verstreichen mußte, bis der Groll verflogen war, der sie so lange auf Distanz gehalten hatte.

Cafieros Besuche trugen dazu bei, diesen Groll wegzuschleifen: mit Worten natürlich, mit langen Erzählungen, in denen Ideale seinem Bruder von der Erbsünde berichtete, von der Finsternis der Anstalt und von der verlogenen Makellosigkeit der Krankenstube, in der er Michail für immer verloren und dem eigenen Leben eine weitere Bürde aufgeladen hatte, doch vor allem auch mit Blicken, mit Momenten des Schweigens, mit der Aufmerksamkeit für Gesten, für die Haltung der Hände, für den Klang der Stimme, für all jene belanglosen Bruchstückchen gemeinsamen Lebens, durch die sie sich unwiderruflich als Brüder fühlten.

Ihre Verbindung wurde von Tag zu Tag enger und so stabil, daß sie ihnen zu einem gegenseitigen Bedürfnis wurde, zu einer besonderen Freude, die jegliches Mißtrauen und alle Gegensätze überwand.

Bevor die Arroganz der faschistischen Sturmtrupps Cafieros Besuchen bei Ideale mit dem Schlagstock ein Ende bereitete, mündeten diese häufig in lange, lebhafte Diskussionen über die besorgniserregende politische Situation, dem einzigen Thema, bei dem sich die Brüder nach wie vor entschieden uneinig waren, denn natürlich konnte Ideale, obwohl er viele der sozialistischen Ansichten teilte, Cafieros Ideen nicht gutheißen, die noch immer auf den freigeistigen und anarchistischen Prinzipien des Vaters beruhten.

Wie so häufig in solchen Fällen waren die Diskrepanzen jedoch eher theoretischer Natur, denn im Grunde war es Ideale, der sich mit großer Konsequenz von den Prinzipien der sozialen Gerechtigkeit leiten ließ, während sie für Cafiero eher eine Art Zauberformel und nichts Konkretes waren, was tagtäglich erkämpft werden mußte.

Während Cafiero seine Prinzipien also halbherzig und nur mit Worten vertrat, übte Ideale sein Amt mit einer Anteilnahme aus, die sich nicht nur auf die religiösen Probleme seiner Gemeindemitglieder richtete, sondern auch auf ihr Verlangen nach Gerechtigkeit, nach gegenseitiger Achtung und nach der Wahrung ihrer Würde.

Den Fischern am Padule verwehrte er ebensowenig wie den Bauern von Malgardo, den Arbeitern Hektors und denen in der Ziegelbrennerei am Bahnhof und überhaupt jedem Menschen, auf dem die Bürde der Armut lastete, je ein aufmunterndes Wort oder konkrete Hilfe, mit der er ihnen in all den Jahren dienen konnte, während er sich für ihre Bedürfnisse einsetzte, mit ihnen zusammenarbeitete und jene Volksschule wieder ins Leben rief, die der Maestro am Ufer des Padule Lungo gegründet hatte.

Da beide Brüder ein recht starrköpfiges Wesen besaßen, hätten sie nie und nimmer zugegeben, daß ihre Ansichten im Kern die gleichen waren. Annina war es, die, wie es letztlich in ihrem Schicksal lag, diese letzte Kante abschliff, und zwar an dem Tag, als sie Cafiero bat, sie zu heiraten.

Nach der Umarmung, die ihre Liebe mitten in der Nacht vor dem Gittertor des Hauses besiegelt hatte, waren sie von der Spanischen Grippe für die Zeit getrennt worden, die sie brauchten, um ihre Angehörigen zu beerdigen und wieder Zutrauen zum Leben zu fassen.

Während Cafiero dies durch den Weg erleichtert wurde, den Libertà ihm zu Ideale gewiesen hatte, wurde Annina plötzlich die Unmöglichkeit bewußt, der Last der Geschichten, die Prataio mittlerweile bevölkerten, nur mit der Umarmung eines warmen gußeisernen Heizkessels zu begegnen. Sie lief also zum Stall, stieg auf ihr Pferd und machte sich in der Dunkelheit auf die Suche nach einer anderen Umarmung, nach einer anderen Wärme.

Auch Cafiero tat in jener Nacht kein Auge zu. Nach der Arbeit hatte er sich mit müden Gliedern hingelegt, doch sein Geist fand keine Ruhe. Die Menschen und Begebenheiten, die durch Libertàs Worte zu neuem Leben erweckt worden waren, befanden sich noch in seinem Zimmer und hörten nicht auf, mit ihm zu reden, sich an sein Bett zu setzen, zu lachen und sich, an das Fenster gelehnt, das zur Ebene zeigte, zu unterhalten.

Zu nahe. Zu gegenwärtig, so nah und gegenwärtig, wie es der Tod war, der in diesem Haus gewohnt hatte. Stark, quälend und so schwer, daß man sein Gewicht noch auf den Schultern spürte wie eine Hand, die ihn, Cafiero, am Boden hielt, ihn mit der Vergangenheit verankerte und ihn nicht ungehindert loslaufen ließ, dorthin, wo er die neue Zuneigung zu Ideale erblickte und wo er Anninas zarten Körper in seinen Armen spürte.

Gerade als er diesen schwermütigen Gedanken nachhing, hörte er auf dem Pflaster vor dem Haus Hufgetrappel. Die Nacht war weit fortgeschritten, und in dem tiefen Schweigen mischten sich die Hufschläge unter seine Gedanken und klangen für ihn wie die Gewehrschüsse, die den Maestro auf dem Sand von Mailand getötet hatten.

Da stand er auf, ging zum Schrank, nahm Fosco Bartolis alte Doppelflinte heraus und lief zur Tür, um den Soldaten des Königs entgegenzutreten. Doch als er öffnete, sah er vor sich Annina, reglos auf dem Pferd, das sie ohne Sattel ritt, wie sie es bereits als kleines Mädchen getan hatte.

Sie stand in dem spärlichen Licht direkt vor ihm, ihr Haar noch vom Ritt zerzaust, und erschien ihm wie ein Monument, wie eine Statue Michelangelos, wie das Werk eines verrückten, großartigen Künstlers.

Und Annina wirkte tatsächlich wie ein Monument, wie in Liebe erstarrt. Sie sah ihm fest in die Augen, während sie nach den richtigen Worten suchte, um ihm all ihre Verzweiflung und all ihr Verlangen mitzuteilen. Soles Geschichten kamen ihr in den Sinn und Meros Leidenschaft für den Heizkessel. Sie hätte ihm gern von dem starr auf den Zypressenberg gerichteten Blick ihrer Mutter erzählt und von Odysseus' verzweifeltem Gebrüll vor ihrem Balkon. Von den Märkten, von den Stunden, die sie mit dem Schweinehüten verbracht hatte, von den Handschlägen unter Männern und davon, wie man mit einer zweihundert Kilo schweren Sau umgeht. Sie wollte ihm von Menas Grab erzählen und von den Gebeten und Kinderreimen, die die Tante ihr beigebracht hatte. Davon, weshalb man vor dem Martinstag mit den Schnecken reden soll und wie man an Spinnweben erkennt, ob es regnen wird oder ob die Zeit für die Ernte gekommen ist. Sie war versucht, ihm den Duft der Morgenröte zu beschreiben oder das Rattern des Zuges, das von Prataios Mauern widerhallte, wenn er auf der Bahnstrecke vorüberfuhr. Sie hätte ihm gern entgegengeschrien, daß sie gesehen hatte, wie der kleine Anchises vom Fieber geschüttelt wurde, daß der Tod ihr angst machte und daß Nebel ihr nicht gefiel und daß sie die Zeit nicht verstand und daß ihr Bruder ihr fehlte und noch vieles mehr, für das sie nun keine Worte fand, doch sie sah ihn vor sich stehen, reglos, mit dem Gewehr in der Hand, auch er in einer Zeit verirrt, die, wenn es ihr nicht gelang, sie in genau diesem Augenblick anzuhalten, nie mehr enden würde, und da verstand sie, daß sie auf jeden Fall ihr ganzes Leben brauchen würde, um ihm auch nur eines der unzähligen Dinge zu erklären, die sie ihm zu sagen hatte.

Daher atmete sie tief durch und sagte einfach:

»Ich will, daß wir heiraten, Nocciolino.«

Cafiero lächelte sie an. Eine Woge der Wärme durchströmte ihn, und er ließ es sich gefallen, daß sich jeder Zentimeter seiner Haut erhitzte, ließ sich gefallen, daß dieser wohltuende Hauch ihn durchdrang und die Melancholie vertrieb, die ihn in der Nacht übermannt hatte, ließ sich gefallen, daß er ihn ausfüllte und vollkommen und ohne jede Eile von ihm Besitz ergriff.

»Wann?« fragte er sie schließlich.

Annina antwortete:

»Sobald du die Flinte aus der Hand gelegt hast.«

»Ich habe mich verliebt«, sagte Cafiero bei einem seiner nunmehr traditionellen Besuche in Pieve del Pianoro zu seinem Bruder.

Sie saßen auf der Bank im Grünen vor der Kapelle der Madonna delle Rane und hatten über die Unruhen gesprochen, die unten in der Ziegelbrennerei aufkamen, wo Padron Baldini seinen Vorteil daraus zog, daß seit der Fertigstellung der Eisenbahn so viele Menschen arbeitslos waren, und Hungerlöhne für einen Arbeitstag durchdrückte.

Mitten in ihrer Diskussion um die Lega dei Lavoratori und in der Erinnerung an die Vorträge aus alten Zeiten, die der Maestro den Kindern und den Fischern vom Padule über Monate wieder und wieder gehalten hatte, platzte Cafiero mit dieser Neuigkeit heraus, die mit Arbeitskraft und Unzufriedenheit eindeutig nichts zu tun hatte.

Ideale verstummte. Er sah seinen Bruder an und begriff endlich, daß dessen Blick voller Leidenschaft während ihres Gesprächs an jenem Nachmittag nicht, wie er geglaubt hatte, der Politik und den Themen gegolten hatte, die sie erörterten. Er sah ihn an und erkannte in seinen Augen den Glanz der Liebe, den er auch in den Augen seines Vaters gesehen hatte, und ihm ging durch den Kopf, daß die Dinge im Kreis laufen, daß sie gleich und auch anders wiederkehren, wenn die Zeit sie uns in ihrem spiralförmigen Lauf zurückgibt.

Da umarmte er seinen Bruder.

»Es ist Annina, die Tochter von Odysseus Bertorelli aus

Prataio«, sagte Cafiero, ohne daß ihn Ideale danach gefragt hätte.

»Möge Gottes Segen mit euch sein«, wünschte ihm Ideale.

»Tja, mit Gott ist das so eine Sache, Bruder«, sagte Cafiero und knetete seine Hände. »Ich fürchte, daß meine neue Liebe, die mir unendlich viel bedeutet, der Zuneigung zwischen dir und mir schaden könnte, möchte jedoch darauf nicht verzichten, weil du ein Teil meines eben erst wiedererwachten Lebens bist ...«

Als Antwort auf Ideales fragenden Blick fuhr er fort:

»Ich stehe vor dem Dilemma, ob ich meine politische Überzeugung verraten soll, um mein Verhältnis zu dir nicht zu belasten, und den Segen für eine Eheschließung vor einem für mich falschen Gott akzeptiere, oder ob ich konsequent sein soll, die Gültigkeit dieses Segens abstreite und so Gefahr laufe, dich zurückzustoßen.«

Ideale wurde von einem Gefühl der Zärtlichkeit übermannt. Sein Bruder neben ihm sah aus wie der Maestro, hatte das gleiche Lächeln, den gleichen Blick, den gleichen langsamen Gang und sogar die gleiche Stimme, die ihm lange Zeit auch den schlichtesten Gruß verwehrt hatte.

Ideale spürte erneut den starken Druck, den er in den Jahren des Schweigens ertragen hatte, die nahezu unerträgliche Last der Gleichgültigkeit, die Eiseskälte der Nächte im Seminar, die in Gebeten, in Reflexionen und im Studium aufgelöste Hoffnung und den absoluten, vollkommenen Schmerz, der nun in einem einzigen Wort lag, das im Hinblick auf Cafieros Problem ausgesprochen oder verweigert werden mußte.

Da lächelte er ihm zu, zog ihn in einer neuerlichen Umarmung an sich und sprach wie ein Vater endlich jenen

Satz, den er bis in alle Ewigkeit so gern vom Maestro gehört hätte:

»Tu, was du für richtig hältst, mein Sohn.«

Cafiero legte die Flinte nicht aus der Hand. Er brauchte nur einen Arm, um Anninas Taille zu umfassen und sie an sich zu ziehen, und mit einer Hand streichelte er ihr Gesicht und ihr Haar. Die Umarmungen kamen später, als sie das Pferd im Garten des Hauses an der Stadtmauer versorgt hatten, er mit ihr in sein Zimmer gegangen war und sie dort bis zum Morgen blieben, um sich die Liebe zu schenken, auf die sie in all den Wochen gewartet hatten, während der Tod landauf, landab auf Colles Straßen und Feldern gewütet hatte.

In der Dunkelheit eng an Annina geschmiegt, umfing Cafiero sie mit der gleichen Behutsamkeit, mit der er auch ein Kristallglas berührt hätte, aus Angst, diesem zarten, glatten Körper mit seinen großen Händen weh zu tun. Durch das Erbe bestärkt, das seine Mutter ihm bei ihren nächtlichen Erzählungen mit auf den Weg gegeben hatte, liebte er Annina, wie der Maestro seinerzeit die Witwe in der Nacht geliebt hatte, als sie von ihrem ersten Spaziergang zurückgekehrt waren und ihr gemeinsames Leben begannen.

Mit seinen Liebkosungen lernte er ihre Gestalt kennen, indem er den Linien ihres Gesichts, dem Schwung ihrer Brüste, den Rundungen ihrer Schenkel folgte, traf auf ihre Hände und auf ihr Verlangen, tauchte bis auf den tiefsten Grund in ihren Duft ein, um ihn nie wieder zu vergessen, und spürte in einer so heftigen Lichtexplosion, daß sie vor Staunen wie geblendet waren, die gemeinsame Schwerelosigkeit des Gefühls, untrennbar eins zu sein.

Von der Liebe erschöpft, schlief Annina ein, den Kopf auf seiner Brust, während Cafiero bis zum Sonnenaufgang reglos liegenblieb, ungläubig und benommen von dieser Reise um die Welt, die nun auf ihm ruhte.

Fortan lebten sie zusammen und wohnten in dem Haus an der Stadtmauer, obwohl die moderne Zeit, die im Laufe der Jahre mit dem Zug eingedrungen war, die Freude der Einwohner von Colle Alto an allem Natürlichen und Unaufhaltsamen, wie etwa der Liebe zwischen zwei Menschen, verdorben hatte. Zum erstenmal war die Harmonie gestört, die das Leben dieses Ortes geprägt hatte und einst die Verbindung des Maestros mit der Witwe und später die von Libertà und Maniero freudig begrüßt hatte, und die beiden jungen Leute wurden mit einem bis dahin unbekannten Gegenwind konfrontiert, der mit verstohlenen Blicken, kleinen Tratschereien und mehr oder weniger verhohlener Mißbilligung daherkam.

Am feindseligsten standen die Bertorellis dieser Liebe gegenüber, hielten sie es doch für einen ausgemachten Skandal, daß der Sohn eines berüchtigten Aufrührers, der selbst in dem Ruf stand, Sozialist zu sein, ein Mitglied ihrer Familie werden sollte. Hektor war völlig außer sich und erinnerte Annina daran, daß ihr »Liebhaber«, wie er ihn nannte, der Bruder jenes Pfaffen aus Piana war, der keine Gelegenheit ausließ, um mündlich und schriftlich gegen ihn, gegen die Baldinis von der Ziegelbrennerei und gegen sämtliche Unternehmer Italiens zu Felde zu ziehen, dieser verfluchte Kerl.

Und Telemach sah bereits all seine Hoffnungen schwinden, von den Grafen von Malgardo in seinem Vorhaben unterstützt zu werden, eines schönen Tages Bürgermeister von Colle zu sein. Er bemühte sich daher auf jede erdenkliche

Weise um die Erziehungsberechtigung, die nach dem Gesetz noch in vollem Umfang bei Rosa lag, versuchte, Bedingungen zu stellen, und drohte mit Anzeigen und Erpressung.

Annina brachte das nicht sonderlich aus der Fassung. Sie war Odysseus' Tochter, und von Odysseus hatte sie die Kunst des Handelns erlernt, die Fähigkeit, ein Geschäft in seinen Bestandteilen und in seinem Gesamtwert rasch und genau abzuschätzen, und so saß sie eines Nachmittags auf den Stufen vor dem Haus an der Stadtmauer und erwog alle Einwände, die ihre Onkel zu einer Frage aufs Tapet gebracht hatten, deren Lösung in ihren Augen klar auf der Hand lag.

Sie ging zu dem Mäuerchen, das zum Tal zeigte, schaute hinunter ins Flachland und sah dort, wo der Berg wieder anzusteigen begann, undeutlich das ferne Prataio. Das Gut wirkte klein, wie ein winziger ziegelroter Punkt, verloren in der Weite der Farben, die vom kräftigsten Grün bis ins Blau des Padule hinüberspielten. Und in diesem winzigen Punkt stellte sie sich Telemach mit seiner Angst vor, er als künftige führende Persönlichkeit des Städtchens könnte seine Achtbarkeit einbüßen, und den hektischen Hektor, immer bereit, sich zu bereichern, wobei er ungerührt das Elend anderer Leute in Kauf nahm. Und mit ihnen Isolina, die nur noch ihren Sohn im Kopf hatte, der nicht ihrer war, doch wie der glanzvolle Erbe der Familie aufwuchs. Und Rina, die nach der Aufzucht von Karnickeln, Hühnern und Kindern beschlossen hatte, endlich eine reiche Frau mit Dienstmädchen und Chauffeur zu werden. Blieben, wie Pünktchen in den Pünktchen, nur noch die kleinen Kinder, schmächtige Blumen, verloren in einem dunklen Wald.

Während Annina all dies durch den Kopf ging, kam

Cafiero von der Arbeit. Sie hörte, wie das Tor an dem kleinen Weg geöffnet wurde, drehte sich um, sah ihn über das Schloß gebeugt, um es zu verriegeln, sah ihn dann vor sich stehen, hochgewachsen und schön wie sein Vater auf der silbernen Daguerreotypie, die er auf dem mit Büchern überhäuften Tisch aufbewahrte.

Da ging sie auf ihn zu, küßte ihn schnell und sagte:

»Warte, ich muß nur kurz nach Prataio hinunter.«

Als sie an dem großen Haus ankam, war Telemach soeben in seinem neuen Lastauto aus Portale heimgekehrt und begutachtete mit den Stallknechten eine Ladung Schweine. Er sah seiner Nichte entgegen und machte kein Hehl aus seinem Mißmut. »Sie ist Odysseus' Tochter«, dachte er, »und sie bringt nichts als Scherereien.«

Trotzdem winkte er ihr zum Gruß, als sie rasch vom Pferd stieg.

»Sind Sie an einem Geschäft interessiert?« fragte Annina, ohne sich mit langen Vorreden aufzuhalten.

Ihr Onkel sah sie erstaunt an. Was, zum Teufel, führte dieses Flittchen im Schilde?

»Geht es um ein Schwein?« fragte er mit höhnischem Grinsen.

»Um einen Mann«, antwortete die Nichte und hielt seinem Blick stand. Dann fügte sie energisch hinzu:

»Ich will mir einen Ehemann kaufen.«

Telemach zuckte zusammen und winkte den Knechten, zu verschwinden. Dann schaute er in die Runde, wie um sich zu vergewissern, daß niemand sonst dieses unerquickliche Gespräch mit anhörte.

»Ihnen und Hektor liegt daran, daß ich Ihnen keinen Strich durch die Rechnung mache und nicht etwas über dieses Haus bringe, was Sie als Schande betrachten. Und ich möchte ihn heiraten«, stieß Annina in einem Atemzug hervor.

Sie wußte, daß ihr Onkel ein alter Fuchs war und nur darauf wartete, daß zunächst sie die Bedingungen für den Handel nannte, daher sagte sie kein Wort mehr, rührte sich nicht und starrte Telemach unverwandt in die Augen.

Er war groß und stämmig, war Händler seit vielen Jahren, und in diesen vielen Jahren hatte er gründlich gelernt, wie man mit Angeboten von Männern umgeht, die einem ein Geschäft vorschlagen, die auf ein Zögern lauern, die die Schwachstelle erkennen wollen, an der sie einhaken können, um die Abwehr zu schwächen, zu durchbrechen und einem eine Entscheidung zu entlocken, mit der man mehr als nötig bezahlt, oder einem einen Preis abzulisten, den man niemals hätte akzeptieren dürfen. Er kannte alle Schliche des Gewerbes, die Art, wie man die Toscano halten mußte, um den Rauch in die Augen eines ahnungslosen Käufers steigen zu lassen, damit er die Mängel der Ware nicht sah, oder den Trick, ihm die besten Tiere mit kurzen, knappen Worten vorzuführen, indem man ihm wie einem Milchbruder einen Arm um die Schultern legte, er wußte, wann man Stein und Bein schwören mußte und wann ein Händedruck, sogar ohne die Gewinneinbuße durch einen Makler, genügte.

Er hatte lahmes und krankes Vieh und sogar unfruchtbare Säue als hervorragende Zuchttiere verkauft und sich auch keine grauen Haare wachsen lassen, als er sich auf Geschäfte mit der Armee eingelassen und sich auf Kosten jener Masse von ordengeschmückten Nichtsnutzen bereichert hatte, die seine Neffen beinahe in den Tod geschickt hatten. Er, Telemach, wußte, wie man dem Blick eines Menschen begegnen muß, der kaufen und verkaufen will, denn Verkaufen und Kaufen ist, als baute man, Markt für Markt und Schwein für Schwein, seine Seele auf, und die Seele ist nur in den Augen der Menschen zu sehen.

Das alles wußte Telemach, doch als er in Anninas Augen starrte, konnte er darin weder Schweine noch Lastautos, weder Ställe noch Häuser erkennen und auch keine Landgüter oder irgend etwas anderes Solides, was er als nützliches Material für den Aufbau des menschlichen Lebens hätte akzeptieren können.

Er sah statt dessen etwas, was er nicht verstand. Eine Kraft, eine Farbe, vielleicht das gleiche Feuer, das in Odysseus gebrannt hatte, als er, bereits vom Wahnsinn zerfressen, beim Notar der Trennung ihres Besitzes zugestimmt hatte, damit er endlich die Freiheit hatte, mit seinen Schweinen zu sprechen, sie zu verschenken und irgend etwas über den tierischen Instinkt, über Schlaf und Blut zusammenzubrüllen und so schlimm zu leiden, daß er sein Vieh vernichtete und sich an dessen Gedärm erhängte.

Telemach verstand also rein gar nichts, schaute daher zunächst zu Boden und dann zum Horizont, wo er, die Daumen in seiner Weste verhakt, einen unbestimmten Punkt fixierte.

»Was willst du?« fragte er schließlich.

»Ich überlasse Ihnen meinen Teil des Hauses, den Stall und die Wiese hinter der Straße«, sagte sie.

Telemach drehte sich zum Haus um, warf dann einen Blick auf den Stall und wandte sich schließlich der Wiese zu.

»Der Berg, auf dem die Zypressen gestanden haben, und Menas Grab gehören ab sofort mir«, erklärte sie energisch.

»Und was willst du dafür?« fragte der Onkel.

»Ich nehme Nocciolino, und Sie verlieren kein Wort mehr darüber«, lautete die Antwort.

Der Mann schwieg lange Zeit.

»Ich muß erst mit Hektor darüber reden, ich weiß nicht, was er davon hält, das ist auch seine Sache und –«, brummelte Telemach schließlich vor sich hin.

»Das Angebot gilt nur jetzt«, unterbrach ihn die Nichte.

»Du bist ja verrückt«, erwiderte Telemach kopfschüttelnd. »Wie willst du denn –«

»Schlagen Sie ein, oder lassen Sie es sein«, erklärte sie.

Telemach schaute hilfe- und ratsuchend in die Runde. Diese Nervensäge brachte ihn in jeder Beziehung in Verlegenheit, mit ihrem unmoralischen Lebenswandel ebenso wie mit ihren verrückten Plänen, mit der Heirat, die sie um jeden Preis durchsetzen wollte, und jetzt auch noch mit diesem Vorschlag, mit dem sie ihn regelrecht in die Zange nahm. Er fühlte sich an der Nase herumgeführt: Egal, wie er sich entschied, immer würde er Probleme bekommen – mit Hektor, mit seinen Verwandten, mit dem Grafen von Malgardo, mit den anderen Honoratioren von Colle, mit der Königlichen Polizei, mit dem Bischof, mit dem Papst, mit der ganzen Welt, verflucht noch eins.

Telemach starrte auf seine Schuhspitzen und malträtierte mit einer Hand seinen Schnurrbart. Annina wußte, daß es an der Zeit war, das Spiel zu beenden.

»Einen schönen Tag noch, Onkel, und meine besten Empfehlungen an Isolina. Möge das Leben für Sie alle leicht sein«, sagte sie und zog ihr Pferd zum Tor von Prataio.

Telemach schaute ihr nach. Er wußte nicht, ob es ihn mehr wurmte, daß ihm womöglich ein gutes Geschäft entging, oder daß er vielleicht von dieser kleinen Göre, die seelenruhig davonzog, übers Ohr gehauen wurde. Er drehte sich zur Wiese um und warf nochmals einen Blick auf Stall und Haus. Sie wäre doch so oder so gegangen, dachte er.

»Abgemacht!« schrie er ihr hinterher.

Annina kam ohne Eile zurück, streckte die Hand aus und drückte kraftvoll die ihres Onkels:

»Menas Grab und der Berg, auf dem die Zypressen gestanden haben, gehören mir«, bekräftigte sie.

Telemach nickte mit hochrotem Gesicht.

»Also, es bleibt dabei«, sagte Annina hart. »Der Handel gilt: Und kein Wort mehr über mich und Nocciolino.«

Mit klopfendem Herzen hatte Annina beobachtet, wie Cafiero zu ihrem Pferd gekommen war, hatte seinen ausgestreckten Arm gesehen und gespürt, wie er ihre Taille mit einem Griff umfaßte, der ihre Verbindung für sie endgültig besiegelt hatte. In dem kurzen Augenblick, in dem er sie vom Pferd gehoben und dicht vor sich hingestellt hatte, war für Annina die Last der Einsamkeit verflogen, die in den Räumen von Prataio geherrscht hatte, und so ließ sie sich, als seine Hand über ihre Wangen und ihr Haar fuhr, bereitwillig in das Meer der Ruhe gleiten, das sie nun überflutete.

Ebensogern verlor sie sich, als sie in der Dunkelheit von Cafieros Zimmer neben ihm lag, in seinen Umarmungen und ließ es geschehen, daß er sie kennenlernte wie ein Reisender ein unbekanntes Land, genauso wie Sole es auf der Suche nach dem Orient in ihrer Phantasie so lange Zeit getan hatte.

Und auch sie gab sich der Neugier hin und erforschte den Kontinent neben sich, und so wunderte sie sich, daß ihre Mutter die Liebe zwischen Mann und Frau stets als ein tierisches Herumrammeln beschrieben hatte, das Odysseus später, quasi als Bestätigung, auch an Mena exerzierte. Doch als Cafiero zum erstenmal in sie eindrang, preßte Annina ihn fest an sich, und ihr war, als wäre sie es, die ihn besaß, als wäre sie ein so weiter Himmel, daß sie diese Wolke aus Fleisch und Blut mit ihrer kleinen Umarmung ganz umfangen konnte, daß sie ihn tief in sich mitnehmen konnte an für sie bisher unvorstellbare Orte – und außerhalb von sich, schnell oder langsam, auf einen Spaziergang ohne Ende.

Und später träumte der Himmel, erschöpft von dieser Reise, träumte von Wolken und vom Orient, von Wasser, das flußaufwärts strömte, von einer Nacht voller Licht, von einem Zug, der rückwärts fuhr, und von Mena, die ihre Kleider begrub, und von sich selbst, Annina, die am Ende ruhig auf einem Haselnußbaum schlief.

Allein in dem Haus an der Stadtmauer, empfand sie diese Ruhe in den folgenden Tagen als etwas, worauf sie niemals mehr verzichten könnte, als etwas, was wie durch Blutsbande mit Cafiero vereint war, und als sie merkte, daß sie noch immer den Abdruck seines Körpers auf sich spürte, wurde ihr klar, daß sie nie wieder auf dieses Gewicht verzichten könnte, weder um dem Dorftratsch zu entgehen noch Prataio oder dem guten Ruf der Bertorellis zuliebe.

Daher verfiel sie auf die Idee, das Problem mit Telemach zu lösen auf ihre Weise, sie kaufte sich den Mann, der für sie keinen anderen Preis als ihr Leben hatte, heiratete ihn wenige Wochen später und stieg dazu dieselben Stufen zum Rathaus hinauf, die Odysseus genommen hatte, um sie auf dem Standesamt mit einem Namen anzumelden, bei dem sie niemand mehr rief.

Das Hochzeitsfest war ein beschwingter Abend, der das Haus des Brautpaars mit Fröhlichkeit erfüllte. Einige fast hundertjährige Greise waren voller Rührung gekommen, um sich auf der Hochzeit des letzten Sohnes des Maestros von einem Stück ihres nunmehr weit zurückliegenden Lebens zu verabschieden. Die Fischer vom Padule schenkten Frischkäse und noch lebenden Aal, während ein halbes Dutzend Eisenbahner aus Piana, Cafieros Arbeitskollegen, nicht nur ein Akkordeon mitbrachten, um zum Tanz aufzuspielen, sondern auch Süßigkeiten und Wein in Hülle und Fülle, um auf diese Verbindung anzustoßen und sie bis in alle Ewigkeit zu segnen.

Was übrigens den Segen anbelangte, zog Ideale es trotz der inständigen Bitten des Brautpaars vor, bei der Unterzeichnung der Heiratsurkunde nicht zugegen zu sein, natürlich weil Verpflichtungen ihn zu seinem Pfarramt nach Pieve riefen, vor allem jedoch, weil er die Gemüter mit der Anwesenheit eines Priesters bei einer weltlichen Zeremonie ohne Sakramente nicht noch mehr erhitzen wollte.

Später, als in Pianoro längst alles dunkel war, fühlte er sich, da sein Tagwerk getan war und er sich anschickte, zu Bett zu gehen, plötzlich weit fern von allen Dingen. Die Müdigkeit nach dem langen Tag ging wie ein Hammerschlag auf ihn nieder und nötigte ihn, sich kurz auf das Bett zu setzen, um Atem zu schöpfen. Reglos, mit den Händen auf den Knien, sah er sich in dem von einer Glühlampe nur schwach erleuchteten Zimmer um, und es schien ihm noch kahler zu sein als sonst. Eine Truhe aus altem Kirschholz, ein kleiner Tisch an der Wand, der als Schreibtisch diente, zwei Stühle, das Bett, auf dem er saß, ein Kohlebecken und ein schlichtes Regal voller Bücher.

An den Büchern blieb sein Blick hängen. Auf den beiden oberen Reihen standen die Bände, die dem Maestro gehört hatten und über denen dieser viele Stunden gesessen hatte, um nachzudenken und eine andere Zukunft zu ersinnen, für Colle, für Mailand, in Frankreich, in Brasilien oder wo auch immer, und die die Witwe für ihn, den Verräter, aufgehoben hatte. Ideale stand erschöpft auf, ging zum Regal und nahm behutsam ein in Zeitungspapier eingeschlagenes Buch heraus. Wegen dieser Hülle aus vergilbtem Papier konnte man weder den Titel noch den Namen des Autors lesen, doch Ideale kannte es nur zu gut. Lächelnd strich er drei-, viermal langsam über den Umschlag. Dann legte er die Hand darauf, als wäre das Buch ein Brustkorb und als wollte er die Schläge eines Herzens fühlen.

Diese Herzschläge waren das Echo der Stimme seiner Mutter, die er noch immer so im Ohr hatte, wie sie die Briefe des Maestros aus dem Exil vorgelesen hatte und dazu die väterlichen Ratschläge, das Lernen und Lesen nicht zu vernachlässigen. Sie waren die einsamen Stunden, die er als junger Bursche über diesen schwierigen Schriften zugebracht hatte, um zu erkennen, ob der Wunsch, für die Schuld eines Vaters zu büßen, der immerfort auf der Flucht war, größer war als die Utopie, von der die Bücher erzählten. Und jedesmal, jedes der unzähligen Male, da er versucht hatte, dieses Rätsel zu lösen, indem er sich in die Lektüre vertiefte, hatte er, wenn er von den Wörtern aufschaute, das Gefühl gehabt, daß die Wirklichkeit Bruchstücke und Menschen verlor, daß alles wiederkehrte, um ein für allemal fortzugehen, weit fort von ihm, dunkel und unergründlich. Mannuzzu war fort nach Brasilien, um in La Cecilia den Schatz zu suchen, den das Buch, das nun in Ideales Händen lag, in sich barg. Auch der Maestro war fort, und Maniero war fort, auch sie beide auf der Suche nach dem Traum aus ebenjenem Buch. Und mit ihnen waren Bartolo verschwunden und Michail, vom Schmerz erdrückt, und auch Libertà, die Sanfte, war fortgegangen, nachdem sie in die Vergangenheit zurückgekehrt war, um sich von ihnen zu verabschieden.

Ideale trat dichter an das Regal heran, legte seine Wange an die Bücher und breitete die Arme in dem Versuch aus, sie ganz zu umfangen. Jede Seite ein Atemzug, jedes Wort ein Warten, jeder Titel die Hoffnung auf etwas Neues. Hier stand alles, was er gewesen war.

Er löste sich aus dieser sonderbaren Umarmung und ging zum Bett zurück. Alles, was er jetzt war, lag dagegen rings um ihn her in dem spartanischen Zimmer und in den Steinen von Pieve, das ihm mit seinem Dämmerlicht und seiner Kühle Zuflucht bot. Und in der Armut der Fischer unten am Padule, in der Neugier ihrer Kinder, in der Wut der Arbeiter aus der Ziegelbrennerei und aus der Fabrik der Bertorellis.

Bei diesem Namen fiel ihm Annina ein. Er hatte sie häufig wie ein Mann ohne Sattel reiten sehen. Dabei war sie klein und sanft, und ihr Blick verriet ein Feuer, das ihn neugierig machte. Er lächelte. Er war froh, daß die Liebe sie kurz nach Libertàs Tod mit Cafiero verbunden hatte, als wollte das Leben immer wieder aufs neue sein Weiterrollen ohne Angst vor Hindernissen und ohne Unterbrechung bei Störungen unter Beweis stellen, um dem Tod Schach zu bieten. Daher hatte seine Gegenwart auch mit ihrer Verbindung zu tun, und diese Verbindung mußte noch irgendwie gesegnet werden, dachte er. »Eigentlich sind die Wege des Herrn groß und unerforschlich, und was zu tun ist, wird sich dann schon finden«, sagte er sich, während er bereits aufs Fahrrad gestiegen war, auf dem Weg nach Colle.

Von Pieve bis in das Städtchen brauchte man eine gute halbe Stunde, und unterwegs kamen Sturm und Regen auf, so daß sich in jener Nacht ein Hundewetter zusammenbraute. Als Ideale sein Ziel erreichte, waren die letzten Hochrufe auf das Brautpaar schon geraume Zeit verklungen, und das Haus schien in einen wohlverdienten, friedlichen Schlaf gesunken zu sein. Ideale stand reglos vor der Tür und betrachtete die geliebten Mauern, dachte an die Zimmer voller Erinnerungen, glaubte sogar, noch einmal das Rascheln der Röcke seiner Mutter zu hören, und empfand es schließlich als Sakrileg, das Kristall jener Stille zu zerbrechen. Da hob er in der Finsternis der Schlechtwetternacht, wie seinerzeit der alte Don Ubaldo aus Anlaß seiner, Ideales, Geburt, den Arm und zeichnete ein segnendes Kreuz in die eiskalte Luft. Dann drehte er sich um, brummelte noch etwas gegen die Kälte und machte sich langsam auf den Rückweg nach Pieve.

Telemach regelte Anninas Angelegenheit mit seinem Bruder kurz und bündig, und nach wenigen Minuten waren sie sich darüber einig, wie sie das aufteilen wollten, was die Nichte ihnen im Tausch gegen ihren Seelenfrieden überlassen hatte.

Hektor war offengestanden nicht gleich begeistert von dieser Abmachung, die er mit lauter werdender Stimme als den reinsten Hohn bezeichnete. Das Flittchen, wie er seine Nichte nannte, hatte nämlich nicht nur bekommen, was es wollte, sondern würde die Familie obendrein in große Schwierigkeiten bringen.

»Was meinst du wohl, wie ich dem Grafen von Malgardo gegenübertreten soll, wenn er erfährt, daß die Nichte seines Kompagnons ein Techtelmechtel mit einem Aufrührer hat?« schrie Hektor. »Und du, du Witzfigur von einem Geschäftsmann, wie willst du es denn zum Bürgermeister bringen? Willst du dich jetzt, da wir einen revolutionären Neffen haben, vielleicht unter die Sozialisten mischen?«

Telemach hörte ihm gelassen zu und beschwichtigte ihn anschließend mit wenigen, ruhigen Worten.

»Natürlich ist da ein Risiko, Bruder, doch ich hatte keine Wahl. Wie du weißt, ist Annina Odysseus' Tochter, und wäre da nicht ihre Schwäche für Nocciolino, hätte sie sich garantiert irgendwelche anderen Kapriolen ausgedacht. Erinnere dich nur daran, was wir mit ihrem Vater durchgemacht haben, die Sache mit dem Selbstmord, Menas Vergewaltigung, Rosas Flucht und was nicht noch alles. Im Laufe der Monate ist Gras darüber gewachsen. Die Zeiten ändern sich, es gibt eine Zeit zum Säen und eine für die Ernte …«

Hektor fuhr ärgerlich auf:

»Das scheint mir wirklich nicht der geeignete Moment, um mit Bibelsprüchen aufzuwarten«, fauchte er.

Telemach machte eine leichte Kopfbewegung, als wollte er ihm sagen, daß er es faustdick hinter den Ohren hatte.

»Ach was, von wegen Bibel, das sind alte Bauernweisheiten. Man muß nur warten können, bis die Saat aufgeht und die Ernte reif ist. Dann wird man weitersehen. Früher oder später ändern sich die Dinge, und dann wird es Zeit für uns, abzukassieren. Vorläufig nehmen wir Odysseus' Räume, seine Wiese und den Stall. Dann warten wir ab, bis die Zeit für die Haselnußernte gekommen ist«, schloß er mit einem hämischen Grinsen.

»Und vergiß nicht«, war das letzte, was er zu Hektor sagte, »die Dinge ändern sich.«

Die Dinge in jenen schweren Monaten nach dem Krieg und nach der Epidemie änderten sich tatsächlich rasant. Tod, Hunger und die Wirtschaftskrise trafen nach wie vor hauptsächlich die Armen, die allemal mehr als genug Leid, Not und Elend erfahren hatten. Die Stürme der Revolution, die aus dem Osten heranwehten, bliesen kräftig in die Glut der Hoffnung all jener Menschen, die außer Hoffnung nichts besaßen, und nährten unter diesen Verzweifelten den Glauben, es könnte möglich sein, die Einigkeit und Kraft zu finden, um ein Leben zu verbessern, das bis dahin nur Elend und Härte gewesen war.

Ein Windstoß des Aufruhrs erreichte auch Colle und löste in Baldinis Brennerei und in Hektors Fabrik die ersten Streiks bei den Arbeitern aus, die über den Achtstundentag und über menschenwürdige Löhne zu reden begannen. Monatelang schien nun eine neue Epidemie durch Piana zu ziehen, den Padule zu umzüngeln und sich schließlich in die alten Häuser des Städtchens einzunisten. Eine Seuche, die ausschließlich die Ärmsten befiel und sie mit einer Art Optimismus, mit einer neuen Zuversicht erfüllte, während sie den Bauern, die über Jahrhunderte das Joch der Sklaverei und der Halbpacht getragen hatten, einen freieren Gang schenkte und den Arbeitern, die sich auch in Colle wieder mit größerem Zutrauen verbündeten, um zu diskutieren und zu träumen, eine bisher ungekannte Kühnheit. Und als sogar die zahmen Fischer vom Padule vor dem Rathaus gegen die vielen Steuern protestierten, die die Früchte ihrer Arbeit auffraßen, sah auch der letzte Bewohner des Städtchens, daß sich die Zeiten endgültig gewandelt hatten, und er begann viel von dem zu vergessen, was einst die Geschichte des Ortes ausgemacht hatte.

So kam es, daß ausgerechnet die Nachkommen derer, die den Maestro und seine Liebe zur Witwe gebilligt hatten, die sein Exil, seine Haftstrafe und seine Rückkehr akzeptiert hatten und sich nicht das Maul darüber zerrissen oder Fragen gestellt hatten, sondern die Wirklichkeit statt dessen der Freude am Paradoxen, an der Liebe und am Erzählen angepaßt hatten, daß diese Nachkommen also zu fürchten begannen, die neue Seuche könnte zwar nicht ihre Körper, wohl aber ihre Häuser befallen, ihre Geschäfte, ihre Gehöfte und ihre Autos, die in der Gegend von Stazione in immer größerer Zahl herumfuhren. Daher begannen viele von denen, die Häuser, Firmen, Werkstätten, Gehöfte und Automobile besaßen, sich ihrerseits zu organisieren, um zu verhindern, daß das unantastbare Recht darauf, Kapital zu haben, zu investieren und zu verzinsen, sowie auch das Recht, jedes beliebige Gut zu besitzen, von einer Revolution hinweggefegt wurde, die nach dem, was man sich so erzählte, keinen Respekt vor dem Privateigentum hatte, auch nicht vor Traditionen, Religionen und Rangordnungen, und nicht einmal vor dem König.

Telemach gehörte zu den ersten in Colle, die die Notwendigkeit erkannten, sich zu organisieren. Er hatte nämlich genug von immer aufmüpfigeren Knechten, von jenem schwer lastenden Gerede über besetzte Fabriken im Norden, von den immer häufiger werdenden Nachrichten über Land, das man den Bauern gegeben hatte, und schließlich von Hektor, der keinen Tag verstreichen ließ, keinen einzigen Tag, an dem er ihm nicht mit seiner Litanei auf die Nerven ging, daß man jetzt schnellstens handeln müsse, weil das Schlimmste noch nicht vorbei sei und die Kosaken und die Anarchisten schon bald kämen, um ihn und den Grafen abzumurksen, die Fabrik an sich zu reißen und das Lumpenpack vom Padule in Prataio anzusiedeln.

Doch den entscheidenden Impuls, um zur Tat zu schreiten, erhielt er an einem Morgen, als Isolina kurz vor seinem Aufbruch nach Portale in das Zimmer kam, das ihm als

Büro diente, und ihm mitteilte, daß ein junger Mann an der Tür ihn sprechen wolle.

Telemach stand auf und ging, um nachzusehen. Er ließ nicht gern Fremde ins Haus, weshalb er den jungen Mann recht unhöflich an der Schwelle abfertigte:

»Was willst du?« fragte er, wobei er ihn von Kopf bis Fuß musterte.

»Ich möchte Sie in einer Angelegenheit sprechen, die Sie sicherlich interessieren wird«, erwiderte der andere.

»Und wer bist du, daß mich irgend etwas von dir interessieren könnte?« gab Telemach zurück, um klarzustellen, wer hier das Sagen hatte.

»Ich bin Adelmo Bollani, der Sohn der Bollanis aus Piana, und Arbeiter bei Ihrem Bruder«, sagte er und streckte Telemach die Hand hin.

Telemach machte nicht die geringsten Anstalten, auf diese Höflichkeit einzugehen, hob vielmehr die Hände, hakte die Daumen in die Einfassung seiner Weste und starrte den jungen Mann wortlos an.

Dieser zog einigermaßen verlegen seinen Arm zurück, steckte seine Hand in die Jackentasche und hielt Telemach dann ein Blatt Papier hin, das dieser keines Blickes würdigte.

»Lesen Sie«, sagte der junge Bursche. »Es könnte Ihnen helfen, eine Rechnung zu begleichen, die Sie noch mit jemandem offen haben.«

»Was will dieser Habenichts bloß«, dachte Telemach. »Das ist nun also der Geist der Zeit, der es einem Arbeitersohn aus Piana gestattet, sich einzubilden, einfach zu mir in mein Haus kommen zu dürfen und über meine offenen Rechnungen zu reden.«

Er wollte dieser Geschichte gerade mit einer Maulschelle

ein Ende machen, als der andere nur ein einziges Wort sagte:

»Nocciolino.«

Telemach blieb einige Sekunden wie angewurzelt stehen, nahm dann, die Augen noch immer fest auf die des Jungen geheftet, das Blatt Papier aus dessen Hand und begann erst nach einer Weile zu lesen, konnte jedoch ein überraschtes Zusammenzucken nicht unterdrücken.

»Das habe ich in der Jacke meines Bruders gefunden, der mit ihm zusammen bei der Eisenbahn arbeitet«, sagte der Bursche und kam damit jeder Frage zuvor.

»Und warum bist du hier?« erkundigte sich Telemach neugierig.

»Weil mein Bruder mir von der Abmachung zwischen Ihrer Nichte und Ihnen erzählt hat, die Sie garantiert noch nicht verdaut haben.«

»Also, was willst du?«

»Ich will, daß Sie dafür sorgen, daß mein Bruder aus der Sache rausgehalten wird«, antwortete er und wies mit dem Zeigefinger auf das Papier.

»Hm«, grunzte Telemach und gab dem jungen Mann wie zum Abschluß eines Geschäftes die Hand.

»Nur eines noch, Padron Bertorelli«, sagte Adelmo.

Nach einem langen Augenblick des Schweigens brachte er schließlich hervor: »Ich würde gern für Sie arbeiten.«

Telemach faltete das Papier zweimal zusammen und steckte es in seine Tasche:

»Einverstanden. Du scheinst mir nicht auf den Kopf gefallen zu sein. Komm morgen wieder und frag nach Bazzini, ich rede heute abend mit ihm.«

Dann ging er, bevor er im Stall die Ladung für Portale begutachtete, zu Hektors Tür und klopfte an. Geöffnet wurde ihm von Ida, einem Mädchen aus Malgardo, das Rina innerhalb der Familie als »das Hausmädchen« bezeichnete, sonst jedoch als »das Dienstpersonal«.

»Der Herr ist nicht da«, stammelte sie.

Unter anderen Umständen hätte Telemach diese sklavische und hochtrabende Bezeichnung für Hektor mit Sicherheit auf die Palme gebracht. Doch nicht an diesem Tag. Wie um sich noch einmal zu vergewissern, griff er kurz an seine Jackentasche: nicht mit diesem Blatt Papier in der Tasche.

»Dann richte dem Herrn doch etwas von mir aus«, sagte er mit besonderer Betonung auf dem Wort »Herr«.

Ida beugte sich vor, um genau zuzuhören.

Telemach sagte:

»Richte ihm aus, daß es Zeit ist für die Haselnußernte.«

WÄHREND Pietrino Rosatis Stock ihn wieder am Kopf traf und die Fußtritte seines Gefährten Adelmo Bollani ihm den Brustkorb zerschmetterten, dachte Ideale, vielleicht verwirrt von dem dritten Halunken im Schwarzhemd, der seine Hand umklammerte, um ihn festzuhalten, an die Zeit zurück, da sein Vater ihn nach Lugano mitgenommen hatte, um sich mit den Anarchisten zu treffen. Womöglich war es gar nicht Lugano, und die Erinnerung täuschte ihn, versank er doch schon in einer Wärme, die den Schmerz der Schläge abgelöst hatte.

Im Nebel der endlosen Augenblicke vor dem Tod sah er, auf dem Boden liegend, rot-schwarze Fahnen an der Zimmerdecke knattern, erblickte einen sonnenbeschienenen See und hörte die Lieder und die Worte des Maestros, der sich vor seinen Kinderaugen hingekauert hatte, um ihm einen Mann zu zeigen, der ihm aus seiner kindlichen Perspektive wie ein Riese erschienen war, groß, bärtig und aufrecht in der Menge stehend, während die Stimme des Vaters zu ihm sagte:

»Das ist Bakunin.«

Dann die sonderbare Reise erst mit dem Zug und weiter mit der Kutsche auf einer nicht enden wollenden Straße, zwischen Geröll und Schnee hinauf auf einen unsagbar hohen Berg, den alle respektvoll den Sankt Gotthard nannten. Dann die Fahrt hinunter, Regen, Feuchtigkeit, Kälte, schließlich das warme Bett eines Hauses in der Stadt, wo sie haltgemacht hatten. An all das erinnerte sich Ideale, und an seinen Vater, der ihn streichelte und ihm einen Kuß gab, die Bettdecken feststeckte und dann ins Nachbarzimmer glitt, wo sich die bärtigen Männer zum Gespräch versammelt hatten.

Auch der Maestro hatte einen Bart, und er trug einen Anzug mit schwarzer Weste, auf der die Kette der in der Tasche verborgenen Uhr schaukelte. Auf dem Hemd hing eine gleichfalls schwarze Schleife herab. Kein einziger Tag war vergangen, dachte Ideale, an dem er ihn ohne diese Schleife gesehen hatte. Ihm war, als spürte er seinen Geruch, eine angenehme Mischung aus Tabak und Papier, wie sie im Haus in Colle in der Luft gelegen hatte, und er sehnte sich nach dem Lächeln seines Vaters, nach jener liebenswerten Freundlichkeit, nach den sanften, niemals schroffen Gesten aus der Zeit, als er noch mit Ideale gesprochen hatte und bevor er sich in seiner Entrüstung verschloß, jede Tür zuschlug und jedes Wort, jeden möglichen Dialog verwehrte. Sogar einen Gruß.

Er spürte, daß das Leben fortglitt, daß nun alles schon gewesen war, und viel zu schnell. Er konnte gerade noch das Gebrüll seiner Mörder hören, die fluchend die Treppe hinunterliefen.

»Du Scheißkerl von einem anarchistischen Pfaffen. Versuch jetzt mal zu reden und schreib jetzt mal, wenn du kannst!«

Anarchistischer Pfaffe. Er lächelte.

Der Maestro stieg endlich aus den Fahnen hervor, von der Zimmerdecke herab. Er kam dicht zu ihm und sammelte die Bücher auf, die die Faschisten auf dem Boden verstreut hatten, bevor sie verächtlich darauf uriniert hatten.

Ideale streckte eine Hand nach dem Gesicht seines Vaters

aus, der auf dem Boden kniete. Der Maestro wandte sich um, traf auf den Blick seines sterbenden Sohnes und ließ die Bücher fallen. Er reichte ihm den Arm und schenkte ihm nach dieser langen Zeit ein Lächeln. Dann, Hand in Hand mit seinem Sohn, kehrte er an die Zimmerdecke zurück, nach Lugano am See und zu den Fahnen.

Telemach und Hektor wurden schnell aktiv. Am Tag nach Anselmos Besuch begaben sie sich zu einer Unterredung zum Grafen von Malgardo, und dieser stimmte ihrem Vorschlag zu, zumindest noch Baldini von der Ziegelbrennerei, Anwalt Magnoni, seinen Verwalter, den Getreidegroßhändler Capirossi aus Piana und einige Grundbesitzer aus Pianoro sowie Terenzio Soldani aus Sansepolcro einzuladen, einen ehemaligen Hauptmann der Infanterie, der auf dem Monte Grappa einen Arm verloren hatte.

Der Graf kam bereitwillig nach Prataio, um kein unnötiges Aufsehen zu erregen, und so fand die Versammlung in dem von Hektor zum Lagerhaus umfunktionierten alten Stall statt, und zwar auf dem einzigen freien Fleck zwischen Kisten mit Maschinenteilen und genau unter dem Balken, an dem Odysseus sich erhängt hatte.

Als Hausherr ergriff Telemach als erster das Wort und schilderte mit der ihm eigenen Grobheit und seinem Sinn fürs Praktische in wenigen Worten eine Situation, die er rundheraus als besorgniserregend bezeichnete. Die Nachrichten aus den übrigen Landesteilen ließen vermuten, daß die umstürzlerische Horde – genau das waren Telemachs Worte – sie alle unverzüglich zum Teufel jagen würde, falls man nicht sofort Gegenmaßnahmen ergriff.

Daher bat er noch um eine Minute Aufmerksamkeit und

las den Versammelten das Blatt Papier vor, das Adelmo ihm gegeben hatte. Sogleich gerieten die Gemüter in Wallung, Baldini überschrie alle anderen und erklärte, hier zeige sich offener Vaterlandsverrat, während Capirossi brüllte, was dies doch für eine Schande sei. Telemach wartete, bis sich die Empörung gelegt hatte und wieder Ruhe eingekehrt war:

»Also, meine Herren, ich glaube, es wird Zeit, das Spiel zu beginnen.« Und mit dem Papier wedelnd sagte er abschließend: »Und wir sind es, die jetzt den Trumpf in der Hand haben.«

Die Diskussion dauerte nicht lange. Der Graf erbot sich, mit dem Präfekten über den Inhalt des Schreibens zu sprechen und die Möglichkeit zu prüfen, Adelmos Bruder aus dieser Sache herauszuhalten. Doch für die entscheidende Wende an diesem Abend und in der Geschichte Colles sorgte dann Hauptmann Soldani, der sich in der Debatte bis dahin bedeckt gehalten und sich, auf einer Holzkiste sitzend, aufs Zuhören beschränkt hatte.

Nun erklärte er, daß auch in seiner Gegend, wie übrigens im ganzen Land, die Wogen hochschlügen und die Lage nicht viel anders sei. Verschwörer, nichtswürdige Schurken, die Italien im Namen einer falschen Auffassung von Fortschritt zertrümmern wollten, Verräter, Sozialisten und Bolschewisten, sie alle seien treuloser und stärker, als gemeinhin angenommen, und dieses Schreiben sei der beste Beweis dafür, wenn sogar schon die Königlichen Eisenbahnen …

Also, sagte er, die Präfektur sei gewiß hilfreich …, der Appell an die Behörden, die Inanspruchnahme der Polizei und was sonst noch diese Schande stoppen könnte, allerdings mit einer Einschränkung, mit der Gewißheit nämlich, daß die Behörden derzeit nicht die Stärke und den

Heldenmut zeigten, die zum Sieg gegen den österreichisch-ungarischen Aggressor geführt habe.

Folgendes sei nun nötig. Unter Einsatz des eigenen Lebens müsse man eine Barriere errichten wie seinerzeit am Piave und dann furchtlos zum Gegenangriff übergehen, Schlag auf Schlag. In Mailand hätten Hunderte von tapferen Männern unter der Führung von Filippo Tommaso Marinetti demonstrierende Anarchisten überfallen und sie auseinandergetrieben wie den österreichischen Feind bei Vittorio Veneto.

»Ein Pistolenschuß, und dann zwei, drei, zwanzig, dreißig. Steine, geschwungene Knüppel und gutsitzende Stockschläge«, verkündete er.

Als er rings um sich her in so manches entgeisterte Gesicht blickte, erläuterte er weiter:

»Zum Glück gibt es viele tapfere Burschen, die den Ruf aufgreifen, der heute auch in Colle Alto aufsteigt, und die politische Arbeit unterstützen, die sich wie ein heilsamer Flügelschlag derzeit besonders von meiner Heimatstadt aus im ganzen Land ausbreitet. Die Gerechten vereinigen sich in Kampfverbänden, und so wird euer Zusammenschluß der Wendepunkt sein, der diesem Ort, Padule und Piana zu wahrer Gerechtigkeit verhelfen kann.«

Zusicherungen wurden gegeben, Vereinbarungen getroffen, und Soldani nahm sogar Spenden entgegen, die mancher unter den Anwesenden für den bevorstehenden Kampf geben wollte. Als schließlich auch das Auto des Grafen durch das Tor von Prataio davongefahren war, ging Telemach zum Hauptmann und sagte:

»Was übrigens die tapferen Burschen betrifft, habe ich da einen jungen Mann an der Hand, der für mich arbeitet, einen gewissen Adelmo Bollani, ein aufgeweckter Kerl. Ich glaube, er könnte Ihnen von Nutzen sein. Ich schicke ihn morgen gegen Mittag bei Ihnen vorbei.«

Soldani nickte und machte sich nun gleichfalls auf den Rückweg ins Städtchen.

Als Telemach ins Haus kam, saß Isolina über Stricknadeln gebeugt da, zwischen denen eine Handarbeit hervorquoll, vielleicht ein Kleidchen für den kleinen Äneas.

»Wo ist er?« fragte Telemach.

»Oben. Er schläft schon. Die Amme ist gerade fort.«

Telemach ging langsam die Treppe hinauf, wobei er versuchte, keinen Lärm zu machen. Äneas lag in der kleinen Wiege neben dem Ehebett auf dem Rücken und schlief, die Arme hinter dem Kopf. Er lächelte. In dieser merkwürdigen Haltung sah er aus, als wollte er sich ihm, dem Ankommenden, ergeben. Im Kerzenlicht betrachtete er das Gesicht seines Neffen, der nun sein Sohn war.

»Ergib du dich ruhig«, dachte er. »Zum Kämpfen bin ja ich da. Für dich, für Isolina, für Rina, für den Mistkerl Hektor und für seine Kinder.«

Er warf noch einen Blick auf Äneas und war überrascht, wie sehr er ihm ähnelte. Immerhin war er der Sohn seines Bruders. Doch, sagte er sich schnell, Odysseus war hinüber, und wo Mena hin war, wußte man auch nicht so genau. Ein Haufen alter Kleider und ein Paar Pantoffeln waren alles, was von ihr geblieben war. Und auch Annina würde nicht mehr lange auf ihrem Haselnußbaum Nocciolino schlafen. Dann konnte ihm nichts und niemand mehr in die Quere kommen.

»Ja«, dachte er mit einem Blick auf das Kind. »Dieser Junge sieht mir wirklich ähnlich. Wie aus dem Gesicht geschnitten.«

Annina hatte seit dem Tag, da sie Telemach die Hand geschüttelt und sich so ihre Seelenruhe und ihre Hochzeit erkauft hatte, nie wieder einen Fuß auf Prataios Boden gesetzt. Die letzten Monate waren wie im Flug vergangen, Wochen, die wie Sekunden gewesen waren, so angefüllt mit neuem Leben, daß sie einen Stich im Herzen spürte, als sie eines Morgens am Fenster des Zimmers stand, das einst dem Maestro gehört hatte, und in der Ebene vor dem Berg den winzigen roten Punkt erblickte, denn plötzlich wurde ihr bewußt, wie lange sie sich schon bemüht hatte, das Haus von Odysseus und ihrer Familie zu vergessen.

Sie rechnete nach und kam auf sechs Monate, dann hielt sie wie beschämt inne. Etwas Heimweh begann in ihr zu nagen. Der Geruch der Räume, die Landschaften ihrer Kindheit, Soles Zimmer, Menas Grab, der Heizkessel, der Stall. Alles war noch da, in diesem roten Pünktchen vor dem Horizont. Die Gesichter ihrer Onkel und Tanten waren fest in ihrem Gedächtnis eingeprägt, doch die der Kinder nicht. Nur Penelopes blondes Haar hatte sie noch in Erinnerung, während Orests Gesichtszüge von denen seiner toten Geschwister überdeckt wurden und dann von denen der Fischerkinder aus der Volksschule unten am Padule.

Sie war verunsichert. Die letzten Monate hatte sie im Überschwang einer neuen, tiefen Liebe verbracht, die durch Zärtlichkeiten und Küsse noch stärker geworden war, doch auch durch die gemeinsamen Abende bei Ideale in Pianoro und in der Schule, wo sie bei der vielen Arbeit aushalf, die Armut und Unwissenheit stets mit sich bringen.

Cafiero traf sich nach seiner Schicht bei der Eisenbahn häufig mit Kollegen und Freunden aus Piana, um über Politik zu diskutieren, doch auch, um aktiv zu werden wie viele Anarchisten und Sozialisten im ganzen Land.

Über all diesen Beschäftigungen hatte Annina Prataio fast vergessen, und erst an jenem Morgen, als sie zufällig ins Tal hinunterschaute, hielt sie inne und merkte, wie sehr sie doch mit diesem Ort verbunden war. Sie starrte noch eine kurze Weile auf jenes Pünktchen, bis ihr einfiel, daß sie dort unten einigen Besitz hatte, und so beschloß sie, ihr Heimweh bei den Hörnern zu packen, zog sich den Arbeitskittel aus und holte ihr Pferd.

Bevor sie losritt, schaute sie beim Flickschuster Cordacci vorbei und kaufte für Mena neue Pantoffeln aus weichem Stoff, »damit sie wenigstens im Tod ein anständiges Paar hat«, dachte sie. In Prataio hielt sie am Grab an, strich den Kies so zurecht, daß der Schriftzug, den sie verfaßt hatte, wieder deutlich zu lesen war, und legte unmittelbar am Kreuz, wo für gewöhnlich der Platz für die Blumen ist, ihr Geschenk ab.

Dann setzte sich Annina ans Grab und erzählte Mena von Cafiero, von seinem schönen Gesicht, das, wie sie sagte, genauso wie das des Maestros war, den Mena ihr in den Geschichten ihrer Kindheit oft beschrieben hatte. »Weißt du noch, Mena«, flüsterte sie, »wie traurig ich war, als du mir von dem Exil erzählt hast und von den Spaziergängen der Witwe an der Eisenbahn nach seinem Tod in Mailand?«

Stunde um Stunde verging, und Annina erzählte ihr noch immer von ihrem Leben, von der Schule am Padule, von den Fischern und von Cafieros Eisenbahnkollegen, die sie an die Pensionsgäste der Witwe Bartoli im Haus an der Stadtmauer erinnerten, wo nun sie wohnte. Zuletzt erzählte sie ihr von der Liebe. Sie erklärte ihr, wie sehr Rosa sich mit ihrer Annahme geirrt habe, die Liebe sei nur etwas für Hunde, und auch Odysseus mit seinen Geschichten von Blut und tierischer Leidenschaft. Sie sagte ihr, wie leid es ihr tue, daß Mena die Liebe nur als einen Irrtum kennengelernt habe, als einen grausamen Irrsinn, obwohl sie doch eine wunderschöne Reise um die Kontinente sei, ein Nehmen und Geben, ein hübsches Versteckspiel.

Als sie vom Grab aufstand, war es bereits später Nachmittag. Im Haus hatte hin und wieder jemand die Gardine beiseite geschoben und zu ihr hinübergespäht, und gelegentlich hatte sie Telemach von weitem in einem nagelneuen Automobil kommen oder wegfahren sehen. Sie scherte sich um niemanden, stieg auf den Berg, auf dem früher die Zypressen gestanden hatten, und setzte sich dort oben hin, um hinunterzuschauen. Sie sah, wie sehr sich Prataio in den letzten Monaten verändert hatte. Nicht so sehr das große Haus, das mit seiner Blessur durch den abgerissenen Balkon an Rosas Fenster immer noch dasselbe war. Es war eher das Gehöft, das anders wirkte: Einige Ställe und eine kleine Lagerhalle waren dazugekommen. Auf deren Vorplatz parkten drei Lastwagen, und vor allem gingen dort, wo früher nur der arme Mero unterwegs gewesen war, nun mindestens ein halbes Dutzend Leute in den Gebäuden ein und aus.

Auch war von oben klar zu erkennen, was aus der Arbeit der Männer entstehen sollte, die sich auf dem großen Hof zu schaffen machten. Auf Hektors Seite hatte man begonnen, den Boden aufzulockern, und der alte Hof, den Odysseus nach Art eines Dreschplatzes angelegt hatte, verwandelte sich nun in einen Garten.

Die Markierungen für die Beete waren deutlich zu sehen, und neben einem Dutzend großer Blumenkübel konnte man ebenso viele junge Bäume ausmachen, die diesem Platz ohne Zweifel mehr Eleganz verleihen würden. Annina schloß die Augen und versuchte sich vorzustellen, wie

Prataio einige Jahre später aussehen würde, wenn der Garten bunt und üppig war, doch so sehr sie ihn sich auch gepflegt und vornehm dachte, war ihr der Hof noch immer so lieber, wie sie ihn gekannt hatte: schlicht, praktisch und etwas bäurisch.

Während sie noch zwischen einem Prataio, das es nicht mehr gab, und einem anderen, das erst entstehen sollte, mit geschlossenen Augen dalag, rief eine Stimme hinter ihr:

»Annina, was machst du denn hier?«

Prataio löste sich auf der Stelle auf, und vor ihr erschien Orests lächelndes Gesicht, während sie schon seine freudige Umarmung spürte. Er drückte sie so fest an sich, daß er ihr weh tat, doch sie ließ es geschehen, froh darüber, in dieser Kraft die Sicherheit einer wiedererlangten Gesundheit zu spüren, denn das letzte Bild, das sie von ihrem Cousin im Kopf hatte, war das eines abgemagerten, erschrockenen und blassen Jungen, der wie ein sterbender Greis mit einer Decke über den Knien in einem Sessel gehockt hatte.

»Ich bin gekommen, um nach meinen Besitztümern zu sehen«, antwortete Annina, als sich sein Zangengriff lokkerte, und sah prompt die Enttäuschung auf Orests Gesicht.

»Ach was, du dummer Kerl! Ich bin gekommen, weil ich Heimweh hatte und weil ich Prataio von Colle aus wie einen winzigen Punkt sehe und weil ich mir euch, meine Cousins und Cousinen, alle wie Blumen vorstelle ...« sagte sie, um ihn zu trösten.

»Und wie siehst du Onkel Telemach von da oben? Wie eine dumme stachlige Artischocke?«

Sie schütteten sich aus vor Lachen und umarmten sich erneut, wie um sich zu versichern, daß die verflossene Zeit ihrer Zuneigung keinen Abbruch getan hatte. Dann begannen sie, von Neugier erfüllt, sich ihr Leben zu erzählen. Annina erzählte von Cafiero, vom Haus an der Stadtmauer und von der Schule am Padule, verzichtete jedoch auf Einzelheiten, da sie annahm, daß Orest sich nicht sonderlich für die Belange der Armen interessierte.

Er hörte aufmerksam zu, stellte Fragen und erkundigte sich besonders nach Cafiero und nach ihrem Leben mit dem legendären Nocciolino, dessen Geschichte auch er gerade noch rechtzeitig von Mena hatte erfahren können. Als Annina geendet hatte, war die Reihe an ihm, zu berichten, was nach ihrem Weggang geschehen war, davon, daß es ihm und seinen Schwestern strikt verboten gewesen sei, sie zu besuchen, sie anzusprechen oder sie auch nur zu grüßen, falls sie ihr begegnen sollten. Er erzählte, wie Hektor sie alle in dem neuen Salon versammelt habe – ja, erklärte er, Rina habe sich ein hochherrschaftliches Wohnzimmer gewünscht, mit Diwanen, mit einem langen goldenen Tisch und mit Stühlen, deren Lehne höher war als der Kopf –, er habe also alle zusammengerufen, selbst Didone, die noch ein kleines Mädchen war, und sie mit höchst sorgenvoller Miene davon in Kenntnis gesetzt, daß Annina die Ehre der Familie Bertorelli auf den Mist hinter dem Haus geworfen habe – »›mitten hinein in die Scheiße‹ hat er gesagt« –, weil sie sich diesem hergelaufenen Hanswurst an den Hals geworfen habe – ja, »Hanswurst« habe er Nocciolino genannt –, einem Pirouettenakrobaten also, dem subversiven Sohn eines berüchtigten Aufrührers und Mörders, der von der Königlichen Armee hingerichtet worden sei – »Gott sei Dank gibt es noch eine Gerechtigkeit«, habe er geradezu schreiend hinzugefügt –, und damit dem Bruder eines verdammten blutrünstigen Attentäters, der ebenfalls standrechtlich erschossen worden sei, und damit obendrein dem

Bruder eines Renegaten im Priestergewand, der die Leute in Piana aufhetze und den Fischern vom Padule Lektionen in bolschewistischer Revolution erteile – »›bolschewistisch‹, sagte er, doch was das bedeutet, Annina, weiß ich nicht.

Du solltest ab sofort verbranntes Land sein, schwarz wie die Nacht, in der Luft verwehter Rauch, und jedem, der sich nach dir erkundigte, Freunden, Schulkameraden, Kunden, Verwandten und Bekannten, sollten wir respektvoll antworten: ›Ich weiß nicht, ich erinnere mich nicht an sie, wenn Sie mich wohl freundlichst entschuldigen wollen.‹ Auslöschen. Vergessen. Das waren Befehle, keine Ratschläge, und wehe – ich wiederhole: wehe – dem, der sich nicht daran hielt, was auch das Verbot einschloß, sich Menas Grab zu nähern oder auf den Berg zu steigen.«

Annina lachte aus vollem Hals.

»Wie ich sehe, hast du anstandslos gehorcht.«

Orest umarmte sie von neuem.

»Wie könnte ich denn gehorchen, liebe Annina? Ich komme manchmal hierherauf, lege mich ins Gras, so daß mich von unten niemand entdecken kann, und sehe Prataio so, wie es war, als es noch schön war.«

Annina sagte kein Wort, legte ihrem Cousin nur einen Arm um die Schultern und drückte ihn zu Boden.

»Also bleib auch unten und riskiere nicht meinetwegen eine Bestrafung.«

Orest legte sich neben sie und fuhr fort:

»Ich habe Papa wirklich gern, ich achte ihn, und ich habe ihn sehr lieb. Ich habe gesehen, wie er weinte und Gott verfluchte, als die Grippe ihm Paris, Ganymed und die anderen nahm. Manchmal denke ich, daß der Tod ihn so verändert hat, doch vielleicht liegt es nur an mir, weil ich damals ein Kind war und jetzt größer bin und mir die Dinge von früher nicht mehr gefallen«, er drehte sich zu Annina, »oder sie nicht mehr da sind. Wie du, wie Sole, wie Mena.

Jetzt hat er beschlossen«, fuhr er fort, »daß ich in die Fabrik gehen und anfangen soll, irgendwas zu befehligen, weil man im Leben, wie er sagt, entweder befiehlt oder gehorcht. Und meine Mutter, du solltest sie mal sehen, hat sich in den Kopf gesetzt, die feine Dame zu spielen, weshalb sie fast jeden Monat neue Möbel kauft.«

Orests Stimme war nur noch ein Flüstern.

»In euren Räumen schläft jetzt Ida, ein armes Ding aus Malgardo, das sie in Dienst genommen haben und das Mama als ›das Personal‹ bezeichnet, und in deinem Zimmer bewahrt sie Truhen und alten Kram auf, der ihr zum Wegwerfen noch zu schade ist.«

Annina versuchte, sich das wie ein Speicher mit Plunder vollgestopfte Zimmer vorzustellen, und spürte einen Stich in der Magengrube, streckte die Hand aus und drückte die ihres Cousins mit aller Kraft.

»Manchmal denke ich, ich hätte auch lieber sterben sollen, wie meine Geschwister«, sagte Orest, doch Annina fuhr wütend auf und herrschte ihn an:

»Red keinen Unsinn, du Dummkopf, wenn du wüßtest, wie sehr ich mir wegen Anchises die Augen aus dem Kopf geweint habe! Dein Leben fängt gerade erst an, und alles kann sich noch ändern, alles ist anders, sobald du das Tor von Prataio hinter dir läßt.«

»Vielleicht hast du recht«, sagte er mit einem Anflug von Traurigkeit. »Aber mir fehlt die Kraft dazu.«

»Die Kraft wird sich schon finden, früher oder später findet man sie, glaub mir.«

Kein Lüftchen regte sich, und plötzlich stand ein schweres Schweigen zwischen ihnen. Um diese Verlegenheit zu durchbrechen, sagte Annina:

»Außerdem mußt du an deine Schwestern denken ...«

Orest lächelte gequält.

»Du warst zu lange fort, mein liebes Cousinchen. Nur die kleine Didone, die gerade erst geboren ist, wohnt noch hier. Hekuba und Penelope, die armen Mädchen, wurden zusammen mit den Töchtern von Malgardo ins Ursulineninternat in die Stadt geschickt, damit sie wohlerzogene und sittsame junge Mädchen werden, wie geschaffen für die feine Gesellschaft, und nicht so wie du, die immer noch ohne Sattel reitet und auf Nußbäume steigt.«

Bei diesen Worten brachen beide in schallendes Gelächter aus, und sofort stellte sich die gute Laune zwischen ihnen wieder her, so daß sie noch lange über die Vergangenheit und über eine Zukunft plauderten, die sich beide nur mit Mühe vorstellen konnten. Bevor Annina aufbrach und es Orest ermöglichte, ohne Risiko nach Prataio zurückzukehren, umarmte sie ihn ein letztes Mal:

»Mein lieber Orest, du ahnst gar nicht, was für eine Freude unsere Begegnung für mich war. Ich hatte das Gefühl, herkommen zu müssen, und ich habe mich nicht getäuscht. Ich verspreche dir, daß ich wiederkomme, und gemeinsam werden wir einen Weg finden, um in Kontakt zu bleiben und uns die Zuneigung zu erhalten, die uns wie Bruder und Schwester verbindet.«

Als sie, beschwingt durch dieses Versprechen, so im Gras lagen, ahnten beide nicht, in wie kurzer Zeit Annina von dieser Verpflichtung entbunden sein würde, und dies auf die schlimmste nur vorstellbare Art.

Die Dinge ändern sich, hätte Telemach gesagt, die Jahreszeiten kommen und gehen, und alles beginnt wieder von vorn, und womöglich ist der Gedanke, diesem Kreislauf entfliehen zu wollen, naiv, ein schwaches Licht, das nicht gegen die Zeit ankommt.

Als Annina, noch voller Freude über ihr Versprechen, ihr Pferd in Richtung Colle lenkte, konnte sie sich freilich nicht vorstellen, daß ihre nächste Rückkehr bitter wie Galle sein würde.

Ihr Glück währte noch einige Wochen, in denen sich ihr Leben weiter zwischen der Altstadt von Colle, Pieve del Pianoro und der Schule am Padule abspielte. Jeden Morgen sah sie Cafiero mit dem Fahrrad nach Piana hinunterfahren, und sie folgte ihm mit den Blicken bis dahin, wo hinter dem Abzweig zum Bahnhof die Straße vor den Schienen einen letzten Kringel beschrieb, um dann endgültig hinter der langen Mauer der Ziegelbrennerei zu verschwinden. Doch ihre Gedanken folgten ihm noch weit über diese Mauer hinaus, durch die Felder bis hin zum Güterbahnhof, wo er in ihrer Phantasie abstieg, das Rad abstellte und in das Bahnwärterhäuschen zu den Rangierern ging, um seinen Dienst anzutreten.

Und auch wenn sie sich anzog, um nach Pianoro oder zum Padule zu reiten, nachdem sie das Haus aufgeräumt, die Wäsche aufgehängt oder andere Hausarbeiten erledigt hatte, dachte sie, noch während sie auf ihr Pferd stieg, an ihn und stellte sich den Moment vor, da seine Schicht zu Ende war und er alle Gesten, die er bei seiner Ankunft verrichtet hatte, in umgekehrter Reihenfolge ausführte, so daß er also die Tür des Bahnwärterhäuschens von der anderen Seite öffnete, das Fahrrad von der Mauer nahm und den

Weg vom Morgen zurückradelte, bis er bei ihr zu Hause, in Pieve oder in der Schule ankam.

Noch immer staunte sie über ihre Unruhe, wenn sie auf ihn wartete, über ihre kurze Zerstreutheit, wenn sie bei der Arbeit mit den Frauen vom Padule, bei Ideales Reden oder bei der Zubereitung des Mittagessens in der Kooperative in der Hoffnung zur Tür spähte, ihn dort am Pfosten stehen zu sehen, so wie er in der Nacht ihrer ersten Umarmung am Tor von Prataio gelehnt hatte. Nach nunmehr fast zwei Jahren spürte sie noch immer voller Freude, daß ihr Herz schneller schlug, sobald sie seinen langsamen Schritt erkannte oder seine Stimme hörte, die ihr guten Tag sagte, wenn sie dazu seinen Arm an ihrer Taille fühlte und, verschwörerisch und beruhigend, den kurzen Druck seiner Hand, die so groß war, daß ihre beiden Hände darin Platz fanden.

Eingeschlossen in dieses Glück glaubte Annina, es könne nichts Stärkeres als das geben, was sie gerade empfand, denn wenn sie nur etwas sah, was Cafiero gehörte, wurde ihr leicht ums Herz: die Toscano auf dem Tisch, das Fahrrad, seinen Hut an einem Haken.

An dem Morgen, als sie bemerkte, daß ihre Liebe bald ein Kind hervorbringen würde, weil es schon in ihr eingepflanzt war wie ein Herz in einem Herzen, besann sie sich eines anderen. Sie war den Tränen nahe, als sie es begriff, ganz als hätte sie eine Ohrfeige mit der flachen Hand bekommen, mitten ins Gesicht, doch dann fiel ihr ein, daß es gewissermaßen ein Gut von Cafiero war, das ihr anvertraut war und das sie nun hüten würde, und so lachte sie froh. Ein Buch oder eine Weste, von wegen! Ein Kind. Seine Liebe hatte ein Kind hinterlassen, in ihr.

Die brutale Wirkung der Ohrfeige verflog mit jenem Lachen, und Annina verspürte den Wunsch, Cafiero dieses Gut zurückzugeben oder ihm zumindest mitzuteilen, daß sie es erwartete. Sie mußte ihn unverzüglich benachrichtigen, sagte sie sich, sprang auf ihr Pferd und galoppierte nach Piana, um ihn wissen zu lassen, daß sie ihre gemeinsame Liebe, ihr Glück, in sich trug und er sich keine Sorgen zu machen brauchte.

Unterdessen war im Bahnwärterhäuschen die Polizei eingetroffen. Alle vier Männer der Schicht waren da und wollten soeben ihren Dienst entlang der Bahnstrecke antreten. Cafiero hatte gerade seine Tasche abgestellt und unterhielt sich mit Libero Bassani, der sich die Schuhe zuschnürte. Ein Offizier kam herein und forderte sie auf, keine Dummheiten zu machen. Sie seien umstellt wie nicht einmal bei Caporetto. Dann zog er ein Blatt Papier aus der Tasche und verlas einen Haftbefehl für die unten wie folgt aufgeführten Herren. Name, Vorname, Vater und Mutter, Geburtstag und Wohnort. Sie wußten alles, bis zum letzten I-Tüpfelchen.

Es waren drei Namen. Cafieros war der erste, und der Vollständigkeit halber fügte der Offizier nach Name und Vorname mit besonderer Betonung »genannt Nocciolino« hinzu. Als zweiten rief er Comunardo Benzi auf und schließlich Libero Bassani.

Die drei Genannten schauten unwillkürlich auf den, der noch übrig war. Lorenzo Bollani stieß einen erstickten Schrei aus.

»Gräm dich nicht, Lorenzo«, sagte Bassani, als man sie abführte, »du wirst schon deine Gründe gehabt haben.«

Bollani war aschfahl, schien nicht zu atmen und stammelte vor sich hin, vielleicht eine Rechtfertigung, vielleicht einen Namen. Während man seine Gefährten in den Wagen verfrachtete, um sie ins Gefängnis zu bringen, rang er noch immer nach Worten, und erst als das Auto sich in eine ferne Staubwolke verwandelt hatte, stieß er auf dem menschenleeren Gelände des Güterbahnhofs einen verzweifelten Schrei aus.

Annina kam mit ihrer glücklichen Last zum Bahnwärterhäuschen, traf jedoch dort und auch ringsumher niemanden an. Sie nahm an, die Männer seien schon auf dem Weg zur ersten Weiche unten am Wassergraben, pünktlich zum morgendlichen Eilzug. So zog sie weiter und stieß unmittelbar hinter dem kleinen Wasserturm auf den Körper von Lorenzo Bollani, der leblos an der Zugkette hing.

Schlagartig hatte sie das Gefühl, die Zeit sei zurückgedreht worden, sah Odysseus wieder an dem Balken im Schweinestall hängen und fürchtete, der bereits erlittene Schmerz könnte erneut auf sie niedergehen, unverändert und vollkommen. Da lief sie los, hin zu Cafieros Fahrrad. Sie schwang sich in der Hoffnung darauf, daß wenigstens dies ihr etwas von der Seelenruhe zurückgeben könnte, die sie, als wäre sie aus Sand gebaut, in sich zerfallen spürte, trat kräftig in die Pedale, versuchte Licht und Wind zu sein, fortzulaufen und dem eigenen Leben, das ihr im Nacken saß, zu entkommen, und obwohl sie in entgegengesetzter Richtung in einen Traum hineinraste, eilte sie zu Ideale, um Hilfe zu erbitten.

So war es Ideale, der ihr von der Verhaftung erzählen und versuchen mußte, der Vernunft etwas nahezubringen, was nicht vernünftig war. Er wollte, daß Annina in der ersten Nacht in Pieve blieb, und überließ sie der Obhut von Bruna, seiner Haushälterin, die ihr Gesellschaft leistete und ihre Verzweiflung und Angst mit der Geduld des Alters linderte. In der Zwischenzeit wurde er aktiv, suchte Unterstützung in der Kooperative und begab sich in den folgenden Tagen sogar zur Lega in die Stadt, um einen guten Anwalt zu finden, der etwas gegen die infamen Anschuldigungen der Polizei unternahm. Er mobilisierte Leute, schrieb Appelle und organisierte Hilfe für die Angehörigen der Inhaftierten.

Wie schon zu der Zeit, als sein Vater im Gefängnis saß, und später in der Anstalt, nach Michails Auflehnung und Tod, mußte Ideale sich scharfe Verweise anhören, mußte versuchen, zu vermitteln und auf etwas zu hoffen, was niemals eintrat und was am Ende in eine Verurteilung aller Gefangenen zu zwei Jahren Zuchthaus mündete.

In diesen schrecklichen Monaten erfuhr Annina durch Ideale und durch Cafieros Gefährten jene Solidarität, die früher in ganz Colle geherrscht hatte, und so konnte sie zumindest einen Zipfel der schweren Decke der Finsternis lüften, die seit dem Moment auf ihr lastete, als sich ihre Augen auf Lorenzo Bollanis zugeschnürten Hals geheftet hatten.

Da sich die Finsternis von den Kanälen des Padule bis zur Altstadt und nach Piana nun offenbar tatsächlich ausbreitete, waren immer häufiger Banden von jungen Männern zu sehen, die mit Stangen, Pistolen, Knüppeln und allem bewaffnet waren, was sonst noch nützlich sein konnte, um jeden zu überfallen, der sich der Ordnung widersetzte, zu deren Hütern sie sich aufgeschwungen hatten.

Zweimal wurden Steine und Mist gegen die Volksschule am Padule geschleudert, und vier Arbeiter aus der Brennerei, die zu den aktivsten Verfechtern der Lohnforderungen gehörten, wurden zusammengeschlagen und mit einem

Schild, auf dem »Verräter!« stand, sterbend vor dem Tor der Kooperative liegengelassen.

Der Bürgermeister, Anwalt Milani, versuchte ohne Erfolg zu vermitteln, forderte ein härteres Durchgreifen vom Präfekten und rief den Chef der Carabinieri zu Hilfe, konnte jedoch nur wenig gegen die Wogen ausrichten, die aus der Ferne heranrollten und die Sturzwellen einer schwarzen Todesflut über Colle brachten.

Im Haus an der Stadtmauer hegte Annina weiterhin Cafieros Liebe in sich, spürte sie wachsen und wiegte sie mit den Geschichten, mit denen sie sich über eine Kindheit getröstet hatte, die durch den Wahnsinn des Vaters und durch eine zarte Mutter, die sich wie eine Wolke verflüchtigt hatte, überschattet gewesen war. Sie wiegte sich und ihre Zukunft in den Geschichten darüber, was im guten wie im schlechten der Geist von Colle gewesen war, seit der Maestro aus dem Zug gestiegen war bis hin zu der Zeit, als sein jüngster Sohn Verrat und Zuchthaus aus nächster Nähe erlebte.

»Wenn alles zu sterben droht«, dachte Annina in jenen Tagen erneuter Einsamkeit, »soll sich der Lebensfaden dieses Ortes wenigstens durch seine Worte aufrollen und entrollen.« Und sollte es wirklich einen roten Faden in seinen Geschichten geben, schien es ihr das einzige Ziel von so viel Leben zu sein, ihn zu erzählen.

Das Auto hielt knirschend auf dem Kies vor dem Pfarrhaus. Ideale schaute von seinem Heft auf, hörte die erregten Stimmen und verstand.

»Los, geh weg«, sagte er zu Bruna.

Die alte Haushälterin sah ihn erstaunt an und erwog

wohl einen Widerspruch, doch er kam ihr mit einem Ton zuvor, der befehlend und keineswegs bittend war.

»Los, verschwinde von hier, schnell!«

So stand er allein vor den drei jungen Burschen im Schwarzhemd, als sich die Tür öffnete, noch mit dem Heft in der Hand, als wartete er schon auf sie. Der vierte kam nicht herein, sondern blieb auf der Treppe zurück, um für diese Kraftmeierei Schmiere zu stehen.

»Dich kenne ich nicht«, sagte Ideale zu dem größten, »doch du bist Pietrino Rosati aus Stazione und du Adelmo Bollani aus Piana.«

»Na, um so besser, Pfaffe, dann müssen wir uns ja nicht erst vorstellen«, sagte Adelmo mit prahlerischem Grinsen.

»Ausgerechnet du, Bollani. Hattest du nicht den Mut, allein zu kommen, um mich zu verprügeln, und mußtest du deshalb in diesem Vierertrupp anrücken?« sagte Ideale weiter.

»Wir machen solche Sachen lieber gemeinsam, denn schließlich ist geteilte Freude doppelte Freude. Aus christlicher Nächstenliebe also ...« höhnte Adelmo.

Ideale verhärtete sich.

»Aber um Nocciolino und die anderen einsperren zu lassen und deinen Bruder als Verräter hinzustellen, dafür reichte dein Mut ganz allein«, schleuderte er ihm in einem Atemzug entgegen.

Eine Ohrfeige traf ihn mitten ins Gesicht.

»Du wagst es, von Verrat zu sprechen, obwohl gerade du deinen Glauben an die Aufrührer verkauft hast?« schrie nun der Faschist, während seine beiden Spießgesellen wie auf ein verabredetes Zeichen hin zum Bücherregal gingen.

Ideale bekreuzigte sich, dann fuhr er sich mit der Hand über die Wange.

»Recht so. Ich habe mich gefragt, wie man sich in solchen Fällen verhält. Wer den ersten Schlag austeilt und ob es, sozusagen, eine Art Festordnung gibt. Doch ich merke schon, daß da nichts Neues ist. Nur die alte, die uralte Wut. Nun ja, immerhin ist das Eis gebrochen. Also, auf geht's!«

Währenddessen riß Pietrino Rosati die Bücher aus den Regalen und gab sie mit plumpem Gehabe seinem Kumpan, der sehr langsam und sadistisch die Umschläge abriß, ein Bündel Seiten herausfetzte und sie auf den Boden warf.

Adelmo und Ideale starrten sich eine ganze Weile an.

»Obgleich ich dich verfluche, verzeihe ich dir, Adelmo Bollani«, sagte der Sohn des Maestros schließlich.

Der Stockhieb traf ihn am Hals, und kurzzeitig glaubte er, das Bewußtsein zu verlieren. Dann ein Tritt in den Bauch, weitere Ohrfeigen, Faustschläge und wer weiß was noch alles. Ideale reagierte nicht, knickte nur in den Beinen ein und fiel wie zum Gebet auf die Knie. Vor sich sah er, wie der größte der Faschisten auf die Seiten pinkelte, die er zu seinen Füßen aufgehäuft hatte, und daß aus dem Stapel ein noch nahezu unversehrtes Buch herausschaute, eingeschlagen in vergilbtes Zeitungspapier.

Dieser Anblick traf ihn schlimmer als die Schläge, die sich nunmehr in einer behaglichen Wärme verloren. Darin sah er seine Kindheit wieder, seinen Vater, den Traum, der nie in Erfüllung gegangen war und der sich nun in einen gleißenden, vollkommenen Schmerz verwandelt hatte. Ideale streckte den Arm aus, um sich an dieses letzte Licht zu klammern, traf jedoch nur auf die Hand Rosatis, der herbeigekommen war und seinem Komplizen half, einen Mann festzuhalten, um ihn besser verprügeln zu können.

Ein Schlag ins Kreuz streckte ihn auf einem Boden nieder, der nun aus Wasser bestand. Er lag auf dem Rücken, erblickte an der Zimmerdecke Lugano und die Fahnen, und dann stieg der Maestro aus den Fahnen zu ihm herab, um ihm nach diesem langen Schweigen ein Lächeln zu schenken.

Ideale wollte ihn umarmen, ihm für jedes Wort danken, für alles, was er ihn gelehrt hatte, für dieses ganze Leben, doch ein blutiges Herz steckte ihm in der Kehle, und sein Blick war wie durch einen Schleier getrübt. Da verzichtete er auf alle Worte, ließ sich von seinem Vater an die Hand nehmen und sich endlich zu den weißen Wolken der Schweiz führen, in seinen Himmel hinein.

Nicht lange nach Ideales Tod konnte Telemach endlich seinen Traum verwirklichen, Bürgermeister von Colle zu werden. Unter der Regie von Hauptmann Soldani brachten die Banden der Schwarzhemden die letzten Widersacher mit Schlagstöcken, Drohungen und Abführmitteln gewaltsam zum Schweigen. Und da der Bürgermeister, Anwalt Milani, nach wie vor auf das Einschreiten des Präfekten drängte, ließ ihm Soldani kurz entschlossen ein Ultimatum zukommen.

Er erschien mit Vollgas und quietschenden Autoreifen vor dem Portal des Rechtsanwalts und ließ den Torgang des alten Palazzos von dem Dröhnen stampfender Schritte widerhallen, das der arme Advokat sein Lebtag nicht mehr vergessen sollte.

Von zwei Kraftprotzen eskortiert wie ein General, platzte der Kriegsveteran vom Monte Grappa unangemeldet in sein Büro, indem er die Tür von seinen Spießgesellen aufreißen ließ und die hehren Einwände des Bürgermeisters mit einem Reitpeitschenhieb auf den Schreibtisch unterbrach, der zweifelsfrei verdeutlichte, welche Wendung ihre Begegnung nehmen würde, falls Milani seine Proteste nicht unverzüglich einstellte.

»Das ist sicherlich nicht der geeignete Zeitpunkt für gute Manieren«, sagte Soldani ohne Umschweife. »Das Wohl des Vaterlands verlangt ganz andere Dinge als die von Ihnen geforderten Katzbuckeleien. Die Stunde der Entscheidung ist auch für Colle gekommen: Ich habe hier eine Nachricht von Kamerad Compagni für Sie, dem Sekretär der faschistischen Partei.« Damit übergab er dem Bürgermeister einen Briefumschlag mit dem Wappen der Partei.

Milani öffnete ihn mit eher vor Entrüstung denn vor Angst zitternden Händen. Er las:

»Angesichts der Tatsache, daß Italien den Italienern gehören sollte und folglich nicht von Individuen wie Ihnen regiert werden kann, mache ich mich zum Sprecher Ihrer Untergebenen und der hiesigen Bürger und rate Ihnen, bis zum 17. April Ihren Rücktritt als Bürgermeister einzureichen, andernfalls haften Sie für alle Schäden an Sachgütern und Personen. Sollten Sie sich wegen meines rechtschaffenen, höflichen und menschenfreundlichen Ratschlags aber, wie es Ihre Art zu sein scheint, zum x-tenmal partout wieder bei der Obrigkeit beschweren wollen, wird der obengenannte Termin vorverlegt auf Mittwoch, den 13., da diese Zahl ja bekanntlich Glück bringt. Hochachtungsvoll.«

Milani war wie vom Donner gerührt und fand nur noch die Kraft, den drei Schurken etwas hinterherzuschreien, die sich trollten, nachdem sie ihn mit gestrecktem Arm gegrüßt hatten. Dann faßte er sich und schwor sich, daß er keinen Zentimeter aus diesem Palazzo weichen würde, der Colle Alto neben Rocca überragte.

Am selben Nachmittag zersprang dem alten Amtsdiener des Rathauses fast das Herz im Leib, als er, je drei Stufen auf einmal nehmend, die Freitreppe hinaufstürzte, um dem Bürgermeister schleunigst mitzuteilen, daß sein Fiat auf dem Marktplatz lichterloh brannte. Auf Milanis wiederholte Proteste hin antwortete der Präfekt, daß er ihn vollkommen verstehe und daß jetzt, da gewisse Hitzköpfe durch die Gegend liefen, die Zeiten für niemanden leicht seien, empfahl ihm jedoch, einmal darüber nachzudenken, daß diese Mode, Autos in so großer Zahl herzustellen, im Grunde ihren Preis drücke, gut und schön, aber Teufel auch!, ihre Mängel gingen in die Tausende. Dem sei doch ein einziges der schönen Autos vorzuziehen, wie man sie in der Bertorelli-Fabrik baute, oder, nur so zum Beispiel, eine Isotta Fraschini oder, für den, der es sich leisten könne, ein schneller Bugatti.

Schließlich kam am Abend dieses unglückseligen Tages Milanis Sohn Ubaldo keuchend nach Hause und erzählte, daß ihn einige finstere Gestalten im Schwarzhemd auf der Straße umringt hätten, ihn in einen Hauseingang gedrängt und mit einem Dolch einen Zentimeter vor seiner Kehle gebeten hätten, seinem Vater, dem Herrn Bürgermeister, doch auszurichten, daß die vereinbarte Frist auf den 13. April vorverlegt worden sei. Der alte Anwalt verstand, sank in seinem Sessel zusammen und sagte seinem Sohn, er könne dessen Leben, das Leben seiner Schwester und das seiner ganzen Familie nicht aufs Spiel setzen, nur um diesen Halunken zu trotzen, die Italien an sich gerissen hätten und gewiß auch auf Colle und den Padule nicht verzichten würden.

Telemach hatte also freie Bahn, nicht zuletzt wegen des Einflusses des Grafen von Malgardo auf den Präfekten und wegen der Dinge, die Soldani der Partei über seine entscheidende Unterstützung mitgeteilt hatte, die er ihm in der Stunde der Not hatte zuteil werden lassen.

Telemach ging nun mit Herzklopfen und Ungeduld die Stufen zum alten Rathaus hinauf, mit einem Gefühl, das sich erst legte, als er hinter dem wuchtigen Schreibtisch saß und von dort aus durch das Fenster den Marktplatz erblickte, die Steinhäuser und im Hintergrund, wie eine Begrenzung für das Grün der Felder, das Glitzern des Padule Lungo.

Eine maßlose Befriedigung erfüllte ihn vor diesem Panorama und vertrieb die Bangigkeit, die ihn heftig überfallen hatte, als er die letzten Stufen, die ihn noch von seinem Traum trennten, hinaufgestiegen war. Er legte die Hände auf die geschnitzte Tischkante, als wollte er sein Ziel gut festhalten. Er hatte es geschafft, dachte er, trotz allem und allen. Er hatte es geschafft, trotz der harten Arbeit als Schweinezüchter, der er so viele Jahre nachgegangen war, Tag für Tag, Stunde für Stunde. Trotz Odysseus und seines Wahnsinns. Trotz Rosas Flucht und trotz dieses Mistkerls Hektor, trotz Rina und Isolina. Trotz des Krieges und der Spanischen Grippe und Annina, die bei diesen Umstürzlern eingeheiratet hatte. Es war ihm gelungen, aus tausend Schwierigkeiten heil herauszukommen, und endlich konnte er den Weg für die Zukunft und für Äneas bereiten, nun, da die Familie ein großes Haus, Wohlstand, Ansehen und sogar Macht besaß.

Alles lief wie geschmiert, und er würde, so dachte er, ein gerechter, geachteter Bürgermeister wie kein zweiter sein.

Dann fiel ihm ein, daß es doch schön wäre, ein Wappen zu haben, ein Wahrzeichen, das die Bertorellis wie eine Adelsfamilie repräsentierte. Er schaute ins Tal hinunter, wo Prataio lag, und versuchte, sich etwas auszudenken. Kurz darauf brach er in schallendes Gelächter aus, bis ihm fast übel wurde.

Das einzige Bild, das ihm in den Sinn kam, hob sich rosa von einem schwarzen Grund ab: Es war ein Schwein auf den Hinterbeinen, das fest in seiner Schweinepfote einen Knüppel hielt.

Annina trug ihre Schwangerschaft unter der doppelten Last ihrer Arbeit und der Gefängnishaft Cafieros. Sie verbrachte fast jeden Tag bei den Leuten am Padule, kümmerte sich um die Kinder, um die Haushalte, um die Boote und um die kläglichen Reste, die nach Ideales Tod von der Volksschule geblieben waren. Oft hörte sie den Frauen zu, die gemeinsam mit ihr Angelschnüre oder Tauwerk richteten, während sie erzählten, was sich dem Vernehmen nach gerade in der Stadt und anderswo zutrug, und über Leute sprachen, die die Persönlichkeiten aus Colles Geschichte, deren Erzählkunst und deren Leichtigkeit ersetzt hatten. Und obgleich die ältesten von ihnen, vor allem Renzia und Armida, zuweilen versuchten, die trostlosen Berichte von Not und Elend mit pikanten Einzelheiten und mit dörflichem Tratsch aufzulockern, mußte Annina, noch mit einem Lächeln auf den Lippen, doch irgendwann wieder an die Zelle denken, in der sie ihren Mann wußte, und ihre gute Stimmung verflog in einem Schaudern oder in einem geistesabwesenden Blick.

Abends kehrte sie auf der steilen Straße nach Colle hinauf vom Padule zurück, nun auf Cafieros Fahrrad statt auf dem Rücken des Pferdes, das sie in Portale verkauft hatte, um wenigstens das Nötigste zum Abendessen zu haben. Annina radelte verbissen bergauf, wobei sie auf den Pedalen hin und her schwankte, so daß sie wie ein beschwipster Luigi Ganna bei der Bezwingung eines Alpenpasses aussah. Selbst als die Beschwerlichkeit ihrer Schwangerschaft nicht mehr zu ignorieren war, fuhr Annina, ungeachtet der Sorgen, die sich die anderen Frauen wegen dieser Anstrengung und aus Angst vor einem Sturz um sie machten, auf jenem viel zu großen schwarzen Vehikel auch weiterhin bergab und bergauf.

Im Haus an der Stadtmauer ging sie abends zu Bett ohne den Trost einer Umarmung, in der sie vor undenklichen Zeiten, wie es ihr schien, ihren Seelenfrieden gefunden hatte. Oft stand sie nachts auf, schaute aus dem Fenster zu den wenigen Lichtern im Tal hinunter und vertrieb sich in der Dunkelheit die Zeit damit, den Weg der Eisenbahn zu erraten, ihm bis hinter den Viadukt, bis hinter die Grenze des Padule und bis in die Stadt hinein zu folgen, wo Cafiero hinter Gittern saß.

Obwohl die Frauen sie beschworen, doch bei Renzia oder bei der alten Armida zu schlafen, die einsam und verwitwet waren, schlug Annina alle Ratschläge in den Wind und stieg bei jedem Wetter und zu jeder Jahreszeit auf das schwarze Fahrrad, um sich mit dem mühsamen Aufstieg die Intimität ihrer Nächte zu bewahren, in denen sie allein bleiben wollte, um sich in der Dunkelheit Cafiero herbeizuträumen.

Einzig Orest, der sich wie immer den Anordnungen seines Vaters widersetzte, hatte den Mut, die Isolation jener Nächte zu durchbrechen, indem er sich wie ein Dieb auf den Wegen, die der Maestro so oft gegangen war, aus Prataio davonstahl. Wenn er am Haus oben an der Stadtmauer ankam, warf er kleine Steine an das Fenster, hinter dem er Annina sah, die im Dunkeln von der Liebe träumte.

Dann lächelte sie, kam herunter und öffnete ihm die Tür zu dem kleinen Garten, so daß er durch den Hintereingang schlüpfen konnte. Sie umarmte ihn gerührt und hörte sich das Neueste aus der Fabrik, aus Prataio und von Rina an, die nicht länger kochen wollte und daher von Hektor eine Köchin und zudem einen Chauffeur verlangt hatte, mit dem sie mindestens einmal in der Woche in die Stadt fahren konnte, um ihre Töchter bei den Ursulinen zu besuchen, vor allem jedoch die Schneider und Friseure.

Es waren glückliche Augenblicke, kleine Oasen in der Wüste von Anninas Nächten, und sie schlürfte die Worte ihres Cousins wie ein Durstiger, der den letzten Becher Wasser trinkt. Sie betrachtete ihn, während er redete und seine Geschichten mit Gesten, mit einem Lächeln, mit Wut oder mit Ungestüm untermalte, und oftmals streckte sie die Hand nach ihm aus, als wollte sie sich seiner Existenz vergewissern, und streichelte seine Wange, sei es, um ihm eine Sorge zu nehmen, sei es, um eine Freude zu betonen, und immer, um sich für die Zuneigung zu bedanken, die Orest ihr bei seinen heimlichen Besuchen schenkte.

Diese Zuneigung führte Orest auch in der Nacht, als Annina entband, unter das Fenster am Haus an der Stadtmauer. An jenem Abend war sie zu Fuß vom Padule hinaufgekommen, da ihr das Geschaukel auf Cafieros Rad mit jener Wassermelone von Bauch unmöglich geworden war, und so war sie erschöpft und mit heftigen Rückenschmerzen in Colle angekommen. Ihr Bauch pulsierte, und das Herz schlug ihr bis zum Hals. Sie rechnete nach und sagte sich, daß es für die Entbindung noch zu früh sei, ein reichlicher Monat fehlte noch, vielleicht sogar zwei. Obwohl der Schmerz ihr weiter unablässig in die Hüften stach, blieb sie mindestens eine Stunde mit dem Blick auf das Tal stehen, um in die Nacht zu schauen und von der Liebe zu träumen. Während sie zum x-tenmal dem Weg der Eisenbahn ins Schwarze hinein folgte, spürte sie, daß ihre Füße naß wurden, und begriff, daß Cafieros Kind beschlossen hatte, zur Welt zu kommen, und obgleich sie allein in der Dunkelheit war und ohne eine Menschenseele, die ihr half, war sie glücklich, denn sie wußte, daß sie von nun an nie mehr allein sein würde.

Dann warf sie ein Messerstich in den Bauch und ein weiterer in die Hüften auf das Bett, und dort kam die Angst. Nicht um sich selbst, sondern um jenes Leben, das ihr scheinbar die Eingeweide zerfetzen wollte, um herauszukommen, ganz als suchte es in den verschlungenen Gängen ihres Bauches einen Weg, den es nicht finden konnte. Ihr Kind schob und drückte, bis es ihr fast das Fleisch zerriß und den Atem nahm, dann schien es sich zurückzuziehen, so daß Annina den Unterschied zwischen der brennenden Hölle und dem Paradies, in dem die Flammen fehlen, spürte.

Während sie sich bemühte, in diesem Feuermeer nicht zu ersticken, malte sie sich die große Eile ihres armen Kindes aus, das ebenso eingesperrt war wie sein Vater, allerdings in einem engen, pulsierenden Gefängnis aus Fleisch und Blut. Sie stellte sich vor, wie es sich mit vor Anstrengung zusammengepreßten Lippen und Augen in ihr voranschob, ein winziger Grubenarbeiter in ihrem Bauch, der das Leben mit den Fäusten suchte. Gleich darauf sah sie es in ihren Gedanken erschöpft und reglos Atem holen, bevor es einen neuen Ansturm auf das Licht unternahm, und sie fürchtete, seine kleinen Hände könnten an den zu engen Wänden zerbrechen, verflucht wie sie war mit ihrer Unfähigkeit, nichts zu sein, zu explodieren, sich in Luft aufzulösen und sich zu öffnen wie eine Blume in milder Luft, im Licht und für ein Insekt.

So versuchte sie, seine Anstrengungen zu unterstützen, und wenn es sich schürfend meldete, setzte sie alles daran, mit gespreizten Beinen ihren Schoß zu weiten, während sie die Augen zusammenkniff, um nicht einem Schmerz ins Gesicht zu sehen, der so entsetzlich war, daß sie schreien mußte. Länger als eine Stunde bahnte Annina Minute für Minute gemeinsam mit dem Kind seinen Weg in die Welt hinaus, bis es mit heftigem Schreien endlich verkündete, daß es diese Mühe gemeistert hatte und bereit war, es nun mit einer anderen, noch unbekannten Welt aufzunehmen.

Wie erschlagen vor Erschöpfung setzte sie sich auf, nahm es zum erstenmal in die Hände und war erstaunt, daß das rasende Geschöpf, das ihr den Bauch zerrissen hatte, ein winziges, zerbrechliches und vollkommen nasses kleines Ding war. Bevor sie das fleischliche Band durchtrennte, das sie noch vereinte, hielt sie das Kind eine Zeitlang auf ihrem Bauch und versuchte, mit ihm zu sprechen, doch ihre Stimme versagte ihr den Dienst. Sie war ihr im Hals gefroren, erstarrt von der Liebe zu jenem Leben, welches Annina für immer mit Cafiero verband.

Der Schrei, mit dem sie jenes Eis durchbrach, überraschte sie selbst, da sie geglaubt hatte, ihr Leidensweg sei vorüber, doch statt dessen machte sich nun noch etwas anderes bemerkbar, was stärker hinausdrängte, grub und wühlte, und Annina spürte eine Last auf sich, der man nicht entgeht, und Isolinas Worte über die Unfähigkeit der Baglinis, eine anständige Entbindung zustande zu bringen, klangen ihr im Ohr, ebenso wie Rosas Geschichten über Soles abenteuerliche Geburt und dann Mena, die bei Äneas' Geburt fast gestorben war, und nun sie und dieses Unheil in ihrem Bauch.

Annina schrie vor Verzweiflung, mit dem ersten winzigen Kind im Arm und einem zweiten zwischen den Beinen, das schürfte, preßte und versuchte, am Leben zu bleiben, obgleich es quer lag, eingeklemmt wurde und halb erstickt war.

Orest kam zum Haus an der Stadtmauer und sah seine Cousine zum erstenmal nicht am Fenster stehen. Er wartete einige Minuten und warf dann wie gewöhnlich Steinchen an die Scheiben, um auf sich aufmerksam zu machen. Eine leichte Unruhe stieg in ihm auf, doch sogleich fiel ihm sein letzter Besuch wieder ein, als auch er darauf gedrängt hatte, daß Annina künftig am Padule bleiben und bei Armida oder Renzia schlafen solle, die ihr nun, da ihr Melonenbauch beinahe reif war, beistehen konnten.

Er schmunzelte und glaubte, dieses störrische Mädchen habe endlich einmal auf ihn gehört und Vernunft angenommen, nachdem sie seinen Vorschlag zunächst freundlich dankend abgelehnt und jede Hilfsbedürftigkeit geleugnet hatte. Etwas beruhigt hatte er sich bereits zum Gehen gewandt, um nach Prataio zurückzukehren, als er Anninas Schrei hörte. Obgleich durch die Hauswände und durch die Entfernung gedämpft, war darin noch die Kraft zu erkennen, die Berge versetzt.

Orest verstand. Er schwang sich auf die kleine Mauer und sprang von dort an die Dachrinne, an der er zum Fenster hinüberhangelte. Er trat die Scheibe ein und eilte seiner Cousine zu Hilfe. Als er sie in diesem Zustand sah, mit ihrem vor Anstrengung roten und verzerrten Gesicht, stöhnend und mit einem lebenden Fleischklumpen in den Händen, rutschte ihm das Herz in die Hose, und er begann dermaßen zu stammeln und zu wimmern, daß ausgerechnet Annina ihm Mut zusprechen mußte.

»Dummer Kerl«, stieß sie zwischen den Zähnen hervor. »Los, hol schon Hilfe, ich bin hier wirklich in ernsten Schwierigkeiten.«

Als ihr Cousin zögerte, drückte sie ihm das neugeborene Kindchen in den Arm und schrie ihn fast an:

»Wickle es in ein Tuch und bring es zu den Frauen vom Padule. Sag ihnen, daß ich noch eins kriegen muß und Angst habe, daß es wie bei meiner Mutter und wie bei Mena wird.«

Wie Orest zu Renzias Haus gelangte, hätte nicht einmal er selbst sagen können. Er eilte im Laufschritt hinunter zum Bahnhof, wo er Hektors Auto abgestellt hatte, raste damit zum Padule, ohne auf die Straße zu achten, und schlug dort einen solchen Heidenlärm, daß in nahezu allen Fischerkaten das Licht anging, die Nachricht sich wie ein Lauffeuer verbreitete und eine Gruppe verschlafener Menschen vor dem Haus der alten Renzia zusammenlief, um wie an einer Weihnachtskrippe den ersten Enkel des Maestros zu bestaunen.

Orest berichtete allen von den Ereignissen, und sogleich gab jeder seinen Kommentar dazu, äußerte Vermutungen, verschiedene Namen, traurige Prophezeiungen und unvollendete Sätze, bis Armida in ihrem Ärger über dieses ganze Geschwätz herausplatzte:

»O ihr nichtsnutziges Pack, was steht ihr hier herum und quatscht, während Annina allein mit einem Baby in Colle liegt, das ihr im Bauch wegsterben kann?«

Die Anwesenden verstummten und schauten sie an, während sie unverzüglich auf Morena zeigte und sagte:

»Morena, du gehst mit Orest zur alten Maddalena, um sie zu überreden, zu Annina hinaufzusteigen. Dorìco, du gehst mit ihnen, um Maddalena zu stützen.« So waren in Sekundenschnelle alle am Haus der alten Hebamme.

Reglos in ihrem Sessel sitzend, schüttelte Maddalena ungläubig den Kopf. Wie sollte sie, die sich nicht einmal auf den Beinen halten konnte und fast blind war, Odysseus' Tochter beistehen? Seit nunmehr fast fünf Jahren habe sie ihr Haus nicht mehr verlassen, man solle sie in Ruhe auf den Tod warten lassen und bei denen Hilfe suchen, die sie auch wirklich leisten könnten.

Orest hockte sich neben sie, nahm ihre Hand und sagte:

»Maddalena, wissen Sie noch? Sie haben Annina auf die Welt geholfen und haben so etwas wie eine Mutterpflicht ihr gegenüber. Sie besitzen die Kunst und den Zauber Ihrer Worte und Ihrer Hände, mit denen Sie ihr das Leben geschenkt haben und auch ihrem Bruder, den Sie wie eine Kartoffel aus Rosa herausgezogen haben. Annina hat mir erzählt, daß sie der gleiche Fluch trifft wie ihre Mutter und wie Mena. Glauben Sie, die Sie sich mit solchen Geschichten auskennen, wirklich, daß es in Colle jemanden geben könnte, der fähig wäre, sie zu entbinden, wie einst Sie es getan haben?«

Die Alte drückte Orest die Hand und schien noch aufmerksamer in den Schleier zu spähen, den der graue Star ihr auf die Augen gelegt hatte. Sie verharrte einige Minuten schweigend, nahm dann seinen Arm und stieß hervor:

»Zwei kräftige Männer müssen mich stützen, ich bin dick wie eine Tonne geworden. Hebt mich hoch und bringt mich zu meiner Annina. Das wird das letztemal sein, daß ich jemandem auf diese abscheuliche Welt helfe, so nahe bin ich dem Tod, und es wird ihm nicht sehr schaden, wenn ich noch einem weiteren Küken den Weg weise. Um die Rechnung auszugleichen, werde ich wohl ein wenig eher abtreten, um mir die Radieschen von unten zu besehen.«

Sie hievten sie ins Auto und rasten wie verrückt zum Haus an der Stadtmauer, wo Annina mittlerweile mehr tot als lebendig war. Mit einem schwachen Lächeln begrüßte sie die alte Hebamme, die ihr mit den Händen übers Gesicht fuhr, um ihr den Schweiß abzuwischen.

»Ganz ruhig«, sagte Maddalena. »Morena wird mir die Augen ersetzen, und Orest und Dorìco werden meine Beine sein. Meine Hände sind, mit Gottes Hilfe, noch gesund und werden es schon machen.«

So legte Maddalena, die sich von den beiden Männern stützen ließ und Morena bat, ihr zu beschreiben, was sie sah, ihre Hände, mit denen sie Annina auf die Welt geholt hatte, auf deren Bauch und setzte Worte um sie her, die auch Rosas Widerspenstigkeit in der Nacht ihrer Entbindung entkrampft hatten. Sie hüllte sie in jene Geschichten, überredete sie, sich auf dem weichen Lager von Verben auszustrecken, das sie ihr bereitet hatte, und spulte mit einer Engelsgeduld Substantive, Konjunktionen, lange Satzgefüge und gepaarte Reime ab und auf, mit denen sie die Härte der Knoten löste, in denen der kleine Tolpatsch sich verfangen hatte, und während sie ihn noch mit Liebkosungen und Worten massierte, überzeugte sie ihn, aus seinem Versteck herauszugleiten, und redete weiter, bis der kleine Schwächling, nun endgültig geboren, wie besessen zu schreien begann.

Während Morena den Kleinen versorgte, streichelte Maddalena die nun schlafende Annina ein letztes Mal und ließ sich von den beiden Männern hinaustragen. Orest brachte sie in den Garten und setzte sie in den Sessel, den Dorìco mit Blick auf das Tal an die kleine Mauer gestellt hatte. Maddalena bedeutete dem jungen Mann, bei ihr zu bleiben.

»Dort unten liegt Stazione, nicht wahr?« fragte sie.

Als Orest dies bejahte, bat sie ihn, ihr noch einmal zu beschreiben, was dort zu sehen war, und er erzählte ihr von der Straße, die bis zur Ziegelbrennerei hinunterführte, und von der langen Mauer und von dem Schornstein und von dem Hof mit den Ziegelstapeln und dann von den ersten Häusern von Stazione und von der Eisenbahn, die eine sanfte Kurve beschrieb, fast wie ein Vogelflug. Und während Orest redete, nickte die alte Hebamme und wiederholte die Namen der Menschen, denen sie auf die Welt geholfen hatte und die in den neuen Häusern oder auf dem Gut wohnten, von dem er nun redete, und sie lächelte oder verzog den Mund, als hätte sie diese Leute wirklich vor sich, vor ihren nebelverhangenen Augen, und sie empfand noch einmal Sympathie für diesen oder Bedauern für jenen, sei es wegen einer Krankheit, sei es wegen einer Unhöflichkeit, und von so manchem kannte sie die Geheimnisse, die Fehler, die Liebschaften und die Dummheiten.

Erst als Orest am Ende des Tals angelangt war, dort, wo sich sein Blick verlor und er nur noch mit Mühe einen Baum oder eine Straße erkennen konnte, sagte Maddalena, nun möge es wohl genügen, und starrte still auf die reglose Luft des neugeborenen Morgens, lauschte auf das erste Vogelgezwitscher und auf die Geräusche der Altstadt, die nun wie jeden Tag erwachte, ohne zu wissen, daß Maddalena sie ganz in sich aufgenommen hatte, für immer.

Orest spürte den nachlassenden Druck ihrer Hände und glaubte, sie sei eingeschlafen. Die Strapazen der Nacht lasteten auch auf ihm, und so schloß er die Lider, um den Frieden dieses Augenblicks zu genießen. Doch ein plötzlicher Gedanke rüttelte ihn wieder auf, weshalb er die Augen aufschlug und die alte Hebamme wieder und wieder rief, sie an sich drückte, streichelte und dann versuchte, einen Weg zu finden, um die Rührung aufzuhalten, die ihm den Hals zuschnürte, und um sie noch ein Weilchen bei sich zu behalten, sie, die inzwischen fortgegangen war und nun schon jenseits des Padule weilte, zwischen den Häusern von Piana, in Richtung Pieve, dort, wo alle waren, denen sie auf die Welt geholfen hatte und die sie von Anninas Garten aus niemals hätte sehen können.

Nur wenige Monate später konnte Cafiero Annina und die Zwillinge, die während seiner Haft geboren waren, in die Arme schließen. Wie schon sein Vater kam er mit dem Zug und fragte am Bahnhof, ob ihn jemand in die Altstadt hinauf mitnehmen könne. Auf den ersten Blick schien sich in seiner Abwesenheit nicht viel verändert zu haben, doch da Cafiero es am eigenen Leib erfahren hatte, wußte er nur zu gut, wieviel weniger Luft zum Atmen all jenen geblieben war, die Freiheit und Gerechtigkeit liebten. Unwillkürlich schaute er in der vergeblichen Hoffnung in Richtung Piana, den Glockenturm von Pieve zu erkennen, der für seine Augen viel zu weit entfernt war, doch nicht so weit, daß er sich nicht die Gräber von Ideale und Libertà auf dem kleinen Friedhof neben dem Pfarrhaus vorstellen konnte.

Die Trostlosigkeit dieses Gedankens verflog, sobald er das Haus an der Stadtmauer erreicht hatte, und verwandelte sich in reines Glück, als er endlich Annina in die Arme nehmen konnte und zum erstenmal seine Kinder sah, denen Annina die Namen Sole, für den Letztgeborenen, und Ideale, für den Erstgeborenen, gegeben hatte. Am Abend kamen vom Padule Morena und ihr Mann Nardo vorbei, der Cafiero über die politische Lage informierte und ihn zur Vorsicht mahnte. Telemach Bertorelli habe es geschafft, Bürgermeister und sogar Podestà zu werden, wie das höchste Amt in Colle nunmehr genannt werde, und Hauptmann Soldani stehe mit seinen Handlangern zwar nicht mehr so oft wie früher, doch nach wie vor bereit, um jeden, dessen Ansichten mit denen des Duce in Rom nicht ganz auf einer Linie lagen, Knüppel und Abführmittel spüren zu lassen.

Also keine Dummheiten gemacht und die Augen immer schön nach allen Seiten offengehalten, denn so wahrscheinlich der Kampf nie aufhören werde, müsse er nun doch anders geführt werden, ohne Kurzschlußhandlungen und gewiß nicht am hellichten Tag. Im übrigen sei nicht daran zu rütteln, daß Cafieros Rückkehr nach Colle gemeldet worden sei und daß folglich alle seine Bewegungen und seine Freundschaften registriert, beobachtet und überwacht wurden. Einfach alles. Schon dieses Treffen sei riskant, weshalb er und Morena schnell wieder zum Padule zurückwollten, zumal nun, da er seine Arbeit bei der Bahn verloren habe, noch genug Zeit zum Reden bleibe. Cafiero könne als Aushilfe bei den Fischern anfangen, bis er etwas anderes gefunden habe, um die zwei neuen Mäuler der Familie zu stopfen.

Nardos Warnungen erwiesen sich als berechtigt, denn schon am folgenden Tag ließ sich Soldani, eskortiert von Adelmo Bollani und Pietrino Rosati, in der Nähe von Cafieros Haus blicken, was er von nun an mehrmals täglich wiederholte. Die Zeiten waren hart, da Cafiero die bedrükkende Erfahrung machen mußte, in Freiheit gefangen zu sein und unter ständiger Bewachung zu stehen.

Die Last jener Tage wurde noch dadurch schwerer, daß der kleine Sole sich keiner kräftigen Gesundheit erfreute. Die ersten Diagnosen der einheimischen Ärzte, an die Annina und Cafiero sich gewandt hatten, um den Grund für seine Schwäche, seine oftmals dunklen Lippen, seinen schlechten Appetit und den großen Wachstumsunterschied zu seinem Zwillingsbruder herauszufinden, gaben nicht mehr als eine verschwommene Erklärung. Alle stimmten darin überein, daß es sich um ein Leiden handeln müsse, das auf die verzögerte Geburt zurückging, möglicherweise um eine Gehirnquetschung oder ein Trauma während jener wahrhaftig wundersamen Entbindung. Allerdings konnte keiner von ihnen eine konkrete Behandlung dieser Krankheit empfehlen, so daß Cafiero angesichts von so viel Leid bei einem so kleinen Geschöpf seine Gefährten vom Padule verzweifelt um Hilfe bat, um einen richtigen Arzt konsultieren zu können, einen aus der Stadt, der seine Sache verstand. Nachdem er das letzte Geld seiner Freunde und der Fischer zusammengekratzt hatte, nahm er Sole und Annina und stieg, auf der Suche nach einem Hoffnungsschimmer, in den Zug.

Der Spezialist orakelte, es handle sich um einen angeborenen Herzfehler, wahrscheinlich um eine Rhythmusstörung, um einen Rückstau des Blutes, jedenfalls um etwas, was dem Kind das Leben, das an einem seidenen Faden hänge, erschwere, ein zartes Blatt im Wind, das mit der Zeit vielleicht kräftiger werde, vielleicht aber auch schon durch ein Niesen von einem Augenblick auf den anderen vergehen könne. Also grenzenlose Vorsicht, sorgfältige Ernährung, wenig Anstrengung, ein in Watte gepacktes Ei. Annina versuchte, sich Mut zu machen, und sagte sich, dem Leben müsse man sowieso immer unter die Arme greifen, und wenn dies ein zerbrechliches Ei sei, würden sie es wie ihren Augapfel hüten, bis die Schale fest genug sei.

Obgleich Cafiero wußte, daß ihn keine unmittelbare Schuld traf, machte er sich in seinem tiefsten Innern doch Vorwürfe, weil er nicht dagewesen war, als Annina das Kind zur Welt gebracht hatte, und dieses Gefühl zog sich unwiderruflich durch sein Leben wie eine verborgene Last, die er kaum tragen konnte und die bei jedem Blick seines kranken Sohnes erneuert wurde, bei jedem seiner langsamen Schritte, bei jedem Keuchen. Sole wuchs jedoch trotz seiner Zartheit mit frischem Lebensgeist heran, der nicht zuletzt durch die fröhliche Gesellschaft von Ideale und der im nachfolgenden Jahr geborenen Filomena gestärkt wurde, vor allem aber durch die Kraft Anninas, die ihn, das zarte Pflänzchen, begleitete, indem sie ihn mit den Geschichten versorgte, mit denen ihr Bruder sie einst begleitet hatte, bevor er auf der Suche nach dem Orient fortgegangen war.

Durch seine Krankheit lernte der kleine Sole gründlich das langsame Zeitmaß der Wörter und den Zauber des Erzählens kennen, die Möglichkeit, in den Meeren der Phantasie und in der Erinnerung an die Vergangenheit einen freien Atem zu finden, das Herzklopfen im Mut längst verschwundener Menschen, den ungezügelten Lauf zu fernen und faszinierenden Orten oder zu Plätzen ganz in seiner Nähe, die durch die verflossene Zeit nun unwiederbringlich verändert waren.

Während ihm die Worte Maddalenas also auf die Welt geholfen hatten, fütterten ihn die Worte Anninas und Cafieros mit allem, was sein Herz brauchte, um kräftiger zu werden und sich dem Leben zu stellen, das ihn außerhalb des Hauses an der Stadtmauer erwartete. Einem Leben, das sich unbeirrt in seiner ganzen Härte zeigte, besonders in Gestalt von wirtschaftlichen Schwierigkeiten und durch die unablässige Verfolgung, mit der Soldani und seine Schergen den Sohn des Maestros behelligten. Keine Gelegenheit wurde versäumt, um Cafiero mit Drohungen, Einschüchterungen und Kontrollen zu schikanieren. Bei Besuchen von Würdenträgern oder hohen Regierungsbeamten in Colle und den umliegenden Orten zwang man ihn zudem, sich beim Kommando der Carabinieri zu melden, wo er verhört und vorbeugend in Gewahrsam genommen wurde.

Und eines Abends, an dem Tag nämlich, als der Anarchist Lucetti sein Attentat auf den Duce von Rom verübte, machte sich Annina mit einer bangen Vorahnung auf den Weg, um Cafiero auf der Straße ins Tal entgegenzugehen, da er nach Anbruch der Dunkelheit noch immer nicht vom Padule heimgekehrt war. Rings um sie her schien plötzlich alles einsam und verlassen zu sein, in einer Reglosigkeit, die nichts Gutes verhieß. Es begann zu regnen, und dieses Himmelsweinen bedrückte sie noch mehr. Ein Stückchen hinter der Ziegelbrennerei entdeckte sie auf dem Boden an der Mauer Cafieros Rad. Sie hob es auf und klammerte sich an das schwarze Eisen wie an eine Hoffnung, dann rief sie, schrie sie, mischte ihre Tränen unter die Regentropfen, ging weiter hinunter auf dem Weg zum Padule und sah ihn schließlich vor dem großen Kanal an einem Prellstein sitzen. Sie ließ das Rad fallen und lief zu ihm, wischte ihm das Blut mit ihren Händen ab, küßte seine von den Schlägen verquollenen Augen, streichelte seine abgeschürften Hände, und obgleich sie nur ein zartes Wesen war und er ein nunmehr zertrümmertes Felsengebirge, gelang es ihr, ihn sich auf den Rücken zu hieven, wobei sie ihn mit zärtlichen Worten überredete, langsam einen Fuß vor den anderen zu setzen, Schritt für Schritt, Kuß für Kuß, und so brachte sie das, was von ihrem Mann noch übrig war, nach Hause, ganz wie eine von einem wahnsinnigen und grausamen Künstler gemeißelte Pietà, und sie schrie im Regen gegen Soldani und den Duce an, gegen den König und gegen den Mistkerl Telemach und gegen die Feigheit all derer, die sich in ihren Häusern verkrochen hatten und Freiheit und Mitgefühl, die nun niemand mehr kannte, absterben ließen, diese feigen Hunde.

Mutterseelenallein brachte sie Cafiero in Sicherheit, tupfte ihm das Blut ab, versorgte seine Verletzungen, kochte ihm eine Tasse Glühwein mit Honig und Zimt und legte ihn dann ins Bett wie eines ihrer Kinder, und sie empfand für ihn und seine Wunden auch die gleiche Liebe wie für ihre Kinder. Sie legte sich zu ihm in die Dunkelheit und lauschte auf seinen unregelmäßigen Atem, schreckte bei jedem seiner Seufzer auf und hörte jedes Stöhnen. Sie spürte, wie seine kalte Haut warm und dann heiß wie ein Stück glühende Kohle wurde, feuchtete seine trockenen Lippen an und betete, sehnte sich, daß sie es sein möge, die litt, die starb, die dieses unerträgliche Leid auf sich nahm, sie wiegte ihn während dieser ganzen Nacht des Todeskampfes und umarmte ihn fest, um ihn daran zu hindern, aufzugeben, sich an einen anderen Traum zu klammern und weit fort zu gehen, so wie Rosa, Odysseus, Mena und Sole es getan hatten und überhaupt alle, die sie geliebt hatte.

Sie preßte ihn an sich und hielt ihn so lange und so fest umklammert, daß Nardo und Morena sie am Morgen mit großer Mühe von dem bereits erstarrten Körper losreißen mußten, um ihn anschließend gemeinsam mit den anderen Freunden vom Padule nach Piana zu geleiten, damit ihm eine leichtere Zeit geschenkt werde, sollte er doch nun auf dem kleinen Friedhof von Pieve neben Libertà und Ideale für immer ruhen.

Telemach demonstrierte seinen Mitbürgern alsbald, was er mit seinem Vorhaben gemeint hatte, als er sich vorgenommen hatte, ein gerechter und geachteter Bürgermeister wie kein zweiter zu sein. Einerseits ließ er es Soldani nie an Unterstützung fehlen, obgleich er sich wohlweislich hütete, sichtbare Spuren dieser Komplizenschaft zu hinterlassen, und andererseits versäumte er es nicht, sein Interesse an sozialen Verbesserungen in Colle deutlich zu machen, indem er etwa den Bau einer neuen Schule in der Gegend am Padule vorantrieb und auch die Erneuerung des Aquädukts und den Bau einer breiten, sicheren Straße, die die Altstadt mit Piana und später mit der großen Stadt verbinden sollte.

Wie der Duce von Rom, so gefiel sich auch Telemach darin, auf dem Dreschplatz von Malgardo, in der Ziegelbrennerei oder in Hektors Fabrik zu erscheinen, um sich mit den Bauern und den Arbeitern zu unterhalten, die neuen Traktoren des Grafen zu lenken und eine Fräse oder eine Schneidemaschine auszuprobieren. Außerdem besuchte er, wiewohl nicht mehr so regelmäßig wie früher, den Markt von Portale, um Geschäfte zu machen, Hände zu schütteln und mit Kollegen und Kunden essen und trinken zu gehen, wie er es jahrelang getan hatte. Gestärkt durch diese Verbindung zu den Leuten und zu der Gegend, achtete Telemach sorgfältig darauf, daß sein Ruf, den er als angesehener Geschäftsmann genoß, nie in Mitleidenschaft gezogen wurde.

Nach den Leiden des Krieges und der Spanischen Grippe, nach den Unruhen durch Streiks und Proteste, die mit Stockschlägen, Haftstrafen und Toten bezahlt wurden, legte sich eine scheinbare Ruhe auf die alten Häuser von Colle, überwacht von der düsteren Präsenz Soldanis und seiner Schwarzhemden. Die letzte Brutstätte des Widerstands, die bei den Ärmsten am Padule zu finden war, verschwand mit dem Padule selbst, als Telemach den Antrag stellte, dieses Gebiet in das ausgedehnte Programm der Trockenlegung einzubeziehen, das die Regierung vor kurzem in Angriff genommen hatte, und ihm dies auch bewilligt wurde.

So kamen, wie schon damals mit der Ankunft der Eisenbahn, die Menschen wieder in Scharen herbei, mit Pferdewagen und Autos, mit Schaufeln, Spitzhacken und mechanischen Gerätschaften, brachen über das Sumpfgebiet herein, durch das Colle seit undenklichen Zeiten das Meer ferngehalten hatte, um sich mit jenem fauligen Wasser zufriedenzugeben, das jedoch voller Leben war.

Diese Invasion führte paradoxerweise dazu, daß die Nachkommen der Einwohner vom Padule in der Hoffnung auf einen Arbeitsplatz und auf ein besseres Leben an der endgültigen Zerstörung des Ortes mitwirkten. Mit Ausnahme weniger alter Fischer arbeiteten alle am Ausschachten von Kanälen und Abflüssen mit, bauten Stege und Brunnenanlagen und montierten die gigantischen Pumpwerke, die innerhalb weniger Monate das seit Jahrhunderten stehende Wasser aus der Ebene vor dem Meer absaugten.

Nach dem Abschluß der Arbeiten freundeten sich einige von ihnen sogar mit dem Gedanken an, in den kleinen Häusern auf dem neuentstandenen Land zu wohnen, während die anderen ihr hoffnungsvolles Leben weiterführten und ihr Glück in Frankreich oder in Amerika suchten und endlich jenes wirkliche, unendliche und stets unruhige Wasser überquerten, das sie immer nur mit Argwohn und aus der Ferne betrachtet hatten.

So wurde aus dem sumpfigen Padule das trockengelegte Bonifica, das nicht länger ein Ort der Magie und des Leids war, und die Häuser des alten Dorfes waren fortan des Glitzerns beraubt, das ihnen bei Sonnenuntergang beschert gewesen war, der Rührung und der Flüche, der Seufzer und der unzähligen Blicke, die im Lauf der Jahrhunderte über jenen Meeresersatz gesandt worden waren und die nun, zusammen mit ihm, endgültig verschwunden waren.

Vom Padule blieb lediglich ein kleiner Rest, zu tief, um trockengelegt zu werden, so etwas wie ein schwach salziger kleiner Küstensee. Eine unbedeutende Narbe, fast ein Hohn, angefüllt mit ungenießbaren Fischen, die Nardos findiger Enkel viele Jahre später dort ausgesetzt hatte, als leichte Beute für die Sonntagsausflügler, die sich ohne Mühe und mit wenig Geld für ein paar Stunden als Angler betätigen konnten.

Annina wollte Cafiero nicht nach Pieve geleiten.

Als sich der kleine Trauerzug nach Piana hinunterbewegte, blieb sie am Fenster zurück, um Filomena zu stillen und zuzuschauen, wie der Mann, auf den sie nahezu zwei Jahre gewartet hatte, den sie sich Nacht für Nacht ins Dunkel hineingeträumt hatte, fortgetragen wurde. Mit der Last dieses Lebewohls in der Brust, wandte sie ihren Blick zu den beiden Söhnen, die im Nebenzimmer von Morena versorgt wurden, und dachte, daß wohl nur diese beiden und das Kleine, das sie an der Brust trug, das Gegenmittel zu ihrem dumpfen, vollkommenen Schmerz sein konnten, daß sie ihn ihr, zusammen mit der Einsamkeit, entreißen konnten, durch ihr Dasein und ihre Zuneigung, indem sie ihn aus ihr heraussogen, wie Filomena es mit der Milch tat, und ihn in ihre kindliche Existenz verwandelten, in den Besitz von Leben und Erinnerung und Liebe für alles, was sie ihnen von Nocciolino erzählen würde, der sich fliegend in Sicherheit gebracht hatte, vom Maestro, der ihn aus Liebe mit der Witwe gezeugt hatte, bevor er träumend starb. Und von ihrem Onkel Sole, der noch immer nach dem Orient suchte, von Odysseus' Wahnsinn, von seiner tierischen Leidenschaft für eine wunderschöne Frau, die mit einem Puppendoktor auf und davon war, der Spielzeug heilte und nicht mit Schweinen handelte, von einem Heizkessel, der die Liebe verbrannte, von einem Grab, dessen Gebeine aus Kleidern und schäbigen Pantoffeln bestanden, und überhaupt von dem ganzen Leben, das Colle ausgemacht hatte und weiter ausmachen würde, wenn auch sie künftig davon erzählten.

Annina ließ den Mut nicht sinken. Sie verjagte den Schmerz und behielt ihre Kinder und die Erinnerung an Cafiero und seine Umarmungen für immer. Wenn sich eine Gelegenheit bot, stieg sie auf das schwarze Fahrrad und fuhr nach Pieve, um ihrem Mann von den Kindern zu erzählen, von den Fortschritten des kleinen Sole und davon, wie gut Filomena wuchs und wie schön und aufgeweckt sie war. Sie vergaß auch nie ein Wort oder eine Blume für Ideale und ebensowenig einen Gedanken am Grab von Libertà, bevor sie sich von allen verabschiedete und nach Colle zurückkehrte.

Annina ließ den Mut nicht sinken und lebte weiter, lebte auch von der Zuneigung und von der Großzügigkeit Orests, der ihr, Hektor und seinen Verboten zum Trotz, heimlich etwas Geld zukommen ließ und auch das eine oder andere kleine Geschenk für die Kinder oder sogar einen aus Prataios Lagerhaus entwendeten Schinken. Annina lebte mit der Unterstützung Nardos und Morenas und der wenigen anderen, die Bonifica nicht vom Padule vertrieben hatte, der ja der Padule nicht mehr war.

Doch trotz aller Hilfe und trotz ihres guten Willens geriet sie schon bald in Not, vornehmlich wegen Soles Krankheit, die sich, als der Junge etwa sechs Jahre alt war, verschlimmerte und Komplikationen mit sich brachte, so daß ein mehr als einmonatiger Krankenhausaufenthalt in der Stadt erforderlich wurde. Diese Zeit war entsetzlich, mußte sie alle Sorgen und Mühen doch allein durchstehen, während ihre beiden anderen Kinder zu Hause und fern von ihr waren. Die Behandlung erwies sich als unzureichend, und den Spezialisten zufolge war ein rascher Eingriff bei einem hochbedeutenden Professor in Mailand nötig.

Annina war der Verzweiflung nahe. Für sie hatte schon der Name der Stadt einen düsteren Klang, was den Erzählungen vom Tod des Maestros und Cafieros natürlichem Mißtrauen geschuldet war, das er stets gegen diesen Ort gehegt hatte, der nun wie durch einen schlechten Scherz des Schicksals auf ihrem Weg auftauchte, um über ein weiteres Leben zu entscheiden.

In Tränen aufgelöst, suchte sie am Grab ihres Mannes vergeblich Rat, hörte Nardo, Morena und die übrigen Freunde an, die nichts als gute Worte für sie hatten. Schließlich beriet sie sich mit Orest, und bei ihm fand sie Halt, denn er begleitete sie auf dieser verzweifelten Reise.

Er dachte sich eine Ausrede für Hektor aus, deutete eine Frauengeschichte an und bat um ein paar Tage Urlaub von der Fabrik, um seine Angelegenheiten zu regeln, holte dann Annina und den Jungen ab und brachte sie mit dem Auto nach Mailand ins Krankenhaus, wo er noch eine Weile blieb und einen Teil der Rechnung bezahlte; und als nach der Operation alles bestens zu verlaufen schien, kehrte er erleichtert nach Colle zurück.

Allerdings entging Soldanis Spitzeln nur selten etwas, so daß Orests Reise unverzüglich Telemach gemeldet wurde, der seinerseits Hektor informierte. Als der junge Mann nach Prataio zurückkam, wartete sein Vater bereits auf ihn, doch gewiß nicht, um ihm einen freudigen Empfang zu bereiten. Harte Worte fielen: Hektor warf seinem Sohn grenzenlose Undankbarkeit vor und einen Mangel an Respekt ihm und seinem Onkel, dem Podestà, gegenüber, obwohl sie durch die Verwandtschaft mit diesem Flittchen doch wohl schon genug zu ertragen hätten und nicht noch mehr Anlaß zu Klatsch und Tratsch geben müßten. Was bildete er sich eigentlich ein, daß sie Schinken auf den Augen und in den Ohren hätten? Etwa, daß sie nichts von seinen Besuchen in Colle und von seinem Kommen und Gehen am Padule bemerkt hätten? Das Maß war nun voll, liebes Bürschchen, kein Auto mehr und kein Geld, das man dieser kleinen Hure und ihren Bastarden zustecken könnte. In diese Tirade aus Vorhaltungen und Gebrüll mischte sich Rinas Weinen, die exakt in dem Augenblick, als Hektor seinen Sohn in einem Anfall heftiger Wut ohrfeigte, in Ohnmacht fiel und mit Riechsalz wiederbelebt werden mußte.

Orest ließ Prataio türenschlagend hinter sich und nahm sich für die Nacht ein Zimmer in der Osteria Etrusca. Bei seinem freundlichen und nachgiebigen Wesen war diese Flucht eine übermenschliche Anstrengung für ihn, und so fiel er, hin und her gerissen zwischen einem leichten Gefühl der Befreiung und der lastenden Ungewißheit darüber, was er am kommenden Tag tun sollte, todmüde ins Bett. Er war nie besonders sparsam gewesen und verfügte natürlich nicht über ein ansehnliches Vermögen, auf das er hätte zurückgreifen können, und was die Suche nach einer Tätigkeit anging, wußte er nicht, wo er beginnen sollte: Körperliche Arbeit lag ihm wirklich nicht, und in der Fabrik hatte er immer dem Grafen und Hektor unterstanden, so daß er ihren Anordnungen folgte, ohne im übrigen allzuviel vom Gesamtablauf zu verstehen. Seine Zukunft erschien ihm also überaus unklar, und zwar sowohl im Hinblick auf seine Arbeit als auch in bezug auf eine heimliche Liebe, von der er weniger denn je wußte, wie er mit ihr umgehen sollte.

Mitten in diesen Gedanken, die keinen Raum für Schlaf ließen, schien ihm plötzlich »morgen« das entscheidende Zauberwort zu sein. Morgen würde er über alles nachdenken, gleich in der Frühe würde er sich, wenn sein Kopf frei war von Ängsten, ein Problem nach dem anderen vornehmen, und während er sich erneut zuredete, die Sache erst einmal zu verschieben, wurde er ruhiger und glitt endlich in einen erholsamen Schlaf. Keine zehn Minuten später weckten ihn Schläge gegen die Tür, und er befand sich noch immer im Zimmer der Osteria, wo er nach dem Lichtschalter der Nachttischlampe tastete, um nachzusehen, wer da zu dieser nachtschlafenden Zeit Einlaß begehrte.

Vor der Tür stand Telemach in einem schwarzen Mantel und mit einem tief in die Stirn gezogenen Borsalino. Zwei ebenfalls in Mäntel gehüllte Schergen blieben wie Karyatiden an den Türpfosten im Flur stehen. Wortlos trat Telemach ein und setzte sich auf den einzigen Stuhl im Raum, während einer seiner Männer die Tür schloß. Dann nahm er den Hut ab, fuhr sich mit der Hand durch sein schneeweißes Haar und schaute zu seinem Neffen hoch, der mit verschränkten Armen an der Tür stehengeblieben war.

»Was hat dieser pöbelhafte Auftritt zu bedeuten?« fragte Orest.

»Er bedeutet, daß ich und du ein Wörtchen miteinander zu reden haben«, antwortete Telemach.

»Ich habe Ihnen nichts zu sagen«, erwiderte Orest beleidigt.

Telemach seufzte. Wortklauber, Dickschädel und arrogante Schnösel waren ihm schon immer ein Greuel gewesen, und in diesem Moment schien ihm sein Neffe alle drei Typen auf einmal zu verkörpern.

»Jetzt hör mir mal gut zu, mein Bürschchen«, sagte er, keinen Widerspruch duldend. »Ich kann gut damit leben, daß du mir nichts zu sagen hast. Aber ich habe sehr wohl mit dir zu reden. Also setz dich und hör zu!«

Orest wurde rot, Wut stieg in ihm auf, vermischte sich jedoch sogleich mit der Furcht, die die Art seines Onkels ihm seit jeher einflößte. Er spürte, daß er seinen Vater gern hatte, daß er in vielen Dingen nicht seiner Meinung war, daß er ihn für das, was er tat, nicht schätzte, doch er hatte keine Angst vor ihm, eine Angst, die er Telemach gegenüber jedoch stets empfand. Ein Schauer den Rücken hinunter, ein Beben. Zuweilen ein Argwohn.

»Mit Annina hast du das Faß zum Überlaufen gebracht. Du weißt schon, was ich meine, darum lasse ich mich darüber auch nicht weiter aus. Ich will keine Szenen mehr in Prataio. Deine Mutter ist in Ohnmacht gefallen, Didone, die arme Kleine, hat einen Schreck bekommen, und ich habe gut eine Stunde gebraucht, um Hektor davon abzubringen, dich mit dem Gürtel zu verprügeln. Jetzt ist Schluß. Ich habe schon mit deinen Eltern gesprochen. Morgen fährst du zum Studium in die Stadt, denn für die Fabrik brauchen wir Leute mit einem Doktortitel in der Tasche, die mit allen Wassern gewaschen sind und ihr Handwerk verstehen. Ingenieur, Buchhalter, Anwalt, such dir was aus. Aber morgen verschwindest du aus Colle«, befahl Telemach barsch.

»Ich danke Ihnen, Onkel, und ein Dankeschön auch an meine Eltern für die große Auswahl, die sie mir gelassen haben«, erwiderte Orest mit dünner Stimme.

Telemach schwieg.

Sein Neffe konnte seine Wut nicht mehr im Zaum halten und platzte heraus:

»Glauben Sie wirklich, Podestà, daß Sie anständige Christenmenschen stets und ständig mit Gekläff und Schlagstock herumkommandieren können, wie Sie und Ihre Handlanger es in Colle tun? Und nach welchem Gesetz glauben Sie und meine hochverehrten Eltern eigentlich, über mein Leben bestimmen zu können, nach welchem …?«

Telemach verzog keine Miene, hob nur die Hand, um seinen Neffen zu unterbrechen, und sagte noch herablassender:

»Jetzt hör mal zu, du Rotzbengel, bisher ging es dir gut, weil du ein Bertorelli bist und die da draußen ein Auge zugedrückt haben, manchmal sogar beide. Aber jetzt reicht's, habe ich gesagt, Schluß mit Annina, Schluß mit Padule und auch mit deinen heimlichen Liebesbriefchen an diesen Massimiliano.«

Bei diesem Namen spürte Orest einen Messerstich im Magen.

»Tja, wenn ich dich nicht rechtzeitig aufhalte, kriegst du es fertig und machst die gleiche Dummheit wie deine saubere Cousine, indem du deine … Liebschaften sogar noch in die Welt hinausposaunst«, sagte er, wobei er das Wort »Liebschaften« mit offenkundiger Geringschätzigkeit betonte.

»Für gewisse Dinge gibt es auch Hausarrest, mein lieber Neffe, es sei denn, andere Leute kümmern sich vorher darum«, schloß er mit einem Wink zur Tür. Dann stand er auf und zog ein zusammengeschnürtes Bündel Briefe aus seiner Manteltasche.

»Die behalte ich«, erklärte er. »Sagen wir, zur Sicherheit. Zu deiner und zu meiner.«

Orest sank auf dem Bett zusammen. Beim Anblick der Briefe in Telemachs Hand verflog seine Wut und wich einem Gefühl tiefer Niedergeschlagenheit. Er stellte sich die Augen seines Onkels beim Lesen der Verse Verlaines vor, die er mit großer Sorgfalt für ganz andere Augen abgeschrieben hatte, stellte sich vor, wie, für wen und wie oft sie sich in die Wörter eingeschlichen hatten, die doch hätten geheimbleiben sollen für jene Leidenschaft, die keine andere Schuld traf als eben die, eine Leidenschaft zu sein, und die nun als Dietrich benutzt wurde, um sein Leben aus den Angeln zu heben. Er fühlte sich unversehens nackt, vergewaltigt und besiegt, als hätten sie ihn bereits verprügelt, als hätten sie mit einer Gewalt, die er nie mehr vergessen würde, seine Seele regelrecht geschändet. So kauerte er sich auf dem Bett zusammen und versuchte, die Tränen zurückzuhalten, die ihm in die Augen traten.

Telemach hatte schon eine Hand auf der Klinke.

»Zieh dich an, wir fahren zurück nach Prataio«, befahl er seinem Neffen schließlich und drehte sich noch einmal um, nachdem er die Tür geöffnet hatte.

»Ach, übrigens, ich habe deiner Familie diese intimen Neuigkeiten erspart«, sagte er, wobei er mit den Briefen wedelte. »Sonst hätte dein Vater dich wirklich totgeschlagen.«

Er warf seinem Neffen, der den Kopf in den Armen vergraben hatte und reglos dalag, noch einen betrübten Blick zu und trat auf den Flur hinaus.

»Wir gehen«, sagte er zu einem der beiden Männer. »Und du bringst ihn in zehn Minuten runter.«

Dann stieg er die Treppe hinab und spürte plötzlich, wie ihn Müdigkeit und ein hauchfeiner Ärger niederdrückten. Nicht genug damit, dachte er, daß er einen geisteskranken Bruder hatte, eine Schwägerin, die mit dem erstbesten Kerl auf und davon war, und eine sittenlose, rebellische Nichte. Jetzt war da auch noch dieser Päderast, so ein Schwein.

Er hielt sich kurz an der Autotür fest und atmete tief durch, während er einen Blick zum Himmel sandte. Die Nacht war kühl, der Himmel von Colle eisig und vollkommen sternenlos. Gigantisch wie das Meer.

Er schüttelte den Kopf, öffnete die Wagentür ganz und setzte sich in der Erwartung, daß Orest sich endlich entschloß, herunterzukommen.

Die Trockenlegung des Padule trug dazu bei, auch die letzten Stimmen, die nicht im Einklang mit den Worten des Duce von Rom standen, nahezu restlos zu zerstreuen, und mit der Zeit schien unter Telemachs Führung auch Colle der Überzeugung anheimzufallen, daß das Land großartig sei und den Prunk einer unsagbar reichen Kultur wiederauferstehen lassen konnte, einen Reichtum, den viele allerdings in den Fabriken, auf den Feldern, in den Wüsten Afrikas oder auch jenseits der Grenzen und sogar mit der Überquerung der Ozeane weiterhin vergeblich suchten.

Zugleich waren die Trockenlegungsarbeiten auch die Gelegenheit, auf die Hektor gewartet hatte, um seinen Geschäften eine neue Richtung zu geben. Denn nach dem ersten Erfolg, der auf der Neuheit und auf dem Prestige der in der Bertorelli-Fabrik produzierten Automobile beruhte, hatte das Aufkommen einer rationalisierten Produktionsweise es anderen Produzenten ermöglicht, modernere Autos zu wettbewerbsfähigen Preisen herzustellen. So kamen schon bald schnelle, brandneue Modelle auf die Straßen, und je größer ihre Zahl wurde, um so schwieriger wurde es, Abnehmer für Hektors exquisite handgefertigte Wagen zu finden.

Hektor zermarterte sich deswegen das Hirn. Es wollte ihm einfach nicht in den Kopf, daß die Mehrzahl der Kunden einzig und allein des Preises wegen anonyme Kleinwagen ohne Stil bevorzugten. Graf Malgardo war ganz seiner Meinung, zumal er zu denen gehörte, die ausschließlich mit Spezialanfertigungen fuhren; neben einem in der Fabrik eigens für ihn gebauten Modell besaß er einen blauen Bugatti, einen Traum von einem Auto, mit dem er durch Pianas Straßen raste.

Malgardo stimmte also mit ihm überein, mußte sich jedoch sehr ins Zeug legen, um seinem starrköpfigen Kompagnon begreiflich zu machen, daß der Markt seine eigenen Gesetze habe und man Gegenmaßnahmen ergreifen müsse, bevor ihre exzellenten, doch nun veralteten Automobile endgültig in Vergessenheit gerieten. Die Technik befinde sich in einem rasanten Wandel, so daß Investitionen nötig seien, um die gesamte Produktion zu erweitern und umzustrukturieren. Neue Lösungen müßten her und frisches Kapital, das man in das Werk investieren könne.

Sie stellten Berechnungen an, konsultierten ihre Berater

und brachten einige Summen zusammen, bis dann Malgardo kurz vor der endgültigen Entscheidung an der Nützlichkeit des ganzen Unternehmens zu zweifeln begann. Eigentlich, sagte er, habe er sich geschäftlich einfach nur so engagiert, um etwas zu investieren, um ein paar Leuten Arbeit zu geben und auch, um seiner Autoleidenschaft zu frönen. Doch nun redeten sie hier von einem gewaltigen Qualitätssprung, davon, viel Geld, zuviel Geld, aufzutreiben, die Zahl der Beschäftigten mit wer weiß welchen Risiken zu erhöhen und denen Konkurrenz machen zu wollen, die diesen Billigkram herstellten. Nein, wahrscheinlich sei das nichts mehr für ihn, wahrscheinlich könne er sich dafür nicht mehr begeistern. Vielmehr wolle er in die hervorragenden neuen Flugboote Dornier-Wal investieren, die jetzt in den Werken am Arno gebaut wurden. Und während Malgardo mit den Händen das Gleiten der Flugboote nachahmte, sah Hektor seinen Traum auf einen Abgrund zurasen.

Telemachs Idee kam genau zum richtigen Zeitpunkt, pünktlich und perfekt, als nämlich der Graf in Gedanken bereits am Steuer einer Dornier saß und sich neben Amundsen nach Alaska, zum Nordpol oder sonstwohin träumte.

»Laß doch diesen aufgeblasenen Heini«, sagte sein Bruder. »Der hat doch nur Grillen im Kopf.«

»Ganz recht«, antwortete Hektor niedergeschlagen. »Aber lieber Grillen als die Schulden, die ich haben werde, wenn mir nicht bald etwas einfällt.«

Telemach hakte seine Daumen in die Weste und machte es sich im Sessel bequem.

»Die Lösung liegt im Padule«, sagte er.

Hektor brauste auf:

»Das scheint mir nicht der richtige Zeitpunkt für Späße zu sein, lieber Bruder.«

»Hör zu, du Trottel. Hör mir genau zu.« Telemach beugte sich zu ihm, um ihm seine Worte besser einzuschärfen.

»In ein paar Monaten wird entlang des gesamten Küstenstreifens ein großes Bodenverbesserungsprojekt in Angriff genommen, und ich beabsichtige, diesen Teil des Padule einzubeziehen«, sagte er und zeigte auf die Karte der ländlichen Gemeinde, »vom Anfang des Viadukts bis nach Piana.«

»Und dazu braucht ihr meine Autos?« unterbrach ihn sein Bruder.

Telemach seufzte.

»Nein, Hektor. Mechanische Pumpen, Pumpwerke, Hebebühnen, Gerüste und sämtliche Erfindungen, die eine Mechanikerwerkstatt zur Trockenlegung eines Sumpfes herstellen kann«, schrie er nun schon fast.

»Und was habe ich mit diesen ganzen Gerätschaften zu tun?« gab der andere zurück.

Telemach war nahe daran, aus der Haut zu fahren.

»Verfluchter Kerl«, sagte er und senkte die Stimme, als wollte er ein Kind besänftigen. »Statt handgefertigte Autos zu produzieren, die kein Mensch mehr haben will, wirst du jetzt ›diese ganzen Gerätschaften‹ bauen. Begreifst du denn nicht, daß das Arbeit für viele Jahre bedeutet? Hier und hier soll trockengelegt werden und hier und hier …« Er tippte beim Reden mit dem Finger auf die verschiedenen Punkte der Landkarte.

Hektor schien endlich ein Licht aufzugehen. Er nickte.

»Verstehe.«

»Halleluja«, seufzte sein Bruder sarkastisch.

»Aber wir brauchen Zeit und Geld«, fuhr der andere zweifelnd fort.

»Hör zu. Zeit haben wir. Es geht frühestens im nächsten Jahr los. Inzwischen läßt du Malgardo sausen. Sprich nicht über diese Sache hier, schlag ihm vielmehr vor, ihm seinen Anteil an der Fabrik für einen Schleuderpreis abzukaufen, schließlich will niemand mehr eure Autos haben, und du mußt dir etwas einfallen lassen, viel Geld investieren, Leute entlassen und so weiter. Alles klar?«

Hektor verstand.

»Kauf alles für einen Apfel und ein Ei, dann komm zu mir, damit ich dich mit einigen Leuten zusammenbringen kann, die dir erklären werden, wie sich das mit den Pumpen machen läßt. Ich versichere dir, das ist einfacher, als Autos zu bauen.« Mit diesen Worten ging er zum Schrank hinter dem Schreibtisch und nahm zwei Gläser und eine Flasche Wein heraus.

Hektor stand mit dem Glas in der Hand auf.

»Ich trinke also auf das Wasser, das abgepumpt werden soll«, sagte er fröhlich. Dann leerte er das Glas in einem Zug.

Telemach erwiderte den Trinkspruch:

»Ja, Hektor, aber nicht so schnell, sondern ganz langsam, in aller Ruhe, Jahr für Jahr.«

Sie lachten aus vollem Halse, umarmten und verabschiedeten sich.

Alles schien wieder geregelt zu sein und vorzüglich zu laufen.

Telemach lehnte sich aus dem Fenster seines Büros und sah auf dem Marktplatz das Auto seines Bruders knatternd zum Arco Etrusco abbiegen und durch den Torbogen fahren. Am Horizont schimmerte der Padule.

Er sah diese zwei Dinge, und unwillkürlich ging ihm durch den Kopf, daß beides dazu verurteilt war zu verschwinden, Hektors alte Autos ebenso wie das sumpfige Wasser, und daß an ihrer Stelle eine andere Zukunft entstehen würde.

»Die Dinge ändern sich«, dachte er. »Früher oder später muß sich alles ändern.«

Er warf noch einen Blick auf den lichtüberfluteten Horizont, und mit einem Stich im Herzen wurde ihm unversehens bewußt, daß jener bald nicht mehr glitzern würde.

Soles Krankheit nahm eine Wendung zum Guten, doch die Besserung, die der chirurgische Eingriff bewirkt hatte, gab dem kleinen Kerl nur sehr langsam neue Kraft. Nachdem Orest aus Colle fortgegangen und der Padule so gut wie verschwunden war, blieb Annina nur noch die Freundschaft von Nardo und Morena, die sie bei der schwierigen Aufgabe unterstützten, drei Kinder großzuziehen, und die Last ihrer Einsamkeit verringerten. Die Einsamkeit war für Annina am schwersten zu ertragen, war sie doch eine hartnäckige, böse Gefährtin, die sie vergeblich durch die unzähligen Verrichtungen abzuschütteln suchte, die ihr der Haushalt, die Kinder und die Notwendigkeit, irgendwie über den Tag zu kommen, abverlangten. Je mehr sie sich bemühte, die Einsamkeit zu vertreiben, um ganz in diesem winzigen Alltagsleben aufzugehen, um so öfter lugte sie hervor, sobald sich Annina, erschöpft von der Hausarbeit, kurz auf die kleine Gartenmauer gesetzt hatte und nach Piana hinunterschaute; oder sie präsentierte sich ihr anmaßend in den harmlosen Fragen der Kinder, in einem Blick von ihnen, der dem von Odysseus ähnelte, in ihren Gesichtern, auf denen unversehens Cafieros Lächeln erschien, in einer Grimasse, die an Menas Unsicherheit erinnerte oder an Rosas Freundlichkeit, in einem Laut, der dem silberhellen Lachen ihres Bruders Sole glich.

Die Nacht war ein Orkan der Stille, der in die Reglosigkeit der Finsternis einbrach, in der sie noch sah, was bereits in weiter Ferne lag, durch Erinnerungen, Empfindungen und Bilder, deren Kraft und Beständigkeit sie zu einer bedrückenden, schmerzhaften Gewohnheit werden ließen. Doch neben diesen Begleitern traten im Laufe der Zeit immer konkreter die Zahlen hervor. In Gruppen und Blöcken schoben sich Ströme von Ziffern zwischen die Gesichter und die Stimmen der Vergangenheit und gemahnten Annina an die Schulden, die sie noch zu zahlen hatte, an die Behandlungskosten für den kleinen Sole, an den Unterhalt eines Hauses, das nun zu groß und belastend geworden war, um es zu behalten. Obendrein hatte sie eine Hypothek auf den Besitz aufgenommen, um die Kosten für die Operation in Mailand aufzubringen, und hatte darauf vertraut, die Schuldenlast später abzutragen, die statt dessen weiter wuchs, genauso wie die Zahlen, die Nacht für Nacht ihre Träume bevölkerten. Während es ihr, solange Orest in ihrer Nähe gewesen war, mit einer Art beruhigendem Abzählreim zuweilen noch gelungen war, einige Reihen aus dem Schuldenberg herauszuziehen und sie in Gedanken immer wieder zu zählen, bis der Schlaf kam, kehrten die Zahlen, nachdem auch dieses freundliche Rinnsal der Großzügigkeit durch die Unerbittlichkeit der beiden Onkel versiegt war, pünktlich wieder und wuchsen ins Unermeßliche, besetzten zunächst den Platz neben ihr im Bett, glitten dann weiter auf den Fußboden und schickten sich schließlich Nacht für Nacht an, das Zimmer, den Flur und die Küche zu überschwemmen, bis Annina, bevor sie auch die Tür zu den Kinderzimmern durchbrachen, sie überfluteten und gar noch Filomenas Lächeln und Soles schwachen Atem erstickten, einen Entschluß faßte.

Früh am Morgen weckte sie ihre Kinder und zog ihnen das Beste an, was sie für sie zur Seite gelegt hatte. Mit der Kleinen auf dem Arm und Sole und Ideale an ihrer Seite erschien sie in dem Kreditinstitut, das die Hypothek gierig eingetragen hatte, und sagte, als sie schließlich vor dem Direktor stand, schlicht und einfach:

»Ich gebe auf.«

Anschließend mobilisierte sie vor dem verblüfften Beamten ihr altes Kaufmannswissen und erörterte gut eine Stunde lang den örtlichen Immobilienmarkt, wobei sie eine ebenso unerwartete wie beharrliche Kompetenz an den Tag legte. Sie prüfte mit dem Direktor jede denkbare Möglichkeit, versuchte, den Verhandlungsspielraum auszuloten, und stellte angesichts der Unnachgiebigkeit des Bankangestellten fest, daß ein Mensch bisweilen kälter und härter als Stahl sein kann, so daß sie, die die unbarmherzigen Spielregeln des Nehmens und Gebens genau kannte, schließlich unterschrieb und jenes Stück von Colles Geschichte für die erbärmliche Summe abtrat, die sie nach Abzug der Hypothek noch hatte durchsetzen können.

Dann ließ sie sich einen Wagen kommen und fuhr nach Prataio. Sie bat den Chauffeur, mit den Kindern im Auto zu warten, und klopfte an Telemachs Tür.

»Du liebe Güte«, sagte Isolina, die ihr geöffnet hatte, »was willst du denn hier?«

»Ich will zu meinem Onkel«, erwiderte sie energisch, »dem Bruder meines Vaters Odysseus, falls es nicht zu große Umstände macht.«

Isolina antwortete mit keinem Wort und starrte sie, eine Hand noch auf der Klinke, nur kurz an, wobei sie die andere nach einem kleinen Jungen ausstreckte, der versuchte, mit einem Sprung an ihr vorbeizuschlüpfen.

Annina hielt ihn auf, bevor er ins Freie gelangen konnte. »Du bist bestimmt Äneas«, sagte sie, sich zu ihm beugend, um ihm einen Kuß zu geben.

Doch Isolina war schneller und riß ihn an sich, während sie ungeachtet des Geschreis des Jungen, der in ihrem festen Griff zappelte, erklärte, Telemach sogleich holen zu wollen.

Telemach erschien gut zehn Minuten später wie aus dem Ei geschält, mit dem Parteiabzeichen am Jackett, mit gebügeltem Hemd und mit Weste, auf der gut sichtbar die Silberkette seiner Uhr prangte. Er baute sich mit verschränkten Armen direkt vor seiner Nichte auf und starrte ihr in die Augen.

Annina kam gleich zur Sache. Sie kannte die Spielregeln und wußte, daß sie von vornherein verloren hatte. Es gab rein gar nichts, was sie anzubieten hatte. Nur eine Bitte.

»Ich muß nach Prataio zurück«, sagte sie schlicht.

Telemach schwieg. Für einen kurzen Augenblick versuchte er wohl zu ergründen, ob dieses teuflische Weib wieder irgendeine Überraschung für ihn parat hatte, irgendeinen Unsinn, einen entscheidenden Streich, wie etwa die Zwickmühle, in die sie ihn vor ein paar Jahren gebracht hatte, als sie losgezogen war, um diesen Hundesohn von einem Anarchisten zu heiraten. Doch dann ging ihm auf, daß nun der Vorschlag kommen würde, mit dem er schon eine ganze Weile gerechnet hatte, all die Monate, in denen er darauf gewartet hatte, daß die Hypothek auf das Haus an der Stadtmauer naturgemäß Früchte trug, reife Pfirsiche und Kirschen oder zuckersüße Worte für seine Ohren.

»Denn die Zeiten ändern sich, früher oder später kann man das Gesäte ernten, und so hat unsere liebe Nichte wie vorhergesehen«, dachte er, »nicht einmal mehr eine Nußschale als Haus, nachdem nun Schluß ist mit den Haselnüssen.«

Telemach spürte eine tiefe Befriedigung in sich aufsteigen, und um diesen Augenblick länger auszukosten, erkundigte er sich grinsend:

»Und warum solltest du?«

Anninas Blick war steinhart.

»Sie kennen den Grund doch längst.«

»Kann sein. Aber sagen wir, daß ich ihn gern von dir hören möchte«, antwortete der Onkel von oben herab.

Sie drehte sich zur Seite, um ihre Erschütterung vor ihm zu verbergen.

»Ich mußte das Haus an der Stadtmauer verkaufen«, sagte sie.

»Wie schön für dich«, platzte er beinahe lachend heraus, »ich hoffe, du hast ein gutes Geschäft gemacht.«

Annina spürte, wie die Wut in ihr aufstieg, ein Gefühl, das dem Haß sehr nahe kam und das angesichts dieses absurden, gemeinen Hohns ausbrechen wollte.

»Hören Sie«, sagte sie mit aller Entschiedenheit, die sie aufbringen konnte. »Mir ist klar, daß ich verloren habe, und ich bin nicht hier, um Forderungen zu stellen. Ich komme mit einer Bitte, und ich weiß, daß bei einem Handel derjenige, der etwas erbittet, ohne etwas anbieten zu können, stets den höheren Preis zahlen muß. Ich für mein Teil kann nur mein Blut, das das Ihre und das Ihres Bruders ist, in die Waagschale werfen. Für den Fall, daß es unter Ihren schwarzen Hemden und hinter dem Rauschgold, mit dem Sie sich schmücken, noch etwas bedeutet, verwandt zu sein,

Mensch zu sein und aus Fleisch und Blut, sage ich Ihnen, daß ich eine Bertorelli bin, die Tochter von Odysseus Bertorelli, und die dort im Auto«, sagte sie mit ausgestrecktem Arm, »sind Ihre Großneffen und -nichten und zugleich die Cousins und Cousinen des Kindes, das ›Vater‹ zu Ihnen sagt und das …«

Telemach trafen diese Worte wie ein Steinwurf. Im Nu stand ihm die Vergangenheit wieder vor Augen, Odysseus erhängt, Mena, die Äneas zur Welt brachte, die ganze Vermischung von Tod, Blut, Leben, Brüdern, Vätern, Cousins.

»Was willst du?« fragte er schließlich unumwunden mit lauter, harter Stimme, wie um das Schwindelgefühl abzuschütteln, das ihn erfaßt hatte.

»Ich bitte Sie, mit meinen drei Kindern in das Haus zurückkehren zu dürfen, das meinem Vater gehörte. Mit dem Verkaufserlös kann ich Sole pflegen, und ich versichere Ihnen, daß mir dieser Gedanke nie gekommen wäre, wenn ich eine andere Wahl gehabt hätte: Doch gerade Sole braucht ein richtiges Haus wie das Ihre, nicht eins von denen, die Sie in Bonifica für die Bauern hochgezogen haben. Ich kann hier in Prataio bei allen anfallenden Arbeiten helfen. Sie wissen, daß ich mich mit den Schweinen auskenne, mit dem Markt, mit den Örtlichkeiten, und Arbeit schreckt mich nicht.«

Telemach zuckte mit keiner Wimper. Er starrte ihr unverwandt in die Augen. Ein langer, harter Blick, dem Annina, wie sie wußte, diesmal nicht standhalten oder trotzen konnte, so wie sie es getan hatte, als nur ihre Seelenruhe und ihr Leben auf dem Spiel standen. Daher senkte sie die Lider, betrachtete ihre Füße und warf dann einen Blick auf das Auto, das noch immer auf dem Weg vor der Einfahrt stand.

Dann fragte sie in einem Atemzug: »Und, was wollen Sie dafür?«

Telemach hatte diesen Augenblick lange herbeigesehnt, hatte ihn sich vorgestellt, ihn sich genau ausgemalt und unzählige Male durchgespielt, hatte an ihn gedacht, während er im Rathaus an seinem Schreibtisch saß oder, mit der Bürgermeisterschärpe über der Brust und mit den zur Schau gestellten Parteiabzeichen, Bonifica besuchte. Er hatte ihn gehätschelt, sooft er zu dem Berg geschaut hatte, auf dem einst die Zypressen standen, und zu dem verwahrlosten Erdhaufen, unter dem die Lumpen der Mutter seines Äneas begraben lagen. So hörte er sich die Bedingungen eines auswendig gelernten Angebots eher rezitieren als artikulieren wie ein erbarmungsloses Diktat:

»Wenn du kommen willst, dann komm«, sagte er. »Du wirst im ersten Stock wohnen, im Zimmer deiner Mutter, und deine Kinder in denen, die dir und deinem Bruder gehörten. Du kannst als Dienstmädchen arbeiten, für mich und Isolina, die nicht mehr die Jüngste ist und Hilfe im Haus brauchen kann. Kost und Logis für alle, bis sie im arbeitsfähigen Alter sind. Wenn sie studieren wollen, können sie das finanzieren, indem sie sich in Prataio um das Vieh kümmern.«

»In Ordnung«, sagte Annina mit einem Kloß im Hals.

»Vor allem aber noch eines«, fuhr Telemach energisch fort. »Ich will hier im Haus nichts mit dem Dreck Ihres Vaters zu tun haben«, sagte er und deutete auf das Auto.

Annina zögerte. Sie verstand nicht, was er meinte.

»Was wollen Sie damit sagen?«

»Ich will damit sagen, daß wir hier alle Bertorellis sind. Ich werde beim Sondergericht einen Antrag stellen, um eine formelle Adoption zu erwirken, eine Genehmigung vom

Duce, irgendwas.« Telemach schrie nun beinahe. »Aber diese Gören kommen mir nicht mit diesem Namen nach Prataio. Das hier ist ausschließlich das Haus der Bertorellis.«

»Sie sind ein arroganter Irrer.«

»Schlag ein, oder laß es sein«, lautete die Antwort.

»Ist Ihnen überhaupt klar, was Sie da von mir verlangen? Sie sind –«

»Das Angebot gilt nur jetzt«, unterbrach sie der Onkel.

Annina drehte sich um und ging auf das Auto zu. Gern wäre sie fortgelaufen von diesem Ort und hätte alles hinter sich gelassen, Prataio, die Verwandten, Colle, alles. Während sie die wenigen Schritte zurücklegte, glaubte sie, die Demütigung und die für sie zu große Last nicht länger ertragen zu können, doch dann sah sie Sole, der sich ans Autofenster klammerte, sah seine halbgeöffneten dunklen Lippen und hatte das Gefühl, das Geräusch ihrer Füße auf dem Kies sei das Kratzen seines keuchenden Atems. Und neben Sole tauchte unversehens Ideales Gesicht auf, das sich sogleich zu einem Lächeln öffnete, und hinter ihm zeigten sich die noch schlaftrunkenen Augen Filomenas, und dazu hörte Annina, wie ihr Telemachs Stimme, als käme sie aus der Vergangenheit, die gleichen Worte zurief, mit denen sie sich einst ihren Seelenfrieden hatte erkaufen wollen. Und dazu den Gruß:

»Einen schönen Tag noch, liebe Nichte, und meine besten Empfehlungen an die Kinder. Möge das Leben für euch alle leicht sein.«

Annina verstand, und bevor der Onkel wieder ins Haus ging, schrie sie, als läse sie eine Partitur, zur Tür hin die gleiche Antwort, die er damals ihr gegeben hatte:

»Abgemacht!«

Telemach ging ohne Eile auf sie zu, streckte die Hand aus und sagte bestätigend, indem er die Hand seiner Nichte kräftig drückte:

»Zu den genannten Bedingungen.«

Annina nickte. Tränen rannen ihr über das von ihrem Haar verdeckte gesenkte Gesicht.

»Also, es bleibt dabei«, sagte der Onkel hart. »Der Handel gilt: Und ich will im Hause Bertorelli nie wieder diesen Namen hören.«

So kehrte Annina nach Prataio zurück und arbeitete als Dienstmädchen bei Telemach. Nachdem sie Odysseus' Räume mit dem eingerichtet hatte, was sie aus dem Haus an der Stadtmauer hatte mitnehmen können, widmete sie sich allen anfallenden Arbeiten im Haushalt des Bürgermeisters. Sie scheuerte die Fußböden, spülte das Geschirr, kümmerte sich um die Wäsche und um das Mittagessen und ertrug die Demütigung dieser Anstellung, ohne sich je über Isolinas Launen zu beklagen oder über Äneas' Ungestüm, das jede Arbeit erschwerte.

Aufgewachsen wie ein kleiner Erbprinz, schien sich Menas Sohn, wie bei verhätschelten Kindern häufig zu beobachten, nicht im geringsten um Disziplin oder um irgendeine Mahnung zur Vorsicht zu scheren. Im Gegenteil, je mehr Isolina schrie, um ihn zurechtzuweisen, ihn zu bändigen, ihn mit tausend Rügen und tausend Verboten zu ermahnen, um so bereitwilliger schien sich dieser wilde Bursche in Schwierigkeiten zu bringen, Dinge und Menschen in Mitleidenschaft zu ziehen und Anninas Geduld und Arbeit zu unterminieren und zu zerstören.

Sein Übermut erhielt durch seine Beziehung zu Telemach noch zusätzliche Impulse, wiegelte dieser im Beisein des Jungen doch oftmals ab, wenn seine Frau ihm von dessen Benehmen erzählte, und lachte sogar darüber, da er die Manieren des Kindes für harmlose, amüsante Lausbubenstreiche hielt. Diese Großzügigkeit führte dazu, daß der einzige, der von dem wilden Jungen überhaupt akzeptiert wurde, paradoxerweise gerade er, Telemach, war, dessen autoritäre Gegenwart für Äneas zwar vermutlich furchteinflößend war, aus der er jedoch auch seinen Vorteil zog.

Eines Tages wurde Annina Zeugin eines Vorfalls, der sie in gewisser Hinsicht stärker mit Isolina verband. Als sie zusammen mit ihr die Wanne für Äneas' Bad vorbereitete, lief der Junge nackt durch das Haus und versuchte, den beiden ihn verfolgenden Frauen zu entwischen, indem er sich in der Küche versteckte, wo er auf ein Regal kletterte, auf dem hinter einer Blümchengardine Steingutgefäße und das bessere Geschirr aufbewahrt wurden. Wie zu erwarten, hielt das Möbelstück nicht stand, und das Gepolter war, ebenso wie der Schreck, enorm. Äneas riß ein paar Dutzend Teller, Gläser und Töpfe mit, die in einem Höllenspektakel am Boden zerschellten. Halb betäubt von dem Gepolter und natürlich von dieser ungeahnten Wirkung, blieb der Schlingel nackt und stumm inmitten der Scherben wie zur Salzsäule erstarrt liegen und besah sich den Schlamassel, während Isolina, zweifellos um sich in der schrecklichen Anspannung Luft zu machen, sich endlich entschloß, eine heilige Unverletzbarkeit zu durchbrechen, den Jungen ergriff und ihm ein paar Hiebe auf sein Hinterteil verabreichte.

Von dem Radau angelockt, erschien Telemach genau in dem Moment, da Äneas noch reglos verharrte und sich – verblüfft über so viel Kühnheit und, wer weiß, vielleicht sogar in dem Bewußtsein, daß diese Strafe nicht unverdient war – wohlweislich hütete, eine Klage oder einen Schrei von sich zu geben.

Das Schreien übernahm sein Vater, der, als er die über den Jungen erhobene Hand seiner Frau sah, dieser befahl, aufzuhören, und sich, nachdem er unverzüglich seinen Gürtel aus der Hose gezogen hatte, auf die Ärmste stürzte und ihr vier Schläge auf den Rücken versetzte, wobei er brüllte, sie möge seinen Sohn nie wieder anrühren, so eine Schlampe von einem Weibsbild. Nie wieder, um nichts in der Welt!

Und während er vor der auf dem Boden in Tränen aufgelösten Isolina das Leder wieder in die Schlaufen fädelte, und vor Äneas, der den Fingerzeig verstanden hatte und versierter als jedes Klageweib bereits ein langgezogenes Geplärr anstimmte, erläuterte er seinen pädagogischen Eingriff folgendermaßen:

»Denkt immer daran, ihr Weiber, daß die Frau dem Mann, selbst wenn er nackt und am Ende ist, Hochachtung zu erweisen hat.« Damit verließ er die Küche, ohne seine Frau auch nur eines Blickes zu würdigen.

Um sie sollte sich Annina kümmern, nachdem sie Äneas, so gut es ging, angezogen hatte. Sie kehrte zu Isolina zurück, die noch immer weinend am Boden lag, hob sie auf und half ihr in ihr Zimmer hinauf. Vorsichtig entblößte sie Isolinas Rücken und untersuchte den Schaden, den die Hiebe angerichtet hatten. Eingedenk dessen, was sie bei Mero gelernt hatte, ging sie wieder in die Küche hinunter, zerstieß in einem Mörser Schweinespeck, Malve und Petersilie und bereitete eine Salbe daraus, die sie sogleich auf die Wunden der Tante auftrug.

Isolina schwieg und kommentierte das Vorgefallene Annina gegenüber mit keinem Wort. Erst als sie sich wieder anzog, um hinunterzugehen und aufzuräumen, berührte sie sie leicht an der Schulter und raunte ihr beinahe verschämt ein »Danke« zu. Mehr war da nicht, weder Worte im Vertrauen noch Diskussionen, doch es genügte offenbar, um zwischen den beiden Frauen ein zartes Band zu knüpfen, das aus Blicken, aus flüchtigem Lächeln und aus unmerklicher

Freundlichkeit bestand und das in der Mauer aus Eis, die sie trennte, den Beginn eines langsamen, unaufhaltsamen Tauwetters markierte.

Von dem, was Isolina tief in sich verschlossen hielt, verstand Annina kaum etwas und ahnte nur ein Gewirr aus Schuldgefühlen wegen ihrer, Isolinas, nie erlebter Mutterschaft, wegen ihrer Unwissenheit und ihrer bescheidenen Herkunft, wegen des ständigen Gefühls, unzureichend und minderwertig zu sein, und auch eine ihr unbegreifliche Gefügigkeit und fast schon Unterwürfigkeit unter die Willkür des Mannes, der eines Tages beschlossen hatte, sie zu heiraten, und in der Folge auch unter die Willkür von Menas Sohn.

Und noch viele Jahre später verstand Annina jenen Dank nicht und auch Isolinas Bitte um Entschuldigung nicht, als wäre ihr Sterben eine Belästigung für Telemach, für Äneas, für Prataio, für Colle und auch für sie, die dienende Nichte, die Isolinas letzte Worte hörte, bevor diese an den Schlägen eines Sohnes starb, dem eine Mutter zu sein sie vergeblich versucht hatte.

Sole wuchs unter der liebevollen Obhut seiner Mutter und Ideales auf, der seinem Bruder stets aufmerksam und schützend beistand. Anninas Entscheidung, nach Prataio zurückzukehren, erwies sich im Laufe der Zeit als richtig, denn das feste Haus schien Soles Gesundheit zuträglich zu sein, da es ihm ein ruhiges und alles in allem normales Leben ermöglichte. Natürlich durfte er sich kaum anstrengen, und man hätte ihn auch nicht als einen stattlichen jungen Burschen bezeichnen können, doch schien ihn dies nicht sonderlich zu belasten, was er nicht zuletzt Ideale zu verdanken hatte, der ihm und Filomena seit seiner frühesten Jugend alle unangenehmen und schweren Aufgaben abnahm und ihnen die leichteren überließ.

Obwohl es unter den Geschwistern natürlich auch Streitereien und Mißverständnisse gab, änderte sich die Zuneigung, die die beiden Brüder verband, ihr Leben lang nicht und erleichterte zweifellos auch Annina die Jahre voller Mühe und Erniedrigung und ihr hartes Leben, das sie gern ertrug, da sie sah, daß ihr Opfer bei ihren Kindern die erhofften Früchte trug.

Einige Zeit nachdem Annina nach Prataio zurückgekehrt war, wurde die große Küche zwischen Telemach und Hektor aufgeteilt, und in dem Zimmer im Erdgeschoß, wo Odysseus in seinen letzten wirren Nächten geschlafen hatte, wurde eine kleinere Küche für Annina eingerichtet; und wenn sie sich abends in ihren Teil des Hauses zurückzog, mit Cafieros Kindern den Tisch deckte und sah, wie sie sich über Kleinigkeiten stritten, wie nur Kinder es fertigbringen, sah, wie sie fröhlich spielten, selbst beim Essen noch, sah, wie sie plauderten und sich beklagten, wie sie also alle zusammen frisch und munter waren, dann schien ihr dies wirklich genug zu sein, um in dem Zimmer, in dem ihre Mutter jahrelang von der Freiheit geträumt hatte, erneut zu versuchen, Schlaf zu finden, und sich an ebenjenes Fenster zu stellen und den Berg und Menas Grab zu betrachten und später im Bett mit ihren Gedanken in der Zeit zurückzugleiten und im Schlaf Cafiero zu suchen, damit sie am nächsten Tag die Kraft hatte, wieder von vorn zu beginnen.

So lebte Annina also, indem sie die Vergangenheit wachhielt, ihre Kinder in der Gegenwart begleitete und sich verausgabte, wenn sie Wachs auf den Fußböden und auf dem Mahagoni von Telemachs Schreibtisch verrieb, wenn sie

Gemüsesuppen kochte und Berge von Wäsche ausbesserte, wenn sie sich verlor in Äneas' Gebrüll, im täglichen Aufschütteln der Kissen und in Isolinas flüchtigem Lächeln. Ihre Hände wurden rissig von Scheuerpulver und Lauge, ihr Haar verlor seine Farbe und verwirrte sich zu einem unlösbaren Knoten. Wie Spuren eines Reisigbesens auf dem Fliesenboden zeigten sich Furchen der Mühsal auf ihrer Haut, und am Ende drohte die Zeit für sie nur noch etwas zu sein, was von Prataios Rhythmus bestimmt wurde, vom Bügeln, Waschen, Staubwischen, Silberputzen, Nähen und Flicken.

Es waren ihre Kinder, die sie daran erinnerten, daß es noch eine andere Zeit gab, wenn diese auch auf wenige Stunden am Tag und auf die freien Sonntage beschränkt blieb, an denen sie alle mit dem Autobus nach Colle hinauffuhren, um sich den Tanz im Ballsaal anzuschauen oder um kaum eine Minute vor dem Haus an der Stadtmauer stehenzubleiben, gerade lang genug, um einen Stich in der Magengegend zu spüren und sich davonzumachen, bevor das Heimweh das Herz zerriß, und dann mit leichtem Schritt zur Eisenbahn hinunterzuschlendern, auf dem Weg, den der Maestro und die Witwe Bartoli gemeinsam gegangen waren, und sich die Räder anzuschauen, die die Witwe getötet hatten, und den Haselnußbaum, auf dem Cafiero nach seiner legendären Kapriole gelandet war. Unter diesen Baum setzten sich die Kinder, um Sole wieder zu Kräften und zu Atem kommen zu lassen und um sich von Annina in ihren Worten die Geschichten jenes Ortes erzählen zu lassen, den sie in sich trugen und der ihnen, obgleich sie ihn deutlich auf dem Berg erkennen konnten, nun sehr anders und sehr fern erschien.

Eine andere Zeit war auch die der Ausflüge nach Pieve,

wenn sie den Toten Blumen brachten, ihr Andenken lebendig hielten und sie vor der Kränkung des Vergessens bewahrten. Drei Gräber mit Geschwisternamen und ein weiteres in Prataio, wo Menas Kleider noch eine andere Geschichte erzählten, auch an sie dachten sie, »denn wenn wir uns vergessen, dann sind wir wirklich verschwunden«, sagte Annina, als sie mit Ideale, der Sole huckepack trug, und mit Filomena an ihrer Seite den Zypressenberg hinaufstieg.

So sah die Zeit aus, durch die Annina mit Leben erfüllt wurde, und sie gab sie ganz an ihre Kinder weiter, die sie wachsen und älter werden und Pläne für ebenjene Zeit schmieden sah, die sie ihnen scheuernd, bohnernd, bügelnd und kochend geschenkt hatte. Sie spürte, daß sie quicklebendig waren und keineswegs mutlos, stark durch Soles Intelligenz und durch Ideales Überschwang. Und auch durch dessen Selbstlosigkeit, denn eines Tages erklärte Ideale, daß er vorhabe, für alle arbeiten zu gehen, denn das Genie in der Familie sei sein Bruder. Ihm genügten die Ziegelbrennerei, Bonifica, die Schweine oder was es sonst geben mochte.

Sole nickte lachend und antwortete, er wolle gern studieren, doch falls sein Herz mitmachte, wolle er irgendwann fortgehen wie sein Onkel, dessen Namen er trage, um einen Orient zu entdecken, nach dem er auf den Landkarten und in den Büchern bereits geforscht habe. Er wolle sogar Ideale mitnehmen und – warum nicht? – auch Annina, doch Filomena nicht, denn sie könne das Geheimnis jener fernen Orte nicht verstehen. Sogleich begann er einen Rosenkranz herzubeten, der aus Worten wie Samarkand und Karatschi bestand, aus Bombay, Benares und Rawalpindi, aus Wladiwostok, Ulan Bator und Rajahnipur, bis Filomena, erschreckt von soviel Rätselhaftem und soviel Ferne, zu weinen anfing.

Es war eine andere Zeit, diese Zeit auf dem Zypressenberg, als Annina Ideales Begeisterung sah, den Spaßvogel, den Zauberer, den Vulkan Ideale, der auf seine Art versprach und lachend schwor: »Es soll mir für immer die Sprache verschlagen, wenn ich nicht auf diesem Fleck, der unserer Familie so heilig ist, ein winziges Häuschen für dich baue, una casetta piccina, piccina, Annina, mammina, una piccola casina.«

Und wieder eine andere Zeit war die mit Orest verbrachte, waren die seltenen Male, da er, nunmehr als gestandener Anwalt, nach Prataio kam. Er zog es vor, fern von Colle, von Hektor und von Telemach zu leben, fast immer im Ausland, wo er auch eine Kanzlei eröffnete. Doch wenn er heimkam, konnte er inzwischen etwas freier mit seiner Cousine reden, konnte wieder mit ihr auf dem Berg liegen und sich Prataio vorstellen, wie es früher einmal gewesen war, konnte mit ihr Geheimnisse teilen, Ängste und Sorgen. Orest war es auch, der zu einem humanistischen Studium für Sole riet, dessen Intelligenz und Sensibilität er sehr schätzte. Er gab seinem Neffen viele seiner Bücher und Annina etwas Geld, damit sie ihn bei einem Unterfangen unterstützen konnte, das mit einem glänzend bestandenen Diplom, mit Ideales Freudengeschrei und mit den Tränen Filomenas endete, die nach diesem großen Erfolg befürchtete, für immer allein und mittellos zurückzubleiben, denn das Versprechen ihres Bruders Sole hatte sie erschreckt, irgendwann zu einem jener geheimnisvollen Orte aufzubrechen, die er so gern erwähnte, und Annina und ihren Bruder Ideale mitzunehmen, allesamt in den Fußstapfen ihres Onkels, um hinter dem Orient zu verschwinden.

Ideale blieb bei seinem Entschluß und bat, kaum daß er im arbeitsfähigen Alter war, seinen Großonkel trotz Anninas Murren um die Erlaubnis, in der Fabrik arbeiten zu dürfen, was ihm auch gestattet wurde. Hektor betrachtete dieses Ansinnen von Anfang an mit Argwohn, denn er mißtraute einem Menschen, der, obgleich kaum mehr als ein großer Junge, immerhin der Sohn von Nocciolino, dem Umstürzler, bleiben würde. Trotzdem gab er sein Einverständnis, ordnete jedoch sofort an, daß das Verhalten seines Großneffen genauestens beobachtet werde und man ihn mit den schwersten und unangenehmsten Arbeiten auf die Probe stellen möge. Soll er sich sein Brot, verdammt noch mal, im Schweiße seines Angesichts verdienen und für die Sünden seines Vaters büßen, dachte er. Doch Ideale erwies sich als aufgeweckt, kräftig und pünktlich, war immer bereit, seinen Kollegen zu helfen, war offen für jeden Ratschlag und sogar versiert in technischen Fragen.

Schon bald wurden positive Urteile über ihn an Hektor herangetragen und sogar die Bitte, ihn doch für nützlichere Dinge einzusetzen als für die Drecksarbeit und für niedrige Handlangerdienste. Es dauerte zwar noch einige Monate, bis er sich davon überzeugt hatte, daß diese Einschätzungen nicht einfach nur Lobeshymnen auf den Großneffen des Fabrikbesitzers waren, doch am Ende willigte er ein und setzte ihn an den Maschinen, in der Montage und für andere Arbeiten ein, bei denen sich der junge Mann wieder als ausgesprochen tüchtig erwies und ein angeborenes Talent für die Mechanik unter Beweis stellte. Seit Ideale mit Drehbänken, Fräsen und Schneidemaschinen arbeiten durfte, entwickelte er eine regelrechte Leidenschaft, die vollends ausbrach, als Morini, einer der ältesten Maschinenschlosser in der Fabrik, ihm einen der Motoren vorführte, die einmal Hektors ganzer Stolz gewesen waren. Morini unterwies ihn darin, wie man ihn zerlegte, zeigte ihm Pleuelstangen, Riemenscheiben und Zylinder, Nocken, Ventile und Muffen, erzählte ihm von Bohrungen, von Hüben, von Kompressionen und von Kalibern, sprach von Buchsen, Muttern, Düsen und Inbusschrauben und zählte dabei, ganz wie Sole, wenn er über den Orient sprach, eine magische Reihe von Namen auf, die es diesem trägen Stahlhaufen ermöglichten, sich in ein schlagendes, starkes und mächtiges Herz zu verwandeln, fähig, tausend Kilo zu bewegen als wären sie nichts, eine Last in den Himmel zu heben oder Wasser aus dem Padule zu saugen, bis die Erde zum Vorschein kam.

Ideale verliebte sich in jenes Herz aus Metall, weil es für ihn wohl die Schmach jenes anderen Herzens aus Fleisch und Blut rächte, das die Lippen seines Bruders blau färbte und ihm das Leben so schwer machte. Er verliebte sich in das Herz aus Metall, dachte ständig daran, träumte nachts davon, betrachtete es auch nach seiner Schicht und hielt es schließlich Stück für Stück in Händen, bis er das Gefühl hatte, seine Geheimnisse erforscht und seine Vorzüge und Mängel durchschaut zu haben. Es endgültig in Besitz genommen zu haben.

Diese Liebe beherrschte ihn mehr und mehr, besonders seit er mit Sole in eine hypothetische und utopische lange Diskussion über die Zukunft geraten war. Mit dem Feuereifer der Jugend tummelten sich die Brüder auf einem Gebiet, das, ausgehend von der Mechanik der Motoren, auch deren Weiterentwicklung berührte, den Fortschritt der Technik, die Entwicklung der Industrie und zu guter Letzt die Rohstoffperspektiven. Dieses Thema hatte es Ideale besonders angetan, der sich, bis über beide Ohren verliebt in den Verbrennungsmotor, plötzlich mit dem Problem der

Energieversorgung konfrontiert sah. Nach Soles Ausführungen über den Zyklus der Kohlenwasserstoffe und über die Unvermeidbarkeit ihres künftigen Versiegens, erfaßte ihn ein Gefühl ungläubiger Mutlosigkeit, als wäre ihm eine unumgängliche, tragische Wahrheit bewußt geworden: Dem Kleinod, das er liebte, jenem starken Herzen, das jede Schwäche wettmachen konnte, war es bestimmt, genauso zu sterben wie das Herz der Menschen.

Wochenlang quälte ihn dieser Gedanke, lastete auf ihm und beeinträchtigte sein Vergnügen, in der Fabrik zu werkeln, mit den Gerätschaften zu hantieren, eine Maschine zu reparieren. Nachdem er das Geheimnis der Getriebe endlich durchdrungen hatte, wußte er nun nicht mehr, was er damit anfangen sollte, und hatte das Gefühl, alles könnte wieder zu einem nutzlosen Eisenhaufen zusammenfallen.

Doch an einem Sonntagnachmittag, als er mit Annina und seinen Geschwistern unter dem Haselnußbaum an der Eisenbahn saß, schoß ihm etwas durch den Kopf, eine Eingebung, ein Geistesblitz, der über Jahre hinweg zum Gegenstand von Soles gutmütigem Spott werden sollte, verglich ihn der Bruder doch mit Newton und erklärte, er sei zwar nicht von einem Apfel, sondern von einer Haselnuß getroffen worden, das Ergebnis sei jedoch annähernd das gleiche.

Unter dem Baum ausgestreckt, mit weit geöffneten Augen, die in das Blau über ihm schauten, während seine Mutter wieder einmal Cafieros Geschichte erzählte, sah Ideale nämlich deutlich das Bündel vor sich, dessen Mitte sein Vater bildete und das sich wie ein Kreisel am Himmel drehte, und dieses Kreiseln wiederholte sich exakt wie das, welches er sich seit seiner Kindheit am Himmel von Colle, im Wasser des Padule und bei allen Gelegenheiten vorgestellt hatte, wenn er an Nocciolinos Geschichte gedacht hatte. Es war eine plastische, ständige Bewegung. Eine unendliche.

Da fiel es ihm wie Schuppen von den Augen. Wenn es vorherbestimmt war, daß die Rohstoffe irgendwann versiegten, mußte man eine Maschine bauen, die eine Bewegung ohne Kraftstoffbedarf zustande brachte. Er sprang auf und entschuldigte sich, sagte, er habe eine dringende Angelegenheit zu erledigen, lief davon und schloß sich in sein Zimmer ein, wo er begann, in wilder Geschäftigkeit auf jedes Stück Papier, das er finden konnte, Maschinenskizzen zu zeichnen.

Am folgenden Tag eilte er zu Morinis Haus, und die beiden steckten in einer so verschworenen Gemeinschaft ihre Köpfe zusammen, daß Morinis Frau Zaira sich ernsthaft Sorgen machte. Zu vorgerückter Stunde gelang es Ideale schließlich, Morini zu überreden, ihn zu Hektor zu begleiten, und so konnte er seinem Onkel dank der Fürsprache des alten Maschinenschlossers, der dessen uneingeschränkte Hochachtung genoß, gut eine Stunde lang etwas von kalibrierter Mechanik, von hydraulischen Uhrwerken, von Elastik und von gekreuzten Konvektionsprinzipien erzählen. Hektor tat so, als wüßte er Bescheid und nickte, während er den Ausführungen seines Großneffen lauschte, der inzwischen den Plan eines hydraulischen Getriebes aus Deutschland ausbreitete, das er nicht einmal im Ansatz verstand. Mit einigem Interesse stimmte er zu, als es um die Bedeutung der Rohstoffe ging, da dieses Thema auch dem Duce von Rom am Herzen lag, besonders in Zeiten wirtschaftlicher Sanktionen, in denen das Vaterland aufgerufen war, den feigen Angriffen zu trotzen, die seine Kräfte unterminieren wollten, und zu guter Letzt gestattete er Ideale, den Fabrikschrott für seine Experimente zu nutzen und in dem alten Stall zu arbeiten, der seiner Mutter gehört hatte.

So machte sich Anninas Sohn unter dem Balken, an dem sich einst Odysseus erhängt hatte, daran, seinen aus Kolben, Riemenscheiben, Keilriemen und Antriebswellen bestehenden Traum zusammenzubauen. An Leitern geklammert, unter Eisenträgern liegend und über Zahnräder gebeugt, schraubte Ideale seinen Wunsch zusammen, der Bewegung eine unendliche Dauer zu verleihen, etwas zu schaffen, was nie stillstand, was ewig und beständig wie die Liebe war, die er für das Leben empfand, etwas, was fähig war, dieses Leben zu bewahren und es nie entschwinden zu lassen, etwas, was die gleiche Kraft und die gleiche Hoffnung in sich barg, die vor ihm schon sein Großvater und sein Vater in der Utopie gesucht hatten.

Hekuba und Penelope kehrten als perfekte junge Damen aus dem Internat zurück, bezogen wieder die Zimmer in Prataio, die jahrelang für sie leergestanden hatten, und ließen mit ihrer Jugend die spießbürgerlichen Begierden Rinas aufs neue erglühen. Nachdem sie die Einrichtung des Hauses bereits mehrfach ausgetauscht hatte und die Hilfe eines Dienstmädchens eingefordert hatte und eines Chauffeurs, der sie auf ihren Fahrten in die Stadt begleiten sollte, nahm Rina die Rückkehr ihrer Töchter zum willkommenen Anlaß für eine weitere Flut von Umgestaltungen.

Zunächst setzte sie durch, daß die große alte Küche geteilt wurde, die so lange das Bindeglied zwischen den drei Familien gewesen war, und tat diese Gemeinsamkeit als das Erbe einer plumpen, unkultivierten Bauernsitte ab, als eine stillschweigende, geradezu unausweichliche Verpflichtung, die Mahlzeiten gemeinsam einzunehmen, was ein wirklich unpassendes Kommen und Gehen von Personen zur Folge habe, ganz zu schweigen von dem damit verbundenen Mangel an Diskretion.

Weitaus besser sei da eine eigene Küche und ein großes separates Eßzimmer, in dem man gesittet speisen könne, eine Räumlichkeit, die rasch gefunden wurde, da man die Anordnung der Zimmer veränderte, indem man einige Wände herausriß, und einen dermaßen riesigen Eßtisch kaufte, daß die Generäle der Alliierten wenige Jahre später keinerlei Schwierigkeiten haben sollten, die Geländekarten der gesamten Region bequem darauf auszubreiten.

In dem von Rina gewünschten neuen Salon gaben zunächst Hekuba und Penelope und später auch Didone ihre Tanzfeste, bis die Kanonen der halben Welt zu ganz anderen Tänzen aufspielten; sie amüsierten sich beim Canastaspiel und nahmen mit den Manieren, die sie in den Internatsjahren erworben hatten, nun also, wie es sich gehörte, einen Platz in der feinen Gesellschaft ein.

Da das Erdgeschoß in dieser Weise genutzt wurde, verlegte Rina alle Schlafzimmer ins obere Stockwerk und stürzte sich mit Wonne darauf, sie in einem Triumph aus goldenem Stuck und Spiegeln einzurichten, mit venezianischen Schränken, deren Türen bemalt waren, mit Wandleuchtern und Simsen, Nippsachen und Damastvorhängen, so daß Hektor, der im Grunde ein praktischer, bodenständiger Mann geblieben war, stets eine gewisse Befangenheit spürte, wenn er sich in diesen Räumen bewegte.

Auf einem der Feste in Prataio war es, daß Sole Natalia kennenlernte. Anninas Kinder wurden zu den Empfängen offiziell nicht eingeladen, und sie hüteten sich wohlweislich, sich dem von Musik erfüllten Salon und den Gruppen von jungen Leuten zu nähern, die auf den Wegen im Garten herumstanden. Doch während Ideale, der ganz in seinen mechanischen Projekten aufging, diesen Ausschluß nie sonderlich schwer nahm, empfand Sole ihn als einen dummen, ungerechten Affront, zumal er, der dieselbe Schule wie Didone besuchte, viele der Gäste persönlich kannte.

Daher zog er es vor, sich während der ausgelassenen Feiern seiner Verwandten in sein Zimmer zurückzuziehen, durch die Landschaft zu spazieren oder auf den Zypressenberg zu steigen, um dort ein Buch zu lesen und bisweilen mit gespielter Gleichgültigkeit einen Blick auf die Ereignisse dort unten zu werfen. So fand ihn Natalia. Sie hatte sich von dem Trubel entfernt, um sich in aller Ruhe ungestört mit ihrer Freundin Leda unterhalten zu können, sich eine halbe Stunde auszuruhen und vielleicht ein stilles Fleckchen zu finden, um, vor aufdringlichen Blicken geschützt, eine Arabia zu rauchen.

Arm in Arm machten die Freundinnen also langsam und unauffällig eine Runde durch den Garten, wobei sie sich in ein angeregtes Geplapper vertieften, um jeder Einmischung vorzubeugen, die ihre Flucht hätte vereiteln können, und als sie endlich außer Sichtweite waren, begannen sie den Berg hinaufzusteigen und ihren Rundgang in einem sehr weiten Bogen abzuschließen. So tauchten sie hinter Sole auf, der sie, in seine Lektüre vertieft, erst in letzter Minute bemerkte. Als er ihre Schritte im Gras hörte, drehte er sich um und stand genau in dem Moment auf, als Natalia, die mit geschlossenen Augen in einer Art Verzückung einen Zug aus der Zigarette nahm, oben auf dem Berg ankam. Kaum hatte das Mädchen die Augen wieder geöffnet und vor sich Sole mit seinem überraschten Gesicht erblickt, hielt sie mit der Zigarette in der Luft inne, während Leda, quietschvergnügt wie immer, in ein wenig gezügeltes Kichern ausbrach.

Die drei kannten sich vom Sehen, denn sie waren sich in den Gängen ihres Gymnasiums schon oft begegnet. So setzte Sole ein Lächeln auf und brachte ein leicht verlegenes »Ciao« heraus, während Natalia sich wieder gefaßt hatte und sagte:

»Ich hoffe, du gehörst nicht zu den Männern, die ein Mädchen bloß wegen einem bißchen Tabak verachten.«

Sole erwiderte, immer noch schüchtern, daß … Nein, bestimmt nicht, nein, keineswegs. Mit dem Buch in der Hand blieb er kerzengerade stehen und starrte sie an. Natalia machte einen Schritt auf ihn zu und sagte mit einem gespielten Seufzer der Erleichterung:

»Na dann wird es dir ja nichts ausmachen, wenn ich weiterrauche«, woraufhin sie zu der Prataio zugewandten Seite ging und einen kleinen Schrei ausstieß:

»Sieh doch nur, Leda, von hier aus kann man alles überblicken, bis nach Bonifica und noch weiter.«

»Dann bist du also ein Gaffer«, sagte sie plötzlich zu Sole, der spöttisch lachte, die Hand mit dem Buch hob und antwortete, jawohl, er täusche das Lesen vor, um sämtliche Techtelmechtel des Gymnasiums auszuspionieren.

»Natürlich«, folgerte sie verschmitzt. »Was solltest du auch sonst hier tun, anstatt unten beim Tanz zu sein?«

Sole verzog das Gesicht, und während er antwortete: »Nein, ich habe wirklich gelesen«, fiel Leda plötzlich etwas ein.

»Sag mal, bist du nicht der Cousin von Didone Bertorelli?«

»Ja, ich heiße Sole«, sagte er und streckte den Mädchen

die Hand entgegen. »Allerdings können sich unsere Familien nicht besonders leiden, von daher …«

Leda machte eine Kopfbewegung, als wollte sie sagen, daß sie verstand, doch inzwischen hatte sich ein Schleier der Verlegenheit über die drei gelegt, weshalb Natalia in dem Wunsch, ihn zu zerreißen, schnell fragte:

»Montagues und Capulets?«

»Ganz recht«, platzte Sole lachend heraus und schlug das Titelblatt des Buches in seiner Hand auf, das *Romeo und Julia* hieß.

»Paß auf, Natalia ist eine Hexe«, sagte daraufhin Leda, und nun war das Eis gebrochen, weshalb sich die beiden Mädchen länger als eine Stunde zu Sole setzten, mit ihm scherzten und plauderten, sich die Geschichten von seiner Großmutter anhörten und von dem durch Odysseus' Eifersucht abgerissenen Balkon, von den Zypressen, unter denen sie jetzt säßen, wenn der Wahnsinn nicht auch sie niedergerissen hätte, und von dem Berg, auf dem sie sich befanden und der zusammen mit dem Grab Menas, die an der Spanischen Grippe gestorben war, im Grunde das einzige war, was Sole gehörte, bis man schließlich unten anfing, ihre Namen zu rufen, und sie beschlossen, hinunterzugehen.

»Es ist besser, wenn wir jetzt hier verschwinden«, sagte Leda zum Abschied. »Sonst findest du dich in zehn Minuten in einem Haufen von Hitzköpfen wieder, die deinen Besitz zertrampeln.«

Natalia verabschiedete sich mit einem »Auf Wiedersehen« von ihm, das die unregelmäßigen Schläge seines Herzens unverzüglich beschleunigte, eines Herzens, das sich endgültig verliebte, als sie sich, bereits auf dem Rückweg nach Prataio, unvermittelt umdrehte, für einen letzten Gruß kurz innehielt und winkend mit der Hand ihr Haar berührte, das sich genau in dem Moment zum Himmel hob, als die letzte Sonne der Abenddämmerung auf ihr Gesicht fiel. Es war nur ein flüchtiger Augenblick, kaum mehr als ein Nichts, und doch genügte er, um sich ihm einzuprägen und ihn nicht wieder loszulassen, um ihn in den nächsten Stunden und Tagen und in all den Jahren zu begleiten, in denen er Natalia liebte, während er dem Hüpfen seines Herzschlags und seinem stolpernden Atem folgte, ohne je mit soviel Schönheit Schritt halten zu können.

Erfüllt von diesem Bild, suchte Sole auf den Gängen in der Schule nach Natalia, und sie ließ sich bereitwillig suchen; hielt sich öfter als nötig in der Stadt auf, um sie auf ausgedehnten Spaziergängen zu begleiten, und sie ließ sich bereitwillig begleiten; erzählte ihr fortgesetzt von Pratajo und von Odysseus, von Rosa und von Nocciolinos Geschichte, erzählte ihr von den Aufrührern und von der Zeit, als Bonifica noch der Padule gewesen war, und dies alles mit Worten, denen sie bereitwillig lauschte; und am Ende, als er ihr die Geschichte der grenzenlosen Liebe zwischen dem Maestro, seinem Großvater, und der Witwe Bartoli erzählte, geschah es, daß sie sich in ihn verliebte.

So gab sich Natalia den Geschichten dieses schmächtigen, doch liebenswerten, scharfsinnigen und leidenschaftlichen Jungen hin. Betört vom Zauber der Worte, ließ sie sich von ihnen umfangen und streckte sich auf ihrem weichen Teppich aus wie einst Rosa und Annina, als sie unter Maddalenas Händen entbunden hatten. Sie ließ sich umhüllen, liebkosen und einkuscheln, und es machte ihr nichts aus, daß dies keine stählernen Arme und keine athletischen Muskeln waren, sondern nur Kissen aus Träumen und Hoffnungen und der verwehte Wind einer längst vergangenen Zeit.

Sie glitt neben Soles stolperndes Herz, zu seinem kurzen, oftmals keuchenden Atem. Sie fand Schutz in seinen Worten, umarmte seinen gläsernen Körper und entschloß sich, ihn zu lieben.

Penelopes Volljährigkeit wurde mit einem Ball gefeiert, der bis tief in die Nacht hinein dauerte und den Salon mit dem Nachwuchs der schönsten Namen der Stadt füllte, sehr zur Freude Rinas, die in diesem Glanz von Jugend und Reichtum ihren endgültigen persönlichen Triumph sah.

Bei dem Fest der Schwestern fehlte auch Orest nicht, der auf einem verchromten roten Motorrad eigens aus Frankreich gekommen war und effektvoll Einzug in Prataio hielt, indem er das Foxtrottgehüpfe kurzzeitig mit donnerndem Krawall übertönte. Er wirbelte mit einer Bremsspur, die gut zehn Meter des Kiesweges markierte, eine beachtliche Staubwolke auf, aus der er, mit Lederjacke und einer Schutzbrille über der Lederkappe, wie ein griechischer Gott auftauchte und sogleich mit den Küssen von Didone, Hekuba und Penelope überhäuft wurde sowie von den bewundernden Blicken zahlreicher junger Burschen, die in dieser Erscheinung zweifellos den Inbegriff stolzer Männlichkeit sahen.

Er ließ die Schwestern und das Motorrad in der Obhut der Gäste und stahl sich, nachdem er seine Eltern und alle Anwesenden begrüßt hatte, mit einer Ausrede fort, um endlich Annina in die Arme zu schließen und mit ihr wie früher auf den Zypressenberg zu steigen, wo sie sich ihre Geheimnisse anvertrauen konnten.

Wieder war er es, der sie mit der Welt in Verbindung hielt, der ihr berichtete, was außerhalb Colles und Italiens vor sich ging, von dem, was sich da für eine Zukunft zusammenbraute, die, von welcher Seite man sie auch betrachten mochte, keineswegs verheißungsvoll war. Orest erzählte ihr, daß er in Frankreich einen Sozialisten im Exil kennengelernt habe, der von Colle und vom Maestro gesprochen habe, einen gewissen Ranieri, Bruder eines Maniero, dessen Name auch ihm irgendwie bekannt vorkam. Da erbleichte Annina, als holte die Vergangenheit sie mit aller Macht wieder ein. Maniero, natürlich, in Mailand von den Kanonen des Königs zerfetzt, die Liebe Libertàs, ihrer Schwägerin, die in Pieve begraben lag. Und so erzählte ihr Orest von diesem Ranieri und von dem, was in Frankreich geschah, doch leise und vorsichtig, denn obwohl Soldani und seine Trupps seit einiger Zeit verschwunden waren, gab es überall Spitzel, die wie Sprühregen waren, wie Mücken oder wie Windböen, die einen hinterrücks überfielen.

Annina hörte zu und erkannte in den Worten ihres Cousins die gleiche Freiheitsliebe, die sie auch aus Cafieros Reden herausgehört hatte und die sie an den Kanälen des Padule hatte sehen können, als der Boden noch nicht trockengelegt und die Würde noch nicht zum Schweigen gebracht waren. Neben Orest ausgestreckt, der immer weiter erzählte, spürte Annina, wie sie wieder von etwas durchströmt wurde, von dem sie gedacht hatte, daß sie es mit dem Putztuch und mit dem Reisigbesen für immer weggefegt hatte, mit ihrem gesenkten Kopf und mit ihrer Gehorsamkeit, erstickt in Gewohnheit und Schweigen, und so schien es ihr, daß, sollte es eine unendliche Bewegung geben, sollte es dieses Etwas wirklich geben, für das ihr Sohn seine Nächte zwischen Haspen und Scharnierbändern verbrachte, dies wohl der Wunsch war, sich etwas Neues vorzustellen, frei im Denken und im Reden und im Reisen zu sein und auch darin, selbst das zu lieben, was zu lieben die Vernunft untersagte.

So ergriff sie die Hand ihres Cousins und bat ihn, ihr zu folgen, stieg den Berg hinunter und führte ihn zu dem alten Stall. Sie klopfte an, und kurz darauf öffnete Ideale die Tür, umarmte Orest herzlich und sah seine Mutter dankbar an.

»Komm«, sagte er zu dem Gast. »Ich glaube, Mama wollte dir das hier zeigen.«

Sie gingen durch den Raum, der Orest wie eine kleine Autowerkstatt vorkam, wie eine Abstellkammer, wo in einem unvorstellbaren Durcheinander Maschinenteile, zusammengerollte Baupläne, Bleistifte und Bücherstapel herumlagen, wo Diagramme an den Wänden hingen und in einer Ecke auch eine Hängematte zu sehen war, die durchaus Ähnlichkeit mit einem Hundeschlafplatz hatte.

Vor dem angrenzenden Raum blieb Ideale stehen und sagte, bevor er den Schalter betätigte:

»Sieh mal …«

Licht überflutete den alten Stall, in dem Odysseus sich einst erhängt hatte. Orest erinnerte sich noch gut daran, und so blieb er wie versteinert auf der Schwelle stehen und konnte nur flüstern:

»Mon Dieu!«

Was einst der größte Stall der Bertorellis gewesen war und später die geräumige Lagerhalle der Fabrik, war nun mit einer undefinierbaren Konstruktion ausgefüllt, mit einer gigantischen Skulptur aus Stahl, Rohren, Rädern und Bändern, mit einem zugleich unförmigen und harmonischen Ding, mit etwas Plumpem und Erhabenem. Ein Meisterwerk, dachte Orest.

Ohne ein Wort zu sagen, stellte sich Ideale an die Stirnseite dieses Gebildes, an der eine Kurbel herausragte. Er bückte sich und drehte sie nur ein einziges Mal langsam herum. Sofort begann dieses träge Sammelsurium zu knarren, und die Räder drehten sich, die Riemen setzten sich in Bewegung, die Laufwerke begannen zu arbeiten, und alles zusammen schien zum Leben zu erwachen, zu schwingen, zu schnaufen und zu pulsieren wie ein echter Organismus.

Orest stand mit offenem Mund da, betrachtete dieses Orchester aus Eisenteilen und wandte sich schließlich an Ideale:

»Aber wie funktioniert das denn?«

»Das läßt sich nicht so einfach erklären«, antwortete Ideale, der mit einem Arm bereits in ein Räderwerk im Innern der Maschine gegriffen hatte und mit einem Schraubenschlüssel an einem Bolzen hantierte.

Also drehte sich Orest zu Annina und fragte ungläubig:

»Also wirklich, Annina, was ist das?«

»Eigentlich kann ich dir das auch nicht erklären«, erwiderte seine Cousine achselzuckend. »Ich weiß nur, daß er sie ›Libertà‹ getauft hat.«

Annina beobachtete, wie Sole sich verliebte, mit der gleichen Besorgnis, mit der sie eine Blume im Sturm beobachtet hätte. Eingedenk der Warnungen, mit denen die Ärzte sie jahrelang zur Vorsicht mit diesem Jungen aus Glas gemahnt hatten, war sie hin und her gerissen zwischen der Freude über die erwachende Leidenschaft und der Angst, daß eine heftige Aufregung, ein großer Kummer, eine erlittene Enttäuschung ihrem Sohn einen nicht wiedergutzumachenden Schaden zufügen könnten.

Doch abgesehen von diesen verständlichen Sorgen einer Mutter zeichneten sich an Colles Horizont ganz andere Unruhen ab, die stärker werdenden Gerüchte nämlich, die nach dem Einzug der Italiener in Addis Abeba nun immer offener von Krieg sprachen. In all den Jahren war es Annina gelungen, diesen unter so vielen Mühen geborenen Sohn aufzupäppeln und großzuziehen, und unter Vernachlässigung ihres Stolzes hatte sie ihn, ebenso wie Ideale und Filomena, vor Telemach und vor der Willkür derer geschützt, die ihren Mann ermordet hatten, doch nun, angesichts einer so ernsten Perspektive, fühlte sie sich machtlos, angesichts dieses neuen Unwetters, das sie am Horizont grollen hörte, und auch angesichts der Angst, ihre Kinder könnten etwas tun oder sagen, was den Zorn jener Bestien entfesselte.

Sie sorgte sich wegen Soles Intelligenz, seines Denkvermögens und der klugen, treffenden Argumente, mit denen er in den häuslichen Diskussionen häufig die politischen Ereignisse analysierte; sie sorgte sich um Filomena, die sie zu einem unsicheren, wehrlosen Mädchen heranwachsen sah, und sie sorgte sich besonders um Ideale, wegen seines offenen, wagemutigen Wesens und wegen seines Erfindergeists, der die ihn umgebende Dummheit gewiß nicht lange würde ertragen können, zumal er jetzt damit rechnen mußte, zum Militärdienst einberufen zu werden.

Annina träumte oft vom Krieg, träumte von Kanonen, die die Spanische Grippe über Prataio abfeuerten, träumte, daß sie im Zickzack lief, um Mikroben, groß wie Steinschleudergeschosse, aufzusammeln, damit sie über niemanden herfielen, damit sie weder mit einem Tier noch mit einem Haus in Berührung kamen. Danach stand sie auf, um ihr Tagwerk zu beginnen, und hörte, daß um sie her noch immer nur vom Krieg die Rede war.

Ihre Kinder sprachen schon beim Frühstück darüber,

Hektor sprach mit Telemach darüber, wenn sie über die Zukunft der Fabrik diskutierten, und auch Rina sprach darüber, wenn sie an Orest und an Frankreich dachte. Auch in der Art, wie die Leute sich bewegten, wie sie durch Hysterie oder durch Besorgnis verändert erschienen, sah Annina den Krieg. Sie sah ihn in den Dingen des Alltags, in Dingen, von denen sie nie zuvor gehört hatte, in der Fliegerabwehr, in den Gasmasken, in den Luftschutzkellern. Selbst die Schweine, die sich wie eine gärende Masse eng aneinandergedrängt im Dreck suhlten, schienen vom Krieg zu sprechen.

Alles sprach vom Krieg, und am Ende dieses ganzen Geredes ließ der Duce von Rom Italien vor sich antreten und sprach endlich von seinem Balkon herab zu allen vom Krieg. Er erklärte ihn, kündigte ihn in einer effektvollen Proklamation an, schrie ihn so laut heraus, daß man ihn bis nach Colle hörte, abgefeuert aus den Lautsprechern auf dem menschenüberfüllten alten Marktplatz des Städtchens, während der gesamte Generalstab der Partei mit Telemach an der Spitze sich am Fenster des Rathauses aufgestellt hatte.

Rina ließ sich auch diesen Anlaß nicht entgehen, um ein Fest zu geben, das eine neue Ära von Triumphen besiegeln sollte. Trotz der Menge, die den Auftakt zu einem entsetzlichen Unheil mit Hochrufen begrüßt hatte, war auch die Zahl derer nicht gering, die ihn vor allem in Piana mit der Erinnerung daran, wieviel Leid schon einmal ein Krieg in jenen Landstrich gebracht hatte, mit einem düsteren Schaudern quittierten. Auch Hektor, der daran denken mußte, wie sehr Paris und Ganymed in den Schützengräben gelitten hatten, äußerte Bedenken vor Telemach und anderen Honoratioren, die ihm schleunigst versicherten, daß dies ein überaus kurzer Konflikt sein werde, an dem man sich an der Seite mächtiger Bündnispartner unbedingt beteiligen sollte, damit man mit einem Minimum an Aufwand zu einem Maximum an Ergebnissen komme.

Äneas gehörte zu den ersten, die einrückten, und sollte mit dem x-ten Ball verabschiedet werden; Rina wollte ihn ausrichten für den Helden der Familie, der nun auszog, um für das Vaterland Korsika, Nizza und Tunesien zurückzuerobern. Es sollte ein unvergeßlich prunkvoller Abend werden, der ihrem Neffen und den anderen jungen Wehrpflichtigen im Gedächtnis und vor Augen bleiben sollte, wenn der Militärtransport sie längst an die Front gebracht hatte, wenn sie mit aufgepflanztem Bajonett die feindlichen Linien stürmten und wenn sie schließlich triumphierend Einzug in Paris hielten. Daher schmückte sie den Salon mit Girlanden in den Farben der italienischen Trikolore, wählte die Musiker mit besonderer Sorgfalt aus, ordnete an, daß sie Militäruniformen trugen, und bereitete so etwas wie ein Programm vor, das beim Eintritt des Gefeierten einen Überraschungsempfang mit der Nationalhymne und mit dem Applaus der Gäste vorsah.

Wie es seine Art war, benahm sich Äneas vollkommen daneben. Während er sich, bereits in seiner Galauniform eines Unteroffiziers, abseits hielt und auf der Rückseite von Prataio an die Hauswand gelehnt eine letzte Zigarette rauchte, bevor er in den Garten gehen und seinen triumphalen Einzug in den Salon halten wollte, sah er von draußen, wie Ida das Zimmer ganz in seiner Nähe betrat. Durch die angelehnte Glastür konnte er undeutlich erkennen, wie sie sich den Arbeitskittel auszog, um in die Dienstmädchentracht mit Schürzchen und Häubchen zu schlüpfen, die Rina für die Bedienung vorgeschrieben hatte.

Äneas kam näher. Ida ging halbnackt zu dem emaillierten Waschtisch, spritzte sich mit geschlossenen Augen eilig etwas Wasser ins Gesicht und auf die Brust und rieb sich kräftig das Gesicht ab. Als sie die Augen wieder öffnete, erblickte sie hinter der Tür Äneas, der sie, mit der Zigarette in der Hand, bewunderte, ohne sich zu regen. Er trug seine Paradeuniform: Schön war er, und vor dem grünen Hintergrund der Wiese erschien er ihr in jenem Augenblick wie eine Fata Morgana, wie eine Photographie oder gar wie ein Traum, wie ein noch unwirklicherer Amedeo Nazzari. Und dabei fühlte sie sich wie Luisa Ferida oder Greta Garbo und ganz und gar nicht wie die Ida aus Pellai, Rinas Dienstmädchen.

Dann tippte Gary Cooper leicht gegen die Tür, die sofort aufsprang, und ohne seinen Blick von ihrem Gesicht zu wenden, blies Osvaldo Valenti eine lange Rauchwolke ins Zimmer. Und als Clark Gable sie in die Arme nahm, schwanden Ida fast die Sinne, und das einzige, was sie sich sagen hörte, war ein schüchtern gehauchtes »Nicht doch, mein Herr...«, das eine deutliche Aufforderung zum Weitermachen war.

Sein Einmarsch gehörte folglich nicht zu den gelungensten, denn als Rina sah, daß die Musiker und die Gäste bereit waren, schickte sie jemanden los, um Äneas zu holen, damit sie, wie ihr Plan es vorsah, im richtigen Augenblick alle zusammen für ihren Überraschungsempfang durch die Hintertür in den Salon strömen konnten.

So kam es, daß sich die große Schar der Gäste, mit Rina immer an der Spitze, zur Rückseite des Hauses begab, wo man auf Äneas und Ida stieß, die ineinander verknäult auf dem Boden lagen und den Eintritt in den Krieg auf diese vergnügliche, wenngleich wenig martialische Weise feierten.

Und wie um dem ganzen Durcheinander die Krone aufzusetzen, glaubte der Dirigent, als er sah, daß Rina, die in ihrer Verzweiflung den Namen ihres Neffen rief, hinter der Tür zum Salon verschwand, gut daran zu tun, wie im Drehbuch festgelegt, das Zeichen für die Nationalhymne zu geben, womit er diesem Moment eine ungeahnte Feierlichkeit verlieh, die in Colle und Prataio natürlich für nicht wenig Heiterkeit sorgte, machte sie die Situation doch noch pikanter und ließ für ein paar Tage vergessen, daß das Gemetzel bereits begonnen hatte.

Sole begann aus heiterem Himmel, über Ideale zu sprechen. Er ging Hand in Hand mit Natalia zum Bahnhof, wo er den Zug zurück nach Colle nehmen wollte, doch verliebt, wie er war, hatte er eigentlich das Gefühl, zu schweben. Der weiche Nebelschleier, in dem er sich bewegte, verschwand schlagartig, als ihm einfiel, daß er ihr noch nie von Ideale erzählt hatte. Wie vom Donner gerührt blieb er stehen und sagte zu Natalia, die ihn erstaunt ansah und sich fragte, was wohl in ihn gefahren sei:

»Ich muß dir ein Genie vorstellen«, woraufhin er ihr von seinem Zwillingsbruder erzählte, von dem Menschen, mit dem er sich so eng verbunden fühlte wie mit dem eigenen Atem, von seiner Fröhlichkeit, seiner Großzügigkeit, von allem, was er selbst nicht war, was jedoch im Namen seines Bruders steckte.

Es dauerte folglich nicht lange, bis die beiden sich begegneten und Sole sichtlich bewegt Ideale mit Natalia bekannt machte; sie sprachen lange miteinander, vor allem über Ideales Begeisterung für die Mechanik, allerdings ohne daß es Sole gelang, seinen Bruder zu überreden, dem Mädchen seine Maschine vorzuführen.

»Ach was, das ist doch nicht interessant«, wehrte er ab, wobei er darauf verwies, daß sie noch nicht fertig sei, daß die Zeit noch nicht reif sei, daß er gerade an einer neuen Idee tüftele.

Natalia war sehr beeindruckt von diesem Jungen, der, obgleich Soles Zwillingsbruder, so grundverschieden von ihm war und ihn zu ergänzen schien. So zart und wortkarg Sole war, so athletisch und gesprächig war Ideale; der eine langsam und ruhig, der andere hektisch und voller Elan; und während Sole schüchtern und zuweilen unsicher war, zeigte sein Bruder sich selbstbewußt und kühn. Sie lernte beider Aufrichtigkeit und Freundlichkeit schätzen und empfand bald neben der Liebe zu Sole auch deutlich eine große Zuneigung zu Ideale, und am Ende wurde ihr klar, daß jenseits aller offensichtlichen Unterschiede wirklich ein zartes, verborgenes Band zwischen Zwillingen besteht, das zwar nicht sichtbar zutage tritt, doch für jemanden wie sie, die ein Stück ihres Lebens mit einem der beiden verbunden hatte, konkret fühlbar war. Tag für Tag merkte sie, wenn sie mit Sole sprach, daß sie auch mit Ideale ein Gespräch begonnen hatte, und nachdem sie oft in seiner Nähe gewesen war, spürte sie, daß sie an einem Punkt angekommen war, der sie exakt in die Mitte zwischen zwei Hälften stellte, die gleichermaßen Anlaß zu Liebe gaben.

Darüber machte sie sich anfangs noch keine Sorgen, denn schließlich ist es nicht immer leicht, eine so große Nähe zu erkennen. Doch nachdem sie sich eines Tages von Ideale verabschiedet hatte, der sie zum Bahnhof gebracht hatte, ertappte sie sich im Zug dabei, daß sie intensiv an ihn dachte und sich danach sehnte, mehr über ihn zu erfahren, als sie bereits wußte. Sie ließ sich vom Rütteln des Zuges wiegen und gefiel sich in der Vorstellung, ein Teil jener phantastischen Maschinen zu sein, die er ihr bisher immer nur beschrieben hatte, eine Gelenkkupplung oder ein Zahnrad, das, von ihm in Bewegung gesetzt, nie wieder stillstehen würde und jede Erschütterung, jede Energie, jede Wegstrecke des Lebens in sich aufnehmen könnte.

So beschloß sie, in Bonifica wieder auszusteigen, und ließ

sich mit einem Auto nach Prataio zurückbringen, wo sie unverzüglich zu dem alten Stall ging und anklopfte.

»Ich will ›Libertà‹ sehen«, sagte sie, als Ideale öffnete, und an ihrem Blick, an der Entschiedenheit, mit der sie ihn beiseite schob, erkannte er, daß jeder Versuch, diesen Wunsch abzuwehren, zum Scheitern verurteilt war.

Also machte er ihr Platz, zeigte ihr den Mechanismus und beobachtete sie, während sie reglos dastand und versuchte, mit den Augen den Ursprung der Bewegung auszumachen, und entzückt auf das Rumpeln dieser Symphonie aus Stahl lauschte. Natalia näherte sich der Maschine, wollte sie berühren, stellte Fragen und hörte gespannt den komplizierten Erläuterungen über dynamische Spannkraft und hydraulische Mechanik zu. Sie kroch mit ihm ins Innere der Maschinerie, ins Herz dieser langsamen, harmonischen Bewegung, ließ sich von dem Gewirr aus Zugbändern und Bolzen begeistern, war fasziniert vom Wogen der Riemen, vom Kreisen der Gelenke und Zapfen, und als Ideale sie endlich in die Arme schloß, schien ihr diese Umarmung der natürlichste Hafen für das Schwindelgefühl zu sein, das sie befallen hatte.

Wie die Bewegung, die Ideale einzufangen versuchte, blieb Natalias Liebe im Stahl einer Maschine gefangen, die gleichwohl »Libertà« hieß, und auch in der Angst, Soles gläsernes Wesen unwiderruflich zu zerbrechen. In Ideales Armen dahinschmelzend, während rings um sie her wie ein riesiges Herz die Maschine pulsierte, fühlte sich Natalia als Gefangene sowohl seiner Kraft als auch der Zerbrechlichkeit seines Bruders, sehnte sich nach jener stählernen Bewegung und liebte zugleich jenen anderen Atem, der dünn wie ein seidener Faden war.

Und sie bat Ideale, der sie nach dem ersten Kuß mit denselben Fragen überschütten wollte, die sie sich bereits gestellt hatte, zu schweigen und jetzt, inmitten dieser Unbeständigkeit, nicht über Dinge nachzudenken, die das, was ihr ohnehin rätselhaft, geheimnisvoll und beunruhigend erschien, noch unverständlicher machten.

»Es sei denn«, sagte sie, »du kannst eine Maschine konstruieren, die die unendliche Liebe erzeugt, die jedem Geliebten Glück und jedem Liebenden Vergebung schenkt.«

Als Natalia an jenem Abend nach Hause kam, konnte sie nicht einschlafen und versuchte vergeblich, die Liebe und das Gefühl zu verstehen, in einen Menschen verliebt zu sein, den sie zweifach begehrte, zwei von ihm in ihren Armen zu halten und in nur einen verliebt zu sein. Wie sie es auch drehte und wendete, sie fand keine Lösung und fühlte sich wieder tief in den Bauch von Ideales Maschine versetzt, wo jede Wahrheit möglich schien, zerbrechlich und widerstandsfähig, stark wie der Stahl und schwach wie die Seidenfäden, die ihre tausend Bleche zusammenhielten. Wenn sie sich von dort in Soles Arme begab, spürte sie die ganze Kraft seiner Zartheit, seiner Tiefgründigkeit und der Worte, mit denen er sich am Leben erhielt und auch der Welt Leben schenken konnte. Und während sie Stunde um Stunde immer weiter zwischen der Liebe der beiden Brüder hin und her schwankte, blieb sie haargenau in der Mitte, zerrissen von dem Wunsch, sie zu lieben, und zugleich von der Furcht, sie zu verraten.

Mehrere Tage blieb sie im Städtchen, schloß sich zu Hause ein und erklärte, sie sei krank, und an irgend etwas krankte sie tatsächlich, schien es ihr doch, als könnte sie nichts mehr begreifen, nicht mehr denken und nicht einmal mehr sprechen, so daß sie beschloß, alles aufzuschreiben, um zu sehen, ob sie nicht, wenn sie ihre Gedanken aufs Papier bannte, die Lösung eines Problems fand, für das es offenbar keine Lösung gab.

Sie schrieb zwei Briefe. Im ersten zählte sie die Gründe ihrer Liebe auf. Sie dachte an Soles Atem und weitete ihn mit aller Leidenschaft, die sie kannte. Sie schrieb und nahm die Kraft, die sie bei Ideale gefunden hatte, um sie auf seinen Bruder zu übertragen. Sie schrieb Wörter wie Kaskaden und überflutete diesen Brief mit der Harmonie, die sie im Räderwerk von »Libertà« gesehen hatte. Sie schrieb und dachte dabei an den Maestro und an die Witwe Bartoli, schrieb mit dem selbstvergessenen, träumerischen Geist, den sie in den Geschichten eines nunmehr verschwundenen Colle kennengelernt hatte, und mit so glücklichen Tränen, wie Rosa sie geweint hatte, als die Liebe zu ihrem Sole sie überwältigt hatte wie Annina die Liebe zu ihrem Sole.

Der zweite war ein Abschiedsbrief, in dem sie sich in Zärtlichkeit und Sehnsucht erging, während sie an alles dachte, was hätte sein können, was jedoch niemals mehr sein würde, an das Wasser des trockengelegten Padule, an Rosas Balkon und an die Zypressen, die Odysseus' Wahnsinn gefällt hatte. Sie schrieb von der Unmöglichkeit, die Bewegung aufzuhalten, von der Utopie, vom Schmerz, frei zu sein, von Soles Reise in den Orient auf der Suche nach Ländern, die es vielleicht nicht gab. Sie schrieb einen zarten und harten Brief, einen Brief, der liebkosend kratzte, wie ein unvermeidliches Lebewohl immer kratzt. Dann steckte sie den ersten in einen weißen Umschlag, den zweiten in einen rosafarbenen und verschob jede Entscheidung auf den kommenden Morgen.

Erschöpft und befreit von den Worten und von jeder

Bürde, schlummerte Natalia ein und sank schließlich in einen langen, wirren Schlaf, in dem sich jedes Adjektiv, das sie geschrieben hatte, aufblähte, sich die Sätze um sich selbst wickelten und Verben und Substantive ausbrachen wie ein heftiges Tertianafieber, ein Schlaf, aus dem sie viele Stunden später jedoch erfrischt und erleichtert erwachte.

Sie stand auf und ging zum Schreibtisch, und als sie die Umschläge erblickte, fiel ihr alles wieder ein. Sie setzte sich, legte den rosafarbenen Brief nach links und den weißen nach rechts. Dann kniff sie die Augen fest zusammen, sah in dem winzigen lichten Augenblick, den die Dunkelheit dem Geist gewährt, bevor sie ganz Besitz von ihm ergreift, Ideales Gesicht aufscheinen und spürte endlich, wie das Glück kam, sie überflutete und leicht wie Schaum aufstieg.

Vielleicht geschah es in dem eiligen Bemühen, dieses Glück festzuhalten, aus Angst, es könnte wieder in der Verwirrung verschwinden, oder vielleicht geschah es auch nur, weil die Dinge geschehen, ohne auf unseren Willen Rücksicht zu nehmen, und in der Tat ist es ja unmöglich, einen Mechanismus zu konstruieren, der etwas im Zaum hält, was sich nicht im Zaum halten läßt, jedenfalls schrieb Natalia an jenem Morgen Soles Namen auf den weißen Umschlag und Ideales auf den rosafarbenen, überzeugt davon, diesen bis in alle Ewigkeit mit der Farbe der Liebe verbunden zu haben.

Während sie also das Drehbuch eines absurden Irrtums schrieb, führte der feine Faden, der die Zwillinge seit ihrer Geburt miteinander verband, Sole bis vor »Libertà«. Ideale, der gebückt in dem Räderwerk herumwerkelte, richtete sich auf, als er ihn hereinkommen sah, verharrte reglos und sah ihn schweigend an. Zwischen ihnen bedurfte es nicht vieler Worte.

Sole setzte sich ohne viel Aufhebens mit dem Rücken an die Maschine, und mehrere Minuten lang blieben die beiden stumm, bis sein Blick fragend auf einem Haufen aus Zahnrädern und Eisenteilen verweilte.

Da sagte Ideale: »Ich zerlege sie wieder.«

Sole antwortete mit einem Lachen.

»Immer noch der alte Angeber«, sagte er. »Das wäre, als legte man das Meer trocken, weil sonst Leute darin ertrinken.«

Sie lachten beide, bis ihnen die Tränen kamen.

»Wird sie kommen?« fragte Ideale, als sie sich beruhigt hatten.

»Sie wird kommen«, antwortete sein Bruder. »Und einer von uns beiden wird für den anderen glücklich sein.«

Natalia kam jedoch nicht. Dafür kamen ihre Briefe, und Sole, der ihre Handschrift erkannte, öffnete den seinen mit zitternden Händen und mit vor Aufregung bereits dunkelblauen Lippen. Kurz nachdem er ihn gelesen hatte, ging er zum alten Stall, wo er Ideale fand, der sich wie üblich an »Libertà« zu schaffen machte.

»Natalia hat mir einen Liebesbrief geschrieben«, sagte er gleich an der Tür zu ihm.

Ideale schaute auf, lächelte ihn an und fuhrwerkte weiter an der Maschinerie herum.

»Und was machst du jetzt?« erkundigte sich Sole mit einer Spur von Besorgnis.

»Siehst du das nicht?« antwortete sein Bruder und zeigte auf das Räderwerk. »Ich baue dieses Ungetüm wieder zusammen.«

Natalia sah Sole schon von weitem kommen, und es verschlug ihr den Atem. Davon überzeugt, ihm den Abschiedsbrief geschickt zu haben, fürchtete sie, ihm nicht in die Augen sehen zu können, denn nun, da sie ihn mit seinem eiligen Schritt sah, schienen sich all ihre Gewißheiten wieder in Luft aufzulösen.

Also wartete sie wie erstarrt auf ihn, und er kam, blieb eine ganze Weile reglos vor ihr stehen, lächelte sie dann überglücklich an und umarmte sie. Während er ihr mit dem Mund sacht übers Haar fuhr und ihr die gleichen Sätze ins Ohr raunte, mit denen sie versucht hatte, ihre Liebe zu erklären, verstand Natalia noch immer nicht, war sie doch in der Überzeugung gefangen, einen Abschiedsschmerz lindern zu müssen. Statt dessen waren da Küsse, Arme, die sie sanft berührten, eine Zartheit, die sie anbetete, waren da ihre eigenen Worte, die nun aus dem Mund eines Menschen zu ihr zurückkehrten, der sie niemals hätte erfahren dürfen.

In einer festen Umarmung versunken, verstand Natalia endlich. Sie stand auf dem Weg, der zum Bahnhof führte, und erkannte das Versehen, das ihr mit sich und mit diesem Mann unterlaufen war. Angesichts dieser Liebe, die durch ihre Ungeschicklichkeit ermutigt worden war, spürte sie, wie das Pingpongspiel erneut begann, das sie doch mit zwei dummen Briefen hatte anhalten wollen, und sah, daß sich, genau wie in Ideales Maschine, alles wieder in Bewegung setzte. Sie drückte Sole unwillkürlich fest an sich, um jene unendliche Bewegung anzuhalten, und ließ es geschehen, daß er diese feste Umarmung als die Besiegelung eines Verlangens auffaßte, das in einem falschen Umschlag geschrieben stand.

Sie weinte, und nicht einmal sie hätte sagen können, ob

vor Wut, vor Angst oder vor Glück. Sie weinte und hielt ihn weiter fest, um sicher zu sein, daß sie seine Liebe wollte, daß sie wieder spürte, wie diese aus dem zerbrechlichen Glas seines Atems auftauchte, und daß sie sie schließlich bei sich behielt. Um sie nicht, vom Sog der Bewegung fortgerissen, entrinnen zu lassen.

Natalia und Sole blieben von jenem Tag an zusammen. Zusammen setzten sie ihre Ausbildung fort, und zusammen verabschiedeten sie auch einige Monate später Ideale, der zu seinem Militärdienst nach Rom abreiste. Sie holten ihn von dem alten Stall ab, wo er gemeinsam mit Morini die Nacht damit verbracht hatte, die letzten Apparaturen einzupacken und etwas Ordnung in seine Sachen zu bringen. Ideale, dessen Gepäck bereits fertig war, rief seinen Bruder zu sich und erklärte ihm, wo die Karten und Pläne von »Libertà« waren, gab ihm schließlich die Stallschlüssel und bat ihn, gut auf seine Maschine aufzupassen.

Danach gingen sie mit Filomena zu Fuß zum Bahnhof, weil Ideale noch einmal den Weg an den Schienen entlang nehmen wollte, um einen letzten Blick auf Cafieros Haselnußbaum zu werfen. Als sie an dem Baum ankamen, setzte sich Ideale für eine Minute darunter und betrachtete Colle von der Stelle aus, von der er es schon als Kind oft gesehen hatte. Wie immer zog Sole ihn auf und erzählte Natalia von Newton und von der Haselnuß, so daß sie den Bahnhof lachend und mit einer guten Laune erreichten, die bis zur Einfahrt des Zuges hielt.

Zwischen den Brüdern bedurfte es nicht vieler Ratschläge. Filomena brach in Tränen aus, und Sole mußte sie trösten, während Natalia Ideale eine letzte, lange Umarmung schenkte, mit der er sich für immer einen Körper einprägte, der ihm nie ganz gehört hatte. Sole streichelte Ideale nur kurz, als dieser sich bereits aus dem Zugfenster lehnte und herumalberte, um die Qual des Lebewohls zu überspielen. Sole war sich sicher, ihn bald wiederzusehen, diesen so geliebten Bruder, weshalb er ihn auch nur mit dieser flüchtigen Liebkosung bedachte, weniger als ein Hauch, denn natürlich würde Ideale nach der Grundausbildung zurückkehren, und vielleicht müßte er seinen Militärdienst nicht einmal im Krieg beenden, sagten doch alle, daß er im Handumdrehen vorbei sein werde. Er stand auf dem Bahnsteig und sah dem entschwindenden Zug nach, der den Viadukt passierte, unter dem sich früher der Padule erstreckt hatte. Er ließ Ideales winkende Hand nicht aus den Augen und klammerte sich daran, bis der Zug nur noch ein Punkt am Horizont war, und als dieser Punkt verschwand, wußte er erst, daß Ideale nie mehr heimkehren würde.

Annina wollte bei Ideales Abfahrt nicht dabeisein. Sie ging am Abend davor zu ihm in den Stall hinunter, nahm ihn beiseite und umarmte ihn.

»Ich habe dir nichts zu sagen, was du nicht schon weißt«, sagte sie. »Und um einen Soldaten zu verabschieden, der in den Krieg zieht, nein, da komme ich nicht mit, tut mir leid.«

Ideale antwortete, das spiele ja auch keine Rolle.

»Ich habe noch nie eine Schlacht gesehen«, fuhr Annina fort. »Doch ich habe junge Burschen gesehen, die zerstört heimgekehrt sind, ich habe den Hunger gesehen und nach dem Hunger die Spanische Grippe. Ich weiß, daß der Tod nie allein kommt. Er läßt sich helfen, und das erschreckt mich.«

Der Junge wollte etwas erwidern, doch diesmal war sie

es, die sagte, es spiele keine Rolle. So verabschiedeten sie sich mit diesen wenigen Worten und mahnten sich noch gegenseitig zur Vorsicht. Dann kehrte Annina ins Haus zurück und versuchte erst gar nicht zu schlafen, wußte sie doch, daß sie von Toten im Überfluß träumen würde. Sie hatte genug von diesem Krieg, der ein Blitzkrieg hatte sein sollen und der nun schon Monate dauerte, hatte genug von der Anmaßung Telemachs, der, auch wenn er nicht mehr Podestà war, den Ton angab, einen miserablen Ton, und jede Schandtat seines Schurkensohnes deckte.

Sie ging in ihr Zimmer hinauf, legte sich aufs Bett und spürte das heftige Verlangen, mit Cafiero zu reden, ihn neben sich zu fühlen und gemeinsam mit ihm der Wut und der Angst freien Lauf zu lassen. In all den Jahren hatte sie nicht gewagt, sein Bild aus dem Limbus heraustreten zu lassen, in dem sie sich eingeschlossen hatte, um sich zu erinnern. Doch in jener Nacht, der Nacht vor der Abreise ihres Sohnes in den Tod, entschloß sich Annina, direkt mit ihm zu reden wie mit einem Ehemann, dem man seine Sorgen anvertraut, den man um Rat bittet und mit dem man sich aus Liebe zu den Kindern sogar streitet.

Von einer neuen Kraft erfüllt, setzte sie sich im Bett auf und beschloß, ihm von Sole zu erzählen, dessen Reißen sie noch immer in sich spürte, diesen vollkommenen Schmerz, den Maddalenas Künste gestillt hatten. Sie sagte ihm, daß er froh gewesen wäre, ihn am Leben zu sehen, ihn, der trotz des erfahrenen Leids ein außergewöhnlicher und kluger Junge sei und nun sogar ein Diplom in Geisteswissenschaften besitze. So wie er sich auch über Filomena gefreut hätte, obgleich sie ein kleines Mädchen sei, das erst noch erblühen müsse, ganz im Schatten ihrer Brüder und dieser viel Raum beanspruchenden Familie, die Ärmste. Doch Filomena sei verständig und gewissenhaft, und oft nehme sie sie zu den Hausarbeiten mit, damit sie ihr zur Hand gehe, und da müßte er einmal sehen, wie flink und umsichtig sie sei. Und aufmerksam. Dafür, daß sie diese Hilfe in Anspruch nahm, entschuldigte sich Annina geradezu, doch es gebe Tage, erzählte sie weiter, an denen sie sich ausgelaugt fühle, mit zwei Haushalten, die in Ordnung gehalten werden müßten, und vier Männern, für die sie dasein müsse, und sie rechtfertigte sich für diese entwürdigende Arbeit, indem sie in der Dunkelheit an die Schuldenlast erinnerte, an Soles Krankheit, an die drei kleinen Kinder, an die Leute vom Padule, die es nicht mehr gebe, und an ihre Freunde, die eingekerkert oder tot oder fortgegangen seien. Sogar Orest, erzählte sie weiter, habe fortgehen müssen, fort von jenen Bestien, damit etwas Anständiges aus ihm werden konnte und er sich nützlich machte, indem er zwischen Frankreich und den Leuten hin- und herpendelte, die dem Gesindel, das Cafiero ermordet hatte, hier entgegenwirkten.

Er möge ihr also verzeihen, daß sie sogar auf seinen Namen hatte verzichten müssen, um von diesem Schurken Telemach einen Broterwerb zu erhalten. Annina hob die Stimme und bat unter Tränen, die ihr die Kehle zuschnürten, bei Cafieros Schatten um Entschuldigung und sagte ihm, daß sie entsetzt sei, weil nun wieder jemand fortgehen und sie wartend zurücklassen werde, wie alle Menschen es getan hatten, die sie gern gehabt hatte. Verzweifelt schrie sie ihre Angst heraus, fast wahnsinnig bei dem Gedanken, Ideale zu verlieren, und am Ende warf sie in dieser Verzweiflung ihrem Mann seine Abwesenheit vor und auch, daß er sie mit der Last dieser Welt auf den Schultern allein gelassen habe, denn schließlich sei der Platz eines Mannes bei seiner Familie und nicht zwei Meter unter der Erde von Pieve.

Diese Worte hallten in der Stille des Zimmers wider wie Gewehrschüsse. Annina hörte sie vibrieren und hielt sich eine Hand vor den Mund, um sie zu stoppen, nachdem sie sie bereits herausgeschrien und gegen das Bild Cafieros geschleudert hatte, der reglos in der Tür stand. Wie erstarrt musterte sie diese Gestalt, sah, wie sie sich langsam auf sie zubewegte, und erst als sie sie an sich preßte, merkte sie in der Berührung mit jenem Glas, daß es Sole war, der sie streichelte, und da endlich weinte sie und bat ihren Sohn um Verzeihung für die unbedachten Worte, bis er sie mit Liebkosungen und Küssen zum Schweigen brachte.

Neben ihr in der Dunkelheit liegend, tröstete Sole seine Mutter und linderte ihren Schmerz, wie sie mit ihren Worten einst seinen rasselnden Atem gepflegt hatte. Er erzählte ihr von der Zukunft, die anders sein werde, und einsam werde sie, Annina, nie wieder sein, denn da sei doch Filomena, und da sei er und da sei nun auch Natalia. Er erzählte ihr von dem Mädchen, von ihrer Fröhlichkeit, von den Heiratsplänen und von der Absicht, gemeinsam nach Prataio zu ziehen, um dort das Ende dieses abscheulichen Krieges, den Sturz dieses vom Balkon brüllenden Hampelmanns und die Rückkehr der Freiheit abzuwarten.

Annina umarmend, ließ er die Erinnerung an einen anderen Sole wiederauferstehen, der fortgegangen war, um jene Freiheit im Orient zu suchen, und er wiegte seine Mutter in den Schlaf mit der Magie der Worte, die auch ihm angeboren war. Er hüllte sie in die Geschichte von fernen Städten ein, von Häusern aus Schlamm und Gold, von funkelnden Tempeln, die geschmückt und bemalt waren, von Bergen, so hoch, daß nicht einmal ein Adler ihre Gipfel erreichte. Er dachte sich die Reise seines Onkels aus, und mit der Erzählung von dessen Abenteuern wiegte er Annina in einen ruhigen Schlaf voller Sehnsucht und Hoffnung, wo der Krieg nur eine verschwommene Idee war und Colle ein Licht, das hoch oben noch immer leuchtete und den Padule in der Ferne überstrahlte.

DER KRIEG war keine verschwommene Idee. Er war real und lang und strafte das Geschwätz und die Sicherheit von Leuten Lügen, die glaubten, aus einem Blutbad Vorteile ziehen zu können. Und nach den ersten Monaten der Ausgelassenheit, als der Dünkel, der jeden Zweifel an der Unbesiegbarkeit der Truppen des Königs beschwichtigt hatte, allmählich zerbröckelte wie die Pappschuhe der Infanteriesoldaten, verwandelte sich der geplante Triumphzug in ein mühseliges Dahinschleppen, das statt des Ruhms nichts als Hunger und Entbehrungen mit sich brachte.

Auch in Colle war einiges Murren und Protestieren der Bauern zu hören, die ihre Ernte beschlagnahmt sahen, sowie der vielen Menschen, die sich auf die Kunst spezialisieren mußten, Mittagbrot und Abendessen zusammenzulegen. Telemach versuchte wie immer, seine privilegierte Stellung als reicher Mann und Parteifunktionär bestmöglich für sich zu nutzen. Als er witterte, daß sich der Wind drehte, begann er auf Abstand zu den alten Strukturen zu gehen und gleichzeitig eine ebenso ungewöhnliche wie zweckmäßige Großzügigkeit an den Tag zu legen. Nichts Besonderes, nur hier ein paar vieldeutige Sätze, unter den Unmut seiner Mitbürger gestreut, dort eine weniger als sonst verhüllte Kritik, ein Schinken als Geschenk an die richtige Person, die Zusicherung eines Stücks Schlachtvieh oder die Stundung einer Schuld.

Und als in einem gräßlich heißen Juli wie eine Bombe die Nachricht einschlug, der Duce von Rom sei nun nicht länger Duce, verkündete derselbe Telemach, allen früheren Bündnissen zum Trotz, das Land brauche dringend Frieden, weshalb gar nichts anderes übrigbleibe, als mit den alliierten Truppen zu verhandeln, sobald sie einträfen. Eine Frage von wenigen Wochen. Doch die Alliierten kamen nicht. Statt dessen kamen die Unterzeichnung eines unverständlichen Waffenstillstands und scharenweise einheimische Soldaten, die an diese Unterzeichnung wirklich glaubten wie an ein Friedensversprechen. Sie kamen in Gruppen, zerlumpt, aus allen Teilen Italiens. Zu Fuß, mit dem Zug, auf dem Fahrrad, auf der Suche nach ihrem Zuhause durch Felder und Straßen streifend, und wurden rasch zum Freiwild der Deutschen und der fanatischen Anhänger des Duce.

Telemach mußte all seine Gerissenheit aufbieten, um sich durch diese Situation zu lavieren, so daß er einerseits reichlich Verständnis für diejenigen zeigte, die ihn um Hilfe für einen fahnenflüchtigen Vater oder Sohn baten – denn was sollte sein, hatte nicht auch er einen vermißten Äneas an der Front? –, andererseits Einfluß und Diplomatie geltend machte, um Prataio vor der Invasion der neuen Herren zu bewahren, die Anspruch auf die Erträgnisse des Gutes erhoben.

Dank seiner politischen Vergangenheit und der Geschäftstüchtigkeit, die Telemach nie verloren hatte, blieb Prataio, zumindest bis Äneas' Grausamkeit das Gut wie ein Tornado überzog, eine Freizone, wo man Verpflegung und Unterschlupf auf der Flucht vor einer Schlacht, vor einer Razzia oder vor einem drohenden Bombenangriff finden konnte.

Mitten in all diesem Kommen und Gehen war Annina unermüdlich. Bei der Herrichtung einer provisorischen

Bettstatt und bei der Suche nach einem sicheren Fleckchen für versprengte Soldaten ebenso wie wenn sie Isolina helfen mußte, für die unverhofften Gäste den Tisch zu decken. Sie bediente die Fremden mit einiger Furcht und hoffte wieder einmal, mit ihrer Gefügigkeit Sole und nun auch seine Ehefrau Natalia retten zu können, zwei weitere Menschen, die beschützt werden mußten, um die Zukunft am Leben zu erhalten, und die vor der Raserei bewahrt werden sollten, die die Deutschen nun an den Tag legten, da sie keine Bündnispartner mehr waren und in jedem Einwohner Colles einen Feind sahen. Einer ihrer herrischen, hinter vorgehaltenem Gewehr gebellten Befehle würde genügen, um Sole zu zwingen, für sie einen Arbeitstag lang, der ihn vernichten würde, Getreidesäcke zu schleppen oder im Schuppen Holz zu hacken.

Daher stand Annina bereit, um eine Sau auf einen Lastwagen zu bugsieren oder sich viele Kilo Mais auf die Schulter zu laden – sie, die kaum größer als ein Dreikäsehoch war. Und froh darüber, ihren nur aus einem Hauch bestehenden Sohn gerettet zu haben, betrachtete sie abends von Rosas Fenster aus den Zypressenhügel und hoffte, daß an diesem magischen Ort, von dem auch die Liebe gekommen war, die ihre Mutter mit sich genommen hatte, irgendwann Ideale als Heimkehrer auftauchte, wie inzwischen Dutzende von Soldaten.

Tatsächlich schlug ihr Herz eines Nachts zum Zerspringen, als sie oben auf dem Berg eine dunkle Gestalt kommen und hinunter zu Menas Grab schleichen sah, und sie eilte in dem Glauben hinab, ihn nun wieder in die Arme schließen zu können. Erst als sie bis auf zwei Meter herangekommen war, erkannte sie, daß das vor dem Erdhügel kauernde Häufchen nicht Ideale war, sondern Äneas, der schön und strahlend wie ein Held losgezogen war, um schließlich in Lumpen zurückzukehren.

»Ach, du bist es«, brachte sie nur zutiefst enttäuscht hervor, doch dann hörte sie dieses Menschenbündel schluchzen und sah im Halbdunkel das vor Erschöpfung verzerrte Gesicht ihres Neffen nach einer zweifellos gefahrvollen Rückkehr, und sie dachte, daß irgendwo da draußen in der Welt womöglich auch ihr Ideale müde und abgekämpft auf Hilfe wartete. Da beugte sie sich zu Menas Sohn hinunter, lud ihn sich auf die Schultern und mahnte ihn, still zu sein, da die Deutschen in dieser Gegend noch zahlreicher als Pilze aus dem Boden wuchsen. Dann warf sie noch einen letzten Blick auf das Grab, als wollte sie Mena bedeuten, daß sie diesem Schuft auch ihr zuliebe half, und schleppte ihn hinter sich her bis zu Telemachs Haus, wo sie anklopfte.

Als Isolina öffnete und Äneas so übel zugerichtet sah, war sie einer Ohnmacht nahe, so daß Annina sie regelrecht beschwören mußte, doch nicht wie die schmerzensreiche Muttergottes dazustehen und zu klagen, sondern lieber zu helfen, diesen Burschen ins Bett zu bringen, der wer weiß was für einen langen Rückweg hinter sich hatte. Wie oft sie später die Hilfe verfluchen sollte, die sie dieser Natternbrut angedeihen ließ, hätte Annina nicht sagen können. Doch nach nur wenigen Tagen der Erholung, die Äneas versteckt in einem der Ställe von Prataio verbracht hatte, trug er die Nase schon wieder hoch, war zu neuen Schandtaten bereit, taub für jede Mahnung zur Vorsicht, nervös, leicht aufbrausend und stets geneigt, auf Isolina, die Ärmste, loszugehen, die die Mühe auf sich genommen hatte, ihn in seinem Versteck zu pflegen. Diese Fürsorge mißachtend und des Verstecktseins überdrüssig, verließ Äneas eines Abends seinen Schlupfwinkel und ging ins Haus hinüber, um sich umzuziehen und schalten und walten zu können, wie es ihm beliebte.

Von Schreien angelockt, liefen Sole und Annina herbei und fanden Orest, der am Vortag aus Frankreich eingetroffen war, bei der auf dem Boden liegenden Isolina, deren Gesicht nur noch eine blutige Maske war. Äneas war wutentbrannt auf und davon, gefolgt von Hektor und Telemach, die versuchten, ihn zurückzuhalten, während er schon sonstwohin verschwand. So starb Isolina an seinen viehischen Schlägen, entschuldigte sich noch bei Orest und Annina für die Unannehmlichkeiten, bat darum, Telemach nichts zu erzählen, sprach von ihrem Unvermögen, ihren Sohn zu verstehen, und nahm ihn bis zuletzt für den Zorn in Schutz, der in ihm entbrannt war, weil er eine Frau um sich gehabt hatte, die unfähig gewesen war, ihm eine Mutter zu sein.

Seit sie den Rückzug angetreten hatten, waren vielleicht drei Wochen vergangen, doch für ihn war die Zeit ringsumher verweht, aufgelöst in dem weißen Nebel, der ihn umgab. Seit zu vielen Tagen schon war ein Augenblick wie der andere, bestehend aus Eiseskälte, Müdigkeit und kurzen Schritten hinter dem Vordermann in dem Bemühen, sich im Sturm oder in dem gleißenden Licht, das die Sonne auf den Schnee schoß, nicht zu verirren.

Ideale sah den Tod aus der Nähe, in den erschöpften, von der Anstrengung zermürbten Körpern seiner Kriegskameraden, ohne ein Gebet in der Steppe zurückgelassen wie bei einem Windstoß von den Ästen gefallene Blätter. Er sah ihn in den Tierskeletten, auf die sich jene menschlichen Überbleibsel wie die Geier stürzten, nach einem Fetzen Nahrung suchend, um wieder Hoffnung auf einen weiteren Schritt in Richtung Heimat zu schöpfen.

Der Befehl lautete, sich zurückzuziehen, Richtung Westen zu marschieren, nun, da nach Stalingrad ein Vorstoß unmöglich geworden war und die Russen begonnen hatten, sie zu verfolgen, sie plötzlich zu beschießen und ab und an einige Granaten auf sie abzufeuern, die den aus Tausenden Soldaten bestehenden Zug zersprengten: Wie reglose, absurde Ameisen sahen sie aus in diesem unermeßlichen Weiß. Der Befehl lautete, zu marschieren, zu versuchen, der Erschöpfung und dem Schmerz zu widerstehen, sich ein Bild vorzustellen, das Gesicht der Mutter, der Ehefrau, des Heimatdorfes, und zu marschieren.

Doch Ideale gelang es nicht mehr, sich noch irgend etwas vorzustellen. Er hatte es mit Annina versucht, doch bei dem Gedanken, seine Mutter könnte ihn so sehen, hatte er sich wie aus Schamgefühl von ihr losgerissen. Um den Kopf hatte er sich den Pullover gewickelt, den ein Kamerad ihm geschenkt hatte, bevor er sich in den Schnee gesetzt und ihm gesagt hatte, er habe genug, er, Ideale, möge in dieser Hölle aus Kälte weiterziehen. In dem beißenden Wind hatte er mit angesehen, wie er aufgab, gleichgültig gegen seine Worte, gleichgültig gegen das Rütteln und Schütteln, gleichgültig sogar gegen die Ohrfeigen, auf die er mit einem stillen Lächeln geantwortet hatte.

»Laß ihn hier liegen«, hatte ein Gefreiter zu ihm gesagt. »Wenigstens er ist jetzt angekommen«, und er hatte ihn davon abgehalten, mit Faustschlägen auf den anderen loszugehen, um ihn aus seiner Stumpfheit, in die er sich zurückgezogen hatte, zu reißen.

So hatte Ideale den Tod ein weiteres Mal gesehen, doch einen weißen Tod, bestehend aus dem Zangengriff von

Sturm und Frost, der den Blick seines Freundes für immer vereist hatte, und von dem Gefreiten vorwärts gestoßen, hatte er ihn, bereits im Sturm verweht, zurückgelassen, hatte sich dessen Pullover aus synthetischem Material um den Kopf gewickelt, um etwas von ihm bei sich zu behalten, und hatte seinen Marsch fortgesetzt.

Er hatte sich Sole vorgestellt und ihm noch einmal zugelächelt, hatte mit ihm diskutiert und ihm von seiner Liebe zu Natalia erzählt, von ihr und von der einzigen Nacht, in der er sie in dem Glauben umarmt hatte, sie behalten zu können, ohne sie ihm wegzunehmen.

Er hatte sich Filomena vorgestellt, ihre inzwischen erblühte Jugend, hatte einige Tage an sie gedacht und sich eine glückliche Zukunft für sie erträumt. Und immer wieder hatte er sich Prataio vorgestellt, jeden Winkel, den er dort kannte, den Stall, in dem er seine »Libertà« zurückgelassen hatte, Menas Grab und den Zypressenhügel, und von dort war er Meter für Meter hinunter nach Piana gestiegen, an Malgardo vorbei auf demselben Weg, den seiner Mutter zufolge auch Rosa gegangen war, Arm in Arm mit dem Puppendoktor, der ihr die Liebe gestohlen hatte, und so hatte er in jeden Schritt durch die vereiste Steppe die Erinnerung an die Orte seines Herzens gelegt, hatte sie wieder zum Leben erweckt und sie den Gefährten in seiner Nähe beschrieben, ihren abwesenden, geblendeten Blicken, ihren von Müdigkeit getränkten Wintermänteln, ihren Klagen.

Doch nun, da er jeden Winkel seiner Erinnerung durchforscht hatte, nun, da seine Füße nur noch zwei verfaulte, stinkende Wunden waren, nun hatte er keine Gedanken mehr. Er war in eine so grimmige Kälte gehüllt, daß er nichts mehr spürte, und in dem zunehmenden Sturm konnte er nicht erkennen, ob er marschierte oder flog oder sich womöglich endgültig in einer Wolke verirrt hatte. In dem diffusen Licht war ihm, als sähe er wie einen dunklen Riß auf dem Boden ein Kardangelenk liegen. Er löste sich aus dem Zug und ging auf diesen Fleck zu. Aus dem pfeifenden Wind rief eine Stimme seinen Namen, ein Rettungsseil, das ihm aus dem Beiboot zugeworfen wurde. Ideale hörte sie nicht, setzte seinen Marsch zu dem schwarzen Klumpen fort, und als er ihn erreicht hatte, setzte er sich daneben und nahm ihn in die Hand.

Schließlich sah er »Libertàs« Bild vor sich und bekam Sehnsucht nach ihrer Bewegung und nach den Stunden, die er damit verbracht hatte, hinter ihr Geheimnis zu kommen. Während Ideale mitten im Sturm mit diesem Stück Stahl in der Hand dasaß, kletterte er noch einmal ins Herz seiner Maschine hinein wie in eine Oase des Friedens, berührte die Riemen, streichelte die Zahnräder und sah in aller Deutlichkeit, als hätte er sie schon immer vor Augen gehabt, die Lösung, nach der er seit Jahren suchte.

»Was war ich doch für ein Esel«, dachte er. »Wie konnte ich das nur übersehen?« Er schaute auf, und um ihn her wurde alles weiß. Da spürte er seine Beine nicht mehr und auch seine Hände nicht, nichts mehr außer einer heißen Müdigkeit, und er dachte, er müsse nun ein wenig schlafen, bevor er nach Colle weitermarschierte, »Libertà« fertigstellte und der Welt die Entdeckung der unendlichen Bewegung schenkte. Während ihn schon der Schlaf übermannte, sagte er sich noch, er müsse sich den Einfall sogleich notieren, um ihn nicht zu vergessen, bevor er sich kurz hinlegte und ausruhte, müsse ihn sich gut einprägen, müsse diese Idee in seinem eingefrorenen Hirn festhalten und unbedingt verhindern, daß die Steppe sich das Geheimnis zurückholte, das der Frost ihm soeben geschenkt hatte.

Äneas kehrte einige Monate nach Isolinas Tod in schwarzer Montur und mit einem Gewehr über der Schulter nach Hause zurück. Er kam zusammen mit den Deutschen und mit vier weiteren Soldaten der Republik des Duce, um zu holen, was zu holen war, bevor die Alliierten eintrafen. Ohne eine Miene zu verziehen, ging er an Menas Grab vorbei, neben dem Telemach Isolina hatte beisetzen lassen, die an seinen Schlägen gestorben war, und befahl seinem Vater, ihm die vier letzten Schweine zu geben, dazu das restliche Getreide. Telemach versuchte wieder einmal zu verhandeln, doch er sah sich plötzlich dem Lauf eines Maschinengewehrs gegenüber und Worten, die nicht weniger hart waren.

»Ich habe die Nase voll von Ihnen und Ihren Spielchen. Glauben Sie wirklich, daß alle so blöd sind wie Hektor und wie die Leute, mit denen Sie in Colle Geschäfte machen?« sagte Äneas zu ihm.

Dann schwafelte er von der bevorstehenden Apokalypse und davon, daß es an der Zeit sei, reinen Tisch, wie er das nannte, mit diesem Ort und mit den Verrätern zu machen, die hier lebten, zuallererst mit diesem Päderasten Orest, der die Banditen unterstütze und andauernd nach Frankreich fahre. So holte er nicht nur Schweine und Mehl, sondern ungeachtet der Tränen Rinas und seiner Cousinen auch Orest, der noch in seinem Zimmer geschlafen hatte, während Hektor sich auf Telemach stürzte und ihn beschwor, diesem Wahnsinn ein Ende zu machen.

Äneas ließ alle Leute aus Prataio in den Garten vor dem Haus bringen und erklärte, er sei auf der Suche nach Fahnenflüchtigen und Verrätern und wer etwas wisse, solle dies unverzüglich anzeigen, denn alles hier in Brand zu stekken koste ihn höchstens einen Augenblick, nicht mal eine

Minute, und als er in der Gruppe Natalia erblickte, musterte er sie scharf und erkundigte sich abfällig, wo denn ihr frischgebackener Ehemann sei, denn von der Hochzeit habe er sehr wohl gehört, obgleich er ja nicht eingeladen worden sei.

»In der Stadt, in seiner Schule. Er ist seit einigen Wochen Lehrer für Literatur am *Liceo dei Penati*.«

Äneas nickte.

Dann stehe dem ja nichts entgegen, sagte er, daß sie ihn begleite, damit er einen Blick auf die berühmte Maschine von Ideale werfen könne, dem nach Rußland abmarschierten Genie.

»Nur so. Um unseren deutschen Kameraden einmal zu zeigen, wie tüchtig wir hier in Prataio sind, denn von Maschinenbau verstehen sie nun wirklich was«, sagte er großspurig.

Natalia zögerte, schaute sich um, versuchte, sich zu weigern, doch Äneas griff nach ihrer Hand und zog sie zu dem alten Stall.

»Komm, meine schöne Natalia«, sagte er in einem Ton, der ihr kalte Schauer über den Rücken jagte, »wir wollen doch mal sehen, ob ›Libertà‹ funktioniert.« Annina gefror das Blut in den Adern. Sie wußte, daß Sole hinter dem Räderwerk der Maschine drei Deserteure versteckt hatte, und als sie nun beobachtete, wie ihr Cousin Natalia am Arm zum Stall zerrte, sah sie ihr ganzes aus Vorsicht erbautes Luftschloß über ihrem Sohn und ihrer Schwiegertochter einstürzen, die seit kurzem einen künftigen Enkel in ihrem Schoß trug. Da schrie sie Äneas hinterher, er solle sie loslassen, sie selbst wolle ihn zu der Maschine bringen, schließlich wisse Natalia ja nicht einmal, wie sie funktioniere.

Als einzige Antwort brachte er das Gewehr in Anschlag

und teilte ihr mit, daß er den Mechanismus selbst in Gang setzen werde, auch wenn er kein Genie sei. »Notfalls mit Gewehrsalven«, fügte er lachend hinzu. Annina schloß die Augen, um dieses Bild zu verjagen, und blieb so stehen, reglos inmitten der anderen, mit angehaltenem Atem, und als aus dem Stall das Rattern des Maschinengewehrs erklang, fiel sie auf die Knie und glaubte wirklich zu sterben, daher bemerkte sie die Schreie der anderen kaum und auch das nachfolgende Durcheinander nicht, die Schüsse, die flüchtenden Menschen und die, die getroffen am Boden liegenblieben.

Über diesen Alptraum sollte sie nie etwas anderes sagen können, als daß sie gesehen hatte, wie Äneas den Stall verließ und dabei zwei verwundete Burschen vor sich her stieß, dann einem deutschen Offizier und den anderen Soldaten etwas zurief, bevor er die Gefangenen auf die Lastwagen verlud und davonfuhr, während er den Leuten von Prataio noch das Wort »Idioten« entgegenschleuderte, gleichsam als letzten Gruß an den Ort, wo er geboren war und wo er einen Haufen Tote auf der Erde und Entsetzen bei denjenigen hinterließ, die seine Raserei überlebt hatten.

Noch immer auf den Knien, blickte Annina sich bestürzt um, sah, daß Hektor sich schreiend auf den leblosen Körper Didones warf und daß Filomena weinend auf sie zugelaufen kam, und erst als sie sie in ihren Armen spürte, erwachte sie aus diesem Traum und erinnerte sich an Natalia und an das Enkelkind in ihrem Schoß. Mit zugeschnürter Kehle hastete sie in den alten Stall, wo sie sie weinend und blutverschmiert an »Libertà« gelehnt fand.

Sie kletterte in das von ihrem Sohn konstruierte Räderwerk und schloß dem toten Jungen darin die Augen, dann kehrte sie zu ihrer Schwiegertochter zurück, um sie zu streicheln, um zu versuchen, sie zu trösten und das abzustreiten, was sie selbst bereits befürchtete: Sole wurde tatsächlich noch am selben Abend verhaftet und zusammen mit Orest und den anderen beiden Unglücklichen, die er in »Libertàs« Bauch versteckt hatte, ins Gefängnis gebracht.

Sie holten ihn, als er aus dem Zug stieg, nur wenige Minuten bevor die Fliegerbomben vom Himmel fielen und die Schienen, das Bahnhofsgebäude und nahezu alle neuen Häuser zerstörten, die der Maestro noch im Bau gesehen hatte, als er nach Colle gekommen war. Die Gebäude der Altstadt dagegen blieben von dem Bombenhagel, der sich auf die Eisenbahn konzentrierte, fast alle verschont: Nur die alte Halle des Ballsaals fiel in diesem Chaos geradezu entrüstet in sich zusammen.

Die einzige Bombe, die der außerordentlichen Präzision dieses Angriffs nicht folgte, machte einen Schlenker zur Stadtmauer hin und zog es vor, das Haus der Witwe Bartoli zu zerstören und so für immer den Ort aus dem Bild des Städtchens zu tilgen, an dem die Liebe zwischen ihr und dem Maestro die Einwohner von Colle für einen allzu kurzen Atemzug der Zeit zum Träumen gebracht und sie in der Illusion gewiegt hatte, daß nichts jemals an ihrem selbstvergessenen Wesen rütteln könne.

Trotz jener sagenhaften Liebe hielt es das Kreditinstitut, dem jener Grund und Boden gehörte, Jahre später, als der Krieg längst vergessen war, für eine gute Idee, dort eine Tankstelle und Werkstatt für die Autos zu bauen, die nun in immer größerer Zahl herumfuhren als deutliches Zeichen für einen neuen Wohlstand und für eine unachtsame, immer schnellebigere Zeit.

Ideale kam langsam wieder zu sich, eingehüllt in die Wärme und die Gerüche einer Küche. Für einen kurzen Moment glaubte er, nach Prataio geflogen zu sein, und versuchte, die Augen zu öffnen. Er wollte Annina umarmen und danach in den Stall laufen, um an »Libertà« weiterzuarbeiten. Dann erinnerte er sich an das Gelenkstück, an seinen Lauf durch den Schnee, schaute seine Hände an und sah, daß er eine krumme, halbverbrannte Wurzel umklammerte.

Dann entdeckte er die Frauen am Tisch, und sie bemerkten, daß er erwachte. Die älteste von ihnen kam an sein Bett und sagte mit ernster Miene etwas zu ihm, wobei sie auf die Wurzel zeigte, die er noch immer festhielt. Also war er weder tot noch nach Prataio geflogen. Sie hatten ihn im Schnee aufgelesen und unter dieses Dach gebracht. Er fragte sich, ob sie ihn gefangengenommen hatten, ob sie ihn jetzt wohl der Armee ausliefern, ihn foltern und töten würden. Die Frauen sprachen lebhaft miteinander. Zuweilen zeigten sie auf die Wurzel, die er noch immer in der Hand hielt, und zuweilen auf seine Füße. Erst jetzt bemerkte er das Feuer, das sie verbrannte. Ruckartig richtete er sich im Bett auf und stieß einen Schrei aus, bereit, sich auf die Flammen zu stürzen und sie zu löschen, doch seine Füße waren noch an ihrem Platz, ohne zu glühen. Er sah, daß sie in zerlumpten Verbänden steckten, und an den Stellen, wo sie nicht bedeckt waren, zeigten sie ein schreckliches Pflaumenblau.

Sie waren noch an ihrem Platz, leblos, und doch nagte irgendein Tier an ihnen, oder diese russischen Teufel hatten ihn mit einem Fluch belegt, der sein Fleisch zerfraß. Wieder schrie Ideale auf. Die Frauen fuhren erschreckt zurück. Eine von ihnen versuchte, ihm genau in dem Augenblick etwas zu sagen, als er deutlich eine Schlange vor sich sah, die sich um seine große Zehe schlang und kräftig hineinbiß. Ein erneuter Schrei. Und noch einer. Er schloß die Augen: Er hatte nicht mehr die Absicht, diesen Bestien dabei zuzuschauen, wie sie seine Füße verspeisten, und wollte auch jene widerlichen Frauen nicht mehr sehen, die diesem Schauspiel stumm beiwohnten. Auch sie nichts anderes als Bestien.

Als er die Augen wieder öffnete, erblickte er einen alten Mann vor sich. Er trug einen langen weißen Bart und erinnerte ihn an Mero, wie ihn Annina in ihren Geschichten beschrieben hatte. Der Alte strich ihm über den Kopf und reichte ihm einen Lederriemen, wobei er etwas in jener fremden Sprache sagte. Ideale verstand kein Wort. Da zeigte er ihm, was er tun wollte. Er wies auf die Füße, auf die Verbände und auf die Salbe, die er in der Hand hielt. Dann nahm er den Lederriemen, steckte ihn sich zwischen die Zähne, biß sie kräftig zusammen und gab das Leder dann ihm.

Ideale schaute auf seine Füße. Er sah, daß die Schlangen verschwunden waren, und begriff. Er erinnerte sich wieder an alle Mühen des Rückzugs, an die mit Marschieren verbrachten Tage, an die Wunden und an den schrecklichen Gestank von verwestem Fleisch. Er fühlte Übelkeit in sich aufsteigen und ließ sofort die Wurzel fallen, nahm den Lederriemen und steckte ihn sich zwischen die Zähne, und kaum hatte der Alte begonnen, sich an dem zu schaffen zu machen, was von seinen Füßen noch übrig war, zerkaute er den Schmerz, der seine Beine hinaufstieg, bis er jeden Millimeter von ihm in Besitz genommen hatte, stark, rund und vollkommen wie die unendliche Bewegung, die er mit seinen Maschinen einfangen wollte.

Er würgte ihn hinunter und zerbiß ihn mit aller Wut, die

er wegen des Gemetzels in sich hatte, dessen Monument jener Schmerz war, von ihm, in der Wärme eines unbekannten ukrainischen Hauses liegend, errichtet. Er klammerte sich an ihn, um ihn zu zerfetzen, um sich nicht genauso besiegen zu lassen, wie vor seinen Augen Tausende seiner Gefährten von der Dummheit besiegt und zerfetzt worden waren, als sie mit leerem Blick im Schnee saßen, vom Schneesturm vereist, an Wunden und Hunger krepiert. Er zermalmte ihn mit aller Kraft, die er noch in sich spürte, bis er glaubte, ihn ganz verschlungen zu haben, dann sank er erschöpft nieder.

Er öffnete die Augen noch einmal kurz, sah, daß der Alte ihm verständnisvoll zulächelte und ihm wie zum Abschied leicht auf die Schulter klopfte, und ließ sich in eine selige Mattigkeit fallen, die, so dachte er, vielleicht das Vorzimmer zum Paradies war. Er wußte nicht genau, ob er diese Qual noch länger aushalten konnte, doch ebensowenig wußte er, wie man sich ergab – denn sich zu ergeben schien ihm in jenem Moment die einzige Lösung zu sein. Sich allem und allen zu ergeben, denn alles und alle waren ihm fern, und so, unter fremden Leuten, ohne Füße, ohne Wörter und ohne eine Menschenseele, hatte er das Gefühl, verloren zu sein.

Er kniff die Augen zusammen, um die Tränen zurückzuhalten, doch sie liefen bereits von allein, also ergab er sich seiner Verzweiflung. Dann hörte er das Raunen einer Stimme, drehte sich um und sah eine junge Frau mit einer dampfenden Tasse in der Hand neben sich sitzen. Zwar war ihre Sprache ihm fremd, doch nicht, was sie sagte, denn es war eine Melodie aus Sehnsucht und Verständnis, etwas, was ihn einkuschelte und tröstete wie eine Bettdecke.

Im Herzen der Ukraine, bettlägerig und mit vom Frost halbzerfressenen Füßen begann Ideale Bertorelli beim Klang jener fremden Worte Stück für Stück zu neuem Leben zu erwachen, während er sich an den Löffel mit heißer Brühe, den das Mädchen ihm hinhielt, wie ein Säugling an die Brust seiner Mutter klammerte, und als sie ihn nach dem letzten Schluck anlächelte und auf sich selbst zeigend »Natalija« sagte, erkannte Ideale das wahre Geheimnis der unendlichen Bewegung, die vollkommene Reglosigkeit, mit der alles wiederkehrt, vergeht und für immer in uns bleibt.

Da erwiderte er ihr Lächeln, sprach den vertrauten Namen noch einmal vor sich hin und spürte, daß er endlich zu Hause angekommen war.

Natalia und Annina kehrten gemeinsam in den Garten zu den anderen zurück. Rina stand weinend in einer Ecke, engumschlungen mit Penelope und Filomena, Hektor verharrte still vor Didones Leichnam, Hekuba bei einem wehklagenden Knecht mit einer Beinverletzung, und auf dem Kies hingestreckt lagen mehrere leblose Körper. Telemach ging ruhelos umher. Er wirkte verstört, versuchte etwas zu sagen, die anderen oder sich zu beruhigen, und redete, ohne daß offenbar irgend jemand Notiz davon nahm.

Als Annina ihn sah, ging sie energisch auf ihn zu, legte ihm eine Hand auf die Schulter und riß ihn mit einem heftigen Ruck zu sich und Natalia herum.

»Das also, Podestà«, schrie sie ihn an, »ist das Ergebnis Ihrer Führerschaft und Ihrer vortrefflichen Art, Vater zu sein!«

Alle wandten sich zu ihnen, und ganz Prataio schien in diesem Augenblick die Luft anzuhalten.

»Hätte ich eine Pistole, würde ich Ihnen jetzt eine Kugel in den Kopf jagen, doch ich hoffe, es dauert nicht mehr lange, bis ein anderer das erledigt.«

Bei diesen Worten wandte Telemach sich ab und wollte gehen, doch Annina machte einen Schritt auf ihn zu und hielt ihn erneut fest, während sich der Bruder eines der getöteten Knechte zu ihr gesellte, als wollte er sie tatkräftig unterstützen.

»Und jetzt hören Sie mir gut zu, denn ich habe Ihnen etwas zu sagen, was mir sehr am Herzen liegt«, sagte Annina drohend, den Finger auf seine Kehle gerichtet. Erneut versuchte Telemach, ihr aus dem Weg zu gehen, doch auch Hektor kam herbei und stellte sich rasch zu den anderen, so daß Telemach sich an die Hauswand lehnen mußte und nickte.

»Was aus Ihnen wird, ist mir egal, doch ich fordere Ihr Leben gegen das von meinem Sole, von Orest und von den armen Kerlen, die Ihr Heldensohn den Deutschen ausgeliefert hat«, schrie sie ihm mit einer Wut entgegen, die sie selbst überraschte.

Telemach versuchte ein letztes Mal zu entwischen, aber noch mehr Leute liefen herbei, um die Schar zu verstärken, die ihn umringte, und so sah Telemach ein, daß ihm keine andere Wahl blieb, als zu verhandeln.

»Sie haben verlangt, daß meine Kinder Bertorellis werden«, fuhr Annina fort. »Also mußte ich den Namen ihres Vaters in den Schmutz ziehen. Für diese Sünde werde ich büßen, wenn es an der Zeit ist, doch jetzt ist Sole ein Bertorelli, und Sie haben die Pflicht, ihn aus dem Elend zu holen, in das Sie ihn gebracht haben.«

Telemach wollte etwas erwidern, doch Annina kam ihm zuvor:

»Ich habe zwei Abmachungen mit Ihnen geschlossen und mich an beide gehalten, und Gott allein weiß, wie schwer mir das gefallen ist. Hier vor allen Leuten biete ich Ihnen noch eine dritte an, und als Bezahlung setze ich Ihr Leben ein, denn falls Sie Prataio verlassen wollen und darauf hoffen, auf Ihren eigenen Beinen zurückkehren zu können, dann nehmen Sie diese Beine jetzt in die Hand, nutzen Sie all Ihren Einfluß als Faschist, Ex-Podestà und Dienstältester dieses Natterngezüchts im Schwarzhemd, das mir meinen Mann ermordet hat, und gehen Sie, wohin Sie gehen müssen, und kommen Sie ja nicht ohne meinen Sohn und den Sohn Hektors zurück«, schrie sie ihm ins Gesicht.

Annina war nun außer sich vor Wut und erwartete nicht, daß ihr Onkel antwortete.

»Ich habe einen Sohn, der nach dem Belieben Ihres Duce irgendwo in Rußland verschollen ist, und noch einen frisch verheirateten mit einer Frau, die ein Kind von ihm erwartet, ein zartes Kristall in den Händen eines Haufens wildgewordener Kanaillen, ganz zu schweigen von meinem Orest, den ich wie einen Bruder liebe, und von den armen Seelen Didones und der anderen, die Sie hier vor Prataio verstreut haben, Sie Mistkerl«, sagte sie mit einer Handbewegung zu den Körpern auf dem Kies.

Mittlerweile hatten sich fast alle um sie geschart, und zum erstenmal sahen die Leute von Prataio, daß Telemach Bertorelli eine Geste der Demut vollführte, den Kopf senkte, einige Sekunden schwieg und dann nur leise sagte:

»Natürlich, ich verstehe. Ich fahre gleich in die Stadt, zur Kommandantur.«

Hektor platzte heraus:

»Ich komme mit, ich kann bezahlen.«

Telemach faßte sich wieder und brachte ihn mit einer Geste zum Schweigen:

»Nein, du bleibst bei Rina und den Mädchen, sie brauchen dich jetzt.« Dann wandte er sich an Natalia:

»Es ist besser, wenn die Ehefrau mitkommt, und auch du, Annina; wer weiß, vielleicht können wir sie zur Vernunft bringen.«

»In Ordnung«, sagte sie abschließend, nachdem sie und die junge Frau sich durch einen Blick verständigt hatten. »So soll es sein, aber vergessen Sie ja nicht, Ihren Teil zu erfüllen, falls Ihnen Ihr Leben lieb ist, denn ich habe stets jede unserer Abmachungen eingehalten.«

Telemach hielt Wort und ließ in den folgenden Stunden all seinen Einfluß spielen, um zu einem Gespräch in der Kommandantur vorgelassen zu werden. In den vielen Jahren, die ihr bis zu ihrem Tod noch blieben, sollte Annina sich wieder und immer wieder an jene wirren Stunden erinnern, an die Fahrt in die Stadt mit Telemach und Natalia, während die Bomben der Alliierten Stazione dem Erdboden gleichmachten, und an die Worte, mit denen sie alle vergeblich versuchten, Gnade für ihre Lieben zu erbitten.

Wieder und wieder rief sie sich den Hergang der Ereignisse ins Gedächtnis, wobei sie nach irgendeiner Logik suchte, die nicht mit dem Abspulen einer, von wem auch immer, bereits geschriebenen Szene gleichzusetzen war, von der sie jedoch glaubten, sie selbst zu schreiben, wodurch sie zu einem wesentlichen Bestandteil im Mechanismus eines üblen Scherzes wurden.

Vergeblich dachte Annina im Lauf der Zeit immer wieder daran, wie die Ereignisse nacheinander abgerollt waren, ohne auf den Willen derer Rücksicht zu nehmen, die bereit gewesen waren, sich zu erniedrigen, sich zu opfern, das eigene Leben herzugeben – und nichts dafür bekamen. Und bei diesem Gedanken mußte sie sich mit Tränen der Wut in den Augen jedesmal auf die Lippen beißen, um einen körperlichen Schmerz zu spüren und damit das endlose, vollkommene Leid zu verjagen, das der Hohn dieser Tragödie für sie bedeutete.

Alles geschah, um das Spiel durcheinanderzubringen, die wütenden Gesichter der Deutschen und die Alliierten, die ausgerechnet in jenen Stunden Colle Stazione bombardierten, die Hast der Besatzer, sich auf und davon zu machen, und schließlich die Akte, die der Kommandant in letzter Minute auf dem Boden einer schon verpackten Kiste fand und aus der er mit lauter Stimme die Personenbeschreibung Sole Bertorellis vorlas, des Sohnes eines bekannten Aufrührers aus einer Anarchistenfamilie, der seinerseits für seine langjährige Zusammenarbeit mit Emigranten in Frankreich bekannt war, darunter auch der Cousin väterlicherseits Orest Bertorelli, der übrigens als Homosexueller bereits aktenkundig war. Noch aus dem Abstand vieler Jahre hörte Annina in ihrem Kopf das Klatschen jener Mappe widerhallen, die mit Wucht auf den Schreibtisch geworfen worden war, jenen dumpfen Schlag, der die Verurteilung der Menschen, die in jenen Augen nichts als gemeine Verräter waren, endgültig besiegelte.

Alles geschah wie bei einem denkbar miesen Schwindel. Der deutsche Offizier, der sich der auf dem Gang wartenden Natalia näherte, und die Hoffnung, die er mit ein paar galanten Worten in ihr weckte und die sie Annina sofort anvertraute, als sie aus der Kommandantur heraus war, damit Telemach sie nicht hörte. Vielleicht konnte man Sole und Orest das Leben retten, denn um das Leben ging es nun, hatte man sie doch nach Bonifica hinuntergebracht, wo sie zusammen mit etwa vierzig weiteren Menschen noch vor dem Morgen erschossen werden sollten. Die Deutschen seien im Begriff, das Städtchen zu verlassen, und hätten keine Zeit, Gefangene mitzunehmen, hatte ein Offizier ihnen gesagt.

Bei diesem Gedanken noch immer mit kalten Schauern auf dem Rücken, erinnerte sich Annina also seit Jahren wieder und wieder an ihr aufgeregtes, schreckliches Gespräch, bei dem Natalia ihr mit feuerroten Wangen und gesenktem Blick gestanden hatte, was sie zu tun beabsichtige, wenn sie das Angebot für einen sogenannten Tauschhandel annehme, und noch immer überkam sie in der Erinnerung der Wunsch, zu schreien, wie sie in dieses verzweifelte Gesicht geschrien hatte:

»Nein, Natalia, das nicht!«, obwohl es helfen würde, ihren Sohn zu befreien und dafür zu sorgen, daß das Enkelkind, das sie in sich trug, nicht unwiderruflich und noch bevor es überhaupt auf der Welt war, zur Waise wurde.

Und noch einmal hörte sie, wie Natalia widersprach und ihr sagte, sie wähle das Leben, für alle, und wie sie wiederholte, daß die Hände eines Mannes auf ihrem Körper nichts seien im Vergleich zu den Händen des Schmerzes und des Todes, und so schloß sie sie, nach Jahren noch, fest in die Arme, und wie damals fiel ihr Rosa und deren erstes Mal wieder ein, ihre Fragen zum Sinn jenes Herumrammelns zwischen Männern und Frauen, zum Sinn der Welt, zu den allzu vielen Dingen, die sie nicht hatte begreifen können, zu den Menschen und zu den Tieren, zum Warum des Lebens, zum Warum des Sterbens, zu allem, was ihre Mutter in den Stunden gesucht hatte, wenn sie auf dem Balkon Ausschau hielt und sich das Leben dort vorstellte, wo die anderen rein gar nichts erkennen konnten.

»Aber wie kannst du ihm vertrauen und sicher sein, daß er sich nicht über dich lustig macht?« hatte sie Natalia gefragt.

Diese hatte ihr eine Hand auf den Mund gelegt.

»Hör auf, Annina«, hatte sie geflüstert. »Wir haben keine Wahl.«

»Aber wie willst du das bloß ertragen?« hatte sie fast schon jammernd gefragt.

»Was sein muß, muß sein, doch versprich mir, daß es unter uns bleibt.«

Solange sie noch lichte Momente hatte, um sich an die Vergangenheit zu erinnern, solange die Last der Zeit ihr den Verstand noch nicht völlig vernebelte, solange preßte Annina Natalia immerfort an sich, wenn sie an jenen Tag zurückdachte, küßte sie aufs Haar und sagte ihr unter Liebkosungen jene wenigen Worte, mit denen sie ihr ihren Segen gab:

»Sei vorsichtig, ich bitte dich.«

Dann hatte der Offizier sie durch seinen Burschen eiligst abholen lassen, und der schlechte Scherz war weitergegangen, hatte die ganze Zeit über gedauert, während Annina zugeschaut hatte, wie sie in einem schnellen Auto fortgefahren war, und auch noch, als sie durch die Trümmer von Stazione nach Prataio zurückgekehrt war und sich gewünscht hatte, daß nichts von dieser Katastrophe geschehen sei, sich die Ohren zuhielt und leise einen Kinderreim aufsagte, wie sie es als kleines Mädchen immer mit Mena getan hatte, wenn sie am Friedhof vorbeigekommen waren. Doch nicht einmal diese magische Litanei hatte die Zerstörung rings um sie her ungeschehen machen können, hatte die Stümpfe der bis vor wenigen Stunden noch vertrauten und nun unkenntlichen Häuser reparieren und die Menschen wiederbeleben können, die dem Sturm zum Opfer gefallen waren.

Also war sie nach Hause gegangen, um sich an Filomena zu schmiegen und darauf zu warten, daß dieses sinnlose Spiel aufhörte und daß auf dem noch immer blutbefleckten Kies die Schritte von Sole und Orest erklangen, die mit Natalias Hilfe ganz ohne Zweifel kommen würden, um ein neues Stück Leben zu beginnen. Doch während die Nacht dahinging, wuchs die Angst in ihr, erhob sich bei jedem

Geräusch, bei jedem Hundegebell, steigerte sich beim fernen Dröhnen der abziehenden deutschen Militärwagen und schwoll bei den Donnerschlägen der Alliierten in ihr an wie eine Flut, sie stieg an, ohne aufhören zu können, bis Annina gegen Morgen auf Rosas nicht mehr vorhandenem Balkon stand und Sole sah, der den Zypressenberg hinunterkam und in Richtung der Schleuse von Malgardo fortging, gerade in dem Moment, als jemand zu schreien begann, die Deutschen hätten in Bonifica ein Blutbad angerichtet: Da riß das Wasser sie mit sich fort, und sie lief aus dem Haus und hastete ihrem unglücklichen Sohn nach, der inzwischen die Straße überquert hatte und weiterzog, um sich dort niederzulegen, wo man ihn wenige Stunden später mit zerfetztem Herzen finden würde.

Der Chauffeur brachte sie zu dem Hotel, in dem der Offizier wohnte. Natalia hoffte, in dem Durcheinander zwischen aufgehäuften Reisekoffern und fieberhaft packenden Soldaten hindurchschlüpfen zu können. Ihr Herz schlug zum Zerspringen, doch sie sagte sich immer wieder, daß sie Sole retten würde, koste es, was es wolle. Der Deutsche öffnete die Tür zu einem Zimmer und bat sie herein. Auf dem Tisch stand schon eine Flasche Wein bereit.

»Sie sind sehr schön«, sagte er.

Sie spürte einen Stich in der Magengrube.

»Vergessen Sie nicht«, erklärte sie nachdrücklich, »daß ich Ihnen als einem Gentleman vertraue, also halten Sie zuallererst Ihr Versprechen.«

Der Offizier sah sie an und lächelte.

»Ja, stimmt, wir hatten eine Abmachung, allerdings muß ich Sie ein wenig enttäuschen.«

Natalias Herz erstarrte.

»Sie sind nicht die einzige schöne Frau, die diese Art der Initiative ergriffen hat«, sagte er mit einem schwachen, spöttischen Lächeln. »Glauben Sie mir, ich wäre gern auf alle Ihre Wünsche eingegangen, doch ich muß mit anderen teilen, das heißt, mehr als eine Person kann ich Ihnen nicht … schenken.«

Natalia stieß einen unterdrückten Schrei aus.

»Sie hatten mir versprochen: eine Nacht mit Ihnen gegen zwei Namen.«

»Was wahr ist, muß wahr bleiben«, sagte der Offizier und schaute auf die Uhr. »Also schlage ich Ihnen vier Stunden gegen einen Namen vor. Ich bin untröstlich, mehr kann ich nicht tun.«

Sie spürte, wie ihr plötzlich die Tränen kamen. In diesem Augenblick mußte sie über ein Menschenleben bestimmen.

»Sie verlangen von mir, daß ich mich für den Tod eines Menschen entscheide.«

Er breitete die Arme aus.

»Ich? Der Krieg, Mussolini, General Patton, das Schicksal«, sagte er und fuhr, nachdem er sich ihr zärtlich genähert hatte, fort:

»Betrachten Sie es doch einmal so: Ich verlange von Ihnen, daß sie sich für das Leben eines Menschen entscheiden.«

Nun liefen Natalia die Tränen übers Gesicht. Sie ließ sich von dem Deutschen umarmen und flüsterte ihm, fast ohne es zu merken, den Namen Sole Bertorellis aus Prataio ins Ohr.

Der Offizier strich ihr übers Haar und sagte:

»Gut, und nun möchte ich Sie bitten, nachdem ich unserer Abmachung entsprechend meinem Burschen mitgeteilt haben werde, wer das glückliche Objekt Ihrer Liebe ist, daß Sie mich bei meinem Vornamen, Helmut, nennen und mich freundlicherweise duzen.«

Natalia nickte und sah, wie er zum Telefon ging und auf deutsch leise mit jemandem redete, es war ein hitziges Gespräch, von dem sie nur die Namen Sole und Prataio verstand. Sie gelangte zu der Überzeugung, daß er gerettet war, und fühlte sich schlagartig leichter, erfüllt von einer Kraft, die so groß war wie ihre Liebe zu Sole.

Der Mann legte den Hörer auf und kam auf sie zu, doch Natalia sah nur Sole Bertorelli aus Prataio vor sich, der frei war und Annina und dem Kind entgegenging, das in ihrem Bauch heranwuchs, sah ihn lächeln, atmen, ein Buch lesen und die vielen kleinen Dinge tun, die alle als Leben bezeichnen, und so ließ sie sich duzen, ließ sich küssen und gab sich den Zärtlichkeiten und Umarmungen des Offiziers hin, bis die vereinbarte Zeit abgelaufen war.

Der Offiziersbursche fuhr sofort nach dem Anruf nach Bonifica, wo er ankam, als Mitternacht bereits vorüber war. Er ging zum Wachhabenden und übergab ihm ein Päckchen. Dieser öffnete es und nickte, las dann den Zettel, den der andere ihm neben den Teller Suppe, die er gerade hinunterschlang, auf den Tisch geschoben hatte, und stieß ein schwaches Grunzen aus. Er grüßte den Burschen, ohne ihn eines Blickes zu würdigen, und gab den Zettel an einen Soldaten weiter, wobei er, noch mit vollem Mund, einen Befehl brüllte. Der Soldat nahm den Zettel und ging zu dem großen Raum des Pumpwerks, wo man die Gefangenen eingesperrt hatte. Er forderte den Wachposten vor der Tür auf, zu öffnen, weil noch einer herausgeholt werden müsse: »Hoffentlich der letzte, damit endlich Schluß mit der Arbeit ist.« Der andere pflichtete ihm bei und sagte, man müsse sich mit dem Aufbruch sputen, öffnete die Tür und ließ ihn ein, dann betätigte er einen Hebel, und der Raum, in dem nicht weniger als vierzig Leute zusammengepfercht waren, wurde von Licht überflutet.

Orest kauerte in einer Ecke und hielt den Kopf des gerade eingeschlafenen Sohnes seiner Cousine auf den Knien. Man hatte sie beide verprügelt, und für ihn hatten sie sich noch eine Spezialbehandlung vorbehalten, nachdem sie in der Akte gelesen hatten, daß er homosexuell war. Sole war leichenblaß, mit blutender Nase und mit von den Schlägen verquollenem Gesicht in den Raum zurückgekehrt, wobei er sich den Unterleib gehalten hatte. Orest hatte ihn zu sich gerufen, hatte ihn auf den Boden gebettet und ihn mit den Beinen abgestützt, während er versuchte, mit einem Taschentuch sein Nasenbluten zu stillen. Er hatte ihn gestreichelt, getröstet und nach zehn Minuten das Gefühl gehabt, daß Sole einschlummerte, so daß er sich in der Hoffnung auf diesen erholsamen Schlaf nicht mehr bewegt hatte.

Als das Licht anging, merkte er, daß Sole aufschreckte, und beugte sich über ihn, um ihn zu beruhigen, weshalb er den mit verzerrter Aussprache gebrüllten Namen nicht genau verstand. Für ihn klang es wie Sole Bertorelli, mit Sicherheit hörte er Prataio, doch dann begriff er, daß er richtig gehört hatte, weil er einen der Gefangenen den Blick unmerklich in seine Richtung wenden sah. Es war eine Szene, die er bereits kannte, denn man hatte sie schon einmal herausgeholt, hatte zuvor ihre Namen aufgerufen, hatte sie in den Nebenraum gebracht, verhört und gefoltert und sie dann wie faules Gemüse zurück in diesen stinkenden Raum geworfen. Vor einer Weile hatten sie erneut fünf- oder sechsmal Namen aufgerufen, doch im Unterschied zu vorher war niemand mehr zurückgekehrt, nachdem er hinausgegangen war.

Die französischen Kameraden hatten ihm den Ablauf schon erklärt. Orest spürte einen Stich im Herzen und begriff, daß es diesmal an Sole war, nicht mehr zurückzukehren. Da bewahrte er ruhig Blut, bettete Soles Kopf behutsam auf den Boden, streichelte ihn ein letztes Mal und ging zu dem Soldaten. Als er vor ihm stand, wiederholte dieser sein Gebrüll, und so sagte er, ja, er sei Sole Bertorelli aus Prataio. Der Soldat stieß ihn hinaus, der Wachposten löschte das Licht und schloß die Tür.

Als Orest zwischen den beiden Militärs ging, wunderte er sich. Er sah dem Tod entgegen, Folter und Erschießung oder wer weiß, was sie ihm noch antun würden, und doch spürte er keine Angst. Ekel, Wut, Enttäuschung, aber keine Angst. Der Wachposten öffnete das Tor des großen Pumpwerks und ließ ihn und den Soldaten hinaus, dann schloß er ab und grüßte den anderen. Vor dem Tor stand ein Militärauto: Der Soldat bedeutete Orest, einzusteigen, setzte sich ans Steuer und raste los.

Noch immer davon überzeugt, daß dies seine letzte Reise sei, betrachtete Orest das schnell vorüberziehende Bonifica auf der Fahrt aufmerksam durch das Fenster, dann Piana und Pieve, wobei er sich bemühte, sich alles, was er sah, genauestens einzuprägen, um es mitzunehmen, egal, wohin es ihn verschlagen mochte.

Sie hielten vor dem Grandhotel, wo der Soldat ihn aussteigen ließ, ihn ins Foyer brachte, auf ein Sofa zeigte und ihm befahl, sich dort hinzusetzen und zu warten. Orest glaubte noch immer, daß er kurz vor dem Ende sei, an einem jener berüchtigten Orte, wo sadistische Inquisitoren ihn foltern würden, daher ging er in Gedanken zum x-tenmal die Version durch, die er wiederholen mußte.

Orest hatte nicht verstanden, und als er nach über zwei Stunden des Wartens Natalia die Treppe herunterkommen sah, saß er wie versteinert da. Erst als sie bei ihm war, sich ihm weinend an den Hals warf und er hörte, daß sie wie einen Rosenkranz immer wieder leise sagte: »Mein Gott, sie haben ja dich befreit«, erst da wurde Orest schlagartig klar, daß er in der Hoffnung, Soles Leben zu retten, es ihm statt dessen genommen hatte, und er stieß einen erstickten Schrei aus, als hätte er einen Dolchstoß erhalten, und er bat Natalia um Vergebung, verfluchte sich selbst, verfluchte Gott, die Welt und überhaupt alles, und er nahm die junge Frau bei der Hand, und gemeinsam liefen sie hinaus wie zwei Wahnsinnige, eilten nach Bonifica, zu Fuß, zu Pferd, im Auto, in Gedanken. Sie liefen, flogen, fanden einen Weg, um zu dem großen Pumpwerk zu gelangen, um sich zu vergewissern, daß jener Alptraum noch nicht wahr sei.

Kurz nach Mitternacht öffnete der Wachposten erneut die Tür zu dem großen Raum, rief jedoch keinen Namen. Er kläffte nur etwas und fuchtelte mit dem Gewehr, so daß es keiner Übersetzung bedurfte. Die Gefangenen standen mühsam auf und gehorchten den Gebärden der anderen Militärs, die sie hinausgeleiteten. Sie kamen nur langsam voran, die meisten von ihnen waren verletzt, und viele mußten sich stützen lassen, um auf den Beinen zu bleiben. So auch Sole mit seinen zugeschwollenen Augen, seiner zertrümmerten Nase und seinem blutenden Ohr.

Dieser grausige Zug der Verdammten zog an der von den Taschenlampen der Soldaten beleuchteten Mauer des Pumpwerks entlang, eine Prozession des Todes, die etwa zweihundert Meter auf dem Kanaldamm zurücklegte und an der großen Schleuse hielt, wo eine Senke war, die zuweilen als Abflußgraben für das Stauwasser genutzt wurde. Die beiden Soldaten an der Spitze des Zuges bedeuteten den vorderen Gefangenen, dort hinunterzusteigen. Weiter hinten unternahm jemand einen verzweifelten Fluchtversuch, gefolgt von plötzlichem Geschrei, von einer Garbe aus Blitzen und von zwei erstickten Klagelauten. Die Militärs brüllten los, und einige Gefangene begannen zu weinen, zu beten, um Mitleid zu flehen.

Sole hatte nicht begriffen, wo er sich befand. Er war wie betäubt, konnte sich kaum auf den Beinen halten und hatte zudem ein zertrümmertes Trommelfell und einen Bienenschwarm im Kopf. Doch die Schüsse in seiner Nähe nahm er wahr, hob schwach den Kopf, der schwer wie ein Felsblock lastete, und sah von unten im Licht der Taschenlampen die Soldaten auf dem Damm, die in den Graben schossen, hinunter zu ihm.

Das letzte, was er erblickte, war ein Haselnußbaum, der am Rand gewachsen war, und für einen kurzen Augenblick beneidete er noch einmal seinen Vater um jenen phantastischen Flug, der ihn gerettet hatte, dann durchschlug eine Reihe von Kugeln seinen Brustkorb, zerschnitt ihm das Herz und nahm ihm das Leben.

Die Soldaten hörten auf zu schießen, öffneten die Schleuse zum Graben und verschwanden, so daß die Körper jener armen Teufel vom Wasser getragen langsam in den großen Kanal glitten und sich von dort über ganz Bonifica verteilten, was die Einwohner von Colle nötigte, den ganzen nächsten Tag in den Gräben und Schleusen nach ihnen zu suchen, genau zu der Zeit, da die Vorhut der alliierten Truppen triumphierend die Tore der Altstadt erreichte.

So kam es, daß die Befreier wegen dieses schmerzlichen Fischzugs fast niemanden antrafen, der sie willkommen hieß, Fahnen schwenkte und Schokolade und Zigaretten entgegennahm. Statt dessen zogen sie fast unbemerkt durch die nahezu ausgestorbenen Straßen, vorbei an den wenigen Menschen, die sich nicht in Trauer und in der Pflicht fühlten, an den Windungen der Kanäle den Toten nachzueilen.

Sole wurde von Nardo gefunden, sechs Kilometer vom Pumpwerk entfernt, an der Schleuse von Malgardo, wo er an dem Steg festhing, an dem sein Großvater vor vielen Jahren die Volksschule ins Leben gerufen hatte. Orest und Natalia kamen, um ihn auf Anninas Wunsch nach Pieve zu seinen Verwandten zu bringen. Wie es ihre Art war, wollte sie ihn nicht begleiten. Sie blieb lieber in Prataio und versuchte, die Bürde eines weiteren Abschieds zu tragen, während sie auf dem Zypressenberg saß und weinte, sich diesen absurden, üblen Scherz erzählte, in der Erinnerung mit Cafiero ihr Unvermögen teilte, ihre geliebten Menschen bei sich zu behalten, und das Schicksal und die Befreier verfluchte, die es nicht geschafft hatten, jenen halben Tag eher zu kommen, an dem die Deutschen ihren Sole umgebracht hatten.

Orest besuchte sie am Abend nach der Beerdigung, setzte sich wie früher zu ihr, legte ihr einen Arm um die Schultern, und gemeinsam erlebten sie die Ankunft des alliierten Kommandos, das sich für einige Tage in Hektors Salon einquartierte, um die Geländekarten der Region zu studieren, bevor es seinen Weg in Richtung Norden fortsetzte.

»Endlich sind sie da, und vielleicht wird es jetzt Frieden geben«, sagte er.

»Mag sein«, antwortete Annina bitter, »doch für Leute, die zu spät kommen, habe ich nichts übrig.«

Viele Jahre später schlief Annina eines Nachmittags über ihrer Flickarbeit ein und träumte von ihrer Mutter. Sie sah die nun alte Rosa, fast zahnlos und beinahe blind, und neben ihr stand ihre Liebe im hellblauen Frack, kerzengerade wie ein Haushofmeister, auch er nun ein gebrechlicher Greis, doch stets bereit, ihr den Arm zu einem Spaziergang zu reichen. Im Traum trug Rosa dasselbe Kleid, in dem sie aus Prataio fortgegangen war, es war zerschlissen, geflickt und an einigen Stellen sogar zerrissen. Auch der Frack des Doktors schien in einem miserablen Zustand zu sein, und als er für sie den Schirm aufspannte, um sie vor der Sonne zu schützen, wies dieser Löcher auf und nackte oder zerbrochene Stäbe.

Die Szene hätte traurig anmuten können, doch sie bot ein Bild von Würde und anrührender Liebe. Rosa lag in einer Art Sandgarten auf dem Dach eines sonderbaren, märchenhaften Bauwerks in einer Landschaft, die von hohen Häusern in herrlichen Farben umgeben war. Der Doktor hielt geduldig den Schirm über ihren Kopf, um sie vor der Feuersonne zu bewahren. Rosa, Annina sah sie genau, hatte die Augen halb geschlossen, und Falten zogen sich wie Kanäle durch ihr noch immer bildschönes Gesicht. Im Traum umrundete sie die Mutter aus großer Nähe mit ihren Blicken und hätte sie am liebsten berührt.

Es war ein Traum ohne Worte. Man sah, daß die Menschen die Lippen bewegten, doch es war kein Laut zu hören, daher versuchte sie, die Szene zu lesen, und mit Bangen sah sie, wie ihre Mutter jemandem neben sich zulächelte, von dem mal eine Hand und mal ein Arm auftauchte. Rosa schien glücklich zu sein, entspannt und selig, als liebkosten sie die Worte der zu ihr sprechenden Person.

Dann, endlich, begann die Szene sich zu drehen, und Anninas kreisender Blick öffnete sich, so daß sie nun ihren Bruder Sole erkannte, der neben Rosa saß und zärtlich ihre Hand hielt, und da verstand sie, daß er ihr all das erzählte, was sie nie hatte hören können. Sie empfand Neid und Freude zugleich. Gern hätte sie sie gerufen, wäre gern stehengeblieben, hätte gern zugehört, doch während die beiden in jenem Sandgarten blieben, drehte sie sich weiter im Kreis und entfernte sich dabei immer mehr, so daß sie versuchte, sich am Rand der Szene festzuhalten, um zu verhindern, daß sie sich immer mehr weitete, und sie rief, schrie, bis sie sich aufrecht sitzend im Bett wiederfand, inmitten eines nachhallenden Schreis, und Filomena vor sich sah, die im Schlafanzug erschreckt herbeigelaufen kam.

Dieser Traum erfüllte sie mit Sehnsucht. Je älter sie wurde, um so raumgreifender und schmerzlicher wurde die Last der Vergangenheit. Die Abwesenheit der geliebten Menschen schmerzte sie, aber sie mußte damit zurechtkommen. Besonders schmerzte sie der Verlust ihrer Kinder, denn, so hatte sie gedacht, eine Mutter sollte die eigenen Kinder nicht überleben. Sie hatte gehofft, sich irgendwann an ihre Abwesenheit zu gewöhnen, wie auch an die von Cafiero, von Mena und von all den anderen, die fortgegangen waren. Sie hatte geglaubt, ein Leben in Einsamkeit ertragen zu können, die Last der Welt ohne den von ihr geliebten Mann an ihrer Seite aushalten zu können. Sie hatte sich nach Cafiero gesehnt, bis es weh tat, hatte ihn sogar einmal beschimpft und sich gewünscht, ihn zu vergessen. Doch statt dessen hatte sie erlebt, wie diese Last Tag für Tag gewachsen war, wie die Einsamkeit härter geworden war, bis sie, Annina, beschlossen hatte, aufzugeben, und ganz in ihren Erinnerungen versank; so verstärkte der Traum eine Sehnsucht, die bereits über die Ufer trat und die sie lediglich mit den langen Geschichten eindämmen konnte, die sie ihrem kleinen Enkel erzählte, auch er ein Sole, Natalias vaterloser Sohn, der an dem Tag geboren war, an dem man begonnen hatte, Stazione wiederaufzubauen.

Zunächst schien in Anninas Augen nur die Fürsorge für dieses neue Leben der Mühsal einen Sinn zu geben, sich der Zeit, die vor sie hintrat, weiter zu stellen, einer Zeit, in der es darum ging, die Wunden des Krieges zu heilen, zerstörte Häuser und Beziehungen wiederaufzubauen und neuen Mut zu fassen. Doch als Natalia beschloß, bei ihr in Prataio zu bleiben und weiter in dem Zimmer zu wohnen, das sie während ihrer kurzen Ehe mit Sole geteilt hatte, wurde auch ihre Anwesenheit zu einem Grund dafür, weiterzuleben und sich weiter zu erinnern.

Tag für Tag begann Annina aufs neue, sich der Zeit zu stellen, und sie ging auf den Berg, um mit Orest zu reden, bis der Cousin sich entschloß, nach Frankreich zurückzukehren. Sie zog ihren kleinen Enkel auf und half Natalia, die inzwischen ihr Studium abgeschlossen hatte und als Lehrerin an dem Platz arbeitete, den zuvor ihr Mann innegehabt hatte.

Rings um sie her rollte die Zeit weiter, und langsam änderten sich die Dinge. Telemach starb vereinsamt einige Jahre nach Kriegsende, als die zerstörten Häuser in Stazione von so hohen Wohnblocks ersetzt worden waren, wie man sie bis dahin nur aus der Stadt kannte. Annina war es, die ihn fand, als er wie schlafend im Sessel an seinem Mahagonischreibtisch saß, so daß sie ihn erst mehrmals an der Schulter rüttelte, bis sie bemerkte, daß der Tod ihn schließlich mit sich fortgenommen hatte.

An der Beisetzung nahm ganz Colle teil, um den Abgang einer umstrittenen Persönlichkeit zu begehen, die die Geschichte des Städtchens im Guten wie im Schlechten geprägt hatte. Durch das Getuschel während der Totenwache und auf dem Weg zum Friedhof wehten die Gespenster der vielen Ereignisse, deren Protagonist Telemach gewesen war, vom Bau Prataios bis zu den geschäftlichen Erfolgen, von seinem Wirken als Podestà bis zu seinem zweckmäßigen Umschwenken, als der Wind sich drehte. Doch über allem thronte das Gespenst von Äneas, mit seiner mühsamen Geburt, mit Telemachs Entschluß, ihn an Sohnes Statt anzunehmen, mit der Art, dieses unglückselige Kind großzuziehen, bis hin zu der letzten Grausamkeit, mit der Äneas eine Spur von Blut und Schmerzen hinter sich zurückgelassen hatte. Nach jener Aktion ohne Sinn und Verstand hatte Telemach sich zurückgezogen, als wäre auf dem Kiesweg nicht nur das Leben von sieben Menschen ausgelöscht worden, sondern auch seine Autorität und seine Vergangenheit.

Als der Krieg aus Prataio abgezogen war, erkannte niemand mehr den strengen, anmaßenden Mann in ihm wieder, ebensowenig den gerissenen Kaufmann, der jahrelang den Schweinemarkt von ganz Piana beherrscht hatte. Wie seinerzeit schon Odysseus, ging nun Telemach zunehmend gebückter, verdorrte, verwandelte sich in ein Wrack und stand dem Lauf der Dinge immer gleichgültiger gegenüber.

Nicht nur die Politik ließ ihn nun kalt, sondern auch der Handel, so daß er geradezu erleichtert Penelopes Hochzeit zum Anlaß nahm, ihrem Mann, einem jungen Unternehmer aus der Stadt, das Geschäft zu überlassen, das von jeher das Leben der Familie gewesen war.

Von jenem Tag an beschränkte er sich darauf, zu langen, einsamen Spaziergängen aus dem Haus zu gehen, bis die Last des Alters ihm allmählich den Verstand vernebelte und ihn zu einem schemenhaften, milchigen Horizont begleitete, aus dem Gespenster der Vergangenheit auftauchten, die ihn in seinen letzten Lebensjahren zu unermüdlichen erfolglosen Kämpfen und Diskussionen mit sich selbst zwangen.

Mehr als einmal griff man ihn hinter Malgardo oder Prataio auf, wohin er sich zu imaginären Geschäften aufgemacht hatte, oder man fand ihn verschmutzt oder in seinem eigenen Dreck schlafend auf dem Schleusendamm, an dem Ort, wo Sole zum letztenmal die Augen geöffnet hatte; auch hörte man ihn nachts mit irgendwem herumzetern, so daß Prataio von seinem Gebrüll widerhallte und die Nacht mit Schreien und Weinen erfüllt war.

Zunächst verfolgte Annina seinen Verfall mit ähnlicher Gleichgültigkeit, mit der ihre Mutter zugesehen hatte, wie Odysseus wahnsinnig geworden war. In jener Selbstverdammung angesichts der Toten, in jenem friedlosen Umherwandern auf Wegen ohne Ziel, sah sie die gerechte Strafe für das, was Telemach ihnen angetan hatte. Doch mit der Zeit, während er immer demütiger und wehrloser wurde und sein verzweifeltes Gebrüll sie sehr an die Qualen ihres Vaters erinnerte, ersetzte Annina ihren Groll durch Mitleid und das Mitleid durch einen aufrichtigen Kummer darüber, wie das Leben diesen Mann beutelte. So wie Mena es mit Odysseus getan hatte, versagte auch sie dieser umnachteten und nunmehr einsamen Seele nicht ihre Fürsorge, kümmerte sich um Telemachs Essen und Kleidung und machte sich besorgt auf die Suche nach ihm, wenn er nicht von seinen Wanderungen heimkehrte oder sich zu lange nicht blicken ließ.

Wie es ihre Art war, ging sie nicht mit zum Friedhof, und während seine Angehörigen und seine Mitbürger diesem Teil ihrer Geschichte das letzte Geleit gaben, hob Annina an den Gräbern von Mena und Didone ein Loch aus und pflanzte ein Haselnußbäumchen, und an diesem Stamm, der so jung war wie ihr Mann, den Telemachs Herrschsucht ihr genommen hatte, konnte sie endlich weinen, lachen, beten und fluchen, während sie auf ihre Verwandten wartete, um mit ihnen das Leben fortzusetzen.

Die Zeit kehrte also zurück und ging um sie her weiter, während Annina sich erneut in den täglichen Pflichten verlor, im Putzen, im Kochen, in der Betreuung des Enkels und in der Unterstützung Natalias, in all den kleinen Dingen, die sie als »dieses Leben« bezeichnete, während sie wie eine heimliche Blume das Leben der Erinnerungen und der Geschichten von Colle hegte, vom Maestro, von der Witwe, von den Anarchisten, von Nocciolino, von alldem, was sie nun Sole zu erzählen begann, auf ihren Spaziergängen und in den langen herbstlichen Regenstunden, beim Warten darauf, daß ein Fieber verging, an einem Feuer, das Dunkelheit und Schnee besiegen sollte.

So wie es einst seinem noch ungeborenen Großvater Cafiero ergangen war, wuchs auch dieses Kind zu einem Jungen und dann zum Mann heran, indem es das Leben, das früher durch Colle gezogen war, durch Worte kennenlernte und auch seine Gestalten und seinen Geist, den zwei Kriege, eine Diktatur und die Hast der Menschen mittlerweile endgültig zerstört hatten. Sole versank auf dem Zypressenberg in Anninas Geschichten, sah dort, wo die anderen nur

Erde und Häuser erblickten, noch einmal den Padule glitzern, spürte die Mühen der Arbeit und die Ungerechtigkeit, die die ärmsten Bewohner viele Jahre hatten ertragen müssen, stellte sich atemlos einen Mann vor, der seinen Namen trug und zu jenem Orient aufbrach, den er in aller Deutlichkeit gleich hinter der Silhouette von Malgardo erkannte, schreckte bei den Schüssen auf, die dem Maestro das Leben genommen hatten, und weinte, wie seine Großmutter geweint hatte, als sie Cafieros gepeinigten Körper geschleppt hatte.

In Anninas Gesellschaft wollte er zur Stadtmauer hinauf, um sich hinter den Zapfsäulen, die nun dort standen, das Haus der Liebe seiner Großeltern vorzustellen, und Hand in Hand mit Annina betrachtete er mit dem Beben der Neugier, das Kinder vor dem Geheimnisvollen erfaßt, Stunde um Stunde Ideales Maschine, die noch immer von Äneas' Schüssen versehrt war. Das Innere dieses Wunderwerks wurde zu seinem bevorzugten Schlupfwinkel, wo er las, träumte und mit den Augen dem Geflecht aus Röhren und Blechen folgte, als wollte er dessen Anfang und Ende ausfindig machen, dessen Sinn und dessen Herz, bis die Maschine ihm seines stahl und ihn in sich verliebt machte, wie sein in Rußland verschollener Onkel es gewesen war.

Als hätte jene Liebe, von der Gewalt der Schüsse und des Todes nicht angefochten, sich dauerhaft in dem Räderwerk verfangen, nahm Sole sie auf und machte sie sich zu eigen. So verbrachte er einen Großteil seiner Zeit mit den gleichen Studien und mit den gleichen Träumen wie seinerzeit Ideale, denn er wollte mit der Verflechtung von Stahl und Riemen den Sinn einer Bewegung erfassen, die das Leben von jenem Ort immer mehr zu entfernen schien, und sehnte sich danach, ihr Geheimnis zu ergründen und das Abrollen alles dessen, was Annina ihm erzählt hatte, eines Tages ewig und unendlich zu machen.

Sole wuchs also als der letzte Hüter jener Geheimnisse heran, und dies war auch der Grund, weshalb Annina, nachdem sie von Rosa geträumt hatte, an jenem Tag zum Tor von Prataio ging, um auf ihren aus der Fabrik kommenden Enkel zu warten und ihm wie immer etwas aus ihrer Welt zu erzählen. Sie stellte sich ans Tor, dorthin, wo die Zufahrt zur Landstraße begann, und setzte sich dann wartend auf die Mauer.

Nach wenigen Minuten sah sie einen Mann, der sich auf einen Stock stützte, langsam von der Straße her kommen. So aus der Ferne betrachtet, wirkte er mit seinem langen Bart und den zwei umgehängten Quersäcken wie ein abgerissener Landstreicher. Er kam noch näher und blieb, als er etwa zwanzig Meter von Annina entfernt war, mitten auf dem Weg stehen.

Als sie ihn so reglos verharren sah, rief sie ihm die Frage zu, ob er Hilfe benötige. Da der Mann weiter schwieg und sich nicht rührte, stand Annina auf und näherte sich ihm, so gut es ihre Beine erlaubten. Penelope, die Filomena gerade half, im Garten Rosen zu beschneiden, sah, wie sie losging, und machte die Tochter ihrer Cousine mit einem Wink darauf aufmerksam.

Filomena beugte sich vor und sah Annina auf den Fremden zusteuern, weshalb sie zu Penelope sagte, es sei wohl besser, einmal nachzuschauen, was dort los sei. Annina hatte den Mann inzwischen erreicht und fragte ihn erneut, ob er etwas brauche, ohne eine Antwort zu erhalten.

Als sie die Frage nochmals wiederholen wollte, fiel ihr

auf, daß der Mann über und über mit Staub und verkrustetem Schlamm bedeckt war, mit einer merkwürdigen Patina, die aus verschiedenen Stoffen zu bestehen schien, aus Feilstaub, Sand, Erde, Schweiß, sie wußte es nicht. Und aus dieser Skulptur blitzten, hellblau und intensiv, zwei unvergeßliche Augen auf, die sie anschauten und ihr das Herz zusammenschnürten.

»Mein Gott«, seufzte sie, »du bist zurück ...«

Dann warf sie sich ihm an den Hals, während die Stimme ihr bereits in der Kehle steckenblieb, und als auch er sie schließlich fest an sich zog, spürte Annina, versunken in dieser so oft ersehnten Umarmung, den Duft von Veilchen, der sie stets begleitet hatte, und konnte endlich weinen und sich zu klein fühlen, um all die Emotionen zu bändigen, die sie übermannten.

Filomena kam näher und begriff gar nichts. Sie sah ihre Mutter an diesen Bettler geklammert und schrie ihr von weitem etwas zu. Sie beschleunigte ihren Lauf, während sie Penelope zu Hilfe rief. Dann hörte sie ihre Mutter weinen und sah die Ansammlung von Lumpen, die sie umarmte, weshalb sie die beiden schleunigst trennte, sich zwischen sie stellte, drohend die Stimme erhob und erst verstummte, als Annina, lauter als sie, schrie:

»Hör auf, das ist mein Bruder Sole!«

Es war wie ein Kanonenschuß, der auch Penelope betäubte. Beide sahen sie ungläubig an, schauten dann zu dem Mann und wieder zu Annina, und schließlich stieß Filomena auf ihn zeigend hervor:

»Bist du sicher?«

»Bei Gott, das ist mein Bruder!« schrie Annina.

Filomena trat an den Mann heran, musterte ihn und fragte barsch:

»Sind Sie Sole, der Sohn von Odysseus?«

Er blieb stumm.

»Können Sie mich hören?« fuhr sie fort.

Keine Antwort.

Filomena drehte sich zu Penelope um und wollte ihr sagen, daß dies ihrer Meinung nach nur ein armer Trottel sei, doch Annina hatte ihn schon bei der Hand genommen und ging mit ihm auf das Tor von Prataio zu.

Die beiden Frauen sahen sich verstohlen an, mit einem Blick, der Bände sprach. Sie erinnerten sich an die Streiche, die das Alter dem Blutkreislauf im Gehirn spielt. Schon Telemach hatte seine letzten Lebensjahre damit verbracht, Dummheiten anzustellen, und auch Hektor verlor des öfteren den Faden. Daher gesellten sie sich zu Annina und erkundigten sich, was sie denn vorhabe.

»Ich bringe ihn ins Haus, ihr Rindviecher«, antwortete sie gereizt, ohne anzuhalten. »Es ist fast fünfzig Jahre her, seit wir uns das letztemal gesehen haben, was sollte ich da wohl tun, ihn auf der Straße stehenlassen? Er ist todmüde, seht ihr das nicht?«

Penelope sagte, sie solle warten, bis sie ihre Eltern gerufen habe. Annina brummelte etwas in sich hinein und bot dem Mann an, sich auf die einzige Bank zu setzen, die von dem alten Garten noch übrig war, nachdem man ihn zur Hälfte zerstört hatte, weil er Autoparkplätzen weichen mußte.

Hektor kam herbei, trat dicht an den Fremden heran, musterte ihn argwöhnisch und sagte dann, ja, das könne durchaus Sole sein, doch wie solle man das wissen, unter diesem ganzen Dreck. Rina für ihr Teil wagte sich nicht einmal in seine Nähe.

Annina wollte nur weg. Sole an die Hand nehmen und ihn weit fort von diesen Augen bringen, die ihn anstarrten, als wäre er ein Tier. Das Gesicht ihres Bruders war eine Maske aus Zeit und Staub, und das Herz krampfte sich ihr zusammen, als sie an die Jahre, an die Orte, an die Dinge dachte, die er getan und gesehen haben mußte, bevor er nach Prataio zurückgekehrt war. Neben ihm auf der Bank sitzend, sah sie sich der Gruppe ihrer Verwandten gegenüber, dem Mißtrauen, der Aggressivität Penelopes und der Unschlüssigkeit Filomenas, während sie an ihrer Seite die Qual dieses stillen, müden Mannes spürte, der ein unbekanntes Universum in sich trug. Da merkte sie, daß sie die Trennlinie zwischen zwei zu weit voneinander entfernten und zu unterschiedlichen Welten bildete, stand abrupt auf und erklärte, sie seien doch alle miteinander eine Bande von Dummköpfen, schließlich erkenne sie ihren Bruder an seinem Geruch, und jetzt solle man sie in Ruhe lassen, allesamt Idioten seien sie und nichts weiter.

Hektor wandte sich, gefolgt von Rina, zum Gehen, wobei er knurrte, sie könne ja tun, was sie wolle, doch zu viele Jahre seien ins Land gegangen, und er kenne nur einen hübschen Jungen, groß und blond, aber nicht diese Ruine von Mensch.

»Wie dem auch sei«, sagte er an seine Nichte gewandt, bevor er ins Haus ging, »für dich ist es besser, wenn das da nicht dein Sole ist. Siehst du denn nicht, daß er ein stummer Einfaltspinsel ist?«

Sie erwiderte nichts, nahm den Mann bei der Hand und ging mit ihm zur anderen Seite von Prataio, begleitet von Filomena und Penelope, die bemüht waren, sie aufzuhalten, doch sie brauchten nicht einzugreifen, weil der Fremde an der Haustür stehenblieb und nicht weitergehen wollte. Er schaute sich um, wie um sich zu orientieren, und zeigte dann entschieden auf den Zypressenberg.

»Seht ihr«, sagte Annina freudestrahlend, »er will Mena besuchen.« Sie überließ die beiden Frauen ihrer Grübelei darüber, wie man sich zu verhalten habe, und ging zu dem Mann, der sich inzwischen an die Gräber gesetzt hatte und den schwarzen Marmor anstarrte, auf dem in klaren Buchstaben die Namen von Didone und Isolina ins Auge stachen.

»Das ist eine lange Geschichte, lieber Bruder«, sagte die hinzutretende Annina. »Und wenn du wüßtest, wie viele andere ich dir noch zu erzählen habe …«

Die Geschwister saßen vor den Gräbern am Fuß des Zypressenbergs und hielten sich umschlungen. So traf Sole sie noch an, nachdem er mit Penelopes Entrüstung und mit Filomenas Ängstlichkeit konfrontiert worden war, die ihn mit zahllosen Mutmaßungen und Warnungen überfallen hatten, kaum daß er in Prataio angekommen war.

Er hatte ihnen zugehört, hatte versucht, sie mit ein paar Worten zu beruhigen, und war schließlich aufgeregt und neugierig hinausgegangen, um endlich den Helden der vielen Geschichten kennenzulernen, die seine Großmutter ihm geschenkt hatte. Auf dem kurzen Weg vom Haus zu dem Berg bestürmten ihn die Empfindungen, die Erinnerungen und die Schritte, mit denen dieser legendäre Verwandte in seiner Phantasie die Wüsten Asiens durchquert hatte, und das Erstaunen, mit dem er zweifellos die goldene Kuppel Jerusalems bewundert hatte, die Augen, die die Sandpaläste von Sanaa gesehen hatten, das Schweigen, das er in den Klöstern Tibets erlernt hatte, das Gesicht, das er über viele Jahre von diesem einsamen Reisenden gezeichnet hatte, während Annina ihm von ihm erzählte, so daß er, als er nach Luft ringend vor ihm stand, als hätte er diese fünfzig Meter im Laufschritt zurückgelegt, wahrhaftig das Bild vor sich sah, von dem er all die Jahre geträumt hatte, genauso, wie er es sich vorgestellt und gewünscht hatte, verkrustet vom Staub jener Zeit, die er so gern in eine Maschine sperren würde, und er erschrak.

»Er ist es wahrhaftig«, sagte er zu Annina, als hätte er ihn tatsächlich erkannt, und rannte davon, diesmal wirklich im Laufschritt, auf das Haus zu, dann an den Ställen vorbei, an den Feldern vorbei und an der Angst vorbei, zu erfahren, daß er die Städte, die unendlichen Sonnenuntergänge, die Ozeane, die verschiedenen Sprachen, die Kleider, die Farben, die Geschichten und alle Menschen bereits in sich trug, die sein Großonkel gesucht hatte, als er in den Orient aufgebrochen war.

Doch während er davonlief, spürte er, daß auch jeder Ort dieser Flucht bereits tief in ihm war. Die Wiesen unter seinen Füßen waren die, auf denen Rosa am Arm des Puppendoktors fortgegangen war, und an der Schleuse vor Malgardo stieß er auf den Steg, an dem sich der Körper seines Vaters verfangen hatte, direkt gegenüber der Volksschule, die vor vielen, vielen Jahren vom Maestro gegründet worden war. Und so lief er weiter und kam an Pieve vorbei, wo seine Lieben ruhten, und er kehrte um, nach Stazione, und sah hinter dem Steg den Prellstein, der an Cafieros Ermordung erinnerte, und so lief er in dem Wunsch, zu fliehen, weiter, bis die Nacht hereinbrach und in der Ferne die Häuser von Colle im Licht des Vollmonds vor ihm auftauchten, und sie erschienen ihm wieder weiß und prächtig und uralt, erfüllt mit einem Leben, dem er niemals würde ausweichen können, auch dann nicht, wenn er tausend Jahre lief, bis in alle Ewigkeit, in einer unendlichen Bewegung.

Da wurde er langsamer, steuerte auf die Eisenbahn zu und blieb an den Gleisen stehen, genau unter dem Haselnußbaum, auf dem Nocciolinos legendäre Pirouette ihr Ziel erreicht hatte. Er betrachtete die Äste wie eine Zuflucht, kletterte hinauf, zwängte sich zwischen sie und schlief endlich ein.

Auch Annina schlief in jener Nacht erschöpft ein, nachdem sie ihrem gerade erst heimgekehrten Bruder ganze Lebensjahre erzählt hatte. Sole hatte diesen Geschichten gelauscht, neben ihr, ohne auch nur ein Wort zu sagen, und hatte dabei zu einem fernen Horizont geblickt, als hielte er hinter den Gräbern und hinter dem Zypressenberg Ausschau nach den Menschen, den Begebenheiten und den Orten, die sie ihm schilderte.

Auf Annina wirkte er wie ein alter, gleichmütiger Weiser, ganz anders als der brillante Erzähler ihrer Jugend. Nur die Augen waren dieselben wie damals, während der Körper wie eine auf dünnes Pergament gezeichnete Landkarte aussah, bedeckt mit abgewetzten Kleidern aus Staub und Schlamm. Gleichwohl konnte sie an seiner Seite die Last der Zeit spüren, die dieser Körper in sich trug, die Entfernungen, die er zurückgelegt hatte, alles, was er gesehen und erfahren hatte und was er nun wahrscheinlich nicht mehr mit Worten wiedergeben mußte, sondern in seinen Augen bewahrte.

So bat sie ihn nie, zu reden. Sie respektierte seine Stille, wie sie auch die einer Kirche respektieren würde, und bis zu dem Moment, da er sich müde zur Seite neigte und sich auf dem Gras an Menas Grab ausstreckte, hörte sie nicht auf, die Last alles dessen mit ihm zu teilen, was das Leben ihr in den langen Jahren aufgebürdet hatte. Als sie schließlich sah, daß er eingeschlafen war, stand sie auf und ging in der vergeblichen Hoffnung ins Haus, sich von diesem außergewöhnlichen Tag zu erholen, und noch im Schlaf wurde sie von den kurz zuvor wachgerufenen Erinnerungen, Emotionen und Gespenstern überwältigt.

Während sie noch mit ihren Erinnerungen kämpfte, waren Penelope und Filomena bereits aufgestanden und schickten sich an, ihren Plan in die Tat umzusetzen. Wenn das da wirklich ein Verwandter war, der in Prataio willkommen geheißen werden sollte, wie es sich für anständige Menschen gehört, so wollten sie ihn waschen und herausputzen, rasieren und so herrichten, daß er für die Welt vorzeigbar war, nicht mehr diese Vogelscheuche, für die man sich schon schämen mußte, wenn man sie nur von weitem sehen ließ. Sie gingen also in den Stall und holten einen glasierten großen Trog, der früher für die Schweine benutzt worden war, füllten ihn mit Wasser und weckten den Mann, der noch immer an den Gräbern lag.

Sie führten ihn zuvorkommend zu der Wanne und versuchten, ihn zu überreden, hineinzusteigen. Widerstrebend hielt er sich am Rand fest und verweigerte jede weitere Bewegung, so daß die beiden Frauen ihn mit großer Mühe entkleiden und beinahe gewaltsam ins Wasser setzen mußten. Als er damit in Berührung kam, stieß er einen schrillen, durchdringenden Klagelaut aus, wie jemand, der nicht eingeseift und abgerieben wurde, sondern dem man bei lebendigem Leib die Haut abzog.

Bei diesen Schreien eilten Sole und Natalia herbei und begannen mit den Frauen zu diskutieren, um sie von dieser Prozedur abzubringen, die weniger wie ein Akt der Reinlichkeit als vielmehr wie eine Folter anmutete, doch während Filomena die Regeln von Anstand und Sitte ins Feld führte, fuhr Penelope ungeachtet der Klagen des Mannes fort, ihn heftig abzubürsten, um die ihn bedeckende Schlamm- und Schmutzschicht zu entfernen. Bei jeder ihrer Bewegungen kratzten Borsten und Seife seine Haut ab, als sollte alter Putz von einer Wand entfernt werden, und das spritzende Wasser spülte die Rückstände von Jahren, von Kilometern, von Erde und von Zeit, die er im Orient gesammelt hatte, restlos fort, bis aus dem mit der letzten Dusche weggeschwemmten Schaum ein Gesicht auftauchte, das wohl nicht mehr als zwanzig Jahre zählte, identisch mit dem Bild, das Annina zusammen mit den Photos von Cafiero und vom Maestro aufbewahrte. Alle verstummten auf der Stelle, und in Prataio hallten nur noch die gellenden Schreie jenes nassen, wehrlosen Wesens wider.

Annina hatte die ganze Nacht über mit ihren Erinnerungen gekämpft – verstrickt in einem Knäuel aus geliebten Menschen, Todesfällen, Kriegen und Geburten –, die während ihres unruhigen Schlafes immer lauter in ihrem Kopf rumort hatten, so daß sie am Ende erwachte. Doch als sie munter war, erkannte sie, daß das Gebrüll nicht aus ihrem Traum stammte, sondern aus dem Garten kam, und zusammen mit dem, was wie ein Streit klang, stieg ein schriller, durchdringender Schrei auf, der alles übertönte und sie unmittelbar ins Herz traf, weil er die Stimme ihres Blutes hatte. Da zog sie sich gar nicht erst an, sondern hastete im Nachthemd hinunter.

Schon von weitem sah sie die Leute von Prataio zusammenstehen und mittendrin Sole und Natalia, die sich mit Penelope und Filomena stritten und etwas umringten, was sie nicht genau erkennen konnte. Noch während sie näher kam, verstummten die Gespräche, und nur der Schrei ihres

Bruders zerriß wie die Klage eines verwundeten Tieres die Luft von Prataio, ein Messer, das ihr ins Fleisch drang, ihre Haut durchschnitt und sie in Angst versetzte, so daß sie, als sie diese Menschenmauer erreichte, für einen kurzen Augenblick hoffte, daß niemand sie hindurchließ, daß niemand Notiz von ihr nahm und alle sie mit ihren Körpern gegen jene Qual abschirmten, die der Schrei vermuten ließ.

Doch Natalia entdeckte sie, und kaum daß sie beiseite gerückt war, stand Annina vor dem nackt im Schweinetrog sitzenden Sole, vor seinem Gesicht, das genauso aussah wie das, welches sie an dem Tag in sich aufgenommen hatte, als sie ihn zum Abschied umarmt hatte, damals, als sie ihren Wunsch tief in sich eingeschlossen hatte, ihn zurückzuhalten, ihn daran zu hindern, fortzugehen und all die Zeit damit zu vergeuden, Körnchen für Körnchen den Sinn eines Lebens zu suchen, das von einem bißchen Wasser und Seife in wenigen Minuten aufgelöst worden war.

Vor ihr bekreuzigte sich Rina, während der wie zu Stein erstarrte Hektor erschauerte.

»Mein Gott«, war alles, was Penelope hervorbrachte, bevor sie Bürste und Schwamm wegwarf und davonlief, um sich im Haus einzuschließen.

Anninas Augen trafen auf die ihres Bruders, und in seinem verzweifelten Blick erkannte sie den Schmerz eines Menschen, der fühlt, daß er stirbt, und sie sah ihr eigenes Leben zerbröckeln, sich auflösen und fortgleiten, der Liebe, dem Wollen, den Träumen und allem zum Trotz, was den Schritt der Menschen ausmacht. Und ihr Enkel Sole sah in diesem gequälten Blick, wie der Mechanismus des Daseins in Wasser und Schaum rissig wurde, sah, wie die Bewegung strandete, die ihn über die Zeit getragen hatte wie eine Welle ein Boot zu einer Klippe des Schmerzes trägt, damit es daran zerschellt. Und Natalia sah in diesen Augen ihre unmögliche Liebe, eine zwischen den Kugeln eines Deutschen und dem Weiß der verschneiten Steppe gleichwohl geteilte Liebe, starrte auf das Eis dessen, der mordet, und spürte, wie das Beißen der Kälte zu Hitze wurde, und dann das Stechen des Bleis in der Brust, und schließlich, wie sich die Hitze in einen behaglichen Schmerz verwandelte, kreisrund und vollkommen.

Und verwundet von dieser Vollkommenheit, sahen alle drei, wie Soles Haut langsam runzlig und rissig wurde, wie die Jugend, die das Wasser wieder zum Vorschein gebracht hatte, verwehte wie vom Wind aufgewirbelter Sand, so daß jener junge Mann in wenigen Minuten wieder zu dem fragwürdigen, zitternden Greis wurde, der einige Stunden zuvor durch das Tor von Prataio gekommen war.

So starb Sole, in einer Dreckpfütze sitzend und mit schmerzerfülltem Blick. Sein Leben, das Penelopes Hände abgebürstet hatten, blieb noch lange Zeit im Wasser des Schweinetrogs zurück, ohne daß einer der Bertorellis den Mut gefunden hätte, es ins Gras zu gießen. Da es Wochen und Monate im Freien stand, sog die Sonne es auf, wie um einem Mann zu huldigen, der es gewagt hatte, ihren Namen zu tragen, und so verdampfte es in der Luft, verflog hinauf in die Wolken und kehrte, vom Wind getragen, in Millionen Tropfen in einer unendlichen Bewegung schließlich nach Osten zurück.

Während sole im Schweinetrog alterte und starb, begriff Annina, daß mit ihm ein Stück ihres eigenen Lebens fortging, jenes Lebens, das er ihr zurückgebracht hatte. Sie hörte seinen herzzerreißenden Schrei verklingen und sah seinen Blick erlöschen wie eine niedergebrannte Kerze, und ebenso spürte sie, wie sich in ihr die Entfernungen vermischten, die Worte verstrickten, die Schritte verhaspelten und wie endlich die Gespenster der Erinnerungen davonglitten, als hätte ihr Bruder diese an die Hand und für immer mit sich fortgenommen.

Von jenem Tag an erinnerte sich Annina nicht mehr, und befreit von aller Vergangenheit, rollte sich ihr Verstand in einem Nebel zusammen, aus dem er nur noch selten auftauchte. Die Behandlung der Ärzte, an die Sole und Filomena sich gewandt hatten, schlug nicht an, sosehr sie auch untersuchten, tasteten, nachschauten, um dann vom fortgeschrittenen Alter und vom schlecht mit Sauerstoff versorgten Gehirn zu reden. Jeder von ihnen, im weißen Kittel und mit der Miene eines Professors, breitete die Arme aus und mahnte Natalia und die anderen Angehörigen zu Fürsorglichkeit und Geduld bei einem Zustand, der rasch zu einer Arteriosklerose in ihrer schlimmsten Form führen würde.

Was jedoch niemand verstand, war, daß Annina offenbar glücklich war. Sie aß ruhig, legte sich ins Bett oder stand wie Rosa stundenlang reglos am Fenster, um zum Zypressenberg zu schauen, ohne nur eine der Dummheiten anzustellen, mit denen Odysseus und Telemach das, was von ihrem Leben geblieben war, zerstört hatten. Annina lächelte bisweilen, hörte dem Geschwätz der Frauen von Prataio zu und lachte sogar manchmal, wurde wieder traurig und schien jede Nuance aufzugreifen und zu verstehen, denn sie beteiligte sich ohne Verzögerung und aufmerksam an den Gesprächen. Als beispielsweise Rina starb, weinte sie ebenso wie wenig später, als Hektors Stunde geschlagen hatte, und niemand wußte, ob er sich wundern sollte, daß sie die beiden zum Friedhof begleitete, oder ob er diesen sonst so außergewöhnlichen Umstand für normal halten sollte, durch die Krankheit bedingt.

Annina schien normal zu leben. Sie erinnerte sich nur nicht mehr, erzählte nichts und wußte nichts mehr von dem, was einst gewesen war, ein Umstand, der ihr jedoch keine Last, sondern geradezu eine Erleichterung zu sein schien. Als der Brief kam, versuchte Sole daher gar nicht erst, ihr davon zu erzählen. Er hatte ihn zwischen der anderen Post im Briefkasten gefunden und war sofort von dem dicken Umschlag beeindruckt gewesen, der größer als üblich und mit eigentümlichen Briefmarken übersät war und auf dem in einer leichten, zweifellos weiblichen Handschrift die Adresse und sein Name stand. Neugierig war er in den alten Stall gelaufen und hatte sich ins Innere von »Libertà« gesetzt.

Aufgeregt wie ein Kind hatte er den Umschlag geöffnet und aufmerksam die vier engbeschriebenen Seiten in einfachem Englisch gelesen, und je länger er las, um so stärker wurde sein Gefühl, sich wahrhaftig im Zentrum einer unendlichen Bewegung zu befinden, die kein Mensch je würde anhalten können, solange es Worte gab, um zu erzählen. So ging er zu seiner Mutter, sagte ihr, daß er ihr etwas geben müsse, und nahm sie mit in den Bauch der Maschine.

»Sieh nur«, sagte er, während sie sich lachend gegen dieses alte Spiel wehrte, und zeigte ihr den Umschlag.

Sie las die Adresse und fragte argwöhnisch:

»Wer schreibt dir denn aus Rußland?«

»Das ist nicht für mich, das ist für Papa.«

Natalia erbleichte.

»Es kommt von Ideales Tochter.«

Sie fragte halblaut:

»Ist er am Leben?«

»Er ist vor zwei Monaten gestorben. Einige Jahre hat er in der Ukraine gelebt und dann in Kasan, in Tatarstan«, sagte Sole.

Er trat zu seiner Mutter, die die Augen geschlossen hatte, um ihrer Erregung Herr zu werden, und streichelte sie.

»Er hat seiner Tochter ausrichten lassen, sie solle nach seinem Tod an Papa schreiben und ihm das hier schicken«, sagte er und reichte ihr etwas.

Natalia warf einen Blick darauf und hatte das Gefühl, nach hinten zu stürzen, von der Bewegung der Zeit zurückgerissen, die sie wie ein Tornado verschlang. Wie ein Strohhalm im Wasser fühlte sie sich, wie ein von einem launischen Kind mißhandeltes Spielzeug, und ihr entfuhr ein erstickter Schrei wegen alles dessen, was geschehen war und was sie nicht hatte verhindern können, wenn sie es auch geglaubt hatte. Wegen der Liebe, wegen des Todes, wegen der Kugeln, die ihr das Herz zerfetzt hatten, und wegen der Steppe, die sie verschlungen hatte, wegen der Tage in Einsamkeit, der Gewissensbisse und der Tränen, wegen der in der Hoffnung verbrachten Nächte, alles möge zurückkehren, die Zeit möge anhalten und die Richtung wechseln und zurückkommen, in jenem Umschlag, den ihr Sohn ihr nun entgegenhielt, aus der in Rußland verschollenen Vergangenheit, ein Umschlag in einem nunmehr verblaßten Rosa, fast ohne Farbe und noch immer versiegelt, auf den sie vor vielen Jahren gedankenlos Ideales Namen und Anschrift geschrieben hatte, davon überzeugt, ihn mit der Liebe festzuhalten.

Ideale ging, auf seinen Stock gestützt, an der Wolga entlang im Park spazieren. An dieser Stelle war der Fluß so breit, daß er ihn an den Padule erinnerte, wie er ihn als Kind gesehen hatte, bevor die Pumpen der Bertorellis ihn trockengelegt hatten. Vom Ufer aus konnte er an der Horizontlinie die Werkhallen der Motorenfabrik und die Arbeiter auf dem Vorplatz erkennen, die wie unzählige winzige Ameisen anmuteten. Er lächelte kaum merklich. Eine davon war seine Tochter Anis'ia, die ihm bereits das Herz gestohlen hatte, als sie ihn am Tag ihrer Geburt angelächelt hatte. Natalija hatte behauptet, das sei unmöglich, Neugeborene lächelten nicht. Sie zögen unkontrollierte Grimassen und öffneten und schlössen den Mund ohne jeden Sinn, doch er war dabei geblieben, daß Anis'ia ihn gesehen und angelächelt habe und daß die Russen vom Lächeln der Kinder ohnehin keine Ahnung hätten.

Er dagegen verstand die Kinder. Er wußte, was sich hinter ihrem Schweigen verbarg, hinter einem Weinen oder hinter einem hundertmal wiederholten Wort. Er liebte alles an ihnen. Er liebte es, ihnen zuzuschauen, wenn sie ihre ersten Schritte machten und sich so unsicher bewegten wie er auf seinen vom Frost zerfressenen Füßen. Er liebte es, ihre aus nichts gemachten unstimmigen Phantasiegeschichten zu hören, die häufig um einen dünnen Faden gewikkelt waren, um ein Stück Papier, das zum Flugzeug wurde, um einen Stock, der eine Puppe oder eine Kanone war. Zeitsprünge, Personenwechsel, von Gegenständen transportierte Identitäten wie die Träume, die er in »Libertà« geträumt hatte.

Darum vertraute er Anis'ia seine Gedanken an, seit sie ein kleines Mädchen war, und erzählte ihr von seiner phantastischen Maschine aus Stahl, die die Wünsche und die Bewegung einsperren konnte, und sie hatte ihm stets interessiert zugehört, ihrer Mutter und den übrigen Verwandten zum Trotz, die ihn bloß für einen genialen, halbverrückten Italiener hielten. Still und darum bemüht, den Sinn seiner Sätze in jener Sprache zu verstehen, die so unsicher wie sein Gang war, hatte Anis'ia diesen Vater von klein auf in ihr Herz geschlossen; er war so anders als die anderen, so voller Worte und Geschichten, die als Gewirr aus Linien und Kurven aufs Papier gezeichnet waren.

Theorien über dynamische Elastizität, thermoelektrische Prinzipien, Motoren, Kupplungen und Kardangelenke waren die wunderliche Welt, in der sie zunächst in der Ukraine und später in Kasan aufgewachsen war, wohin sie nach Natalijas Tod mit ihrem Vater gezogen war, als man das große Motorenwerk eröffnet hatte. So war es für sie sensationell und schön, ja sogar amüsant, zu sehen, wie sich Ideales Geschichten in gigantische Gebirge aus Drähten und Stahl verwandeln konnten, in das Herz riesiger Flugzeuge, die in den Himmel aufstiegen und die Welt durchquerten.

Ebenso sensationell und schön, ja sogar amüsant, war es gewesen, mit ihm zur Arbeit zu gehen und tatsächlich diese Labyrinthe aus Kontakten bauen zu können, die es einer Turbine ermöglichten, zu beschleunigen, Bewegung zu erzeugen und sie wieder anzuhalten, sie umzukehren, sie abzubremsen oder neu zu starten.

Vom Ufer der Wolga aus sah Ideale an jenem Nachmittag die Motorenfabrik, stellte sich vor, wie Anis'ia zur Arbeit kam, und lächelte. Er war mehr als einen Kilometer von ihr entfernt, doch er lächelte ihr in der Überzeugung zu, daß die Liebe, die er empfand, sie trotzdem erreichen würde. In der vergangenen Nacht hatte er von Prataio geträumt, wo Annina von Rosa träumte, die von Sole träumte, während er ihr eine Geschichte erzählte. Er war leise in ihre Träume eingetreten, damit diese sich nicht verflüchtigten, doch dann hatte sich alles zu drehen begonnen wie in einem Kaleidoskop, und am Ende hatte sich alles zu einer höchst komplizierten Zeichnung wieder zusammengesetzt, aus der »Libertà« aufgetaucht war, und so war er glücklich auf die Räderwerke zugegangen, hatte die Anlaßkurbel gefunden und hatte sie angeworfen.

Die Maschine hatte sich in Gang gesetzt, und Ideale sah, wie nacheinander die Stationen seines Lebens abrollten, die Straße Pomeraskaja, wo er wohnte, und sein Nachbar Pjotr Iwanow und dann der Park an der Wolga und seine Arbeit an der Motorenwerkbank, und dann zogen immer schneller die Gesichter von Natalija und ihren Verwandten vorüber, die Straßen von Tatarstan, die hinunter zur Ukraine führten, und dann, immer noch schneller, sah er einen Tag an sich vorbeifliegen, an dem er krank gewesen war, und den Moment, als er auf dem Eis ausgerutscht war, eine Umarmung voller Liebe und die Isba mit der Kohlsuppe von Irina Pawlowa, und dann den Eisengeruch des Schnees und die gefrorene Sonne der Steppe und seine brennenden Füße, die Kanonen hinter Stalingrad, die Züge, den Zug, der ihn von Colle fortgebracht hatte, Sole mit einem Brief in der Hand, die weinende Annina, Natalias Kuß, Hektor mit seinen vor ihm ausgebreiteten Zeichnungen, den Haselnußbaum an der Eisenbahn, die weinende Filomena, Soles violette Lippen, und während diese und andere Bilder vorbeizogen, erkannte er, daß er sich geirrt hatte, daß er die Bewegung seines Lebens umgekehrt hatte, und so versuchte er verzweifelt, sie zu stoppen, sich an ein Prinzip, an ein Gesetz oder daran zu erinnern, welchen Bolzen oder Hebel er ziehen mußte, um diese Bewegung zu ändern, anzuhalten oder zumindest zu verlangsamen.

Doch schon hatte er sich im Kreditinstitut gesehen, an der Hand Anninas, die gekommen war, um über die Hypothek zu verhandeln, und er konnte die Bewegung noch immer nicht anhalten und spürte also erneut seinen Kummer wegen des kranken Bruders, diesem Hauch von einem Kind, und während er vergeblich an den Scharnieren hantierte, sah er Orests Hände, die ihn in dem Augenblick ergriffen hatten, da seine Mutter ihn schreiend in die Welt preßte, und unmittelbar darauf eine weiße Wolke, ein Meer aus Watte und sich selbst, wie er über den mit dichtem Schnee bedeckten Bergen der Schweiz flog, doch sie waren nicht die Schweiz, vielmehr waren sie die Schweiz und waren zugleich Piana, Colle, der Padule und Prataio mit dem brüllenden Odysseus, sie waren die Schweine von Portale, die himmelblau gekleidete Rosa, die davonlief, Rocca mit San Venanzio, Malgardo und die Schleuse, sie waren Mailand, Sapri und die Anarchisten, und von oben sah er alles und erkannte nichts, doch er spürte stark und mächtig die Liebe Anninas und Cafieros und die Explosion, aus der er geboren war, einen Windstoß, einen kurzen, klaren Knall, der mit der Geschwindigkeit eines Blitzes, der ihn weckte, Anfang und Ende markierte.

Ideale Bertorelli saß im Bett, hatte noch immer das Blitzen im Kopf und zog zum erstenmal in Betracht, daß er sterblich war. Nicht daß er nie daran gedacht hätte. Er war dem Tod im Granathagel und in vom Schnee vereisten Augen tausendfach begegnet. Er hatte ihn beschimpft, hatte ihn fortgejagt, doch sein Naturell hatte ihm nie erlaubt, ernsthaft in Erwägung zu ziehen, daß der Tod früher oder später auch ihn betreffen könnte. An jenem Morgen in dem Haus in der Pomeraskaja, als Anis'ia noch schlief, hatte Ideale verstanden, daß es ihm nicht gelungen war, irgend etwas einzufangen, und daß ihn das Leben an jenem Tag verlassen würde. Es hatte nichts genützt, sich in die Mechanik zu verlieben und ganze Nächte und Tage über Stützzapfen und Kolben zu verbringen, es hatte nichts genützt, das Geheimnis des Perpetuum mobile zu ergründen und doppelt soviel zu arbeiten, um Sole Leid zu ersparen, so wie es auch nichts genützt hatte, ihm Natalias Herz zu lassen, um ihm sein Keuchen und das Blau von seinen Lippen zu nehmen. Und rein gar nichts hatte es genützt, zu verzichten, fortzugehen, um Soles Leben nicht zu erschüttern, und nie wiederzukehren, fortzubleiben und dem Glück nicht im Weg zu stehen, von dem er geglaubt hatte, es ihm zu schenken. Da war er langsam aufgestanden, hatte am Küchentisch einen Brief an Anis'ia geschrieben und war zum Park an der Wolga hinausgegangen, um zu sterben.

Am Ufer vor der Weite des Wassers sitzend, die ihn an den Padule erinnerte, schloß Ideale die Augen, um ein letztes Mal zu spüren, wie die Bewegung durch seine Adern floß, um zu spüren, wie sie schwächer und langsamer wurde, und um schließlich in sein Räderwerk gleiten zu können wie damals, als er »Libertà« gebaut und noch geglaubt hatte, es wäre möglich, einen unendlichen Lauf zu erschaffen. Er blieb still am Fluß sitzen und wartete darauf, daß sein Leben ein für allemal anhielt.

Natalia starrte auf den Namen, der in ihrer Mädchenschrift auf dem verblichenen Rosa des Umschlags stand, und hörte fassungslos Soles Stimme vorlesen, was Ideales Tochter einem Mann geschrieben hatte, der schon seit geraumer Zeit tot war. Während er vorlas, überlagerten sich in ihrem Kopf kreuz und quer Bilder und Gestalten aus anderen Leben: die erfrorenen Füße und die Schleuse von Bonifica, der aus Colle abfahrende Zug und die großen Flugzeugmotoren, »Libertàs« Räderwerke und ein Mädchen namens Anis'ia, die Hände des deutschen Offiziers und eine andere Frau, die den gleichen Namen trug wie sie.

Sie saß im Bauch der Maschine, die einst ihre Liebe eingefangen hatte, und dachte an das Leben, das sie sich erträumt hatte, an all das, was sie sich viele Jahre lang erzählt hatte, um Schmerz, Einsamkeit und Bedauern zu besiegen, indem sie Begebenheiten, Gesichter und Worte mit ihren Wünschen verschraubt hatte, wie Ideale seine Maschinen mit Bolzen und Dichtringen verschraubt hätte. Jenes Leben war ein besonderes Elixier gewesen, das es ihr ermöglicht hatte, sich weiter zu bewegen, ein ruhiger Hafen zum Einschlafen, ein täglicher, vertrauter Gefährte, der sie mit der Zeit beruhigt, gestützt und gewissermaßen zu der Überzeugung geführt hatte, daß nichts von dem, was gewesen war, ihretwegen geschehen sei. Doch nun, da sie diesen Brief in den Händen hielt, kehrte alles wieder, und ihr erträumtes Leben zerbröckelte angesichts der Liebe, die nicht stirbt, die lebt und zurückkommt, ohne daß es eine Möglichkeit gibt, sich zu verstecken.

Als sie nun weinte, galt dies nicht dem Tod eines Mannes, der eigentlich bereits tot war, sondern dem Tod jener erträumten Oase, zerstört von den Schlägen der Worte, die ihr Sohn ihr vorlas und die sie zwangen, der Vergangenheit noch einmal ins Auge zu sehen, ohne die geringste Möglichkeit, sie zu ändern.

Unter dieser Last gab Natalia, mit dem rosafarbenen Umschlag in den Händen, auf und bat Sole, nach Rußland zu schreiben und um mehr Auskünfte zu bitten, um endlich von jedem Tag zu erfahren, von jedem Wort und von jedem Atemzug eines Lebens, das gegangen war, um so weit fort von ihr zu stranden, um endlich wissen und vor Schmerz weinen oder vor Glück lachen zu können, und um endlich den Trost eines Gespinstes nutzloser Illusionen zu verjagen.

An jenem Tag also begann Sole einen Briefwechsel mit Anis'ia, aus dem er nicht nur die Einzelheiten aus dem Leben seines Onkels erfuhr, den er stets verschollen geglaubt hatte, sondern auch die Erinnerungen an ein Colle, das Ideale seiner Tochter beschrieben hatte, wie Annina es für ihn, Sole, getan hatte, durch die Entfernung und die Sehnsucht in den Jahren bewahrt und nun gleichwohl mit überraschender Genauigkeit und Liebe wiedergegeben, so daß Sole sich bisweilen veranlaßt fühlte, sich von seiner Mutter oder von den Ältesten unten in der Fabrik eine Bestätigung zu Tatsachen oder Menschen zu holen, von denen er noch nie gehört hatte, oder loszugehen und sich eine Straße oder ein Haus anzuschauen, die Anis'ia ihm aus einer Entfernung von Tausenden von Kilometern mit verblüffender Genauigkeit schilderte.

So konnte Sole in seiner Phantasie das von den alliierten Bomben ausgelöschte Stazione besser rekonstruieren, als wenn er Karten und Photos aus jener Zeit studiert hätte, denn im Unterschied zu einer schlichten Darstellung von Fassaden und Straßen waren die Häuser in Anis'ias Erzählungen voller lebendiger Menschen, voller Gerüche und winziger Geschichten, als hätte sie all dieses Leben aus unmittelbarer Nähe gesehen. Auf die gleiche Weise lernte Sole, wie er es nie für möglich gehalten hätte, die entlegensten Winkel von Hektors Fabrik kennen, ebenso Orte in Piana, die er nie bemerkt hatte, und die alten Gräben von Bonifica, die inzwischen von Straßen überdeckt waren.

Beim Lesen jener mit Eindrücken dichtgespickten Briefe sah Sole eine konkrete, pulsierende und noch vollkommen lebendige Welt vor sich, die Ideale auf seine verzweifelte Reise mitgenommen hatte, gespeist vom Leid eines Krieges und von einem Marsch durch den Frost und mit so viel Sorgfalt und Leidenschaft nachgebildet, daß sie wahrhaftiger wirkte als die, die er verlassen hatte. Im Zauber dieses erinnerten Universums blieb Colle unversehrt, fest und reglos in einer inzwischen nicht nur mit ihren Orten, sondern auch mit ihren Begebenheiten und Menschen entschwundenen Welt, und seine Mutter, Annina, Penelope und Filomena wurden in diesen mit so großer räumlicher und zeitlicher Distanz geschriebenen Worten wieder zu jungen Frauen oder Mädchen.

In dem Versuch, Natalia von einer Illusion zu befreien, konstruierten Sole und Anis'ia, so wie Ideale es mit der Konstruktion seiner Maschine getan hatte, mit dem Mechanismus der Worte durch ein dichtes Netz von Briefen eine neue Täuschung, indem sie sich in Erinnerungen hüllten und sich mit dem Wunsch umgaben, diese untereinander für immer festzuhalten.

Fasziniert vom Faden der Geschichten, der sie verband, faßten Cousin und Cousine den Entschluß, jene Trennung zu überwinden, um endlich leibhaftig die Zuneigung zu erleben, die sie bisher nur auf dem Papier entwickelt hatten. Abgesehen von dem Leben in Colle hatte Ideale in den Zimmern von Kasan auch Schriften, Zeichnungen und Konstruktionspläne hinterlassen, die es Anis'ia zufolge ermöglichten, »Libertà« fertigzustellen, ein Erbe, das eine zu verlockende Perspektive darstellte, als daß Sole auf den Antritt dieser Reise hätte verzichten können.

So vollzog sich also die Täuschung, und die Zeit zog ihre Spirale, indem sie den Großneffen jenes Sole nach Osten brachte, der mit einem von Wasser und Seife abgeriebenen Geheimnis von ebendort zurückgekehrt war und von dem nun nichts mehr geblieben war.

Als ideale starb, arbeitete Anis'ia in den Werkhallen auf der anderen Seite des Flusses wie jeden Tag an der Kontrolle der großen Motoren. Sie arbeitete flink, ihre Hände wanderten schnell zwischen der Computertastatur und den Schaltungen hin und her, die sie überprüfte, bevor sie sie zur Montage freigab. Sie war stolz auf ihre Arbeit, darauf, die Geheimnisse dieser Gebirge aus Drähten und Metall zu kennen, die scheinbar unproportioniert waren, doch gleichwohl Flugzeuge von der Größe eines Hauses anheben konnten.

Sie waren Uhren, Uhren von der Stärke eines Riesen, und zugleich Wunderwerke der Mechanik und der Elektronik im Gleichgewicht mit der Energie, die durch Tausende von bunten Kontakten strömte, Funken, die den Turbinen durch Kupferdrähte Bewegung befahlen, Kraft und Getöse und Wirbel freisetzten, die Luft und die Dinge bewegten und laut heulten.

Man ließ sie holen, und sie verstand nicht gleich. Ein Unwohlsein ihres Vaters, sagte man ihr, doch kaum war sie draußen, auf dem Flur vor der Direktion, sah sie einen Polizisten mit verstörtem Gesicht auf sich zukommen, und ihr Herz krampfte sich zusammen. Der Mann drehte und wendete einen Brief in den Händen, und als er ihn ihr schließlich gab und ihr dabei offen in die Augen schaute, spürte Anis'ia, wie ihr der Atem stockte, wie ihr die Dinge um sie her entglitten und sich die Welt, die Worte und die Bewegungen verlangsamten, als hätte eine elektronische Schaltung plötzlich das Rollen der Turbinen umgekehrt, die ihr Leben vorantrieben.

Erst später, zu Hause, fand sie den Mut, den Umschlag zu öffnen und zu lesen, was Ideale ihr dieses letzte Mal geschrieben hatte. Die ersten Sätze verschlang sie hastig, wie um sich Mut zu machen, denn sie war überzeugt, Worte voller Schmerz vor sich zu haben, doch schnell erkannte sie den leichten Geist in seinen Ausführungen, jene Art, auch die ernstesten Dinge sanft und heiter anzusprechen, und so drosselte sie ihre Hast, trocknete sich die Augen und lächelte sogar bei dem Gedanken an die komischen Geschichten, die ihr Vater ihr noch einmal erzählte. So wie er ihn beschrieb, erschien der Tod ihr nicht so grausam, wie sie ihn sich immer vorgestellt hatte. Er schien nur ein Gegentakt zu sein, das Sichfestfressen eines Getriebes, ein Motor, der aus Benzinmangel stehenblieb. Denn ihr Vater erzählte von der Verlangsamung seines Lebens, von der Liebe, die für ihn stets eine Bewegung gewesen war, von seinem Weggang aus Colle, um ein elastisches Band sein zu können, das auf den Motor seines Bruders Kraft übertrug.

In einem rosafarbenen Umschlag, so vertraute er ihr an, hatte er alle Energie aufbewahrt, die ihn dazu getrieben hatte, neue Wege und Mechanismen zu finden, und so war Soles Glück sein Angelpunkt gewesen, der Fixpunkt, an dem er das Dasein festgemacht hatte, indem er tagtäglich weit fort geflohen und tagtäglich mit dem Gedanken an den Ort und zu den Menschen zurückgekehrt war, die er verlassen hatte, in einem Hin und Her, das für viele Jahre sein Leben bedeutet hatte.

Und dieses Leben war in dem ständigen Kommen und Gehen schließlich verbraucht, womit es seine Überzeugung zerstört hatte, es zu einem Perpetuum mobile gemacht zu haben, und zwar durch die perfekte Symmetrie der Namen und der Rückverweise, der Orte und der Menschen, der Motoren und der Wasserflächen, von alldem, womit er versucht hatte, das zu konstruieren, was er ihr nun am Küchentisch auf vier eng und schief beschriebenen Seiten nicht erklären konnte, während der Tod ihm schon eine Hand auf die Schulter legte.

An jenem Morgen, schrieb er ihr ganz einfach, habe er erkannt, daß sein Mechanismus nun anhalte, daß alles, was er rings um und auf seine Erinnerungen geschraubt hatte, nun bis zum äußersten Punkt getrieben sei, an den er habe gelangen können, und nun beginne er langsamer zu werden, zurückzugleiten und endgültig dorthin zurückzukehren, von wo er aufgebrochen sei.

Anis'ia lächelte. Die letzte Empfehlung ihres Vaters war die Zeichnung eines Gelenkstücks, das von der Wurzel inspiriert war, die er an dem Tag in der Steppe gefunden hatte, als ihr Großvater ihn halberfroren aufgelesen hatte. Er hatte sich an diesen Strunk geklammert wie an eine Schatztruhe und ihn so fest gehalten, daß seine Retter darauf verzichtet hatten, ihn ihm wegzunehmen, und ihn im Bett ließen, bis er mit diesem Stock im Arm aus seinem eisigen Schlaf erwachte.

Dieses krumme Holzstück wurde letztlich zum Beweis für die Verschrobenheit eines Mannes, den es aus einem fernen Land in jene Gegend verschlagen hatte, zur Zielscheibe des gutmütigen Spottes der ganzen Familie, die es jahrelang wie einen Fetisch des Lebens aufbewahrte. Diese Wurzel war seine erste Eigentümlichkeit gewesen, ihr folgte die einer exotischen, musikalischen und geschmeidigen Sprache, dann sein fortwährendes Zeichnen von verworrenen Linien, von Knäueln aus Kreisen und Ellipsen und schließlich seine nahezu magische Fähigkeit, Getriebe, Motoren und jedwedes mechanische Gebilde, das ihm in die Hände geriet, mit einer erstaunlichen Geschicklichkeit und Freude zu reparieren.

Aus diesem Grund verfiel Anis'ia, nachdem sie den Brief gelesen hatte, in eine vollkommene Trostlosigkeit und wurde von dem Gedanken an einen Seelenfrieden überwältigt, den sie vielleicht nie wieder würde genießen können, als hätte ihr Vater sie allein in einem Meer von elektronischen Schaltungen zurückgelassen, in dem sie versuchen mußte, sich im Rätsel der Bewegung und zwischen den Räderwerken des Lebens über Wasser zu halten, und dies nun ohne seine tröstende Gegenwart, die ihr die Kupplung eines Lächelns, das Gelenkstück einer Liebkosung oder den Kreisel zeigte, der auf eine seiner zahllosen Geschichten konstruiert war.

Schiffbrüchig in diesem Meer, versuchte Anis'ia, den Rhythmus ihres täglichen Lebens wiederaufzunehmen, obwohl diese ersten Tage ohne ihn schwarz und schwer waren, angefüllt mit wirren Gedanken. Sie ging zum Ufer der Wolga hinunter, um die Werkhallen der Fabrik so zu sehen, wie er sie mit seinem letzten Blick gesehen hatte, wobei sie vergeblich hoffte, in der Luft einen Hauch der Fröhlichkeit aufzufangen, die Ideale ihr stets vermittelt hatte, und begab sich dann mit einem noch stärkeren Gefühl der Verlassenheit an ihren Arbeitsplatz, um das Gesicht ihres Vaters wegzuwischen, indem sie ihren Blick auf die Labyrinthe aus Schaltkreisen und Getrieben richtete.

Einer nach dem anderen liefen die Kontakte unter ihren Händen weiter, bei den Handgriffen, die sie seit Jahren ausführte, den Blick abwechselnd auf die Zahlen auf dem Monitor und auf die Platten voller Drähte gerichtet, die die

Impulse an die Motoren weitergaben. Doch Ideales Gesicht schob sich fortwährend in dieses Spiel der Blicke und tauchte unvermittelt auch über den tausend Leuchtpünktchen der Kathodenröhre auf, während das Blinken eines verzinkten Kontakts sie an das Funkeln der Sonne erinnerte, das er ihr gezeigt hatte, als er von einem Bruder in der Ferne erzählte, der die Dreistigkeit besessen hatte, deren italienischen Namen zu tragen.

Das Meer der Sehnsucht verließ Anis'ia nicht einmal für einen kurzen Augenblick, und die Liebe zum verlorenen Vater lenkte sie ab, verwirrte sie und täuschte sie schließlich, da sie den Fehler vor ihr verbarg, den die Anlage ihr signalisierte, das blinkende Lämpchen, das bei dem Teil, das sie gerade prüfte, eine gefährliche Abweichung anzeigte, den Fehler in einer Leitung, der die Energie hindern würde, einen Steuerungsbefehl an die Turbine weiterzuleiten, ihr die Rotationsrichtung vorzugeben und die Bewegung auf sie zu übertragen.

Da sie ganz in den Augen ihres Vaters versunken war, sah Anis'ia nichts. Während die Zahlen auf dem Bildschirm den Fehler anzeigten, wischte sie sich geistesabwesend eine Träne von der Wange und legte den Finger sogleich wieder auf die Tastatur, um den Fehler zu bestätigen. Dann nahm sie die Platte, um sie in den Motor einzubauen.

Eine einzige Träne genügte. Diese rasche Geste, nahezu verstohlen ausgeführt, um Ideale nicht zu verärgern, ihn, der Tränen auf ihrem Gesicht nie gemocht hatte, genügte, um ein weiteres Stückchen an den Mechanismus anzuschrauben, den Anis'ia, ohne es zu wissen, um das Leben eines Cousins baute, von dem sie nie gehört hatte, eines verschwommenen Schattens, mit dem sie schon bald Worte, Erinnerungen und den Wunsch teilen wollte, die Bewegung des Labyrinths der Dinge zu begreifen und sie schließlich zu bändigen.

Am Abend vor seiner Abreise verbrachte Sole eine Weile im Bauch von »Libertà« und dachte nach. Er hielt die Zeichnungen in der Hand, die Ideale seinem Vater hinterlassen hatte, bevor er an die Front gefahren war, diese Zeichnungen, die ihn seit seiner Kindheit stärker fasziniert hatten, als eine geheimnisvolle Schatzkarte es je gekonnt hätte. Er kannte sie längst auswendig, jede einzelne Linie darauf, und wußte, wie sich ein Bleistiftstrich an der Maschine in ein Stahlgestänge verwandelte, das die Bewegung übertrug.

Neben den Zeichnungen hatte er an jenem Abend auf dem einzigen freien Fleck des Fußbodens auch eine Landkarte ausgebreitet und stellte sich nun froh den Flug vor, den er am folgenden Tag mit Kurs über die grün markierten Ebenen antreten würde und weiter über die zunächst in Beige und dann in einem immer dunkleren Braun gezeichneten Berge und über die Flüsse, diese kleinen blauen Adern, die die Karte wie einen menschlichen Körper durchzogen.

Lächelnd dachte er daran, daß sein Großonkel, dessen Namen er trug, vor vielen Jahren wahrscheinlich den gleichen Weg in Richtung Osten zurückgelegt hatte, doch damals war ein einziger Zentimeter jener Karte eine andere Zeit gewesen, war jeder Farbtupfer eine Wiese gewesen, die durchquert werden mußte, jedes blaue Band ein Fluß, den es zu überschreiten galt. Er würde über all dies nun fliegen, wie man es im Traum tut, und sich in Windeseile fortbewegen, während er Ebenen und Berge aus der Höhe und mit der Selbstgefälligkeit eines Riesen betrachten würde.

Er lehnte den Kopf gegen den Stahl und schloß die Augen, um sich diesen wundersamen Sprung besser vorstellen zu können. Es sollte sein erster Flug sein, und er war froh darüber, daß sein Ziel in gewissem Sinne seine Vergangenheit war, Ideales Leben, das plötzlich wiederaufgetaucht war, wie um etwas in Gang zu setzen, was stehengeblieben war, und es hatte nun Anis'ias Gesicht und Namen. Eine Vergangenheit, die nach Zukunft aussah.

Als Natalia kam, fand sie ihn so in seine Gedanken über die Launen der Zeit versunken vor. Sie setzte sich wortlos zu ihm, so wie immer, wenn sie sich beide die Zeit damit vertrieben, auf »Libertàs« Schnaufen zu lauschen. Sie sagten eine Weile nichts, bis sie ihm von jener Nacht zu erzählen begann, in der sie beschlossen hatte, zwei Briefe an zwei Brüder zu schreiben, die sie liebte.

Sie erzählte von ihnen und von der eigenen Unschlüssigkeit, davon, wie sehr sie die Energie des einen und die Sanftheit des anderen angezogen hatten. Sie sprach von der Liebe, mit der Sole sie umgeben hatte, von seiner gläsernen Zerbrechlichkeit, dann von der Kraft Ideales, dieser Bö aus Wind und Stahl. Sie beschrieb ihm die zarte Linie der Hände und den stockenden Atem des einen und erzählte ihm dann von den leidenschaftlichen Umarmungen des anderen, von seinen Küssen, die sie verwirrten, während die Maschine über ihnen ihrer Bewegung Ausdruck verlieh.

Sie versuchte, ihm die fieberhafte Angst, die Sorge und die Furcht zu erklären, Sole tödlich zu verletzen, und ihr Verlangen, sich Ideale hinzugeben, und auch, wie sie auf den Gedanken verfallen war, daß sie es sei, die den Lauf der Dinge bestimmen müsse.

»Der rosafarbene Brief war nur ein Irrtum«, sagte sie schließlich mit Tränen in den Augen. »Und ich habe jahrelang geglaubt, daß alles, was danach geschah, durch diese Verwechslung verursacht worden sei.

Dabei hatte Ideale den Brief nicht einmal geöffnet. Also war im Grunde er derjenige, der die Entscheidung getroffen hatte und für das Glück eines Bruders, der schon lange tot war, in Rußland geblieben war.«

Sie lächelte.

Da stand Sole auf und zeigte ihr zwei identische Keilriemen, die an den gegenüberliegenden Enden der Maschine angebracht waren.

»Siehst du diese hier? Jeder regelt eine andere Bewegung, doch beide würden ohne den jeweils anderen nicht funktionieren, und ›Libertà‹ wäre ohne sie nur ein unnützer Schrotthaufen.«

Dann zeigte er ihr diese Teile auf der Zeichnung.

»Ideale hat die tragenden Teile des Getriebes mit bestimmten Namen versehen, und diese beiden Riemen heißen wie er und sein Bruder.«

Natalia beugte sich vor, las tatsächlich diese beiden Namen und entdeckte neben Soles auch ihren eigenen.

»Ich bin ja auch dabei«, sagte sie überrascht.

»Du bist dieses Verbindungsstück hier«, erklärte ihr Sohn, »und du bist durch dieses Gelenk, das ich natürlich nach mir benannt habe, mit Papa verbunden. Der Onkel sitzt hier oben, und vielleicht ist er deshalb in Rußland geblieben«, schloß er lächelnd.

Natalia war erschrocken: Auf dem riesigen Bauplan waren neben dem Liniengewirr deutlich die Namen sämtlicher Bertorellis, der Leute aus Prataio und sogar aus Piana zu lesen und auch aus dem Gebiet, das einst der Padule gewesen war. Da waren Mena und Mero, da waren Odysseus, Telemach und Hektor und auch Isolina und Rina und alle ihre

Kinder, auch die, die an der Spanischen Grippe gestorben waren, und die Witwe Bartoli, der Maestro mit seinen Kindern und sogar Rosa und der Puppendoktor, und alle Teile waren wie bei einem gigantischen Stammbaum aus Stahl genealogisch miteinander verbunden.

»Hier haben wir das ganze Leben Colles, und wenn du den Mechanismus in Gang setzt«, sagte Sole, während er an der Kurbel drehte, »erfüllt jedes Teil seine Aufgabe.«

Mutter und Sohn schauten reglos zu, wie sich dieses Wunderding in Bewegung setzte und ein Schnaufen von sich gab, das ganz den Atemzügen eines Menschen glich.

»Anis'ia hat mir geschrieben, daß Ideale noch mehr Zeichnungen und Entwürfe zu den Bewegungsabläufen angefertigt hat, und so werde ich nach meiner Rückkehr aus Rußland vielleicht über neue Lösungen verfügen, um das Perpetuum mobile endlich fertigzustellen.«

Natalia umarmte ihn mit glänzenden Augen, und zusammen kehrten sie zum Haus zurück. Bevor sie hineingingen, wollte er noch auf den Zypressenberg, und von dort aus sah er zu seinen Füßen Prataio liegen, dahinter Bonifica mit dem Band des Wassergrabens und den bereits erleuchteten Restaurants, während die alten Häuser von Colle auf der anderen Seite vom Licht des Sonnenuntergangs gestreift wurden.

Einen Moment lang regte sich nichts. Kein Windhauch, kein Vogel und auch kein zitterndes Blatt, und so spürte Sole zutiefst den Kontrast zwischen dieser Reglosigkeit und der Bewegung, die er in dem alten Stall soeben angekurbelt hatte. Ein Schauer der Erregung überlief ihn. Am folgenden Tag würde auch er nach Osten aufbrechen und in gewisser Weise einen Kreis schließen, der ihm nun wie die x-te Windung einer endlosen Spirale erschien, die er noch weiter in die Höhe treiben mußte, damit sie den Gipfel erreichte und dann wieder hinabzog, während sie mit ihrem Kreiseln um sich selbst erneut voranschritt.

Als er tags darauf am Fenster des auf die Startbahn rollenden Flugzeugs versuchte, zwischen den Menschen auf der Aussichtsplattform des Flughafens Natalia auszumachen, kam ihm erneut das Bild jener wirbelnden Bewegung in den Sinn, hartnäckig und stark wie ein Alarm, der seine ganze Aufmerksamkeit beanspruchte. Er wollte gerade die Augen schließen, um sich diesem imaginären Lauf hinzugeben, als die Geschwindigkeit ihn in den Sitz drückte und die Motoren die Passagiere in die Höhe trugen, als söge die Luft sie in den Himmel hinein.

So gab sich Sole dem Vergnügen hin, durch die Luft zu gleiten, wie er es noch nie erlebt hatte, und mit der Neugier eines Kindes sah er Wolkenbüsche auf sich zukommen, bis sie den Flugzeugrumpf einhüllten und eine gleißende Sonne unvermittelt über einem weißen Meer auftauchte. Später, als diese Schicht aufbrach, schaute er sich die Welt von oben an und betrachtete aus dieser veränderten Perspektive die Szenerie, die das tägliche Leben der Menschen ausmacht.

Dann lehnte er sich wie ein Kind, das des neuen Spiels müde geworden war, im Sitz zurück und schloß die Augen, um sich auf das zu konzentrieren, was er in sich trug: die Sehnsucht nach einem nie gekannten Vater, Natalias zärtliche Liebe, Anninas Geschichten, die inzwischen im Nebel ihrer Vergeßlichkeit entschwunden waren, und dann Prataio und Colle, die wie Blut durch seine Adern flossen; und Anis'ia und der Faden, der sie beide verband, ein Faden, den viele Jahre zuvor Ideale abgewickelt hatte und den er, Sole, nun zurückverfolgte wie Theseus im Labyrinth.

Vermischt mit diesen Gedanken senkte sich langsam der Schlaf auf ihn herab, und in dem unvollkommenen Limbus, der den Träumen vorangeht, schien alles, woran Sole dachte, in eine Kreiselbewegung einzugehen, die sein Leben antrieb. In Blitzesschnelle sah er nun Colle und dessen Geschichte in »Libertà« reproduziert, doch zum erstenmal spürte er, während die Maschine in ihrer Bewegung atmete, den Schmerz der Kugeln, die ihm den Rücken zerfetzten, die Fäuste eines Fötus, die ihm den Bauch zerrissen, das Paradies in zwei blauen Augen und den wolkenverhangenen Himmel der Schweiz, spürte die Fußtritte und die Schläge der Faschisten und das Feuer eines Kusses nach zwei Jahren Gefängnis und den von den Gedärmen einer Sau gestreckten Hals und das Wasser des Padule, das ebenso verschwand wie das von den Rädern einer Lokomotive zermalmte Leben. Er berührte die milde Wärme eines gußeisernen Heizkessels und wurde von stechendem Stallgeruch umhüllt. Er hörte das Gebrüll der Deutschen und die Klagen der Verwundeten auf dem Boden, verlor sich im Wahnsinn und spürte, wie die Spanische Grippe ihn verbrannte. Er zerfloß in einer Umarmung vor dem Tor von Prataio und keuchte auf den Pedalen eines schwarzen Fahrrads, er kämpfte mit der Angst beim Warten auf einen Sohn, einen Ehemann, einen Freund und schrieb zitternd einen falschen Namen auf einen rosafarbenen Umschlag. Er hörte den russischen Kanonendonner und spürte den eisigen Wind der Steppe, der ihm in den Lungen brannte, und während sein Herz bereits zerriß wie das vom Blei durchlöcherte seines Vaters, merkte er, daß er sich im leeren Raum befand, von der Explosion des Flugzeugs in den Himmel geschleudert wie Cafiero vom Tempo des Zuges, in einer Spirale, die ihm in jenem Augenblick unendlich zu sein schien, in einer kreiselnden Bewegung den Wolken entgegen, nach Osten und in eine Vergangenheit, die schon auf ihn wartete, jedoch ohne die lebensrettenden Äste eines Haselnußbaums.

Annina saß im Garten, reglos. Wie jeden Nachmittag hatte sie nach dem Essen den Stuhl ins Freie an die Gräber von Mena und Isolina gestellt und blieb vor sich hin schauend dort, bis Filomena oder Natalia kamen, um ein bißchen mit ihr zu plaudern oder sie zum Abendessen zu rufen. Mit den Händen auf den Knien beobachtete sie schweigend das wenige, was sich in Prataio ereignete, und drehte sich, durch ein plötzliches Geräusch auf der Landstraße aufmerksam geworden, nur manchmal um.

In ihrem eigentümlichen Seelenfrieden segelte Annina durch ihre Tage, schwebend in einer vorläufigen Zeit. Sie schaute, beobachtete, sprach hin und wieder, wenn jemand das Wort an sie richtete, wenn auch nicht immer im richtigen Zusammenhang, schien jedoch, im Windschatten des Lebens, in einem ruhigen Meer zu dümpeln, als dämpfte so etwas wie eine Glasscheibe die Geräusche dessen, was drüben geschah, auf der Seite der anderen, dort, wo die Menschen sich weiter liebten und betrogen, wo sie weinten, stritten, kämpften und sich ergaben.

Auf dem Stuhl an den Gräbern, ohne noch zu wissen, wer dort begraben lag, sah Annina, wie Filomena aus dem Haus stürzte und Natalia, die die Rosen wässerte, etwas zurief, und dann kam Natalia zu ihr und umarmte sie, während Penelope mit ihrem Mann und einigen anderen Leuten herbeilief. Alle waren aufgeregt, kamen und gingen, gestikulierten, redeten laut, doch Annina interessierte sich nicht für diesen Rummel, denn sie hatte ihren Enkel Sole bereits den

Zypressenberg hinunterkommen und zu dem Haselnußbaum gehen sehen, den sie am Tag von Telemachs Beerdigung gepflanzt hatte.

Der junge Mann sah sie an, und sie hob nur ein wenig die Hand, während sie weiter zuschaute, wie er sich dem Baum näherte. Sie sah, wie er hochsprang und sich an den untersten Ästen hinaufzog, bevor er weiterkletterte, sich ins Blattwerk kauerte und von dort oben mit dem Arm winkte, sie zu sich rief.

Annina war froh über diese Einladung, stand auf und machte sich auf den Weg zum Haselnußbaum. Als sie den Stamm erreichte, hob sie den Kopf, doch sie fand keine Spur mehr von Sole. In diesem Augenblick sah sie im Bruchteil einer Sekunde wieder das Haus mit der Pinie vor sich, sah die Mena, die an den Backtrog gelehnt betete, und ihre Mutter, die sie schreiend gebar, während ihr Bruder sie hinaus in die Welt schob.

Eingehüllt in den intensiven Veilchenduft, erinnerte sich Annina plötzlich wieder, und die Wucht dieser Offenbarung traf sie so heftig, daß sie sich am Haselnußbaum abstützen mußte, um nicht zu fallen.

»Nun sieh dir das an«, flüsterte sie mit einem Lächeln vor dem Schauspiel ihres Lebens, das sich nun auf dem Kiesweg von ihr entfernte und den Zypressenberg genau dort streifte, von wo aus auch Rosa in Richtung Malgardo fortgegangen war, beladen mit allem, was sie Tag für Tag erlebt hatte, mit allem, was sie gesucht und geliebt und verloren hatte, und sie verfolgte dieses Schauspiel, bis sie es in einem vollkommenen Schmerz im Nebel entschwinden sah.

All das, so erinnerte sich Annina mit aller Deutlichkeit, hatte sie erlebt.

Nachbemerkung

Vor vielen Jahren nahm mich meine Mutter mit, um mir ein Perpetuum mobile zu zeigen. Wir besuchten Verwandte, entfernte Cousins vielleicht, die in niedrigen Häusern wohnten, wo jede Familie mit einem mechanischen Webstuhl lebte, einem Gerät, das Schiffchen von einem Ende des Gewebes zum anderen schoß und dabei einen ohrenbetäubenden Krach verursachte. In diesem Höllenlärm führte uns einer dieser Leute durch einen dunklen Gang zu einer Tür, die uns wie der Eingang zu einem Heiligtum geöffnet wurde: Mitten im Raum sah ich eine gigantische Apparatur stehen, ein Gewirr aus Rädern und Gewichten, das in meinen Kinderaugen wie ein phantastisches Spielzeug wirkte. Ihr Schöpfer, ein spindeldürrer, scheuer und schlechtgekleideter Kerl, erklärte uns eher widerstrebend die Funktionsweise seiner Erfindung, die die unendliche Bewegung erzeugen sollte.

In jenem Raum, bei den kargen Worten meines entfernten Verwandten und beim Rumpeln des Räderwerks ahnte ich vielleicht zum erstenmal, was eine Utopie ist, sah, daß sie aus Riemen, Rädern und Gelenken bestand und aus all den anderen Habseligkeiten, die jenen Ort und das Leben eines Mannes erfüllten, von dem ich heute nicht einmal mehr den Namen weiß.

Vielleicht wurde diese Geschichte an jenem Tag geboren, und im Laufe der Zeit bastelte ich an ihrem Mechanismus weiter, wobei ich die Worte aus den Erzählungen meiner Großmutter, meiner Mutter und meines Vaters einfließen ließ und mir die Lebensläufe von Vorfahren vorstellte, die ich nie kennengelernt hatte, und ebenso die Orte, an denen sie gelebt hatten, ihre Träume und ihre Hoffnungen, und wie einen Wollfaden wickelte ich sie um das Gefühl, das mich beim Anblick jener Maschine ergriffen hatte.

Am Ende des Knäuels angelangt, danke ich nun Claudio Novelli für seinen Rat in historischen Dingen und für sein ermutigendes Urteil, ferner Alessandro Scarpellini, der mich mit den pisanischen Anarchisten bekannt machte, indem er mir wertvolle bibliographische Hinweise gab, und schließlich Giulia Ichino für ihre ausgezeichnete Arbeit.

U. R.

Anmerkungen

20 Carlo Pisacane (1818-1857): italienischer Politiker und Schriftsteller. Landete 1857 mit Truppen im süditalienischen Sapri, um dort die Revolution vorzubereiten.

32 Nach Michail Bakunin, dem russischen Revolutionär und Anarchisten.

32 Nach Carlo Cafiero, dem italienischen Anarchisten, der mit Errico Malatesta für die »Propaganda der Tat« eintrat.

45 Auch in der Odyssee ist Laertes der Vater des Odysseus.

52 Homer: *Ilias*, zitiert nach der Übersetzung von Johann Heinrich Voß.

54 Homer: *Ilias*, zitiert nach der Übersetzung von Johann Heinrich Voß.

74 Kirke: Tochter der Mondgöttin Perse und des Sonnengottes Helios, Zauberin.

104 Giovanni Rossi: italienischer Anarchist; verwirklichte 1891-94 seine Utopie von Gemeinwirtschaft und freier Liebe in der brasilianischen Kommune »La Cecilia«.

104 Pedro II. (1831-1889): brasilianischer Kaiser.

105 Andrea Costa, italienischer Anarchist, später Begründer der sozialistischen Partei.

115 1. Mose 3,17.

116 1. Mose 3,23-24.

123 Quintino Sella: italienischer Finanzminister von 1862 bis 1873.

127 Fritelle di San Giuseppe: eine Art süßer Pfannkuchen.

129 David Ricardo (1772-1823): britischer Theoretiker der klassischen Nationalökonomie.

130 Naviglio: Kanal in Mailand.

157 General Oreste Baratieri befehligte die Schlacht von Adua (1896) in Äthiopien, bei der das italienische Heer eine empfindliche Niederlage erlitt.

165 Viktoria: Eindeutschung des Namens wegen des folgenden Wortspiels nötig.

Caporetto: In der Schlacht von Caporetto (1917) wurden die Italiener von einem deutsch-österreichischen Heer vernichtend geschlagen.

231 Filippo Tommaso Marinetti: italienischer Futurist, trat 1919 der faschistischen Partei bei.

231 Bei Vittorio Veneto wurde im Oktober 1918 die letzte Schlacht an der österreichisch-italienischen Front geschlagen.

254 Luigi Ganna: erster Sieger des Giro d'Italia im Jahr 1909.

264 Podestà: ursprünglich Amtsperson im mittelalterlichen Italien. Im Faschismus Amt des Bürgermeisters.

267 Der Anarchist Gino Lucetti warf am 11. 9. 1926 eine Bombe auf das Auto des Duce.

316 1936 eroberten die faschistischen Truppen Addis Abeba.

K. K.

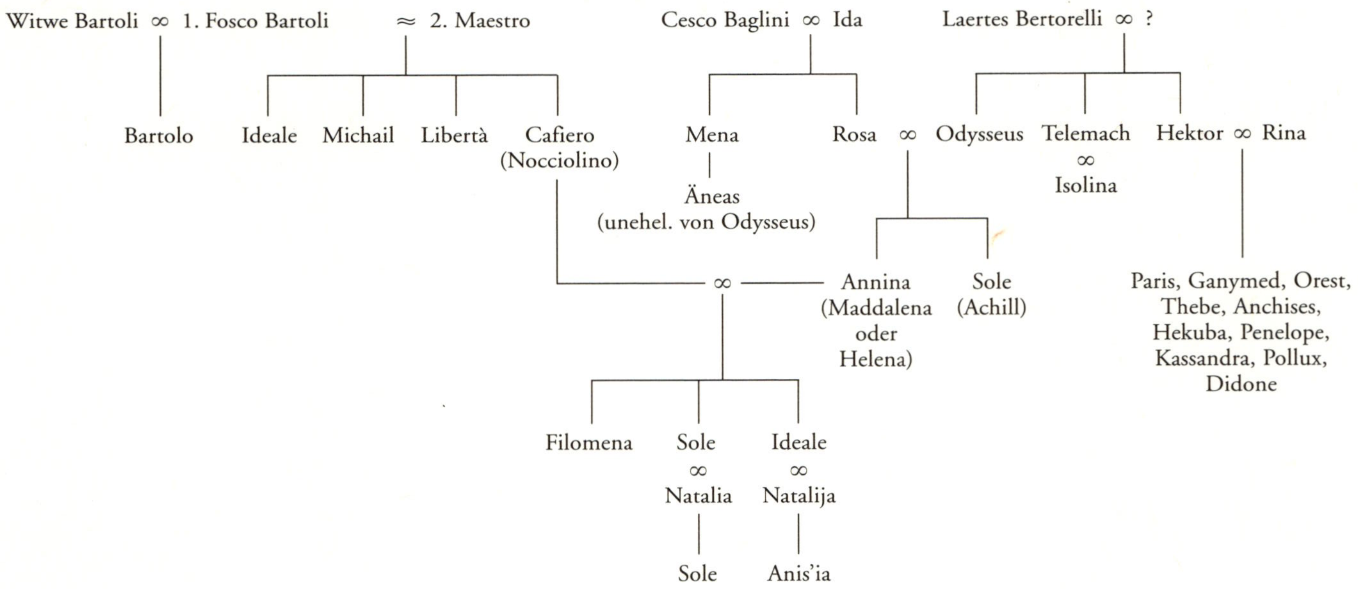
Witwe Bartoli ∞ 1. Fosco Bartoli ≈ 2. Maestro
Cesco Baglini ∞ Ida
Laertes Bertorelli ∞ ?
Bartolo
Ideale
Michail
Libertà
Cafiero (Nocciolino)
Mena
Rosa ∞ Odysseus
Telemach ∞ Isolina
Hektor ∞ Rina
Äneas (unehel. von Odysseus)
Annina (Maddalena oder Helena)
Sole (Achill)
Paris, Ganymed, Orest, Thebe, Anchises, Hekuba, Penelope, Kassandra, Pollux, Didone
Filomena
Sole ∞ Natalia
Ideale ∞ Natalija
Sole
Anis'ia